AF286674

Jenny Fischer

Rebirth

Band 2

FSC
www.fsc.org

MIX

Papier aus ver-
antwortungsvollen
Quellen
Paper from
responsible sources

FSC® C105338

Rebirth

Jenny Fischer

Romance Suspense

Was bisher geschah ...

Impressum

ISBN: 978-3-7693-3942-0

Texte: © 2025 Copyright by Jenny Fischer

Verlag: BoD · Books on Demand GmbH,

Überseering 33, 22297 Hamburg, bod@bod.de

Druck: Libri Plureos GmbH,

Friedensallee 273, 22763 Hamburg

Umschlaggestaltung: Antje Weise / Art & Weise Coverdesign

(*www.artundweise-coverdesign.de*)

Lektorat & Korrektorat: Lissy Höhne / Lektorat Meerblick

(*www.lektorat-meerblick.de*)

Für all jene, die an sich selbst zweifeln und sich fragen,
ob sich der dunkle Weg noch lohnt.

Für all jene, die aus Angst vor Veränderung stehen geblieben sind. Geht weiter – das nächste Kapitel könnte das
Beste sein.

Vivere est militare.
Zu leben, heißt, zu kämpfen!

Rebirth

Wiedergeburt, Wiederaufflackern

Das Wort *Rebirth* wird im Englischen verwendet, um einen Prozess der Wiedergeburt, Erneuerung oder Wiederentstehung zu beschreiben. Es bezieht sich häufig auf eine grundlegende Transformation oder einen Neuanfang.

Der Begriff impliziert oft das Überwinden von Schwierigkeiten oder das Zurücklassen eines alten Zustands, um gestärkt oder erneuert daraus hervorzugehen.

Rebirth kann sowohl im wörtlichen als auch im übertragenen Sinne verwendet werden und symbolisiert Hoffnung, Veränderung und die Möglichkeit eines zweiten Anfangs.

Content Note

Dieser Titel behandelt sensible Themen, die für manche Leser:innen belastend sein können. Dazu gehören Darstellung von Gewalt, Mord, Folter, physischem und psychischem Missbrauch, Tod, Blut und Trauma.

Bitte sei dir dieser Inhalte bewusst und achte auf deine emotionale Sicherheit, bevor du weiterliest.

Teil Eins

Kapitel 1

London Umland, Villa der Belluccis
Sonntag, 26. September – Mayren

Warum klingt selbst die Stille nach Joshuas Namen?

Müde sah ich von den endlosen Bildern auf, die seit Stunden ununterbrochen auf die Bildschirme von Bastian und mir geschickt wurden. Wir begannen unsere Nachforschungen zu Silas direkt nach Tagesanbruch und hatten uns hierfür im Esszimmer der Belluccis eingerichtet.

Bastian und ich saßen uns gegenüber an einer riesigen Tafel und klickten durch die verschiedenen Überwachungsbilder, die die Londoner Kameras aufzeichneten.

Wo Joshua und Kaja wohl gerade sind? Hoffentlich geht es ihnen gut.

Mit stumpfem Blick an die Wand hing ich meinen Gedanken an den vergangenen Abend nach. Ich dachte an Joshuas und meinen Kuss und den schweren Abschied, der sich immer noch anfühlte, als hätte Joshua einen Teil von mir mit sich genommen. Meine Lippen kribbelten, als ich daran dachte, und eine angenehme Wärme breitete sich in meinem Inneren aus. Gedankenverloren hob ich meine Hand und fuhr dem Gefühl des Kusses mit meinen Fingerspitzen nach – sehnte mich nach mehr.

Diese ungewohnte Sehnsucht nach Joshuas Nähe wollte mich dauerhaft ablenken und in seine Nähe locken, aber ich wusste, dass meine Mission *Silas Brown* hieß.

Und deswegen muss ich meinen Fokus auf ihn lenken und mich konzentrieren!

Nachdem Joshua und Kaja gestern abgereist waren, sind Bastian und ich zur Feier der Belluccis zurückgekehrt, haben eine Kleinigkeit gegessen und haben uns später auf die Gästezimmer zurückgezogen, um ausgeruht in die heutigen Nachforschungen zu starten.

Seufzend wandte ich mich vom Garten ab, in dem bereits einige Arbeiter daran waren, ihn nach der Feier wieder in den ursprünglichen Zustand zurückzuversetzen und begegnete Bastians Blick.

Mit einem kritischen Ausdruck musterte er mich gründlich über den Rand des Bildschirmes. Unausgesprochene Worte lagen deutlich zwischen uns.

»Was?« Herausfordernd legte ich den Kopf schräg und zog eine Augenbraue hoch. »Spuck es aus.«

Belustigt verzog er die Lippen zu einem Grinsen. Wir kannten uns in den letzten Jahrzehnten unserer Freundschaft viel zu gut, als dass einer von uns dem anderen einen Gedanken verschweigen könnte.

»Du bist abgelenkt«, sagte er direkt. »Aber ich verstehe, in welchem Zustand Joshua dich zurückgelassen hat.«

»Zustand?« Ich lachte und war froh um die Ablenkung, die meinen Blick vom Bildschirm vorübergehend entschuldigte.

»Ja, *verknallt* nennt man das, meine Liebe.«

Ich streckte ihm die Zunge raus, worauf er amüsiert die Augen verdrehte.

Verknallt? Wir sind doch keine Teenager mehr.

14

»Joshua ist bei Kaja in Sicherheit und ich brauche dich in voller Konzentration«, sagte Bastian und wurde ernst. »Silas wird es uns nicht einfach machen.«

Ich verschränkte meine Finger ineinander und stützte mein Kinn darauf ab. »Du kennst mich, Basti. Ich brenne seit Tagen darauf, uns Silas vom Hals zu schaffen. Es ist egal, was gestern passiert ist …«

»Gut, May, dann kann ja nichts schief gehen.« Er zwinkerte mir zu, aber ich entgegnete seinem Optimismus mit einem müden Ausdruck.

»Wir müssen ihn erst finden und brauchen eine Gelegenheit, um ihn zu töten«, grummelte ich im Anflug von schlechter Laune. »Mit der Durchsuchung der Bilder haben wir zwar etwas zu tun, aber wir müssen drauf hoffen, dass Silas einen Fehler macht und irgendwo auftaucht, wo Joshua sich aufhalten könnte.«

Silas zu suchen ist wie das Fangen von Nebelschwaden. Er ist absolut ungreifbar.

Meine schlechte Laune perlte an Bastian ab und er zuckte mit den Schultern. »Du bist Silas begegnet. Er hat damals schon deine Nähe gesucht. Ich bin mir sicher, dass er das wieder tun wird und so einen Fehler begeht.« Er grinste breit, seine Laune musste auf dem Höchststand sein, was so früh am Tag eine Seltenheit war. »Die Belluccis werden auch keinen wirklichen Plan haben, was die Suche nach Silas angeht. Wir müssen jetzt vorlegen und beweisen, dass man mit den Georgiern nicht spaßen kann.«

Ich bedachte meinen Partner in Crime genervt, unterdrückte den Drang die Augen zu verdrehen und wandte mich wieder dem Bildschirm zu. Die Kamerabilder aus London wurden in Echtzeit ausgewertet und mögliche Treffer in einen Ordner verschoben, den Bastian und ich durchsahen.

»Hast recht«, murmelte ich leise, bevor wir in schweigendes Arbeiten verfielen.

Schritte auf dem Flur und das anschließende Aufgehen der Tür unterbrach uns nach etwa einer halben Stunde und ließ uns aufsehen.

Giovanni Bellucci, begleitet von seinen Söhnen, betrat das Esszimmer, gefolgt von einem Schwarm Angestellten, die verschiedene Teller, Gebäck, Tassen und Kannen herbeitrugen.

Ob die Angestellten wissen, für was für eine Art von Familie sie arbeiten?

Mir entging nicht, dass einer der Angestellten seinen Blick für einige Sekunden nicht von meiner Glock 17 lösen konnte, deren Griff aus meinem Hosenbund ragte.

»Guten Morgen«, begrüßten wir die Familie und sie entgegneten unseren Gruß, bevor sie sich zu uns setzten und versuchten, einen neugierigen Blick auf unsere Arbeit zu erhaschen.

»Wie ich sehe, sind Sie bereits fleißig«, sagte Giovanni, aber seine Worte hatten einen fragenden Unterton.

Ich nickte zustimmend. »Ja, wir haben im Morgengrauen mit den Nachforschungen zu Silas Brown begonnen.« Es widerstrebte mir, die aktuelle Unwissenheit zuzugeben, da ich die Befürchtung hatte, es könnte uns in ein schlechtes Licht rücken.

»Sehr vorbildlich«, entgegnete Bellucci jedoch nur und sah für einen kleinen Moment auf die leeren Plätze neben uns. Sofort wusste ich, was gleich folgen würde.

»Wie ich sehe, haben ihre beiden Freunde uns bereits verlassen.« Er klang nicht überrascht und ich vermutete, dass er von einem der Angestellten über ihre Abwesenheit informiert wurde.

... und über den Kuss zwischen Joshua und mir.

»Ja«, gab ich offen zu. »Joshua und Kaja werden an anderer Stelle benötigt.«

Nämlich in Sicherheit, damit wir in Ruhe Silas jagen können.

Eine Angestellte stellte unaufgefordert einen Teller vor mich und legte Besteck dazu, worauf Bastian und ich unsere Laptops schlossen und von uns schoben.

»Vielen Dank.« Schnell suchte ich den Blickkontakt zu Bastian, bevor ich mich an Giovanni wandte. »Sie haben eure Gastfreundschaft jedoch sehr genossen.«

Giovanni neigte seinen Kopf und ein kleines Lächeln erschien auf seinen Lippen. Seine Augen funkelten belustigt und ich war mir in diesem Moment sicher, dass er von Joshua und mir wusste.

Erneut öffneten sich die Tür und Bianca und ihr Verlobter Adam betraten das Speisezimmer. »Guten Morgen, liebe Familie und Allianzen«, flötete sie gutgelaunt, ging in federnden Schritten zu ihrem Vater, um ihm einen Kuss auf die Backe zu drücken und ihrem Bruder, Federico, einen freundschaftlichen Knuff gegen die Schulter zu verpassen.

Letzterer protestierte spielerisch und schob sie auf den freien Platz neben sich.

Sie kicherte und warf sich ihre langen, schwarzen Haare über die Schulter, während sie sich auf den freien Platz zwischen Federico und Bastian fallen ließ.

Adam setzte sich zwischen den anderen Bruder, Nicolai, und mich. Er warf mir nicht einen Blick zu und ich beschloss, ihn ebenfalls zu ignorieren. Stattdessen wandte ich mich an Bianca.

»Glückwunsch, nochmals zu eurer Verlobung. Es war eine wundervolle Feier und wir haben uns sehr amüsiert.«

Ein leichtes Rot färbte ihre Wangen und sie lächelte verzückt. »Vielen Dank. Die Feier war perfekt und es ist alles so gewesen, wie wir es uns vorgestellt hatten, oder Adam?«

Dieser musterte Bastian und mich misstrauisch und zollte damit seine unausgesprochene Abneigung gegen unsere Allianz. Ich war froh, dass er scheinbar bisher noch keinen wirklichen Einfluss in der Familie hatte.

»Ja, es war perfekt«, stimmte er leidenschaftslos zu und widmete sich seinem Frühstück.

Ein unangenehmes Schweigen breitete sich im Raum aus, während die Angestellten sich langsam zurückzogen, nachdem sie den Tisch fertig vorbereitet hatten.

Für einen kurzen Moment beobachtete Adam mich durchdringend, aber ich hielt ihm furchtlos stand. Er war nicht im Ansatz so weit in unserer Welt verwoben wie Bastian und ich.

Er hat keine Ahnung, mit wem er sich anlegt, wenn er Streit mit mir sucht.

Nach wenigen Sekunden senkte er seinen Blick und ich nahm mir eines der Brötchen. Wieder sahen Bastian und ich uns an und ich wusste, dass er meine Gedanken zu Adam teilte.

Er nahm sich ebenfalls ein Brötchen und ließ das Messer künstlerisch in seinen Fingern rotieren, bevor er das Brötchen zerschnitt.

Nicolai räusperte sich schließlich und zog die Aufmerksamkeit auf sich. Bisher hatte ich mit ihm kaum ein Wort gewechselt – seine Stimme war angenehm und ein Akzent mischte sich hinein.

»Ihr habt bereits mit der Suche nach Silas angefangen«, begann er mit einem Blick auf die geschlossenen Laptops, die neben Bastian und mir lagen. »Konntet ihr schon einen Durchbruch erzielen? Solange unsere Vereinbarung nicht offiziell ist, haben wir das Überraschungsmoment auf unserer Seite. Wir sollten das nutzen.«

Somit ist Bastians Vermutung untermauert: Keiner von uns hat eine Idee von seinem Aufenthaltsort.

Betont langsam kaute ich und stimmte mich über einen kurzen Blick zu Bastian mit ihm ab. Sein Ausdruck verriet mir, dass er es auch für besser hielt, nur zum Teil mit offenen Karten zu spielen.

»Wir verfolgen Silas' Spur schon länger«, erklärte ich wahrheitsgemäß und griff nach der Tasse Tee, die mir ein Angestellter gebracht hatte.

19

»Bisher hatten wir keinen entscheidenden Durchbruch, der auf seinen aktuellen Standort schließen lässt, aber wir haben die besten Leute darauf angesetzt.« Es war die Wahrheit, aber es widerstrebte mir, unser Unwissen zuzugeben.

Ich bin nicht gerne im Nachteil gegenüber einem Gegner, aber noch weniger gebe ich zu, dass wir in Zugzwang sind.

Giovanni runzelte leicht die Stirn. Er wusste genau, was meine Worte bedeuteten. »Auch wir haben unsere Leute darauf angesetzt und versuchen seit geraumer Zeit, ihn aufzuspüren«, wandte er ein. »Ihr werdet auch festgestellt haben, dass er schwer zu finden ist.«

»Bei unserem letzten Kontakt mit Silas haben wir bemerkt, dass er ein impulsiver, arroganter Mensch ist«, warf Bastian zuversichtlich ein. »Wir sollten unsere Suche weiterlaufen lassen. Er wird ebenfalls nach uns suchen und früher oder später einen Fehler machen.«

Es war wie bei der Begegnung an der Uni. Ich hatte nicht so früh mit ihm gerechnet, aber Silas ist ungeduldig. In diesem Spiel geht es jedoch darum, wer länger die Füße stillhalten kann und dem anderen Zeit für Fehler einräumt.

»So sehe ich das auch«, pflichtete ich Bastian bei. »Welche Erfahrungen konntet ihr bisher mit Silas sammeln?« Wir wussten, dass die Belluccis ein Problem mit Silas hatten, aber die genauen Umstände waren uns noch nicht bekannt.

Nachdenklich biss ich von meinem Brötchen ab und bemerkte, dass die beiden Söhne der Belluccis sich mit gemischten Ausdrücken ansahen und mir auswichen.

Selbst Giovanni Bellucci wollte eher ungern auf meine Frage antworten, während Biancas Gesicht sich sichtbar verdüsterte.

»Silas hat unsere Mutter getötet«, unterbrach sie die angespannte Stille und warf sich in einer eleganten Geste ihre Haare über die Schulter. »Er hätte in unserer Familie früher eine höhere Priorität spielen müssen.«

Ich konnte mein Erstaunen über die direkten Worte gut verbergen, ihre Offenheit war ungewöhnlich.

Bianca scheint in den Geschäften ihrer Familie involvierter zu sein, als gedacht.

Sie musterte ihren Vater und ihre Brüder anklagend und unterstrich damit ihre Worte. Ihre Brüder wichen ihr verlegen aus, aber Giovanni hielt ihr kühl stand.

»Bianca, du weißt, dass es immer ein Anliegen bei uns war …«, begann er, aber Bianca drehte sich zu Bastian und mir.

»Es ist gut, dass ihr da seid und endlich Bewegung in die Sache kommt«, sagte sie, doch ich beobachtete den aufkommenden Streit kommentarlos.

Nicht unsere Familie, nicht unsere Angelegenheit.

Bevor sich eine angespannte Stille ausbreitete konnte, rettete uns Bastians klingelndes Telefon. Er nahm das Gespräch an und hielt sich das Handy ans Ohr.

»Hi Ian«, sagte Bastian und warf mir einen durchdringenden Blick zu.

Ich erstarrte in meiner Bewegung und ließ die Teetasse langsam sinken.

Hat Silas jetzt schon seinen Fehler begangen?

»Nein, wir sind bei den Belluccis. Warum fragst du?«, entgegnete Bastian auf eine Frage von Ian.

Er war sich bewusst, dass jeder Blick in diesem Raum ihm galt und alle gespannt warteten.

»Wann war das?«, fragte Bastian und ich spürte, wie die Anspannung in meine Adern schoss.

Ian hat ihn! Er würde uns sonst nicht einfach anrufen! Oder ...

Kalte Angst raste so plötzlich durch meine Gedanken, dass sie mich drohte zu lähmen.

Was ist, wenn Joshua und Kaja etwas passiert ist?!

Als hätte Bastian meine plötzliche Furcht gespürt, verengten sich seine Augen ein winziges Stück. Uns beiden war bewusst, dass die Belluccis uns beobachteten, aber Bastian schüttelte leicht den Kopf – Entwarnung, was Kaja und Joshua anging.

»Danke, Ian.« Er erhob sich und ließ sein angebissenes Brötchen achtlos zurück. »Wir brechen sofort auf.«

Kapitel 2

Autobahn in Frankreich
Sonntag, 26. September – Joshua

Mein Kopf vibrierte unangenehm, als ich mich an die Seitenscheibe des Autos lehnte und ich setzte mich aufrecht in den Sitz des Mercedes. Seit Stunden waren wir auf der Autobahn unterwegs und fuhren in Richtung Süden. Ich hatte aufgehört, Kaja zu fragen, wohin sie fuhr, weil sie mir keine klare Antwort gab. Mein Jackett hatte ich ausgezogen und auf die Rückbank gelegt, ebenso wie die dunkelblaue Fliege und die Hosenträger. Der oberste Knopf meines Hemdes war aufgeknöpft und ich konnte Mayrens Duft an meinem Kragen riechen, der mir sofort ein angenehmes Kribbeln in der Magengegend verschaffte.

Sie empfindet für mich das gleiche wie ich für sie!

Vor fast zwei Wochen hatte ihre Ankunft mein Leben komplett auf den Kopf gestellt. Sie war eine Auftragskillerin. Darauf angesetzt, mich zu töten. Entschied sich aber dazu, für meinen Schutz einzutreten und die Spur zu ihrem Auftraggeber zu verfolgen.

Wer hätte gedacht, dass wir in so einer Situation Gefühle füreinander entwickeln?

Gedankenverloren starrte ich aus der Windschutzscheibe und dachte an das gestrige Telefonat mit meiner Tante. Es brach mir das Herz und verursachte mir eine Gänsehaut auf den Armen.

Ich habe sie in einen Strudel voller Angst und Sorgen um mich geschickt ...

Sie und meine Freunde wurden mit meinem Anruf und einer Chatnachricht gewarnt, dass ich abtauchen musste und dass man sich somit womöglich an sie wenden könnte. Ian versprach ein Auge auf sie zu haben, aber trotzdem machte mir die Situation unheimliche Sorgen.

»Du solltest schlafen«, meinte Kaja neben mir sanft.

»Ich kann nicht schlafen.« Die Eindrücke der letzten Nacht lasteten schwer auf meinen Schultern und sobald ich die Augen schloss, drohten sie, mich zu überrollen und ich öffnete sie wieder.

Seit meiner Entführung ist es mit dem Schlaf ohnehin schwierig.

Ein Gedanke schlich sich in mein Unterbewusstsein.

In Mays Gegenwart konnte ich gut schlafen ... wie in der Nacht, als wir uns so nah waren.

Nur war Mayren nicht bei mir, sondern ist in London geblieben, um Silas zu finden.

»Wir werden noch eine Weile unterwegs sein, du wirst müde werden«, versprach Kaja, worauf ich genervt die Arme verschränkte.

Als ob das Müde-Sein das Problem ist.

»Wirst du etwa nicht müde?«, fragte ich sie. Kurz erwiderte sie meinen Blick, bevor sie breit grinste.

»Du kannst mich nicht ärgern. Ich bin nicht Mayren, die auf jede Stichelei sofort anspringt und sich in eine Diskussion mit dir verwickeln lässt.«

Ist Kaja immer so ruhig und überlegt?

Auch sie trug noch ihr rostrotes Kleid und die passenden Handschuhe aus Spitze. Für einen längeren Moment starrte ich auf ihre Hände und die schlanken Finger und wandte mich ab.

Sie trägt immer diese Handschuhe. Hat sie Verletzungen an den Händen, die sie verbergen will?

Eine direkte Nachfrage war taktlos, weswegen ich einfach schwieg. Erneut stieg mir eine Brise von Mayrens Geruch, gemischt mit ihrem Parfüm, in die Nase und meine Nackenhaare stellten sich auf.

Hoffentlich übersteht sie den Kampf mit Silas unverletzt.

Es kam mir feige vor, mich aus diesem Konflikt herauszuhalten, aber mein Vertrauen in Mayren und ihre Fähigkeit war ungetrübt. Meine Anwesenheit würde für sie nur ein Hindernis darstellen.

»Kannst du bitte sagen, was dieses *Operation Phönix* ist?«, fragte ich vorsichtig und bat erneut um eine Antwort, die Mayren mir nicht geben wollte.

Kaja seufzte. »Solange die Operation nicht startet, ist es für dich irrelevant.«

»Aber es wird bald relevant«, hakte ich ein und ließ sie bei meinen Worten nicht aus den Augen.

Welches Problem haben sie, dass sie mir nichts verraten?

Kaja tat meine frustrierten Worte mit einem Lächeln ab. »Du wirst nie allein sein und beim Inkrafttreten von Phönix, wirst du genau gesagt bekommen, was du wie zu tun hast.«

Eigentlich wollte ich weiter stänkern, aber ich besann mich eines Besseren.

Aus Kaja bekomme ich kein weiteres Wort heraus.

Theatralisch seufzte ich und sah in den Seitenspiegel, in dem ein kleiner Wald verschwommen durch die hohe Geschwindigkeit in diffusen Grün- und Brauntönen hinter uns zurückblieb.

Sie werden mich weiterhin im Dunklen stehen lassen.

Es frustrierte mich außen vor zu sein.

Kapitel 3

London Umland, Villa der Belluccis
Sonntag, 26. September – Mayren

Kieselsteine stoben hinter Bastians Kawasaki auf, als er Gas gab. Kurz schlitterte das Hinterrad, dann bekam der Reifen Haftung und das Motorrad schoss die Auffahrt hinab. Der Helm presste sich an meine Gesichtszüge und ich umfasste mit meinem rechtem Arm Bastians Taille. Ein Gefühl von Freiheit ließ meine Magengegend kribbeln, als Bastian die Maschine auf die Hauptstraße lenkte und stark beschleunigte.

Silas ist gerade in Kensington gesichtet worden und Ian hat ihn beim Einbruch in das Haus beobachtet, in dem meine alte Wohnung lag. Wir müssen ihn rechtzeitig abpassen – selbst wenn wir auf dem Weg dorthin sämtliche Tempolimits brechen müssen!

»Ian, wie sieht's aus?«, rief ich über den brausenden Fahrtwind hinweg und hoffte, dass er uns über die kabellosen Kopfhörer gut verstehen konnte.

»Silas hat die Wohnung bisher nicht verlassen«, entgegnete Ian konzentriert. »Beeilt euch.«

In einem waghalsigen Überholmanöver raste Bastian an einem Lkw vorbei, der unser Fahrverhalten mit einem wütendem Hupen und einer entsprechenden Geste kommentierte. Wir ignorierten ihn und fuhren auf den Highway, der zurück in die Stadt führte.

Wann waren wir unvorsichtig und haben den Standort unserer Wohnung verraten?

Ich biss mir auf die Unterlippe. »So gerne ich es tun würde, aber wir können Silas nicht einfach töten«, knurrte ich widerwillig. Wie hat er unsere Wohnung gefunden, Ian? Wir müssen herausfinden, wo er seinen Unterschlupf hat, damit wir Informationen, wie bei diesem Londoner Clan Duskvein gewinnen können.« Vor mir brummte Bastian zustimmend.

»Er ist mit einem Motorrad da«, verkündete Ian konzentriert. »Das Kennzeichen ist ungültig und das Bike steht nur eine Straße von unserer Wohnung entfernt.«

»Gut. Wir können den Peilsender nehmen, den ich an meinem Bike habe«, rief Bastian mir über den Fahrtwind zu. »Damit können wir ihn direkt in seinen Unterschlupf verfolgen.«

Ich klopfte ihm auf die Schulter, um zu zeigen, dass ich seine Worte verstanden hatte und seinem Plan zustimmte.

Wir finden Silas! Ich wusste, dass es nur eine Frage von Zeit war, bis er einen Fehler macht!

Der Motor von Bastians Kawasaki heulte auf, als er sie die Straße hinuntertrieb. Wenn Bastian das Tempo hielt, würden wir in zehn Minuten an der Wohnung sein.

»Wenn Silas das Haus verlässt, ist er in maximal drei Minuten an seinem Bike«, verkündete Ian und ich konzentrierte mich auf seine Stimme. »Im Notfall werde ich ihn irgendwie aufhalten können, aber ich wäre euch dankbar, wenn ihr es rechtzeitig schafft.«

Bastian beschleunigte seine Kawasaki noch etwas mehr.

Der Fahrtwind zerrte an meinem Shirt und den Haaren, die unter meinem Helm herausschauten.

Mir war die Gefahr, die mit diesem riskanten Fahrstil einherging, bewusst, aber ich vertraute auf Bastians Fähigkeiten. Er fuhr seit Jahren Motorrad und mit einem Auto waren wir nicht ansatzweise so schnell in der Stadt.

»Ich werde euer Navi spielen«, sagte Ian knapp.

»Danke, Ian!«, rief ich und zuckte zusammen, als ein Auto neben mir hupte. Ich warf dem Fahrer einen genervten Blick zu, aber vermutlich sah er es durch mein Visier überhaupt nicht.

Wenn Silas einen Tag früher auf diese Spur gekommen wäre ... Er hätte uns kalt erwischt.

Ich knirschte mit den Zähnen, als ich mir diesen Fakt eingestand. Wir hatten uns in diesen vier Wänden sicher gefühlt und es trieb mir ein kleines Stechen ins Herz, als ich daran dachte, Joshua in Gefahr gebracht zu haben.

Fuck, Mayren! 100 % Konzentration!

»Ihr habt noch acht Minuten bis zu Silas' Motorrad«, verkündete Ian in dem Moment. »Er ist noch in der Wohnung.«

Ich muss es schaffen, den Sender anzubringen!

Wind peitschte mir durch das geöffnete Visier ins Gesicht, als ich die Verkehrssituation begutachtete. Da es Sonntag war, beschwerte kein Berufsverkehr die Straße und durch Bastians Raserei hatten wir Zeit gewonnen. Dann bremste mein Freund ab und wir rollten in reduzierter Geschwindigkeit, aber über dem Tempolimit, in die Stadt ein.

»Ian, wir sind gleich da«, hörte ich Bastians Stimme über unsere Kopfhörer. »Bitte behalte ihn genau im Auge, ich will nicht, dass er May sieht.«

Ian lachte leise und amüsiert. »Was denkst du, was ich tue? In 400 Meter rechts abbiegen.«

Bastian beschleunigte ein letztes Mal, bevor er sich in eine Lücke zwischen zwei Pkws einreihte.

Mein Herz schlug in schnellem Takt in meiner Brust und eine Prise Aufregung mischte sich in meine Entschlossenheit. Ich hielt mich an Bastian fest, als er an der entsprechenden Kreuzung abbog, und genoss den Triumph, dass wir Silas einen Schritt voraus waren.

»Die nächste Möglichkeit links und dann in 600 Metern rechts abbiegen«, berichtete Ian.

Vorsichtig löste ich meinen Arm von Bastians Taille. »Wo ist dein Sender, Basti?«

Wie angegeben bog Bastian ab. »Hinter meinem Rücklicht. Du solltest ihn mit etwas Kraft einfach abziehen können.«

»Das Bike kommt gleich auf eurer linken Seite«, sagte Ian. »Und Silas hat gerade das Haus verlassen!« Den letzteren Satz sagte er mit Nachdruck und mein Körper stieß Adrenalin aus, das ein wildes Kribbeln durch meine Adern jagte.

Bastian ließ sein Motorrad ausrollen und hielt am Straßenrand. »Ich sammle dich am Ende der Straße ein«, sagte er, als ich vom Sitz hinter ihm rutschte, meinen Helm abnahm und mich für wenige Sekunden an seinem Rücklicht zu schaffen machte, um den Sender, der kaum größer war als eine Münze, abzuziehen.

»Alles klar.«

Mit einem aufmunternden Lächeln hob Bastian den Daumen und beschleunigte die Straße hinunter. Ohne mich umzusehen, folgte ich ihm, bis ich die rote Maschine am Straßenrand erkannte.

»Von welcher Seite kommt er, Ian?«, fragte ich unauffällig und betrachtete die klebrige Oberfläche des Senders. Sie war noch gut erhalten und ich hoffte, dass sie lange genug an Silas' Motorrad halten würde, um ihn zu verfolgen.

»Gleiche Richtung wie dein Laufweg«, hörte ich Ians Stimme abgehackt über den einzelnen Kopfhörer. Durch die Entfernung von Bastians Handy war der Sound von einem Rauschen durchzogen.

Sehr gut, das heißt ich habe ihn ihm Rücken.

Zufrieden hielt ich den Peilsender zwischen meinem rechten Daumen und Zeigefinger, während ich mich der Maschine näherte und meine Schritte verlangsamte. Ich warf einen unauffälligen Blick über meine Schulter, bevor ich neben dem Motorrad niederkniete und vorgab, meine Schnürsenkel zu binden. Keiner der Passanten beachtete mich.

»Wie viel Zeit habe ich?«, fragte ich leise und musterte das Bike neben mir.

»Eine Minute, bis er in die Straße einbiegt.«

Trotz des Zeitdrucks bewahrte ich Ruhe und klebte den kleinen Sender unter das Schutzblech des Vorderrades. »Sender platziert«, gab ich knapp durch und stand auf, um weiterzugehen.

»Sender funktioniert«, bestätigte Ian und ich hörte die Anspannung aus seiner Stimme. »Beeil dich, May! Er biegt gleich in die Straße ein!«

Ich muss unauffällig sein und darf nicht losrennen!

»Ich bin gleich bei Bastian«, sagte ich betont ruhig und beschleunigte meine Schritte auf ein unauffälliges Tempo.

»Silas ist in die Straße eingebogen!«

Wie gerne würde ich das Problem direkt beseitigen!

Ein Kribbeln legte sich über meinen Nacken, aber ich kämpfte gegen den Drang an, mich umzudrehen und meine Waffe zu ziehen.

»Hat er uns gesehen, Ian?«, fragte ich und suchte den Blickkontakt mit Bastian. Mit seinem schwarzen Helm und dem farblich passenden Oberteil, unter dem sich seine Muskeln abzeichneten, machte er eine sportliche Figur auf dem Bike. Mir entging nicht, dass zwei Frauen ihn interessiert musterten, während ich meinen Helm wieder aufzog.

»Nein, scheint nicht so«, entgegnete Ian und Bastian und ich sahen uns triumphierend an. Mit einer ungeduldigen Geste gab er mir zu verstehen, dass er schnell verschwinden wollte und ich stieg hinter ihm auf den Sitz. Ich schlang meinen rechten Arm um seine Taille und er beschleunigte sofort die Maschine und wir entfernten uns aus Kensington. Es war ein endgültiger Abschied aus dem Stadtteil Londons, der mein Leben so auf den Kopf gestellt hatte. Wir konnten nicht zurück in die Wohnung, weil Silas eine Falle für uns arrangiert haben könnte.

Bye Kensington ...

»Silas hat seinen Rückzugsort in einem stillgelegten Industriegebäude«, erklärte Ian über den Lautsprecher von Bastians Handy. »Wir haben einige Satellitenbilder ausgewertet und können sagen, dass er nicht allein ist.«

Ein kleines Lächeln zuckte über meine Lippen, als ich daran dachte, dass wir Silas heute in die Enge treiben und seine Bedrohung endlich beenden würden. Durch die genannten Koordinaten von Ian hatten Nicolai und Federico bereits eine Karte auf ihrem Tablet geöffnet und studierten die Lage von Silas' Aufenthaltsort. Die Abgelegenheit hatte ihn und seine Leute bisher geschützt, aber sie würde auch uns schützen, wenn wir sie heute Nacht angreifen.

»Wie viel Leute sind bei ihm?«, fragte ich und legte nachdenklich den Kopf schräg.

»Schwer zu sagen«, gab Ian zurück. »Viele verlassen womöglich nicht das Haus, das macht es schwierig, Rückschlüsse zu ziehen. In den letzten Tagen konnten wir mindestens zehn Leute über Fahrzeugbewegungen ermitteln. Wir werden weitere Tage auswerten und euch schicken.«

»Unsere Leute werden Lagepläne des Gebäudes besorgen«, erklärte Giovanni Bellucci entschlossen. »Anhand dieser Unterlagen und den Zahlen entwerfen wir einen Plan für unser Vorgehen.«

Bianca nickte zustimmend und ich fragte mich unwillkürlich, ob sie an dem Angriff mitwirken wollte.

Der Entschlossenheit auf ihrem Gesicht nach, war genau das ihr Plan.

»Sehr gut. Danke für eure Unterstützung«, antwortete Ian auf die Worte von Bellucci. »Ich melde mich, wenn ich ein Update zu den Zahlen geben kann.« Ohne Verabschiedung legte er auf.

Der Kampf in der Industriehalle wird hart werden.

»Wie viele Leute könnt ihr mobilisieren, die mit uns zusammen die Fabrik angreifen?«, fragte Bastian nach. »Die Vorbereitung des Angriffs wird etwas Zeit kosten. Wir sollten schnellstmöglich unsere Teams und die Bewaffnung festlegen.«

»Silas hat unsere leere Wohnung gesehen und weiß, dass wir die Stadt verlassen haben.« Ich ließ meine Worte wirken und beobachtete die Reaktion des Familienoberhaupts. »Es ist nur eine Frage der Zeit, bis wir ihn wieder verlieren.«

Giovanni presste nachdenklich seine Fingerkuppen aneinander. »Nicolai und Adam werden euch im Vorstoß begleiten.« Letzterer riss erschrocken die Augen auf und ich erkannte die blanke Angst in seinen Zügen, die kurzzeitig seine Arroganz vertrieb.

»Ich werde meine Leute anrufen«, sagte Nicolai entschlossen und nahm sein Telefon aus der Hosentasche. »Entschuldigt mich.« Mit diesen Worten verließ er den Raum und zog leise die Tür hinter sich ins Schloss.

»Welchem Team kann ich mich anschließen?«, frage Bianca entschlossen. Im Gegensatz zu ihrem Verlobten wirkte sie furchtlos und erinnerte mich an mein jüngeres Ich.

»Keinem«, intervenierte ihr Vater sofort, aber sie sah ihren Bruder Federico an, als würde sie ihn um Erlaubnis fragen.

»Du könntest dich der Datenanalyse anschließen«, meinte dieser nach einigen Sekunden Schweigen. »Florian und Serges benötigen sicherlich noch Unterstützung in diesem Bereich.«

Bianca wollte zum Protest ansetzen, aber Giovanni erhob sich und setzte damit der Diskussion ein Ende. »Genug davon«, sagte er streng, bevor Bianca weiter protestieren konnte.

Sie runzelte unzufrieden die Stirn, aber ihr blieb nichts anderes übrig, als sich zu fügen.

Kurz darauf kehrte Nicolai zurück und stellte sich neben seinen Vater an die Stirnseite der Tafel.

»Wir haben 18 Leute, die uns unterstützen. Alle sind auf dem Weg hierher und werden für die komplette Mission zur Verfügung stehen.« Seine Stimme war angenehm kühl und ich konnte die Aufregung in seinen Augen erkennen, aber auch, dass er in Extremsituationen einen klaren Kopf bewahren konnte.

»Wir brauchen entsprechende Ausstattung«, nahm Bastian den Faden auf und stellte eine klare Forderung in Richtung der Belluccis. »Schutzausrüstungen und Waffen.«

Er hat recht, mit meiner Glock komme ich nicht weit.

Federico legte den Kopf nachdenklich schief. »Das sollte das kleinste Problem sein, welche Waffen bevorzugt ihr?«

Ich antwortete schnell: »Eine MP5.«

Meine Auswahl forderte Federico offenbar nicht heraus.

»Wir haben die Lagepläne gerade erhalten«, berichtete Nicolai mit einem Blick auf das Tablet und gerunzelter Stirn. »Lasst uns loslegen.«

Eine grausame, todbringende Vorfreude nahm Besitz von mir. Ich war froh, dass ich endlich eine weitere Gefahr für Joshua beseitigen konnte. Endlich hatte das passive Warten ein Ende und wir konnten aktiv handeln.

Kapitel 4

Autobahn Spanien
Sonntag, 26. September – Joshua

»Sind wir bald da, wohin du mich entführst?«, fragte ich genervt und warf Kaja einen entsprechenden Blick zu. Meine schlechte Laune beeinflusste sie nicht, aber sie unterbrach das rhythmische Summen eines Popliedes aus dem Radio.

»Wir fahren nach Barcelona. Die Stadt hat eine gute Größe, um in die Anonymität abzutauchen und wir können von dort schnell verschwinden.« Nachdem sie mich all die Stunden zuvor hat zappeln lassen, war ich nun überrascht, dass sie mir antwortete.

»Warum sagst du mir auf einmal, wohin wir gehen?«, fragte ich, aber sie nahm es mit einem müden Lächeln auf. Kaja war ein angenehmer Mensch, aber man sah ihr ihre Fähigkeiten nicht an – die mörderische Präzision, mit der sie wie Mayren die Leben von Menschen beenden konnte.

»Auch ich bin erschöpft«, gestand sie und setzte den Blinker, um auf die Überholspur zu ziehen. »Außerdem fühle ich mich in Barcelona sehr wohl.«

Die Aussicht auf diese Stadt löste gemischte Gefühle in mir aus. »Ich wollte schon immer nach Barcelona.«

»Vermutlich aber unter anderen Umständen, oder?« Kaja erahnte meine Stimmung, aber ich wollte ihre Frage nicht beantworten, weil ich mich vor dem Gedanken scheute, weiterhin der drohenden Gefahr ins Auge zu sehen.

37

»Warum Barcelona? Kennst du dich dort aus?«

Kaja lachte spöttisch und trocken. »Barcelona war meine Heimat, bevor ich von Zeros Leuten entführt wurde. Mein Vater und ich haben dort gelebt.«

»Ist dir das gleiche passiert wie May?« Ich hatte Angst, etwas Falsches zu sagen, aber konnte meine Neugier nicht zurückhalten.

Kaja seufzte und strich sich eine Strähne hinters Ohr und ihr Gesicht nahm einen traurigen Ausdruck an. »Im Grunde ist jedem von uns das gleiche passiert.«

Jeder einzelne dieser Leute hat die brutale Ermordung seiner Familie mitansehen müssen?!

»Es ist Jahre her, aber ich erinnere mich an jedes Detail«, begann Kaja mit düsterer Miene. »Meine Mutter verließ uns, als ich sehr klein war, und mein Vater zog mich auf. Es war bestimmt nicht leicht für ihn, aber er hat alles getan, um mir eine glückliche Kindheit zu bieten.« Ihre Augen schimmerten glasig vor Trauer und den Schmerzen, die sie mit der Erinnerung verband. »Er hatte eine kleine Gärtnerei – die Liebe zu Pflanzen lag mir im Blut«, fuhr sie fort. »Frühling und Herbst waren die schönsten Jahreszeiten. Manchmal durfte ich den Kindergarten schwänzen und ihn zur Arbeit begleiten. In der Zeit saßen wir zwischen den Blumen und er brachte mir alles über die Pflanzen bei, die gerade blühten.« Eine einzelne Träne löste sich aus Kajas Augenwinkel und rollte über ihre Wange. Verlegen wischte sie sie mit ihrem Handschuh weg.

Ich konnte den Schmerz in ihren Zügen ablesen.

Die Erinnerungen klingen so schön und müssen so grausam geendet haben.

»Du musst nicht darüber sprechen, wenn es dir zu sehr wehtut«, sagte ich sanft. Die negativen Erinnerungen mussten schreckliche Gefühle in ihr erzeugen.

»Es ist okay.« Kaja schüttelte leicht den Kopf und ihre Stimme wurde fester. »Es war an einem der Abende, an denen Papa und ich den ganzen Tag in der Gärtnerei waren. Es war Hochsaison und wir verbrachten den ganzen Abend eines heißen Tages damit, die Pflanzen zu gießen. An dem Tag brachte er mir alles über Hortensien bei, sie waren seine liebsten Pflanzen. Wir waren allein in den Gewächshäusern, als sie angriffen ...« Kaja machte eine kurze Pause und atmete durch.

Auf meinen Armen stellte sich eine Gänsehaut ein, da ich eine grobe Vorstellung von dem hatte, was gleich folgen würde.

»Ich war damals fast sechs Jahre alt und Papa und ich wollten am nächsten Tag meinen Schulranzen kaufen gehen, da ich in diesem Sommer eingeschult werden sollte. Es ging alles so schnell ...« Ihr Atem stockte, als sie sich an den Tag zurückerinnerte. »Erst hörte ich nur die lauten Schüsse, das Klirren und Bersten von Glas und anschließend regneten Scherben vom Gewächshaus auf uns nieder und zersprangen auf dem Boden ... überall flogen sie umher.« Kurz stockte sie und eine kleine Ader auf ihrer Schläfe pulsierte. »Ich verstand gar nichts und versteckte mich in den Hortensienbüschen, während mein Vater ...«

Ich ballte meine Hände zu Fäusten und ein kaltes Grauen nistete sich in meiner Brust ein.

Warum hat man die Kinder das nur mit ansehen lassen?

»Bewaffnete Männer in schwarzer Montur stürmten durch den Eingang und schossen auf ihn. Er hatte keine Chance und brach sofort zusammen. Er starb in seinem eigenen Blut, während ich mich in den Büschen versteckte, aber es war zwecklos.«

»Sie fanden mich, zerrten mich aus den Pflanzen … vorbei an meinem Vater. Das letzte, was ich sah, war der leblose Körper meines Papas in einer Pfütze aus seinem eigenen Blut.«

Was für eine grauenvolle Erinnerung!

»Ich habe tagelang geschrien, geweint und gehungert. Mein einziges Ziel war es, zu meinem Vater zu kommen, selbst wenn es meinen eigenen Tod bedeuten würde.« In ihrem Ausdruck war die Trauer der Entschlossenheit gewichen. »Mittlerweile schicke ich meinem Vater die Leute, die für den Tod anderer verantwortlich sind. Erst wenn Zero bei ihm ist, kann ich zur Ruhe kommen.«

Für eine Weile schwiegen wir und meine Wut auf Zero verstärkte sich.

Dieses Arschloch hat den Tod verdient!

»Das ist so grausam«, sagte ich langsam. »Es tut mir leid, dass ihr so was durchmachen musstet.«

Kaja verzog ihre Lippen zu einem schiefen, gezwungenen Lächeln. »Es ist unsere Vergangenheit und macht uns aus. Du hast es nicht verursacht. Es gibt nichts, was dir leidtun muss.«

»Danke, dass du mir das anvertraut hast.«

»Danke, dass du mir zugehört hast. Ich habe die Geschichte schon lange nicht mehr erzählt, dabei ist es so wichtig, dass wir nicht vergessen, was uns antreibt und uns ausmacht.« Kaja seufzte leise, als würde ihr ein Gewicht von der Seele genommen werden. »Wir können unsere Vergangenheit nicht ungeschehen machen.«

Schweigen breitete sich zwischen uns aus, aber das Klingeln von Kajas Telefon unterbrach uns.

»Ian?«, flüsterte Kaja, bevor sie den Anruf annahm.

Mein Herz setzte einen angstvollen Schlag aus.

Hoffentlich ist Mayren und Bastian nichts passiert!

»Hi, Ian, du bist auf laut«, sagte Kaja. »Ist etwas passiert?«

»Hallo, ihr zwei«, meinte er ruhig und ich musste mich zurückhalten, um Ian nicht vor Anspannung ins Wort zu fallen.

Ian räusperte sich am anderen Ende. »Es geht allen gut. Keine Sorge. Basti und May haben Silas' Aufenthaltsort gefunden und werden heute Nacht noch stürmen.«

Kalte Panik trieb mir Schweiß auf die Stirn und ich beschäftigte mich automatisch mit dem Gedanken, was alles schief gehen konnte.

»In welchem Trupp sind sie?«, hakte Kaja nach.

»Sturm. Sie werden als erste ins Gebäude gehen.«

Kaja verdrehte die Augen und fluchte leise auf Spanisch.

May ...

»Um wie viel Uhr?« Kaja wirkte angespannt, während ich weiterhin wortlos auf das Display des Autos starrte, auf dem der Anruf von Ian angezeigt wurde.

»Heute Nacht gegen drei. Sie haben die Lagepläne erhalten

und entwickeln ihr Vorgehen.« Ians Stimme war ruhig und kontrolliert. »Sie werden sie überrumpeln, keine Sorge.«

»Wer sind *sie*?«, fragte Kaja. »Ist Silas nicht allein?«

Es schien, als würde Ian am anderen Ende der Leitung den Kopf schütteln. »Nein, es sind mehrere Leute bei ihm und wir ermitteln gerade, mit wie viel Widerstand zu rechnen ist.«

Unruhe lag in Kajas Mimik. »Danke Ian«, entgegnete sie mit einer ungewöhnlichen Sanftheit in der Stimme.

»Gerne, doch.« Für einen kurzen Moment schwieg er, dann entgegnete er etwas auf Spanisch und brachte Kaja damit zum Lächeln.

Frustriert wandte ich mich ab. Ich hasste es, wenn sie die Sprache mutwillig änderten, damit ich nichts verstand.

Kaja antwortete auf Spanisch und legte schließlich auf.

»Was sollte ich nicht verstehen?«, fragte ich direkt mit einem Anflug von Wut. »Wenn es um Mayren geht, dann will ich wissen, wie die Lage ist.«

Irritiert zog Kaja eine Augenbraue hoch. »Es gibt Dinge, die dich nichts angehen«, antwortete sie kühl. »Auch wenn du ziemlich weit in unsere Scheiße reingeraten bist und eine *Was-auch-immer-Beziehung* zu May hast, bist du kein Mitglied unseres Clans.«

Ihre Worte wirkten wie eine Ohrfeige und erinnerten mich an den letzten Streit mit Mayren, als sie sich weigerte, mich in den Clan aufzunehmen.

»Danke für die *freundliche* Ausführung«, schoss ich zurück. »Bastian und Mayren könnten heute sterben und ihr sprecht auf einer anderen Sprache, damit ich euch nicht verstehe.

Clan-Scheiße hin oder her, aber ich mache mir Sorgen um meine Freunde!« Damit wandte ich mich von ihr ab und beendete das Gespräch. Die spanische Musik im Hintergrund überbrückte unangenehm laut das Schweigen.

Nach ein paar Minuten seufzte Kaja. »Denkst du, ich mache mir keine Sorgen? Die beiden wissen, was sie tun, kennen einander und gleichen sich perfekt aus. Als wir jünger waren, haben wir das Stürmen oft geübt. Die beiden werden gewinnen.« Kaja warf mir einen versöhnlichen Blick zu und ihre Worte ermutigten mich wieder etwas.

Kapitel 5

London Umland, Villa der Belluccis
Sonntag, 26. September – Mayren

Der Sonntag neigte sich dem Ende zu, während die Wolken das Wetter der letzten Tage veränderten und den Herbst begrüßten. Eine sanfte Brise ließ die Blätter vor den Fenstern tanzen, während ich mich vorbeugte und die Lagepläne musterte.

»Wir bringen Sprengladungen an verschiedenen Positionen des Gebäudes an. Dadurch verschaffen wir uns Zutritt und stiften gleichzeitig Verwirrung.« Federico deutete auf die rot markierten Punkte auf dem Grundriss des Gebäudes. »Gleichzeitig werden unsere zwei Sturmtrupps – angeführt von Mayren und Nicolai – ins Haus eindringen und stürmen.« Er deutete auf die beiden blau markierten Zugangspunkte und Nicolai nickte mir zu. »Unsere Deckungsgruppen werden draußen bleiben und Gegner, die zu fliehen versuchen, erschießen. Zusätzlich haben wir an jeder Seite der Industriehalle Scharfschützen.« Federico ließ seinen Blick durch die Runde schweifen. »Fragen?«

Ich tat es ihm gleich und sah mir ebenfalls die Männer und Frauen an, die uns bei der nächtlichen Mission begleiten werden.

Bastian und mir wurde ein Mann zugeteilt, der meine Größe und Bastians Statur hatte.

Sein Name war Alexander, er war ein schweigsamer, ruhiger Mensch und begnügte sich bisher damit, Bastian und mich misstrauisch zu mustern. Solange sein Misstrauen uns keinen Strich durch die Rechnung macht, wäre er eine wertvolle Unterstützung.

Adam wurde Nicolais Trupp zugeteilt und starrte mit blassem, ausdruckslosem Gesicht auf einen Punkt des Tisches. Eine Schweißperle hatte sich von seiner Stirn gelöst und rollte ihm über die Schläfe.

Das ist eine Prüfung für Adam, die ihm die Familie aufbürdet. Das ist nichts, worin ich mich einmischen sollte.

»Wir haben zwischenzeitlich von unseren Verbündeten, den Georgiern …« Nicolai deutete mit einer Geste auf Bastian und mich und einige Augenpaare folgten seiner Handbewegung, »… die Information erhalten, dass in der letzten Woche etwa 20 Menschen in dem Gebäude ein- und ausgegangen sind. Auf diese Zahl sollten wir uns jedoch nicht festlegen, da es Leute gibt, die das Gebäude vielleicht nicht verlassen haben.« Kurz verklangen seine Worte im Raum und ließen Platz für Fragen, aber niemand sprach und er wischte auf dem Tablet zur Seite und zeigte ein Bild von Silas. »Unsere Zielperson ist Silas Brown.«

»Wir sollten ihn möglichst lebendig fangen«, warf ich ein und der Fokus zog sich auf mich. »Silas hat nicht nur *eurem* Clan geschadet, sondern auch unserem und ich will, dass er für beide Taten zur Rechenschaft gezogen wird. Seine Kameraden stellen jedoch eine potenzielle Gefahr dar und diese gilt es zu beseitigen.«

Silas will uns schaden, also muss ich ihm zuvorkommen. Reue wäre unangebracht, meine Leute und Joshua zu schützen, ist das Wichtigste.

Federico übernahm die Ansprache. »Bei Gefährdung von Kameraden geht das Leben unserer Leute über das der anderen. Unsere Leute müssen sicher entkommen und das hat oberste Priorität«, stellte er klar.

Das wäre eine andere Situation, aber Silas lebend zu bekommen, wäre zur Informationsgewinnung besser.

»Wir sollten damit rechnen, dass die Polizei durch die Sprengungen angelockt wird«, fuhr Nicolai fort und wischte auf dem Tablet zum nächsten Bild: eine Satellitenkarte der Region. »Aus diesem Grund werden wir an den Zufahrtsstraßen hier und hier«, er deutete auf zwei Straßen, die zum Industriegebäude führen, »Posten aufstellen, die die Straßen überwachen und uns beim Eintreffen der Polizeieinheiten rechtzeitig warnen. Schätzungsweise sollte die Mission nicht länger als zwanzig Minuten dauern. Wir gehen rein und holen Silas raus.« Er klatschte in die Hände und Adam zuckte zusammen.

Das wird ein knappes Zeitfenster für diese Mission. Machbar, aber knapp.

Ohne meinen Einwand zu nennen, sah ich mich in der Runde um. Jeder war entschlossen, sein Bestes zu geben, aber in einigen Gesichtern erkannte man die Anspannung.

Jemand, der nicht angespannt ist, ist leichtsinnig.

»Bianca, Florian und Serges werden währenddessen aus der Ferne den Angriff leiten und Informationen koordinieren.

Jeder der Teams sollte so viele Informationen wie möglich weitergeben, damit wir entsprechend handeln können und die Infos gut fließen.« Nicolai ließ eine Pause, um Fragen Raum zu lassen, aber als niemand reagierte, beendete er die Besprechung. »Bereitet euch vor, wir treffen uns um zwei Uhr morgens, um die letzten Details durchzugehen und aufzubrechen.«

Ein allgemeines Raunen ging durch die Gruppe und vereinzelt verließen die Leute den Raum.

Bastian und ich beschlossen zu warten, Alexander tat es uns gleich.

»Federico?«, fragte ich und stand auf. »Konntet ihr bereits Waffen und Schutzausrüstung für uns besorgen? Falls nicht, müssen wir gleich los, um uns vorzubereiten.«

Bastian folgte mir und stellte sich neben mich.

Giovanni antwortete, bevor sein Sohn es tat. »Selbstverständlich werden wir euch diese zur Verfügung stellen. Die Munition und Waffen haben wir bereits besorgt und ihr könnt sie euch gleich ansehen.«

Dankbar nickte ich.

Für den Sturm werden wir schweres Kaliber benötigen.

»Vielen Dank, das ist sehr aufmerksam«, schloss Bastian sich an. »Dann würden wir das gleich erledigen.«

»Gerne«, begann Federico, »sie sind im Keller untergebracht. Folgt mir bitte.«

Mit einer knappen Verabschiedung trennten wir uns von Giovanni und dem Rest der Leute und folgten Federico.

»Wir haben unsere Ressourcen im Untergeschoss gelagert, damit Besucher nicht zufällig über unsere nicht ganz legalen Tätigkeiten stolpern.« Er zwinkerte uns zu.

Oha, er scheint ja doch Humor zu besitzen.

Neben mir schnaubte Bastian belustigt auf und ich rang mir ein müdes Lächeln ab.

Ein richtiger Spaßvogel.

Er öffnete eine kleine, unauffällige Nebentür, die in den Keller führte, und wir folgten ihm auf eleganten Holzstufen ins Untergeschoss. Der Keller wurde durch eingelassene Spots in regelmäßigen Abständen in warmes Licht getaucht und die Wände waren schlicht und protzten nicht wie die oberen Stockwerke.

»Hier sind Duschen.« Federico deutete auf zwei Türen, die mit der entsprechenden Beschilderung auf Männer und Frauen hinwies. Er hielt inne und öffnete eine weitere Tür zu einem Raum, der im ersten Moment einer Umkleide ähnelte. Die komplette Wand war mit verschlossenen Schränken möbliert und ich wusste sofort, dass hier eine gewaltige Waffensammlung verwahrt wurde.

»Und hier ist unser Waffenraum. Im Schrank geradeaus befinden sich Schutzausrüstungen in allen Größen, bedient euch einfach.«

Bastian und ich bedankten uns, während er anfing, an einem Schlüsselbund zu nesteln.

»Unsere Waffen sind hier«, fuhr er konzentriert fort, während er den richtigen Schlüssel in eines der Schrankschlösser schob und die Türen öffnete.

Bewundernd betrachtete ich die schwarzen MP5, die in ihrer tödlichen Anmut im Licht der Lampen schimmerten.

Bastian nahm eine der Waffen aus dem Schrank und reichte sie mir, bevor er sich selbst eine nahm.

Ehrfürchtig ließ ich meine Fingerspitzen über den Lauf der Waffe gleiten und spürte, wie das Material meine Haut zum Vibrieren brachte. Ich kämpfte nicht oft mit großem Kaliber, aber war mit der Waffe vertraut und hatte unzählige Leben bereits mit einer wie dieser genommen. Routiniert prüfte ich die MP, zog am Durchladehebel, blickte durch die Linse, über die ich meine baldigen Ziele anvisieren würde und lud ein leeres Magazin in den Lauf.

Wir sind bereit für den Kampf. Silas, zieh dich warm an, wir kommen.

Kapitel 6

London Umland, altes Industriegebäude
Montag, 27. September – Mayren

Trotz der kühlen Nachtluft schwitzte ich unter meiner Schutzkleidung. Der dicke Stoff der Sturmhaube lag eng an meinem Gesicht und ich wusste, dass er sich während des Einsatzes mit Schweiß vollsaugen würde.

Gemeinsam mit Alexander und Bastian hockte ich hinter einigen kargen Sträuchern, die uns Deckung boten.

Ich suchte Bastians Blick, der mich durch die schmalen Schlitze seiner Sturmmaske beobachtete. Seine grauen Augen leuchteten aufgeregt im fahlen Mondlicht.

»Bereit?«, flüsterte ich ihm zu und spielte damit auf einen Insider zwischen uns an. Er wusste, dass es nur eine richtige Antwort auf diese Frage gab.

»Bereit wie nie zuvor«, sagte er wie erwartet und festigte den Griff um seine MP5.

Zufrieden wandte ich mich der alten Fabrik zu, hinter deren vernagelten Fenstern gedämpftes Licht schimmerte. Keine Bewegungen waren im Gebäude zu erkennen, aber wir wussten, dass Silas im Haus war, sein Motorrad stand neben einigen Autos im Hinterhof.

Angespannt sah ich durch die Blätter des Busches zum Backsteingebäude, während die Ready-Checks begannen und es gleich kein Zurück mehr gab. Rauschen und die Stimmen meiner Kameraden klangen über die Funkverbindung zu mir.

»Sprengtrupp eins bereit.«

»Sprengtrupp zwei bereit.«

Der dritte Sprengtrupp meldete sich und Bianca gab die nächsten Checks durch. »Alle Sprengtrupps bereit. Deckungstrupps?«

Die entsprechenden Teams bestätigten dies nacheinander.

»Alle Deckungstrupps bereit«, wiederholte Biancas Stimme dies in meinem Ohr. »Sturmtrupps?«

Ich atmete tief durch und vergewisserte mich, dass Bastian und Alexander bereit waren, beide nickten mir bestimmt zu.

»Sturmtrupp eins bereit«, hörte ich Nicolais ruhige Stimme.

»Sturmtrupp zwei ebenfalls«, bestätigte ich unsere Position und gemeinsam rappelten wir uns in eine kauernde Position.

»Sturmtrupps bereit«, wiederholte Bianca. »Alle sind auf Position, die Mission startet wie geplant. Sprengtrupps: Platziert die Ladungen. Sturmtrupps: Auf Angriffsposition.«

In meinem Magen kribbelte die Anspannung, aber meine Sinne waren klar und fokussiert. Kein unnötiger Gedanke spukte durch meinen Kopf, als mein Team sich einheitlich erhob, um sich in Position zu bringen. Nach der Sprengung hatten wir keine Zeit zu verlieren und würden das Industriegebäude sofort infiltrieren. Während mein Team für den Verwaltungstrakt zuständig war, würde Nicolai die Produktionshallen sichern.

Wir wichen den Lichtflecken aus, die durch die Fenster fielen, gingen gezielt auf eine Außenwand ohne Fenster zu und hielten an der vereinbarten Stelle unsere Position.

Einige Meter von uns brachte der Sprengtrupp die Ladungen an und verschwand zurück in die Nacht. Alexander brachte einen großen Schutzschild zwischen uns und der Sprengladung in Stellung, damit wir Deckung fanden.

Nach einigen Sekunden hörte ich die Stimme eines Kameraden im Ohr: »Alle Sprengladungen platziert.«

Gleich geht es los.

Unwillkürlich musste ich an Adam denken, der in unserer letzten Besprechung nur still und blass vor sich hingestarrt hatte.

Ob er den Erwartungen der Belluccis gerecht wird?

»Sturmtrupps bereit? Wir können loslegen«

»Sturmtrupp zwei bereit«, entgegnete ich im Flüsterton.

»Trupp eins? Bitte um Rückmeldung«, bat die Stimme des anderen Mannes, der Bianca in der Kommunikation unterstützte.

Florian? Hieß er so?

»Keine Rückmeldung des Trupps«, meldete jemand im Funk.

Ich tauschte einen ungeduldigen Blick mit Bastian, der neben mir auf dem asphaltierten Boden hockte.

Was ist los? Wir haben keine Schüsse gehört, sie sind also nicht entdeckt worden.

»Sturmtrupp eins, Rückmeldung erbeten«, forderte Florian Stimme in meinem Ohr.

Das Gelände ist zu groß, um es mit einem Sturmteam abzudecken. Wir sind auf ein zweites Team angewiesen.

Ungeduldig verlagerte ich mein Gewicht von einem Bein aufs andere und mein Knie knackte leise.

Wir sind so weit gekommen. Es gibt jetzt kein Zurück mehr! Was ist das verdammte *Problem?!*

Auffordern sah ich zu unserem Deckungstrupp, als könne er mir die Antwort des Problems liefern.

Wenn Nicolai sein Go nicht gibt, müssen wir uns zurückziehen.

»Deckungstrupp drei, was geschieht bei Sturmtrupp eins?«, forderte Florian mit deutlicher Schärfe nach einer Antwort. Kurz hörte ich das Rauschen in der Leitung und dann die Ansage von Nicolai: »Sturmtrupp eins bereit.«

Es geht los!

»Vorbereitungen beendet«, erklärte Florian über das Headset. »Sprengtrupps bereitmachen für Sprengung in drei … zwei … eins …«

Ich schloss meine Augen, als der Countdown zum Ende kam und sammelte meine gesamte Konzentration in den letzten Sekunden vor dem Einsatz.

Nur wenige Augenblicke später erschütterten mehrere Explosionen die Nacht und Trümmerstücke flogen wie Geschosse durch die kühle Luft. Einige davon prallten vom Schild ab. Nachdem Ruhe eingekehrt war, sprangen wir auf und stürmten mit unseren Waffen im Anschlag auf den entstandenen Eingang zu.

Florians Stimme im Funk nahm ich nur als entferntes Flüstern wahr. »Alle Sprengungen erfolgt, Sturmtrupps auf dem Weg, um sich Zutritt zu verschaffen.«

Die Eingangstür hing schief in den Angeln und das Pad für den Zugangscode baumelte nutzlos an einem braunen Kabel hin und her. Glas, Holz und Metallsplitter waren auf dem gesamten Trümmerfeld verteilt und knirschten unter meinen Sohlen, als ich über die Schwelle trat.

»Sturmtrupp zwei betritt das Gebäude«, meldete ich unsere Truppenbewegung und schob einen Holzbalken mit dem Fuß zur Seite. Ich hielt den Finger locker am Abzug und war jederzeit bereit zu schießen. Hinter mir folgten die Schritte von Bastian und Alexander in die menschenleere Lagerhalle.

Eingestaubte, teilweise verbeulte Kartons standen auf morschen Holzpaletten, aber bargen keine Möglichkeit einer Deckung für mögliche Gegner. Die Neonröhren an der Hallendecke strahlten ein unregelmäßiges, grelles Licht aus.

»Lagerhalle leer«, sagte ich knapp in den Funk und in einer geschlossenen Formation bewegten wir uns gezielt auf den Durchgang zu dem ehemaligen Verwaltungsgebäude des Unternehmens zu. Im hinteren Produktionsbereich hörte ich Schüsse von Nicolais Sturmteam.

Hoffentlich ist der Beschuss bei ihnen kontrollierbar.

Mein Herz klopfte lautstark und das Blut rauschte in meinen Ohren. Es war nur eine Frage der Zeit, bis wir ebenfalls unter Beschuss gerieten.

Im selben Moment öffnete sich die schwere Metalltür zum Verwaltungstrakt und ein verwirrt aussehender Mann mittleren Alters trat heraus. Er riss seine Glock nach oben, aber gegen meine Reflexe hatte er keine Chance.

Mit gnadenloser Kälte drückte ich den Abzug und spürte, wie der Rückstoß gegen meine Schulter presste. Jede meiner Kugeln fand ihr Ziel.

Unter schmerzerfüllten Schreien brach der Typ vor der blauen Brandschutztür zusammen und eine dunkle Blutlache breitete sich um seinen Körper aus. Sein Atem ging flach und röchelnd, aber ich empfand kein Mitleid – das tat ich nie für meine Feinde.

»Gegner niedergestreckt«, sagte ich knapp und ging auf den Mann zu. Seine Augen waren glasig geworden und er starrte regungslos an die Decke. Meine Kugeln hatten seine Brust durchschlagen und ihren Weg zielsicher in seine überlebenswichtigen Organe gefunden.

Ich warf ihm nur einen weiteren Blick zu, um sicherzugehen, dass er tot war, bevor ich mich der Tür zuwandte, die in die Verwaltung führte. Nach den Sprengungen und den ersten Schüssen ist unser Überraschungsmoment verloren.

Bastian hatte eine Handgranate von seinem Gürtel gelöst und ich nickte ihm bestätigend zu.

Hinter dieser Tür geht es nach rechts direkt in einen ehemaligen Büroraum und geradeaus in das Foyer. Von dort gehen ebenfalls mehrere Türen in Büroräume und Toiletten ab.

Mit meiner freien Hand stieß ich die Tür einen Spalt auf, worauf Bastian die Granate hindurchwarf, und zog sie wieder zu. Dumpf hörte ich auf der anderen Seite aufgeregte Rufe, bevor die Explosion unseren Vormarsch signalisierte. Die Tür vibrierte unter meinen Fingerspitzen, aber hielt stand und ich stieß sie erneut auf.

Blut tropfte von den Tapeten, färbte den kleinen Flur in den Farben eines Massakers, während sich Bruchstücke von den Wänden gelöst hatten und sich über die Leichen verteilten. Eine Sprengkraft wie diese konnte keiner überleben. Die Brutalität, mit der wir vordrangen, war unaufhaltsam, wie eine tödliche Einheit an Schatten, die die Böden mit Blut färben wollte.

Bastian und ich prüften das leere Büro, bevor wir uns für den Vorstoß in die Verwaltung vorbereiteten, da Silas nicht unter den Leichen am Boden lag. »Büro vier gesichert«, sagte ich knapp. »Zwei Tote, Zielperson nicht darunter.«

Ich atmete tief aus und der Atem wärmte mein Gesicht im Stoff der Sturmmaske. Vorsichtig machte ich einen Schritt durch den Türrahmen in den offenen Verwaltungsflur.

Ein leises Klicken, links von mir, ließ mich herumwirbeln, doch da hörte ich schon einen Schuss. Ein punktueller, dumpfer, aber starker Schmerz traf mich an meiner linken Rippe und ein leises Keuchen entfuhr mir.

Ich ... wurde getroffen.

Adrenalin strömte verstärkt durch meinen Körper, übertönt den Schmerz und intuitiv riss ich den Lauf meiner Waffe herum. Unter meinen Schüssen fiel der Mann sofort zu Boden und starb mit einem Röcheln. Ich hörte laute und aufgeregte Stimmen in den Räumen dahinter und schnelle Schritte, die mir verrieten, dass mehr Feinde auf uns warteten.

Rückwärts drängte ich zurück in den schmalen Flur, aus dem ich gekommen war.

»May, bist du getroffen?«, fragte Bastian und seine Stimme war ungewöhnlich scharf.

Eine Salve an Schüssen schlug einen Sekundenbruchteil später an der Wand neben uns ein und löste den Putz in großen Brocken von der Wand, begleitet von einer weißen Staubwolke.

»Sturmtrupp zwei unter Beschuss«, gab ich konzentriert durch, bevor ich an meiner getroffenen Seite heruntersah. Die Schutzweste hatte eine Schramme an der Stelle davongetragen, an welcher ich getroffen wurde, aber das Projektil verlässlich abgefangen.

»Ich bin unverletzt«, sagte ich zu Bastian über den Lärm der Schüsse hinweg.

»Überlass das uns, May.« Bastian und Alexander drängten sich sanft an mir vorbei und bereitwillig machte ich ihnen Platz. Erneut strich ich über den getroffenen Teil meiner Weste, aber es blieb nichts zurück, als ein dumpfer Schmerz an meinen Rippen.

Zu Glück hatte ich diese scheiß Weste an.

Bastian hatte eine weitere Handgranate gezückt und stimmte sich mit Alexander bezüglich des Timings ab. Auf ein vereinbartes Nicken des Letzteren schob dieser sein Schild in das Sperrfeuer.

Bastian machte einen Schritt hinterher und warf das entsicherte Geschoss über die Deckung.

»Granate!«, hörte ich die warnenden Schreie und sofort erlosch der Kugelhagel.

Ich hörte den metallischen Aufprall der Granate, dann einen zweiten, dicht gefolgt von der Explosion. Mit einem großen Schritt trat ich zu meinem Team und musterte die Lage. Dem nächststehenden Gegner hatte die Detonation die Beine zerfetzt und er brüllte vor Schmerzen, aber verstummte schnell, als Bastian das Feuer eröffnete und ihn hinrichtete.

Ich zielte auf einen seiner Kameraden, der kurz vor dem sicheren Schutz eines Türrahmens war, schoss ihn nieder, bis mein Abzug klickend nachgab. »Nachladen«, sagte ich knapp, damit sich mein Team darauf einstellte, mir Feuerschutz zu geben. Mit geübten Griffen entnahm ich das leere Magazin, griff ein volles aus dem Holster an meinem linken Oberschenkel und lud es nach.

Hinter mir ließ Alexander das beschädigte Schild achtlos fallen und schloss sich unseren Bewegungen an.

»Scheiße! Sie kommen!«, rief eine angsterfüllte Stimme vor uns. Ein leises Quietschen ertönte und ein leichter Windzug trieb den Staub durch den Flur.

Sie versuchen, durch die Fenster zu fliehen.

»Achtung an Deckungstrupp vier«, gab ich in den Funk durch, während wir uns wie Raubtiere durch den Gang bewegten und bereit waren zuzuschlagen. »Ziele versuchen vermutlich durch die Fenster zu fliehen.«

Abgeplatzte Putzbrocken knirschten unter meinen Schritten und wurden zu Staub zermahlen. Blut mischte sich in den Staub und bildete eine unansehnliche Masse, die an meinen Sohlen klebte und Abdrücke hinterließ.

Eine kleine Tür links von mir führte zu einer Toilette.

Mit einer entsprechenden Geste deutete ich Bastian und Alexander an, dass sie ihre Augen auf den Raum mit unseren Gegnern halten sollten und ich das Klo sichern würde.

Schwungvoll stieß ich die Tür auf und schoss in den dunklen Raum. Meine Kugeln durchschlugen die dünne Trennwand zur Toilettenkabine und ein Schrei, gefolgt von einem Sturz, war zu hören. Die Regungen erloschen und ich ließ die Tür zufallen.

Wir gingen nur wenige Schritte, hielten an der Damentoilette und wiederholten das Prozedere. Diesmal schrie keiner und ohne Feindkontakt zogen wir weiter.

Ich habe Stimmen gehört. Sie haben die nächste Tür verrammelt, aber wir werden dort auf Gegenwehr stoßen.

»Verwaltungstoiletten gesichert«, hörte ich Alexander die Info durch den Funk weitergeben.

»Scharfschütze hat Ziele von euch im Schussfeld, Sturmtrupp zwei«, antwortete Florian. »Schussfreigabe?«

»Warten«, entgegnete ich knapp und löste meine Hand von der Waffe, um nach der Klinke zu greifen. Ich wartete zwei Herzschläge, kontrollierte meinen Atem, dann fügte ich an: »Freigabe erteilt.«

Die Sniper werden uns Ablenkung schaffen.

Meine Anweisung wurde ohne Zögern umgesetzt. Ein weiterer Schuss in der Ferne zerriss die Stille außerhalb des Gebäudes. Glas klirrte und zersprang, gefolgt von Schreien. Wir nutzten die aufwallende Panik, um wie ein Schwarm tödlicher Moskitos in den Raum vorzudringen und zu feuern.

Für den Bruchteil einer Sekunde konnte ich die Panik in ihren Augen sehen. Sie wussten, dass sie sterben würden.

Wir traten über die Schwelle und Bastian schoss erneut auf eine der Personen, bis ich das Klicken des Abzugs hörte.

»Nachladen«, sagte er schnell und ich übernahm das Absichern und brachte einen weiteren Menschen eiskalt zum Tod.

Erneut schallte ein Schuss von draußen durch das geöffnete Fenster, aber der Schütze schien ein neues Ziel im Visier zu haben. Wir verursachten so viel Lärm, dass ich mich fragte, wie lange es dauern würde, bis die Polizei auf den Plan trat.

»Büro zwei gesichert«, meldete ich unseren Erfolg, nachdem keiner unserer Feinde mehr stand.

Wo verdammt ist Silas?! Uns läuft die Zeit davon!

»Weiter«, gab ich die Anweisung an mein Team, nachdem wir nachgeladen hatten. Ich ging voran, Bastian neben mir, während Alexander unseren Rücken absicherte.

»Sturmtrupp eins hat die Logistik gesichert und dringt in den ehemaligen Produktionsbereich vor«, updatete mich Florian über den Funk. Der Produktionsbereich war der größte Teil des Gebäudes.

Durch das geöffnete Fenster aus dem Raum hinter uns hörte ich erneut eine Salve von Schüssen und wusste, dass sie vom Deckungstrupp stammte.

Ob Silas aus dem Fenster flieht?

»Polizei wurde benachrichtigt«, warnte der dritte Mann das Einsatzteam.

»Fuck!«, fluchte ich leise.

Wenn wir Silas nicht finden, war alles umsonst!

»Spähtrupp drei und vier werden die Straßen blockieren und euch Zeit verschaffen«, hörte ich die Stimme des dritten Mannes, Serges, in meinem Ohr.

Das Adrenalin floss durch meine Adern und ich war wie im Rausch, in dem ich konzentriert agierte. Wir gingen auf das nächste Büro zu, dessen Tür geschlossen war. Mit einer schnellen Kopfbewegung gab ich Bastian zu verstehen, dass wir erneut die Taktik vom Eindringen in den Verwaltungstrakt wiederholen sollten.

Tür auf, Granate rein und bei Explosion stürmen.

Seine Augen glänzten in dem mir so bekannten entschlossenen Grau, als er eine von seinem Gürtel löste und sich bereitmachte. Im Inneren zählte ich einen Countdown herunter, wollte die Tür öffnen und schwungvoll aufstoßen, aber sie war abgeschlossen.

Shit! Wir können uns keine Verzögerung erlauben!

Kapitel 7

Barcelona, Barri Gòtic
Montag, 27. September – Joshua

Unruhig sah ich von meiner Armbanduhr aufs Meer.

In London ist es so weit ... May und Bastian stürmen Silas'
Unterschlupf.

Das Rauschen der Wellen, der salzige Geruch des Meers
und frischem Fisch ließen mich auf eine unbekannte Art
kalt. Mein altes Ich liebte den Strand, fremde Städte und
Länder, aber nun saß ich auf dem kleinen Balkon unserer
Ferienwohnung und starrte stumpfsinnig auf die weite Was-
serfläche vor mir.

Alles hat sich geändert.

Vor einigen Stunden hatten wir Barcelona erreicht und in
einer kleinen Ferienwohnung eingecheckt.

Kaja hatte sich erschöpft hingelegt, war nach wenigen
Minuten eingeschlafen, aber mich ließ der Schlaf bisher im
Stich. Und dass obwohl ich seit zwei Tagen nicht richtig ge-
schlafen hatte.

Die Müdigkeit legte sich wie ein verlangsamender Schleier
auf mein Denken, aber wenn ich wegnickte, weckten mich
meine Albträume nach nur wenigen Minuten schweißgeba-
det.

Wann hören diese Albträume endlich auf? Und zu allem
Überfluss weiß ich, dass die Frau, für die ich Gefühle habe,
gerade ihr Leben für mich riskiert.

Es fühlte sich befremdlich an, mir diese Gefühle einzugestehen, aber da meine Gedanken immer fast wie magnetisch zu Mayren zurückkehrten, war es unmöglich, das zu leugnen. Ich strich mir über das Gesicht und massierte die Schläfen. Erneut kämpfte ich gegen den Schlafmangel an, er drückte mir die Augen zu und ich stand auf, um mich gegen die Brüstung des Balkongeländers zu lehnen.

Warum kann ich nicht mehr tun, als niemanden im Weg zu stehen? Ich kann nichts dazu beitragen, dass die anderen verbleibenden Killer gefunden werden.

Ich zog mir die Kapuze meines Pullovers ins Gesicht und atmete tief die Meeresluft ein, die mir eine Gänsehaut verschaffte. Egal, was ich tat, aber in London wäre ich ohnehin keine Hilfe gewesen.

Bastian und Mayren sind keine Menschen, um die ich mir Sorgen machen muss.

Nachdenklich strich ich mir über mein mittlerweile stoppeliges Kinn, und stützte mich mit beiden Händen auf das Geländer ab.

Mayren hat bereits eine Killerin getötet, einen anderen von meiner Spur abgebracht, aber neben Silas und diesem Timéo Dupont, der mich in London entführen hat lassen, gibt es noch fünf andere, die Zero auf mich angesetzt hat.

Für einen kurzen Moment genoss ich die Aussicht auf die Lichter der Schiffe, die sich im Meer spiegelten, dann drehte ich mich zu dem Stuhl um und nahm darauf Platz. Stumpf starrte ich nach vorne und versuchte gegen die bleierne Schwere meiner Augenlider anzukommen.

Hoffentlich meldet sich Ian bald und teilt uns den Ausgang des Einsatzes mit. Und hoffentlich muss er nicht eingreifen, weil meiner Familie oder Freunden Gefahr droht. Könnte ich damit leben, wenn ihnen etwas zustößt, nur weil ich untergetaucht bin?

Trotz meines Kampfes fielen mir die Augen zu und mein Kopf kippte auf meine Brust.

Kapitel 8

London Umland, altes Industriegebäude
Montag, 27. September – Mayren

»Tür zu Büro drei ist verschlossen«, berichtete ich knapp. »Deckungstrupp, könnt ihr Bewegungen im Raum ausmachen?«

Wir sind unter Zeitdruck ... sollen wir den Raum überspringen oder mit Gewalt eindringen und wertvolle Zeit verlieren? Wenn die Zeit nicht knapp wäre, würde ich niemals zulassen, dass wir einen Raum auslassen.

Bastian deutete auf das nächste Büro. Er hatte recht – wir hatten keine Zeit zu verlieren.

»Nein ... Keine Bewegungen erkennbar.«

Unzufrieden knirschte ich mit den Zähnen. »Wir lassen den Raum vorerst aus. Deckungstrupp, bei Bewegungen sofort Meldung.« Mit diesen Worten drehten Bastian und ich uns um 180 Grad und machten uns auf den Weg in das letzte und größte Büro des Verwaltungstrakts. Erneut knirschte der Dreck unter meinen Schuhen und ich warf einen Blick in den Gang, aus dem wir kamen.

Wenn die Polizei uns erwischt, sitzen wir lebenslänglich für mehrfachen Mord und das wäre nur das, was sie uns hier nachweisen können.

Kein Ton war aus dem letzten Raum zu hören. Meine Schritte waren entschlossen und mit meiner Waffe im Anschlag ging ich über die Schwelle.

Ein plötzlicher Schlag riss mir den Lauf der Waffe nach oben und mein Griff lockerte sich unweigerlich.

Ein Mann hatte direkt neben der Schwelle im schummrigen Licht darauf gelauert, dass jemand in seine Reichweite kam. Sein Ausdruck war verzweifelt und voller Angst.

Fuck!

Schnell packte ich den Griff der Waffe fester, aber er nutzte den Bruchteil meiner mangelnden Konzentration aus und schlug zu. Seine Faust zerschmetterte mein Visier und beförderte einzelne Kunststoffsplitter in mein Gesicht, welche größtenteils von der Sturmhaube abgefangen wurden. Schmerz durchzog meine Unterlippe. Bevor er seine Hand zurückziehen konnte, hatte ich meine Maschinenpistole wieder in festem Griff und stieß ihm den Lauf brutal in die Brust.

Die kurze Konfrontation dauerte nur wenige Sekunden und hinter mir kam Bastian durch den Rahmen geeilt. Er hatte seine Waffe im Anschlag und schoss auf eine weitere Person, die sich hinter einem Schreibtisch versteckte.

»Neeeein!«, brüllte der Mann vor mir und wollte zu Bastian stürmen, aber erneut stieß ich ihn unsanft mit dem Rücken zur Wand und presste ihm damit die Luft aus den Lungen.

Hinter dem Schreibtisch ertönten verängstigte Schreie, während Bastian näherkam.

Alexander blieb an der Tür stehen, um uns vor möglichen Gefahren abzusichern.

»Wo ist *Silas*?«, knurrte ich ihn wütend an und er zuckte eingeschüchtert zusammen.

»Bitte, wir wollen nur leben …«

»Beantworte meine Frage!« Ich erhöhte den Druck mit dem Lauf und beobachtete seine Hände. Im Falle, dass er nach meiner Waffe greifen würde, würde ich sofort den Abzug drücken.

»Ihr tötet uns alle wegen *ihm?*«, fragte der Kerl ungläubig und seine Augen traten aus den Höhlen hervor. Sein Gesicht wurde aschfahl und er ahnte wohl, dass es keine Möglichkeit gab, lebendig aus der Situation zu entkommen.

Er weiß, dass wir nach Silas suchen und ist somit eine Gefahr. Ich kann nicht zulassen, dass er überlebt.

»Er ist hier, aber ich weiß nicht wo …« Er kam nicht dazu, ein weiteres Wort zu sagen, weil ich im nächsten Moment abdrückte. Hinter mir eröffnete Bastian das Feuer auf die versteckten Personen hinter dem Schreibtisch.

Ja, meine Tat ist kalt, aber ich muss mich und meinen Clan schützen. Wenn er überlebt hätte, könnte er erzählen, dass alles wegen Silas geschah, und es könnten Rückschlüsse gezogen werden …

Wortlos beobachtete ich, wie der Mann zusammenbrach und auf den Boden aufschlug. Blut floss aus der Wunde und fassungslos sah er mich an, während er Druck auf die Verletzung ausübte.

Machen mich meine Taten zu einem Monster? … Ja … Ja, das tun sie.

Es blieb mir keine Zeit, darüber nachzudenken und ich drehte mich zu Bastian.

»Kein Silas«, sagte er kalt.

»Er ist hier.«

Ich warf einen letzten Blick auf den sterbenden Mann zu meinen Füßen, dessen Glanz in seinen Augen verblasste.

Er wird sterben.

»Büro eins gesichert«, sagte ich unzufrieden mit der Situation in den Funk. »Bis auf Büro drei ist der Verwaltungsbereich gesichert. Zielperson nicht gefunden. Was gibt es vom Deckungstrupp zu Raum drei?« Während ich auf eine Antwort wartete, brach ich die Reste meines zerstörten Visiers aus dem Helm und ließ es achtlos zu Boden fallen.

Immerhin hat es mich vor einem direkten Treffer bewahrt.

»Sturmtrupp eins unter Beschuss«, teilte uns Bianca mit einem Anflug von Panik in der Stimme mit. »Truppführer verletzt.«

Scheiß auf das dritte Büro, wir müssen zusehen, dass wir alle lebend hier rauskommen.

Mit einem wütenden Schnauben akzeptierte ich den Gedanken, dass sich Silas vielleicht im dritten Büro versteckte. »Sturmtrupp zwei bricht das Vordringen ins dritte Bürozimmer ab und kommt zur Unterstützung. Wo findet der Kampf statt?« Geordnet und konzentriert zogen wir uns zurück.

»Sie sind im hinteren Teil der Produktionshalle!«, kam die Antwort von Bianca.

Um dorthin zu gelangen, mussten wir die Lagerhalle durchqueren, durch die wir ins Gebäude gekommen waren. Langsam öffnete ich die schwere Brandschutztür zu unserem Eingangspunkt in die Halle. Diese war – bis auf den leblosen Körper direkt vor der Tür – ebenfalls leer und kaltes

Neonlicht aus Deckenstrahlern flutete den Raum. Nicht weit von uns entfernt, konnte ich einen Schusswechsel hören.

»Team zwei durchquert die Lagerhalle, haltet durch, Nicolai.«

Hoffentlich geht es ihm gut! Wenn er stirbt und wir Silas nicht finden, war alles ein Fehlschlag!

Lautlos schlichen wir dem Konflikt näher und verließen die Lagerhalle durch einen breiten Durchgang zur Produktionshalle.

»Verlassen die Lagerhalle«, flüsterte ich unsere Position durch und hoffte, dass Bianca und Florian sie verstanden und weitergaben. Von den grellen Neonröhren waren einige ausgefallen, was eine schummrige Beleuchtung zur Folge hatte.

Nicolais Trupp musste schräg vor uns in den Raum gekommen sein. Im Idealfall schleichen wir uns von hinten an unsere Gegner an.

Rechts und links von uns standen riesige Produktionsmaschinen, die wie rostige und verfallene Gebilde in den Luftraum der zehn Meter hohen Decke ragten. Dicker, grauer Staub hatte sich auf den Maschinen gesammelt und sie boten uns genug Deckung vor Feinden. Eine Bewegung zwei Maschinen vor uns erregte meine Aufmerksamkeit.

Das ist kein Mitglied unserer Mission!

Ich zwang mich, ruhig zu bleiben und keine Aktion zu übereilen.

»Wir geben euch Feuerschutz, Grey!«, hörte ich Nicolais Stimme über den Funk. Seine Stimme war schmerzerfüllt und ein angestrengtes Keuchen klang deutlich heraus.

Direkt nach Nicolais Worten verstärkten sich die Schüsse und wir schritten zielgerichtet voran.

»Silas ist unter den gegnerischen Schützen«, hörte ich erneut seine Stimme und ein eiskalter Schauer lief mir über den Rücken. Meine Chance auf Rache war also noch nicht vertan.

Neben mir zog Bastian eine Handgranate und sah mich fragend an.

Das Ziel war es, Silas lebend zu fangen ...

»Wir konnten die Polizei nicht länger aufhalten«, berichtete plötzlich der Spähtrupp. »Sie sind auf dem Weg! Ich wiederhole, die Polizei ist *auf dem Weg!*«

Verdammte Scheiße!

»Wirf sie. Wir töten alles, was wir vor das Visier bekommen und fliehen!«

Sofort warf Bastian das Geschoss und das Gegenfeuer erstarb in der Sekunde, in der die Granate den Boden berührte.

»Granate!«, rief jemand panisch. Aufgeregte Schritte hallten durch den Raum und dann tauchten zwei bewaffnete Gegner vor uns auf. Sofort erkannte ich auf ihren Gesichtern Resignation bei unserem Sichtkontakt. Unsere Schüsse gingen in der Explosion der Granate unter und die zwei Leute vor uns brachen zusammen. Weitere Rufe und gegnerische Schüsse mischten sich in das Chaos und wir begaben uns in hinter einer großen Maschine in Deckung.

»Wie viel Zeit bleibt uns?«, hakte Bastian angespannt nach.

»Vier Minuten maximal. Wir platzieren gerade ein Fluchtfahrzeug am Ausgang der Logistikhalle, wo Sturmtrupp eins eingedrungen ist.«

Das ist sehr wenig Zeit!

»Nicolai, macht euch bereit«, knurrte ich in das Rauschen des Funks und mir kam eine Idee, wie wir Silas' Team überrumpeln konnten. »Bastian, hilf mir auf die Maschine. Wir springen von der hier«, ich legte meine Hand an das Metallkonstrukt. »Auf die nächste und springen auf die benachbarte Maschine, damit wir unsere Feinde von oben erwischen können.«

Alexander und Bastian formten sofort eine Räuberleiter.

Ich ließ meine MP los, zog mich auf das staubige Konstrukt und festigte meinen Griff entschlossen um die Waffe. »Trupp zwei an eins: Nehmt sie weiter ins Visier, wir beenden die Sache gleich! Macht euch zum Abzug bereit.«

»Beeilt euch, uns geht die Munition aus!«

Neben mir zog sich Bastian auf die Maschine und nickte mir zu.

Bereit.

Wir nahmen wenige Schritte Anlauf und sprangen auf das Dach der nächsten Maschine. Das dünne, rostige Metall verbog sich an der Stelle, an der wir aufkamen. Staub wirbelte auf und der Aufprall erzeugte einen unüberhörbaren Gong, welcher uns verriet.

Sofort beugen wir uns über den Rand der Maschine und feuerten auf die lauernden Personen. Vor unseren Schüssen war der Boden bereits voller Blut und Maschinenteilen, ausgelöst von der Handgranate.

Silas! Endlich!

Sein Anblick löste einen Knoten in meinem Magen.

Ich zielte auf seine Beine und brachte ihn zu Fall. Er war der Einzige, der die Detonation halbwegs unverletzt überstanden hatte. Klappernd landete seine Waffe auf dem Boden und mit schmerzverzerrtem Gesicht übte er Druck auf seine Wunden aus.

»Gegner und Zielpersonen am Boden. Alexander versorge Nicolais Trupp«, gab ich Anweisungen an meine Verbündeten.

Gezielt richtete Bastian die verbleibenden Verletzten hin und sprang von der Maschine. Instinktiv machte ich es ihm nach und meine Schuhe erzeugten bei der Landung ein platschendes Geräusch und Blut spritzte.

»Was wollt ihr?«, fragte Silas mit schmerzverzerrtem Gesicht.

Hinter ihm lief Alexander mit der Waffe im Anschlag durch die Produktionsstätte und suchte nach Nicolais Trupp.

»Deinen *Tod!*«, sagte ich knapp und kickte die Waffe aus seiner Reichweite. Sie zog eine Blutspur über den Boden. Für einen kurzen Moment sah Silas mich irritiert an, dann runzelte er die Stirn.

»*Fuck*, Grey?!«, knurrte er ungläubig. Blut floss aus seinen Mundwinkeln und als er gemein grinste, offenbarte er seine roten Zähne. »Ich habe dich unterschätzt.«

»Ihr habt maximal zwei Minuten, um zu verschwinden!«, rief Florian über den Funk. »Beeilt euch!«

Fuck! Zwei Minuten reichen niemals, um Silas mitzunehmen. Wir müssen auch noch den verletzten Nicolai hier rausholen.

»Die Georgier sollte man nicht unterschätzen«, antwortete ich an Silas gewandt und richtete ihn mit einem einzelnen Schuss in den Kopf hin. Fast lautlos fiel er nach hinten und landete in einer Pfütze, aus seinem eigenen und dem Blut seiner Kameraden.

»Zielperson getötet«, erklärte ich knapp und stieg über die Leiche hinweg. Es ärgerte mich, dass wir ihn nicht mitnehmen konnten, sondern auf Plan B ausweichen mussten.

Ich habe mir die Rache an ihm anders vorgestellt ... vielleicht befriedigender.

Silas' leerer Blick richtete sich an die Decke, seine Haare waren aus seiner Stirn gerutscht und offenbarten eine große Narbe an seinem Haaransatz.

»Sturmtrupps Rückzug antreten!« Es war ein klarer Befehl von mir an alle verbleibenden Verbündeten. Wir ließen Silas und seine toten Kameraden hinter uns und gingen in die Richtung, in die Alexander gelaufen war. Wir umrundeten die vorletzte Maschine in der Reihe und standen vor Nicolai, Alexander und Giselle, die das dritte Mitglied in Nicolais Trupp war.

Alexander hatte sich über Nicolai gebeugt und band sein verwundetes Bein ab.

»Wo ist Adam?«, fragte ich Giselle schärfer als beabsichtigt, aber sie schüttelte den Kopf.

»Er hat sich gedrückt ...«

»Macht *sofort*, dass ihr da rauskommt! Die Cops fahren aufs Grundstück!« Florians eindringlicher Ruf klang lautstark in meinen Ohren und durch ein kleines Fenster flackerte Blaulicht und aufflammende Scheinwerfer in die Halle.

Fuck!

»Kannst du Nicolai tragen?«, fragte ich Alexander.

Wortlos nahm er ihn hoch und warf ihn über die Schulter.

Nicolais Gesicht war kreidebleich und sein Hosenbein voller Blut. Keuchend sog er die Luft ein, aber nicht ein Klagelaut kam über seine Lippen.

»Rückzug! *Los!*«, feuerte ich das Team an. Abermals nahmen wir die Waffen in Anschlag und machten uns mit gezielten Schritten auf den Weg zum Hinterausgang.

Giselle lief neben mir, Alexander mit Nicolai in der Mitte und Bastian bildete das Schlusslicht.

Adrenalin rauschte in meinen Adern und trieb mich einen leeren Gang hinunter. Wir bogen um eine Ecke und eilten durch eine Tür in die Logistik, wo ein einzelner toter Körper mit dem Gesicht in seinem eigenen Blut lag. Läge die Zeit uns nicht so im Nacken würden wir deutlich bedachter vorgehen.

Unser Weg führte durch einen länglichen Raum mit weiteren Leichen und blutverschmierten Böden.

Draußen empfing uns kühle Nachtluft und ein schwarzer Geländewagen mit geöffneten Türen.

»Sturmtrupps verlassen das Gebäude«, verkündete ich knapp, ließ mein Team an mir vorbeiziehen und in das Auto springen. Als Anführerin der Mission stieg ich zuletzt auf die Rückbank und schloss die Tür hinter mir. Sofort gab unser Fahrer Gas und brachte so schnell wie möglich Abstand zwischen uns und dem Tatort.

»Sturmtrupp im Wagen, wir verlassen das Gelände.

Mission erfolgreich *beendet!*«

Im Inneren des Autos ertönten erleichterte Jubelrufe und über den Funk schlossen sich unsere Kollegen an. Selbst der verletzte Nicolai wirkte erleichtert.

Kapitel 9

London Umland, Villa der Belluccis
Montag, 27. September – Mayren

Mit dem Rest der Kolonne hielt unser schwarzer Geländewagen vor der Villa der Belluccis. Ich ließ meinen Helm und die schwarze Sturmhaube sowie die Schutzweste auf der Rückbank zurück und bändigte mit meinen Händen die wirr abstehenden Haare – erfolglos. Durch das Nachlassens des Adrenalins spürte ich die Erschöpfung und Müdigkeit in meinen Knochen und den Schmerz, der sich in meinem linken Brustkorb ausbreitete.

Das Blut an dem entstandenen Cut an meiner Lippe war getrocknet und die Sturmmaske blieb daran hängen, als ich sie auszog. Die Wunde öffnete sich wieder und blutete erneut. Gleichgültig presste ich ein Taschentuch darauf und stieg mit den anderen aus unserem Fahrzeug. Bianca und ihr Vater warteten mit einigen Ersthelfern, die sofort heranstürmten, als Nicolai aussteigen wollte.

Bastian und ich beobachteten, wie sie ihn auf eine Trage bugsierten und die Treppen hinauftrugen. Während der Fahrt hatte er die Augen geschlossen und seinen Mund schmerzerfüllt verzogen.

Es hätte schlimmer für ihn ausgehen können.

Ein geschäftiges Summen von Stimmen erfüllte den jungen Tag und mehr Leute strömten aus den Autos und entluden sie.

»Gute Arbeit, Grey«, sagte Alexander und klopfte mir

triumphierend auf die Schulter. »So schnell, wie wir sie überrumpelt haben, konnten sie nicht schauen.« Seine braunen Augen funkelten und er lächelte Bastian und mir ein letztes Mal zu, bevor er Nicolai und seinen Trägern in großen Schritten zur Villa folgte.

Ein Schnaufen entfuhr mir und ich löste das Taschentuch von meiner Lippe. Immerhin hörte die Wunde auf zu bluten. »Schließen wir uns den anderen an?«

Bastian beobachtete, wie Nicolai im Haus verschwand und nach wenigen Sekunden setzten wir uns in Bewegung.

Der Sturm war erfolgreich, aber wenn wir für jeden der Jäger so viel Energie aufwenden müssen ... und es ist ärgerlich, dass wir keine Informationen von Silas gewinnen konnten.

Ich gähnte und hielt mir den Handrücken vor den Mund, während wir mit schweren Schritten in das Haus gingen. Teilweise verursachten unsere Sohlen Blutspuren auf dem sauberen Boden.

Giselle schloss zu uns auf und fuhr sich durch ihre schulterlangen Haare, als wir dem Strom der Leute in das Esszimmer folgten. »Danke für eure Hilfe.«

»Kein Problem«, entgegnete ich und betastete mit meinem Daumen vorsichtig meine Lippe. »Adam hat gezögert?« Die Frage brannte mir seit der Produktionshalle auf den Lippen und Giselle zögerte, bevor sie widerstrebend nickte.

Ich konnte mir ein abfälliges Schnauben nicht verkneifen. *Wie ich es mir gedacht hatte ...*

»Bevor wir unseren Check am Eingang der Logistik beenden konnten, bekam er Panik und ließ sich nicht beruhigen.

Nicolai sah die Mission gefährdet, aber es gab kein Weg mehr zurück, weil wir schon in Position waren«, fügte Giselle an und senkte den Kopf. Ein hörbarer Atemzug entwich ihr und sie ging mit schnellen Schritten zu den anderen ins Esszimmer, während wir beobachteten, wie Adam zwischen zwei bewaffneten Mitgliedern des ersten Deckungstrupps hineinbegleitet wurde.

Seine grünliche Blässe hatte sich verstärkt und er begegnete unseren Blicken, an die er sich hilfesuchend klammerte.

Schritte auf der Treppe zogen meine Aufmerksamkeit auf Bianca, die gerade die Stufen ins Erdgeschoss nahm und beim Anblick ihres Verlobten stehenblieb.

Was werden die Belluccis mit Adam anstellen?

»Komm …«, forderte ich Bastian mit einem kleinen Stups in seine Seite auf.

Dieser Moment zwischen Bianca und ihrem Verlobten ist zu intim, um ihm beizuwohnen …

»Bianca … bitte«, hörte ich Adam verzweifelt flehen, als wir durch den Türrahmen traten, gefolgt von ihrer Antwort, die ich nicht verstehen konnte.

Vor wenigen Stunden haben wir ihre Verlobung gefeiert und nun?

»Bianca!«, rief Adam plötzlich deutlich hörbar und Gespräche im Raum verebbten und die Gesichter wandten sich zum Flur. »Bianca!!«

Das war eine deutliche Antwort. Blut ist dicker als Wasser.

In einer nebensächlichen Bewegung zupfte ich das Haargummi aus meinem Zopf und fuhr durch meine Haare.

»Hallo«, sprach mich eine zierliche Frau mit hellblondem Pixie-Cut an. Sie trug einen kleinen, weißen Koffer in der Hand, der mit einem roten Kreuz markiert war. Ihre freundlichen Worte rissen mich aus meinen düsteren Gedanken.

»Hallo …«, stammelte ich schnell und entgegnete ihre freundliche Begrüßung.

Mit ihrer behandschuhten Hand deutete sie auf meine Unterlippe. »Darf ich mir Ihre Lippe anschauen? Ich glaube, es ist besser, wenn man den Riss klebt.«

Ein Mann neben mir schob einen Stuhl heran.

»Ja, danke«, entgegnete ich, reichte Bastian meine Waffe und setzte mich.

Die Blonde öffnete in geübten Bewegungen ihren Koffer, holte einen Wattebausch aus einer kleinen Tüte und tränkte ihn mit einer klaren Flüssigkeit. »Bereit?«, fragte sie und hielt den weißen Flaum höher.

Stumm ergab ich mich meinem Schicksal.

Bringen wir es hinter uns.

Als sie meine Lippe desinfizierte, stach erneut ein Schmerz durch die Wunde und ich schmeckte den scharfen Geschmack von Desinfektionsmittel auf meiner Zunge.

Warum muss das so brennen?

»Gleich geschafft«, meinte sie leise, als sie sah, dass mein rechtes Auge tränte.

Ich blinzelte schnell und verdrängte die Tränen.

Sie griff in ihre Tasche und holte eine schmale Rolle mit dünnen Tapes hervor. »Zwei sollten reichen«, flüsterte sie konzentriert und hob mit ihrer freien Hand zwei Finger hoch.

Nach wenigen Handgriffen war meine Lippe versorgt und die Ersthelferin packte zusammen. Ich unterbrach sie dabei und schob meinen linken Ärmel nach oben, um die Naht darauf zu offenbaren. »Könntest du bitte die Fäden ziehen?«, fragte ich leise und sofort wanderten ihre fachkundigen Augen über die ehemalige Wunde, die ich im Kampf mit Irina erhalten hatte.

Sie zückte einen frischen Wattebausch und ihre Schere, schnitt die Fäden auf und zupfte sie, begleitet von einem unangenehmen Gefühl, aus meiner Haut.

Ekelhaft ...

Mehrere Schrittpaare auf dem Gang wurden laut, als sie das letzte Mal ihren Wattebausch über die verheilende Wunde zog und ich mich bedankte. Sie lächelte freundlich und ging zum nächsten Mitglied der Mission, um es nach Verletzungen zu überprüfen, während ich mich erhob und neben Bastian stellte.

Gedankenverloren fuhr ich über die entstehende Narbe und anschließend über die Linien meines Clantattoos, bevor ich meinen Ärmel zurecht zog.

»Ich denke, es geht los«, murmelte Bastian leise und reichte mir meine Maschinenpistole, die ich am Gurt über die Schulter hängte.

Nur wenige Sekunden später betrat Giovanni Bellucci, dicht gefolgt von Federico, das Esszimmer. Augenblicklich kehrte Ruhe ein und alle Anwesenden fokussierten sich auf den Chef des Bellucci-Clans.

Er blickte ernst, hatte seine Zähne angespannt aufeinandergepresst und eine Ader pulsierte an seiner Schläfe. Giovanni schritt zum freien Kopfende des Esstischs und stützte sich mit den Händen an der Tischplatte auf. »Um den Fragen vorwegzugreifen«, begann er und ließ seinen Blick über die versammelten Leute schweifen. »Nicolai ist bei den Ärzten in Behandlung und wird operiert. Sie haben mir mitgeteilt, dass er nicht in Lebensgefahr ist und sich von der Verletzung erholen wird.« Er nickte Bastian und mir dankbar zu.

Wir erwiderten seine Geste und nicht nur uns erleichterten diese Informationen, denn ein Raunen ging durch die versammelte Runde.

Wenn er gestorben wäre, hätte die Zusammenarbeit mit den Belluccis unter keinem guten Stern gestanden ...

»Ich möchte euch in dieser Nacht nicht mit langen Reden vom wohlverdienten Schlaf abhalten«, fuhr er fort und deutete auf uns alle. »Unsere Zielperson wurde getötet und das Ziel der Mission ist erfüllt, auch wenn wir ihn ursprünglich gefangen nehmen wollten. « Er warf seinem zweiten Sohn einen kurzen Blick zu und dieser übernahm die weitere Ansprache.

»Ein besonderer Dank geht an die beiden Sturmtrupps, die unsere Gegner trotz Unterzahl ausgelöscht haben.«

Applaus und Jubel brannte auf und die Mehrzahl der Leute sahen Bastian und mich neugierig an. »Wir haben einen Menschen getötet, der uns und auch unseren neuen Verbündeten ein Dorn im Auge war. Dieser Feind hat uns eine neue Allianz eingebracht! Danke an unsere neuen Freunde von den Georgiern.«

Bastian und ich neigten bescheiden die Köpfe.

»Wir danken euch, dass wir auf eine gemeinsame Freundschaft blicken können«, entgegnete ich an die Belluccis gewandt und ein leichtes, bestätigendes Lächeln erschien auf Giovannis Gesicht.

Wir werden im Kampf gegen Zero noch früh genug auf die Ressourcen der Belluccis zurückgreifen müssen ... Der Angriff gegen Silas hat uns zusammengeschweißt.

Kapitel 10

Barcelona, Barri Gòtic
Montag, 27. September – Joshua

Das Zwitschern der Vögel und der angenehme Geruch von frischem Gebäck weckten mich und ich schlug müde die Augen auf.

Wo ... bin ich?

Für einen kurzen Moment irritiert mich mein Schlafort, aber dann schlugen meine Rückenschmerzen zu und grummelnd stand ich von dem harten Balkonstuhl auf. Gähnend streckte ich mich, worauf Wirbel in meinem Rücken knackend an ihre richtigen Stellen sprangen – zumindest ein paar von ihnen.

Musste ich mir wirklich den unbequemsten Platz in der ganzen Wohnung zum Schlafen aussuchen?

Die Sonne stand bereits über dem Horizont und brachte das Meerwasser in goldenen Tönen zum Glitzern. Kurz genoss ich den Ausblick, bis mich ein Gedanke jäh auf den Boden zurückzog.

Der Überfall auf Silas müsste längst vorbei sein!

Adrenalin pumpte durch meinen Körper und fegte meine Müdigkeit weg. Ich drehte mich um und riss mit zitternden Händen die Balkontür auf.

Kaja saß aufrecht auf dem Bett, den Laptop auf dem Schoß und lächelte mich amüsiert an. Ihre Haare rahmten in perfekten Wellen ihr Gesicht ein, während ihr Make-up ihre Züge vorteilhaft betonte.

83

»Gut geschlafen?«, fragte sie spöttisch und schloss mit ihren behandschuhten Händen ihren Laptop. »War bestimmt bequem.«

»Gibt es etwas Neues?«, fragte ich sie, ohne auf ihre Aussage einzugehen.

Sie nickte und schwang ihre Beine über die Bettkante. »Ian hat mir geschrieben, dass alles gut verlaufen ist. May und Basti sind im Haus der Belluccis und schlafen ihre Strapazen aus. Silas ist tot.«

Erleichtert atmete ich aus. Die dauerhafte Angst, die sich wie ein kalter Geist in meinem Hinterkopf hielt, verblasste langsam, trotz der sich überschlagenden Ereignisse.

»Lass den beiden etwas Erholung, bevor sie sich melden«, sagte Kaja und stand auf, um sich zu strecken. »Ein Sturm wie dieser ist kräftezerrend und sie werden den Schlaf brauchen.«

Missmutig sah ich Kaja an. Ich vermisste Mayren und diese Sehnsucht nach ihr war omnipräsent in meinem Kopf.

Und dennoch werde ich mich noch bis zu ihrer Antwort gedulden müssen ...

Als hätte Kaja meine Gedanken erahnt sagte sie: »Mayren wird sich melden, sobald sie kann, vertrau mir.« Sie strich sich über ihre Stoffhose und wechselte das Thema. »Ich möchte gleich an das Grab meines Vaters gehen ... begleitest du mich?«

Für einen Moment zögerte ich. »Ja, gib mir zehn Minuten.« Ich ging ins Bad und drehte das Wasser in der Dusche auf. Mein schwarzer Pullover landete achtlos auf dem Boden und mein Blick blieb an meinem Spiegelbild hängen.

Argwöhnisch betrachtete ich die dunklen Ränder unter meinen Augen, die ungewohnten Bartstoppeln auf meinen Wangen und der fremde Ausdruck in meinen Augen. Letzterer hatte sich in den letzten Wochen am meisten verändert und starrte durchdringend und kalt geradeaus.

Die letzten Wochen haben mich zu einem anderen Menschen werden lassen.

Vorsichtig tastete ich meine Rippen ab. Die roten Flecken hatten mittlerweile einen dunklen Blauton angenommen und schmerzten bei der leichtesten Berührung. Zischend sog ich die Luft ein und strich über die empfindliche Haut, bevor ich unter die Dusche ging. Wenig später war ich fertig und trat mit neuer Energie aus dem Bad.

Kaja wartete bereits und reichte mir einen Personalausweis. »Hier, Mayren hat ihn organisiert, nachdem du in unsere Sache eingeweiht wurdest.«

Irritiert sah ich auf das kleine Dokument und dann zu Kaja.

Das ist ein gefälschter Ausweis mit meinem Gesicht, aber einem anderen Namen.

»Emanuel Brooks?«, fragte ich sie und zog eine Augenbraue nach oben. »Wirklich?«

Kaja zuckte mit den Schultern. »Es kann gut sein, dass nach dir gefahndet wird und mit einem falschen Ausweis werden wir deine Spur verwischen können.« Sie zwang sich erneut zu einem Lächeln, aber wich mir danach aus.

»Danke«, sagte ich stockend und steckte die Karte in meinen Geldbeutel, der bis auf wenige britische Scheine und Münzen leer war.

»Lass uns gehen«, forderte sie mich auf und ein Anflug von guter Laune schlich sich in ihre Stimme. »Barcelona hat einige schöne Ecken und wir haben Zeit übrig, wenn du sie sehen willst.«

Stirnrunzelnd folgte ich ihr und zwang mich, ihr zuliebe gut drauf zu sein. »Wann warst du das letzte Mal hier?«

»Vor ein paar Jahren …«, gestand sie. »Zu Beginn unserer Clanzeit war ich jedes Jahr zu Vaters Todestag hier, aber es wurde weniger.«

Am Ende der Straße bogen wir in eine der schmalen Gassen mit Kopfsteinpflaster ab. In Kombination mit den Gebäuden erstrahlte Barcelona in einem altmodischen Stil.

»Warum wurde es weniger?«

»Zu viel Pflichten und zu wenig Zeit.« Kajas Stimme klang hölzern und ich traute mich nicht weiter nachzufragen.

Wir kamen an schönen Cafés vorbei, die kleine Metalltische vor ihre Eingänge gestellt hatten und mit Frühstück oder *Coffee to go* warben, aber zielsicher ging Kaja an diesen Lokalen vorbei und ich folgte ihr blind.

»Diese Gebäude verleihen Barcelona einen ganz besonderen Charme«, erklärte sie, als wir eine Touristengruppe überholten. »Irgendwie kann man es den Leuten nicht verübeln, wenn sie in die Städte pilgern und dort ihr perfektes Bild für Social Media machen wollen. Als ich das letzte Mal hier war, gab es ein kleines Café, das den besten Kaffee in der Gegend hatte.« Kaja fuhr sich durch ihren welligen Bob. »Es gehört jemandem, mit dem ich in meinem alten Leben verwandt bin.«

»Du hast *lebende* Verwandte?«

»Ja, mein Cousin, aber er weiß nicht, wer ich bin. Mein altes Leben endete an dem Tag, an dem mein Vater starb … und das soll so bleiben.« Ihre Worte waren hart, aber ich verstand, dass sie bei ihrer Verwandtschaft keine alten Wunden aufreißen wollte.

Ob sie das nie beeinflusst hat, zu wissen, dass sie noch lebende Verwandte hat? Mich beeinflusst es auch, zu wissen, dass meine Familie wahrscheinlich nach mir sucht …

»Verstehe.«

»Immer wenn ich mal in der Stadt bin, schaue ich bei ihm vorbei. Auf eine merkwürdige Art macht mich das ein bisschen glücklich.«

»Hast du das Gefühl, dass es dir Normalität gibt?«

Kajas Blick war auf den kleinen Laden am Ende der Gasse gerichtet und ihre Stirn war gerunzelt. »Normalität ist eine Sache aus Sicht des Betrachters. Für mich war es irgendwann normal, täglich zu üben, wie man jemanden am besten umbringt. Für dich ist es normal, nach der Schule ins Schwimmbad zu gehen.« Ihre Stimme wurde leiser, als ein Pärchen uns entgegenkam und erst nachdem sie außer Hörweite waren, sprach sie weiter: »Ian, Bastian und der restliche Clan sind meine Familie, auch wenn wir nicht blutsverwandt sind. Mir fehlt kein Ausgleich dazu, aber manchmal ist es schön zu sehen, dass Leute aus meinem alten Leben ihren Weg gehen.«

»Hm …« Unwillkürlich musste ich an Mayren denken.

Ob es ihr auch so geht?

»Hast du nicht das Bedürfnis nach ...?« Ich suchte nach den richtigen Worten für meine Frage.

»... Frieden? Ruhe?«, schlug Kaja vor.

»Das sind die falschen Wörter dafür«, entgegnete ich und schüttelte den Kopf. »Anzukommen? Sich frei in der Welt bewegen zu können, ohne Angst vor Konsequenzen?«

Meine Frage stimmte Kaja nachdenklich und sie legte den Kopf schräg.

»Das ist eine gute Frage«, gab sie zu und schürzte die Lippen. »Bisher habe ich mir wenig Gedanken über so was gemacht.«

Unsere Unterhaltung wurde unterbrochen, als wir das kleine Café betraten. Aus dem Inneren der Backstube strömte Duft von frischgemahlenem Kaffee und Gebäck und ließ meinen Magen knurren.

Seit unserer Flucht aus London hatte ich wenig gegessen.

»Buenos días«, begrüßte uns ein Mann freundlich, der nur wenige Jahre älter als wir zu sein schien. Seine Augen leuchteten warm und unwillkürlich verglich ich ihn mit Kaja, fand aber kaum Ähnlichkeiten.

»Buenos día«, sagte Kaja und bestellte auf Spanisch ihr Frühstück. »Was möchtest du?«

»Einen großen Kaffee und eines der Croissants«, sagte ich auf Englisch und deutete auf das Gebäck in der Auslage. »Sorry, ich spreche leider kein Spanisch.«

»Das ist kein Problem«, antwortete der Spanier gut gelaunt. »Jeder fängt mal an, eine andere Sprache zu sprechen. Möchtet ihr gerne hier essen oder to go?«

Er drehte sich zur Kaffeemaschine.

»Gerne für hier«, antwortete Kaja.

»Klar, nehmt ruhig Platz. Ich bringe euch das Essen und die Getränke sofort.«

Wir taten wie geheißen und setzten uns auf zwei der Metallstühle mit bunten Kissen vor dem Lokal.

»Ist er das?«, fragte ich leise und Kaja nickte mit einem leichten Lächeln auf den Lippen.

»Ja, das ist Antonio, er schmeißt das Lokal zusammen mit seiner Frau.« Sie warf einen Blick ins Lokal. »Um auf deine andere Frage zurückzukommen … Ich habe mir bisher keine großen Gedanken darüber gemacht, was irgendwann mal sein würde, wenn ich aussteigen will. Die Frage erübrigt sich jedoch … Ich bin, wie die meisten von uns, zu tief in unserer Welt verwickelt, wir können nicht mehr aussteigen.« Sie machte eine kurze Pause. »Das gleiche gilt für May. Sie ist zum Gesicht in der Rebellion gegen Zero geworden. Daraus kann sie sich nicht mehr befreien.«

Ihre Worte verursachten Unbehagen in mir.

Zero scheint eine Übermacht zu sein, nur meinetwegen riskiert ihr gesamter Clan sein Leben.

In diesem Moment kam Antonio aus seinem Café und stellte auf den Tisch vor uns eine Tasse mit Tee, mein Croissant und ein Blaubeermuffin für Kaja. »Der Kaffee kommt sofort«, sagte er und eilte davon. Wenig später stellte er die heiße Tasse vor uns auf den Tisch. »Lasst es euch schmecken«, sagte er fröhlich und wir bedankten uns.

Weitere Touristen betraten das Café und Antonio eilte zurück an die Theke.

Ich rühre ein Stück Zucker in meinen Kaffee, der Löffel klapperte auf das Porzellan.

May macht sich zum Gesicht dieser Rebellion ...

Der Hunger verging mir bei dem Gedanken und wich einer Sorge, die sich schwer wie ein Stein in meinen Magen legte.

»Wie gefährlich ist das für Mayren?«

Kaja seufzte leise. »Ich weiß es nicht ... Keiner weiß, wie Zero auf unseren Widerstand reagieren wird.«

»Verstehe ...« Ich legte den Löffel beiseite und nahm einen Schluck von meinem Kaffee. Der milde Geschmack war köstlich und spülte etwas meiner Müdigkeit fort. Kein Vergleich zum Kaffee in London.

»Darf ich dich was fragen?«, hakte ich nach und riss die Spitze meines Croissants ab.

Kaja legte den Kopf schräg und zog eine Augenbraue hoch. »Kommt auf die Frage an.«

Exakt die Antwort, wie ich sie von May erwartet hätte.

»Als wir uns kennengelernt haben, hast du mich davor gewarnt, dass ich Mayren etwas vorspielen könnte ...«, begann ich, meine Worte vorsichtig zu formulieren. »Hat das etwas mit Paul zu tun? Sie hat mir von ihm erzählt, aber damals dachte ich, dass May eine normale Studentin ist.«

Kajas Ausdruck wurde düster, aber sie ließ mich ausreden.

»Was hat er ihr angetan? Nach allem, was du gesagt und May nicht gesagt hat ... Er hat sie nicht einfach betrogen, oder?«

Zischend atmete Kaja ein und nahm einen Schluck aus ihrer Tasse. Offensichtlich war das Thema nicht einfach. »Was genau passiert ist, ist eine Sache, die nur May dir erzählen kann«, sagte sie knapp und tippte mit ihren Fingerspitzen konzentriert auf die Tischplatte. »Aber ich kann dir sagen, dass Paul sie für eine lange Zeit gebrochen hatte und dass es nichts mit einem einfachen Liebeskummer zu tun hatte.« Ein vielsagender Unterton schlich sich in ihre Stimme.

Hat er sie verraten?

»Alles, was damals passiert ist …« Kaja stockte der Atem. »Das wird Mayren dir vielleicht irgendwann selbst erzählen.«

Eigentlich wusste ich, dass Kaja keine weiteren Fragen zu dieser Thematik mehr hören wollte, aber meine Neugier überwog. »Gehörte Paul zu eurem Clan?«

Ruckartig zuckte ihr Kopf in meine Richtung und sie durchbohrte mich mit ihrem Blick. »Er *hat* und *wird* niemals zu uns gehören«, sagte sie in einem scharfen Tonfall, der keine weiteren Rückfragen zulassen würde. »Andernfalls hätte Bastian ihn damals umgebracht!«

Ich riss ein kleines Stück meines Gebäcks ab und steckte es mir in den Mund.

Mayren wird mir das nicht einfach so erzählen … und fragen will ich sie nicht, wenn er sie so sehr verletzt hatte, dann will ich alte Narben nicht aufreißen.

Gedankenverloren aß ich die letzten Bissen meines Croissants und genoss anschließend einen weiteren Schluck meines Kaffees.

Moment mal … Narbe …

Mein Atem stockte und ich verschluckte mich fast an meinem Getränk.

Was ist, wenn Paul für Mays Verletzung am Bauch verantwortlich ist?

Mit einem kleinen Schauder dachte ich an die riesige Narbe auf ihrem Unterbauch und an unser kurzes Gespräch hierzu. Gleichzeitig war mir ihre Ablehnung und die anschließende Verschlossenheit im Hinterkopf geblieben.

Wenn meine Vermutung richtig ist, wundert es mich nicht, warum sie so abwehrend reagiert hat.

»Gehen wir weiter?«, fragte Kaja und riss mich aus meinen Gedanken.

»Ja, gerne«, antwortete ich.

»Warte hier, ich geh bezahlen.« Schnell stand Kaja auf und ließ mich zurück.

Ich kenne Paul nicht und trotzdem hasse ich ihn! Hat er May so schwer verletzt? Kein Wunder, dass sie so lange gegen ihre Gefühle angekämpft hat ...

Meine Gedanken wanderten zu unserem Kuss und mein Inneres kribbelte, als ich daran dachte, wie unsere Lippen sich berührten. Ich hatte den Klang ihrer Stimme in meinem Ohr, wie sie meinen Namen rief und erkannte in ihren Augen, dass sie diese Verbindung zwischen uns so sehr spürte und wollte, wie ich es tat. Für einen Moment schloss ich die Augen und roch ihren verführerischen Duft, spürte ihre Berührung auf meiner Haut ... und hoffte einfach nur, dass es ihr gut ging.

»Können wir?«, fragte Kaja plötzlich neben mir und riss mich aus meinen Tagträumen.

»Ja, ja.« Schnell sprang ich auf und hoffte, dass keine verräterische Röte auf meine Wangen getreten war.

Kaja grinste jedoch wissend und erneut schlenderten wir durch die Gassen Barcelonas. An einem Blumenladen blieben wir stehen und Kaja unterhielt sich auf schnellem Spanisch mit der Verkäuferin.

Hoffentlich bekommen wir bald ein Update ... Diese Unwissenheit macht mich wahnsinnig.

Kaja suchte sich weiße Blumen aus und ließ sie zu einem Strauß binden. Dabei plauderte sie mit der Verkäuferin, bevor die beiden sich mit einem freundlichen Winken verabschiedeten und wir weitergingen.

»Wo wurde dein Vater beerdigt?«, fragte ich und betrachtete die Blüten.

»Nicht weit von hier.« Liebevoll strich sie über die grünen Blätter der Blume. »Mein Vater hat Hortensien geliebt«, erzählte sie. »Auch wenn es keine komplizierte Blüte ist, war er von ihrer Einfachheit fasziniert.« Kaja deutete als Antwort auf eine der weißen Dolden, die aus mehreren vierblättrigen Blüten bestand. »Du verstehst nicht, was ich meine, oder?« Kaja lachte und ihre Augen funkelten amüsiert. »Mach dir keine Sorgen, Ian versteht das auch nicht. Genau genommen kenne ich keinen Mann, der versteht, warum wir Frauen Blumen so sehr lieben.«

Warum erwähnt sie Ian in diesem Zusammenhang?

»Dabei geht es nicht um die Blumen, sondern um die nette Geste, die sie ausdrücken.« Vergnügt nahm Kaja die Blumen in den anderen Arm.

»Moment«, stoppte ich sie. »Ian?«

Kaja wusste sofort, worauf ich hinauswollte, und ihre Wangen röteten sich leicht, bevor sie das Kinn reckte. »Ja, Ian.«

Kaja und Ian sind ein Paar?

Sie öffnete in dem Moment ein niedriges Tor, das zu einem kleinen, schlichten Friedhof führte. Dieser Teil der Stadt blieb Touristen verborgen, kaum einer war in Sichtweite. Grabsteine reihten sich neben einem schmalen Weg aus Pflastersteinen auf.

Ehrfürchtig verstummte ich und folgte Kaja über den unebenen Weg. Sie blieb vor einer kleinen, unscheinbaren Grabstätte stehen. Der dazugehörige Stein war vermoost und verschiedene kleine Pflanzen und Wildkräuter wuchsen auf der Fläche zwischen Stein und Weg. Eine blaublütige Pflanze stach besonders hervor. Sie hatte eine wesentlich kompliziertere Blüte als die Hortensie in Kajas Armen.

Kaja schniefte leise und legte die Blumen auf das Grab, bevor sie gedämpft auf Spanisch sprach.

Ich hielt mich im Hintergrund, um ihr die nötige Privatsphäre zu lassen, aber konnte nicht verhindern, dass ich die Namen auf dem Stein las.

Alejandro Pablo Pérez
Elenora Lucia Pérez

94

Das Geburts- und Sterbedatum war nicht erkennbar, das Moos und das Wetter hatten dem Stein zu sehr zugesetzt.

Ob das Kajas wahrer Name ist? Sie hat sicherlich auch einen neuen Ausweis zum Eintritt in diese Welt erhalten.

Kaja kniete am Rande des Weges und zupfte den Blumenstrauß zurecht. In ihren geflüsterten Worten mischte sich ein Schniefen.

Konnte sie oder jemand anderes aus ihrem Clan diesen gewaltvollen Verlust jemals verdauen? Das muss Spuren hinterlassen haben.

Ich ließ ihr die Zeit, die sie zum Trauern benötigte.

»Danke, dass du mich begleitet hast«, sagte sie schließlich und räusperte sich. »Immer wenn ich hier bin, scheint mir alles nicht so lange vergangen zu sein, aber wenn ich sehe, wie das Grab verfällt, werde ich eines Besseren belehrt.« Mit ihrer linken Hand strich sie sich durch die Haare und lächelte. Die Trauer stand deutlich in ihren Augen. »Der lebende Teil meiner Familie möchte jedoch lieber vergessen und ich kann es ihnen nicht mal verübeln …«

Kapitel 11

**London Umland, Villa der Belluccis,
Montag, 27. September – Mayren**

Meine linken Rippen schmerzten beim Aufwachen, ich rollte mich auf den Rücken und streckte mich vorsichtig. Die wenigen Stunden Schlaf fühlten sich nicht erholsam an.

Silas ist tot ...

Mit einem Seufzen setzte ich mich im Bett auf und schlug die Decke zurück.

Warum fühlt sich das nicht so sehr wie der Erfolg an, den ich mir erhofft hatte? Silas war nur einer von Joshuas Jägern. Von den anderen wissen wir nichts – weder, wer sie sind, noch was sie tun.

Kurz zählte ich die Fortschritte an meinen Fingern ab.

Neben mir gab es Irina, Silas und Lee. Letzterer hatte auf den Auftrag verzichtet und bisher wissen wir nur sicher von Timéo, der Joshuas Entführung an diesen Duskvein-Clan beauftragt hat.

Ich vergrub mein Gesicht in den Händen und atmete durch. Es waren so viele Variablen, die ich unmöglich alle beeinflussen konnte. Silas war nur ein Bruchstück von dem, was noch vor uns lag. Der erhöhte Druck war für mich langsam unangenehm.

Würde es einen Unterschied machen, wenn wir uns offen dazu bekennen, dass wir uns für Joshuas Schutz einsetzen? Fürchten uns andere genug?

Schwungvoll schwang ich die Beine aus dem Bett und trat ans Fenster, um auf die leere Auffahrt zu sehen.

Welche Möglichkeiten gibt es, andere von Joshua abzuschrecken?

Ich wandte mich seufzend ab und ging in das anliegende Badezimmer, mit den Händen stützte ich mich am Waschbecken ab.

Was ist, wenn ich versage?

Mein Spiegelbild starrte mich stur an und müde entgegnete ich den Blickkontakt.

Es ist keine Option, zu scheitern. Ich werde bis zum Ende für ihn kämpfen ... für uns.

Mein Gesicht war blass und die getapte Wunde an meiner Lippe stach auffällig hervor. Es verlieh mir ein gefährliches Aussehen und irgendwie mochte ich das. Mit einem weiteren Seufzer band ich meine Haare zu einem Dutt, um mir das Gesicht eiskalt zu waschen. Neue Energie strömte durch meine Adern, als ich mich erneut ansah. Wassertropfen perlten über mein Gesicht und tropften in das Becken. Meine Gedanken zogen mich dauerhaft zu Joshua, obwohl ich wusste, dass meine Prioritäten gerade an anderer Stelle besser aufgehoben waren.

Mit dem Handgelenk wischte ich die Nässe von meinem Kinn.

Ich fürchte, unser Wiedersehen muss warten ... Ich sollte mit Bastian sprechen, damit wir das weitere Vorgehen planen können – Timéo fordert nach unserer Aufmerksamkeit.

Schnell trocknete ich mir das Gesicht ab und zog mich an, bevor ich mein Zimmer verließ und an die Tür des Nachbarzimmers klopfte. Ein verschlafenes Brummen als Antwort reichte mir, um einzutreten.

»Guten Morgen, Sonnenschein«, zwang ich mich zur guten Laune.

»Morgen«, brummte Bastian unter seiner Decke hervor. »Warum bist du wach?«

Die Tür fiel hinter mir mit einem leisen Klicken ins Schloss und ich setzte mich zu Bastian auf die Bettkante. »Ich wollte mit dir reden.«

Er erkannte sofort die Ernsthaftigkeit hinter meinen Worten. »Was ist los, May?«, fragte er sanft und setzte sich auf.

Ich konnte ihm die Strapazen der letzten Nacht deutlich ansehen, aber seine Augen funkelten voller Tatendrang. Kurz sammelte ich meine Gedanken. »Es sind noch sechs andere Killer hinter Joshua her – von Zero mal ganz abzusehen – und das bereitet mir ein ungutes Gefühl.«

Bastian nickte und zog die Augenbrauen zusammen. »Verständlich …«

»Ich werde nach Nizza fahren und Timéo suchen. Allein dafür, dass er Joshuas Entführung mit diesen Duskvein-Idioten organisiert hat, verdient er den Tod.« Meine Stimme war kalt und klang entschlossen.

»Mit der Tat hat er sich zum Feind unseres Clans gemacht«, stimmte Bastian zu, schlug seine Decke zurück und stand auf. Er trug ein verblichenes blaues Shirt zu seiner Boxershorts.

»Lustig, wie du aussprichst, dass *wir* heute nach Nizza fahren.« Aus seinem Rucksack zog er ein frisches Shirt und wechselte es gegen das aktuelle.

Das kann ich nicht von ihm verlangen.

Bevor ich intervenieren konnte, unterbrach er mich. »Sag nichts dazu.« Seine grauen Augen waren bestimmt und ich wusste, dass er sich nicht davon abbringen lassen würde. »Glaubst du wirklich, dass Timéo nicht mit uns rechnet? Er wird sich darauf vorbereiten, aber wir haben Glück, dass er ein Einzeltäter ist und keinen Clan hinter sich hat.«

Stumm klappte ich meinen Mund zu.

»Pack deine Sachen zusammen, wir verabschieden uns am besten in der nächsten Stunde von den Belluccis und machen uns auf den Weg.«

»Danke, Basti«, sagte ich leise.

»Dafür hat man Familie«, entgegnete er, ohne mich anzusehen und fing an zu packen.

Ein kleines Lächeln erschien auf meinen Lippen und ich war unendlich dankbar für meinen besten Freund.

Kapitel 12

Barcelona, Barri Gòtic

Montag, 27. September – Joshua

»Hier.« Kaja beugte sich über den Tisch und hielt mir ihr Handy unter die Nase. Nach unserem Spaziergang in der Altstadt hatten wir den restlichen Mittag auf dem Balkon unserer Ferienwohnung verbracht. Mit gemischten Gefühlen nahm ich Kajas Smartphone und starrte auf die Schlagzeile, die mir entgegensprang:

```
Grausames Massaker erschüttert London!
Mehrere Tote beim Überfall verfeindeter
        Clans im Londoner Umland
```

Direkt darunter war das Bild eines alten Industriegebäudes mit roten Ziegelsteinen. Das Gebäude war demoliert und der Überfall hatte deutlich seine Spuren hinterlassen. Bretter waren vor die Fenster genagelt und an einer Stelle war eine Tür aus dem Rahmen gerissen worden. Überall waren Polizisten zu sehen, die das Gelände mit Flatterband absperrten und Beweise sicherten. Wie im Rausch las ich den Artikel unter den Bildern:

```
In der Nacht von Samstag auf Sonntag er-
  eignete sich im Londoner Umland ein
schreckliches Verbrechen, das mehrere Men-
        schenleben forderte.
```

100

Gegen 03:20 wurde die Polizei alarmiert, dass in der alten, verlassenen Industriehalle Schüsse und Explosionen zu hören waren und eilte sofort zur Hilfe. Sie konnten jedoch nur den Tod von 21 Menschen feststellen, die unter gewaltvollen Umständen ums Leben kamen. Aus ermittlungstaktischen Gründen kann die Polizei bisher keine weitere Auskunft zum Tatbestand oder möglichen Verdächtigen machen. Die Art des Vorgehens legt die organisierte Clankriminalität nahe.

»Jeder von diesen 21 Menschen war bei Silas, weil er sie für einen Angriff auf dich genutzt hätte«, stellte Kaja klar. »Wenn du an deinem Leben hängst, sollte keiner der Leute dir leidtun.«

Sie hat recht. Jeder von denen hätte mich wahrscheinlich ohne Zögern umgebracht. Silas hat bereits jemanden nach mir geschickt.

Bei diesem Gedanken ließ mein Mitleid mit den Getöteten deutlich nach.

Kapitel 13

England, Dover
Montag, 27. September – Mayren

Ungeduldig beobachtete ich Bastian bei seinen Verhandlungen mit einem Mann, der sein Motorrad nach Monaco bringen würde. Nach unserer Mission in Nizza würde er es abholen und damit nach Georgien fahren. Immerhin wussten wir, dass Phönix bald ausgelöst werden würde und entsprechend wollte Bastian nach Nizza direkt ins Hauptquartier fahren.

»Ach, komm schon«, murmelte ich leise und sah erneut auf mein Handy, bevor ich es in die Mittelkonsole meines Audis fallen ließ. Die Fähre nach Frankreich legte bald ab und wir sollten uns beeilen, wenn wir sie noch erreichen wollten.

Bastian ließ sich nicht aus der Ruhe bringen, obwohl er meine Ungeduld kannte.

In dem Moment schlug Bastian mit dem Mann ein und reichte ihm ein Bündel Scheine. Die beiden schoben die Maschine in den Laderaum eines verbeulten Transporters und verabschiedeten sich. Grinsend stieg Bastian in meinen Audi. »Können wir *endlich* los?«, fragte er mich provokativ und zwinkerte.

Augenrollend überging ich seine Worte und startete den Motor auf Knopfdruck. »Wann kommt die Maschine in Monaco an?«

»In vier Tagen. Bis dahin haben wir Timéo gefunden.«

»Hoffentlich.«

»Wir sollten mit Ian sprechen, bevor wir auf die Fähre gehen«, schlug Bastian vor und schnallte sich an. »Hier sind wir sicher, dass uns niemand zuhört.«

»Du hast recht.«

Wenn wir Glück haben, hat Timéo sich nicht gerührt und ist noch in Nizza.

Während der Wagen anrollte, klickte ich auf Ians Kontakt und die Freisprecheinrichtung wählte.

An Timéos Stelle wäre ich sofort aus Nizza geflohen. Auch er muss mitbekommen haben, was mit dem Londoner Kleinclan – Duskvein – passiert ist.

»Du zweifelst daran, dass er noch in Nizza ist, oder?«, erriet Bastian meine Gedanken.

»Ja, er wäre dumm, wenn er die Stadt nicht verlassen hätte.«

Das Freizeichen wurde durch ein Klicken ersetzt. »Hallo May, ich geh davon aus, dass alles gut gelaufen ist?«, ertönte Ians Stimme über die Boxen des Audis. »Einige Zeitungen schreiben von einem Massaker mit 21 Toten.«

Bastian und ich tauschten einen vielsagenden Blick und ich lenkte das Auto auf die Hauptstraße.

Ja, das könnte man so bezeichnen.

»Hallo Ian«, antwortete Bastian neben mir und spielte gedankenverloren an seinem Gurt. »Ja, wir haben Silas erfolgreich beseitigt.«

»Sehr gut, wieder einer weniger auf der Liste. Silas war ein großer Fisch. Wie ist euer weiterer Plan? Macht ihr euch auf den Weg zu Joshua und Kaja?«

Natürlich denkt auch Ian über unsere weitere Taktik nach.

»Nein«, gestand ich ihm tonlos. »Wir werden uns auf den Weg nach Nizza machen …«

»Ihr sucht nach Timéo, oder?«

»Ja«, gab ich zu und grub meine Fingernägel in das Lenkrad. »Wir müssen auf die Entführung von Joshua reagieren.«

»Wir haben keine Anhaltspunkte, was andere Jäger angeht. Er ist unser einziger Hinweis«, fügte Bastian an.

»Die anderen Jäger werden uns noch früh genug in Bedrängnis bringen. Wir sollten jetzt auf die reagieren, die nicht an unserer Seite stehen«, stimmte ich zu und versuchte, Bastians Gedanken abzuschätzen. Seine grauen Augen waren durchdringend und abwägend. »Vielleicht ist es klug, mit dem Mord an Timéo eine Nachricht an unsere Welt zu senden?«

»Die Gerüchte über deinen Widerstand zu Zeros Auftrag existieren und vermehren sich zunehmend«, räumte Ian ein. »Es würde einige Leute zum Nachdenken bringen, wenn wir die Gerüchte entsprechend bestätigen, und wenn wir Glück haben, uns auch einige andere Jäger vom Hals halten.«

Aber gleichzeitig gäbe es an dieser Stelle keinen Weg mehr zurück.

Ich schüttelte den Gedanken ab. Die Entscheidung hatte ich schon längst getroffen und seit ich Joshua das erste Mal gesehen hatte, war mir klar, dass es kein Zurück mehr gab.

»Wenn wir nichts zu den Gerüchten sagen, sind sie nicht mehr als das … nur Gerüchte«, warf Bastian nachdenklich ein. »Wenn wir bestätigen, dass *du* für seinen Schutz verantwortlich bist, könnte uns das, neben dem Abschrecken der anderen Jäger, neue Allianzen einbringen.«

Wirke ich abschreckend genug auf andere, um diesen Effekt zu erzielen?

Ich unterdrückte einen Seufzer und setzte den Blinker des Audis zum Abbiegen.

Was ist, wenn es das Gegenteil auslöst?

Aufmunternd knuffte Bastian meine Schulter, aber ich starrte geradeaus auf die Straße, die direkt zum Hafen von Dover führte. »Allerdings müssen wir nichts bestätigen, wenn die Jäger nach und nach sterben, ist das auch ein Zeichen.«

Was ist, wenn es Paul auf meine Spur lockt?

»May, was sagst du?«, hakte Ian nach. »Wir könnten die Informationen auch zu einem späteren Zeitpunkt nutzen, wenn wir auf Angriff gehen wollen.«

Ich atmete tief durch und mit der ausströmenden Luft füllte Entschlossenheit meine Lungen. »Ich werde Timéo sowieso töten, wir können also seinen Tod genauso gut als Instrument in einer kommenden Kriegsführung verwenden«, sagte ich gefühlskalt. »Die Gefahr der anderen Jäger ist auf Dauer zu hoch und wir sollten sie mit dem Mord an Timéo abschrecken können. Ist er noch in Nizza?«

»Ja«, entgegnete Ian konzentriert. »Silas' Tod ist frisch und hat noch keine weiten Kreise gezogen. Die Polizei hat keinen richtigen Hinweis auf die Täterschaft, aber möchte das nicht zugeben.«

Sehr gut! Trotz der knappen Zeit haben wir unsere Mission mit Bravour durchgeführt.

»Hoffen wir, dass es noch ein paar Tage so bleibt«, sprach Bastian meinen Gedanken aus.

»Es gibt einen weiteren Punkt zu klären«, sagte Ian und seine Stimme wurden berechnend. »Wenn ihr mit Timéo eine Nachricht vorbereitet, sollten wir zur Sicherheit aller Clanmitglieder und zum schnellen Vorgehen zeitnah *Phönix* auslösen.«

Zustimmend neigte ich meinen Kopf. »Unser Clan wartet auf eine Antwort und wir werden sie ihm zeitnah geben.«

»Wir können das nicht ohne Kaja entscheiden«, warf Ian ein und ich hörte das Tippen auf seiner Tastatur. »Außerdem muss sie über die Planänderung informiert werden.«

Sie und Joshua ...

Bastian sah mich durchdringend von der Seite an. »Ja, kannst du sie dem Anruf hinzufügen, Ian?«

»Klar, eine Sekunde.«

Mein Herz schlug plötzlich schneller und vor Aufregung krampfte sich mein Magen zusammen.

»Hi, Ian«, hörten wir Kajas Stimme über die Boxen des Audis. »Was gibt's?«

»Hi, Kaja. Basti und ich sind auch dabei. Kannst du uns auf Lautsprecher stellen, damit Joshua mithört?« Ich brachte die Worte nur schwer über die Lippen.

Es verging ein kurzer Moment, dann antwortete Kaja: »Er hört mit. Was ist passiert? Wo seid ihr?«

Ich musste schlucken und war froh, dass Bastian für mich übernahm. »Nach Silas' Tod gibt es eine Planänderung. Wir werden nach Nizza fahren und dort als nächstes Timéo Dupont auslöschen. Gleichzeitig haben wir überlegt, dass wir *Phönix* auslösen wollen.«

Kaja schwieg für einen kurzen Augenblick. »Verstehe. Es würde auf jeden Fall einleuchten, Timéo anzugreifen, sobald es geht.«

»Wir sind ab morgen in Nizza«, fuhr Bastian fort. »Ich denke nicht, dass wir so lange für Timéo brauchen werden. Eine Woche ab dem Beginn von Phönix morgen sollte reichen.«

Im Schritttempo reihte ich mich in einer Schlange von wartenden Autos ein, die auch auf die Fähre wollten.

»Ich stimme zu«, antwortete ich knapp. »Gerade wenn wir vorhaben, mit Timéos Tod eine Nachricht in unsere Welt zu senden.«

Kaja ließ sich einen Moment Zeit mit ihrer Antwort und schien die Optionen abzuwägen. »Gut … Wir werden uns morgen auf den Weg ins Hauptquartier machen. Ich stimme ebenfalls zu.«

»Okay, dann rufe ich die Mission morgen Mittag aus. Zeitraum sieben Tage«, wiederholte Ian mit fester Stimme.

Meine Anspannung nahm zu, als sich das Gespräch Richtung Ende neigte, und ich umklammerte mit meinen Händen das Lenkrad fester, worauf das Leder leise knarzte. »Kaja?«

»Ja, May?«

»Könntest du mir Joshua für einen kurzen Moment geben? Ich würde gerne mit ihm allein sprechen.« Ich warf Bastian einen Blick zu.

Er grinste, bevor er sich die Finger in die Ohren steckte.

Kapitel 14

Barcelona, Barri Gòtic
Montag, 27. September – Joshua

Mit zitternden Händen nahm ich das Telefon in die Hand, das Kaja mir reichte. Während des Gesprächs zwischen den Clanoberhäuptern hatte ich schweigend zugehört, aber nur der Klang von Mayrens Stimme hatte mein Herz höherschlagen lassen.

Ich war enttäuscht, dass sie nun nach Nizza aufbrach, aber gleichzeitig verstand ich natürlich die Notwendigkeit. Die Entführung, die ich diesem Timéo zu verdanken hatte, hat mir vor Augen geführt, wie gefährlich und skrupellos dieser Mann war.

»Hallo, May«, sagte ich tonlos, als ich mir das Telefon ans Ohr hielt. Unwillkürlich fragte ich mich, ob Bastian noch zuhörte oder ob wir wenigstens einen kurzen Moment Privatsphäre hatten.

»Hey, Joshi. Geht es dir gut?« Mayrens Stimme klang erschöpft, aber gleichzeitig entschlossen. »Basti ist noch hier, aber er gibt vor nichts zu hören.«

»Ja, Kaja passt gut auf mich auf und versorgt mich mit genug Kaffee, damit ich wachbleiben kann.« Die Worte kamen mir so hölzern über die Lippen, dass der Witz völlig in der Luft verpuffte.

Kaja zog darauf belustigt eine Augenbraue nach oben und unterdrückte ein Kichern, worauf ich mich abwandte.

»Es tut mir leid, dass ich dich vertrösten muss«, sagte Mayren leise. »Aber Timéo … ich kann nicht zulassen, dass er wieder zu einer Gefahr für dich wird.«

Sie wusste nicht, dass er mir immer noch Albträume bescherte und mich die Folge seiner Taten den Großteil der Nacht wachhielt.

»Du musst dich nicht vor mir rechtfertigen, May. Nie … Das, was du tust … Ich verstehe es doch.«

Auch wenn ich es mir anders wünschte.

»Basti und ich beeilen uns in Nizza«, versprach sie. »Wir werden morgen *Phönix* starten und Kaja wird morgen mit dir abreisen, wo auch immer ihr seid.«

»Was hat es mit Phönix genau auf sich? Kaja will mir keine Hintergründe verraten.« Ich drehte mich um und sah, dass Kaja mir dir Zunge rausstreckte, was ich intuitiv erwiderte. »Phönix bedeutet, dass unser Clan alle seine Mittel an einem Ort sammelt«, begann sie mit ihrer Erklärung. »Jeder unserer Mitglieder erhält morgen die Aufforderung, sich innerhalb einer Woche im Hauptquartier einzufinden. Bastian und ich haben vor, Timéo zu benutzen, um eine Kriegserklärung an unsere Welt zu schicken. Sollte das schief gehen, könnte jedes unserer Clanmitglieder eine Zielscheibe auf dem Rücken tragen.«

»Hauptquartier?«

»Ja … der Ort in Georgien, von dem ich dir erzählt habe«, erklärte Mayren. »Die Operation stand immer im direkten Zusammenhang mit einem taktischen Vorgehen gegen Zero.«

Sie rufen den Clan an dem Ort zusammen, an dem ihre Vergangenheit sie zu dem gemacht hat, was sie heute sind.

Langsam verstand ich das Ausmaß hinter dieser Operation und auch, dass ich wohl in wenigen Tagen den Ort kennenlernen würde, an dem Mayren und die anderen ihre Kindheit verbracht hatten.

»Seit unser Clan entstanden ist, sind wir nie im vollen Ausmaß und in der vollen Kraft versammelt gewesen«, fuhr Mayren fort, während ich mich auf die Bettkante fallen ließ. »Wir werden in einer Woche das Vorgehen gegen Zero und die anderen Jäger besprechen.«

Zischend sog ich die Luft ein.

»Es wird *Krieg* geben und wir wollen aus der entstandenen Asche emporsteigen.«

Phönix.

Trotz der spätsommerlichen Temperaturen verursachten ihre Worte bei mir eine Gänsehaut.

Kapitel 15

Nizza, Cimiez

Dienstag, 28. September – Mayren

Ungeduldig trommelte ich mit den Fingern auf die Tischplatte, die sich zwischen mir und Bastian erstreckte und sah ihn nachdenklich an. »Irgendetwas bindet Timéo an diesen Ort«, wiederholte ich meine Worte zum dritten Mal in der letzten Viertelstunde. »Aber was?«

Bastian spitzte seine Lippen und stieß einen Atemzug aus. »Okay, lass uns das aufdröseln, May. Nur durch Suchen finden wir nichts.« Er faltete seine Finger ineinander und legte seinen Kopf nachdenklich schräg. »Was hat *dich* in London gehalten?«

Joshua ...

»Die Mission«, antwortete ich und Bastian lachte belustigt. »Lüg nicht.«

Ich verdrehte ertappt die Augen. »Joshua.«

Unser Kuss ... seine Nähe ...

Ein breites Grinsen ließ seine Augen funkeln.

»Was würde dich an einem Ort halten?«, gab ich die Frage an Bastian zurück und streckte ihm die Zunge raus.

»Du würdest mich dahalten, Kaja, meine Pflichten«, entgegnete er prompt.

»Die Frage ist, ob Timéo die gleichen Werte teilt wie wir? Loyalität, Freundschaft.«

Ich lehnte mich konzentriert auf dem Stuhl am Esstisch unserer Airbnb Wohnung zurück und starrte an die Decke.

»Er hat keinen Clan, die Loyalität zu diesem fällt somit weg«, sagte Bastian und ich brummte zustimmend.

Ob Timéo eine Geliebte in Nizza hat? Aber was sollte ihn daran hindern, die Person mit nach London zu nehmen? Es sei denn ... was ist, wenn der Partner verletzt im Krankenhaus ist?

Die Erkenntnis, seinen möglichen Schwachpunkt gefunden zu haben, versetzte mich unter Spannung.

Angenommen, der Gesundheitszustand ist kritisch, dass die Person die Stadt nicht verlassen kann, würde ich die Stadt verlassen?

Ich schlug mit meiner Handfläche auf den Tisch.

Mein Gefühl sagt mir, dass ich richtig liege.

»Spuck es aus, May«, forderte Bastian ungeduldig.

»Was ist, wenn ihn eine Person in Nizza hält, die nicht in der Lage ist, zu reisen? Oder wenn sie im Sterben liegt oder pflegebedürftig ist?«, fragte ich ihn schnell. »Das könnte erklären, warum er Joshua hierherbringen wollte und nicht selbst nach London kam.«

Bastian klappte seinen Laptop auf, der mit mehreren Aufklebern versehen war. »Das ist eine gute Idee!«

Ich öffnete meinen eigenen Laptop und der Bildschirm vor mir leuchtete auf. Meine Finger schwebten über die Tastatur.

Wir haben wenig Zeit.

»Was ist, wenn ich falsch liege mit meiner Theorie?«

Bastian erfasste meine Stimmungslage sofort. »Dein größtes Problem ist, dass du dir selbst zu wenig zutraust. Der Ansatz ist gut, also lass uns anfangen.«

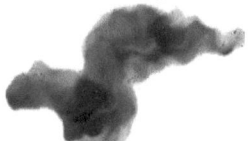

Mein Handy vibrierte und riss mich aus meiner Konzentration. Nur wenige Sekunden später stimmte Bastians Telefon unisono ein.

Ian hat Phönix gestartet. Wir kehren heim.

Wie in Trance griff ich nach meinem Telefon und las die Nachricht:

Phönix. 7 Tage.

Die Zeit rennt uns davon. Bastian und ich müssen in einer Woche in Georgien sein, aber aktuell suchen wir die Nadel im Heuhaufen aka Timéo Dupont.

Seit heute Morgen hatten wir verschiedene medizinische Einrichtungen aufgelistet und diese durchtelefoniert, um uns nach Timéo zu erkunden – bisher erfolglos. Dass er schwer zu finden war, sprach für ihn.

Bastian gähnte und streckte sich in seinem Stuhl. »Irgendwie hab ich ein Déjà-vu.«

»Du meinst wegen Silas?«

Er nickte und fuhr sich durch seine schwarzen Haare. »In diesem Fall können wir nicht darauf hoffen, dass Timéo einen Fehler macht.«

Wir sind es gewohnt, unter Druck und Übermüdung zu arbeiten, was aber nicht heißt, dass ich die nötige Geduld dafür aufbringen kann.

»Nein, ich denke, wir müssen ihn aus eigener Kraft aufspüren. Ian lässt zwar schon seine Programme über die Kameras von Nizza laufen, aber wahrscheinlich wird es so erfolglos sein wie in London bei Silas.«

Bastian verdrehte die Augen und setzte sich aufrecht. »Frustrierend. Aber ja, er muss sich nur etwas aus dem Aufnahmefeld der Kamera raushalten und von jemandem wie Timéo kann man das durchaus erwarten.«

»Du sagst es«, murmelte ich leise und stützte meinen Kopf auf meinem rechten Handballen auf.

Jeder hinterlässt irgendwo eine Spur, es gibt keine andere Möglichkeit! Wir müssen sie nur finden.

»Welche Unterlagen habt ihr damals im Haus dieser Duskvein-Idioten gefunden? Woher wusstet ihr, dass der Auftrag von Joshuas Entführung von Timéo kam?«, wandte ich mich an Bastian und er sah von seinem Bildschirm auf. Durch den Stress und meinen verschobenen Fokus hatte ich vergessen nachzufragen.

Mein bester Freund legte den Kopf schräg. »Kaja hat es aus einem der Kerle rausgeprügelt«, antwortete er. »Wir klärten erst das halbe Haus und bohrten dann nach Informationen. Kaja hat die ersten Leute vergiftet und als die qualvoll krepierten, brach einer von ihnen sein Schweigen und spuckte es aus.«

»Das ist kein Beweis.«

Bastian grinste provokativ. »Halte mich nicht für dumm«, sagte er und zwinkerte mir zu. »Wir haben das Handy von einem der Leute gefunden und konnten darauf den Auftrag von Timéo finden.« Er nahm sein Telefon in die Hand und suchte etwas. »Hier, sieh selbst.« Mit einem versöhnlichen Lächeln schob er mir sein Telefon über den Tisch. Er hatte ein Foto von einem anderen Display gemacht und ich zoomte den Text heran.

```
Das  angehängte  Bild  zeigt  einen  Studenten
der  medizinischen  Einrichtung  in  London.
Bringt  ihn  zu  mir  nach  Nizza  und  kassiert
100k  Kopfgeld.  Er  wird  streng  geschützt.
         Rückruf  für  genauere  Informationen.
```

Resigniert hob ich den Kopf und ließ das Bild mit einem schnellen Doppelklick auf seine ursprüngliche Größe schrumpfen.

Klar, ein Telefonat hinterlässt die wenigsten Spuren.

»So würden wir es auch machen«, antwortete Bastian schulterzuckend. »Das Nötigste per E-Mail und der Rest telefonisch.«

»Ja. Es erschwert die Verfolgung der Informationen.« Mit einem Anflug von schlechter Laune seufzte ich und wischte über das Trackpad meines Laptops. »Was ist, wenn wir ein Kopfgeld für Hinweise ausgeben? Es warnt ihn vor uns, aber könnte uns helfen.«

Bastian seufzte und verzog unzufrieden das Gesicht.

Bisher haben wir alle Probleme unter Druck gelöst. Warum macht mich das mit Timéo und Silas so unruhig?

»Wir haben Zeitdruck, *ja*, aber wir treffen keine übereilten Entscheidungen, bevor wir nicht alles probiert haben«, sagte er und ließ seine Hände sinken. »Lass uns den restlichen Tag mit der Suche weitermachen. Wenn wir bis morgen nichts haben, ziehen wir andere Wege in Betracht.«

Widerwillig stimmte ich Bastian zu und fügte mich.

Die Verbindungen zu Timéo in dieser Stadt sind entscheidend.

»Wenn wir eine grobe Altersgruppe für mögliche Leute, die ihn hier halten, festlegen können, können wir vielleicht einige Pflegeeinrichtungen ausschließen.«

Von Bastian kam als Antwort ein dumpfes Grummeln, was ich als Zustimmung auffasste.

Hoffentlich finden wir bald etwas.

Meine Hoffnung war unbegründet. Nach einer Stunde saßen Bastian und ich am selben Platz, ohne ein Wort geredet zu haben und suchten stumpf nach einer Spur.

Es ist zum Kotzen!

Meine Laune war auf einem Tiefpunkt angelangt und an Bastians Mimik konnte ich ablesen, dass es ihm ähnlich ging. Erneut rief ich eine Website auf, diesmal die einer Zeitung, und prüfte den Nachnamen Dupont. Wie bei den etlichen Vorgängern rechnete ich nicht mit einem Treffer, aber es erschien ein Eintrag und mein Herz setzte einen Schlag aus.

Könnte das ... ein Hinweis sein?

Nachdem ich auf den Link geklickt hatte, kam ich zu einer Todesanzeige, die vor mehr als 12 Jahren als Annonce geschaltet wurde. Es war das Schwarz-Weiß-Bild eines etwa 60 Jahre alten Mannes zu sehen, der ernst in die Kamera schaute. An einem Ende der Anzeige war ein Kreuz gedruckt und sein Name:

Patrice Sutter

Stirnrunzelnd las ich den Text der Anzeige, der in geschwungenen Buchstaben geschrieben wurde. Meine Französischkenntnisse waren schlecht und ich kopierte den Text in einen Übersetzer, der mir die Worte ins Englische übertrug.

Und mitten in der Trauer erblüht die Dankbarkeit wie eine Blume.

Könnte das ein Verwandter von Timéo sein? Sie tragen nicht mal denselben Nachnamen.
Interessiert las ich den Rest der Anzeige und ein Hoffnungsschimmer glühte in meiner Brust auf.

Du wirst immer in unserem Herzen weiterleben.
Es trauern Ehefrau Hermione Sutter und Kinder Alissa und Timéo Dupont

Das könnte meine Spur sein!

117

Die Erkenntnis durchfuhr mich wie ein Schlag und ich übersprang die restlichen Namen in der Annonce achtlos, bis ich zu einem Bild kam, dass eine ältere Dame, eine Frau und einen Mann in meinem Alter zeigte. Ich musterte das Foto genauer, die Locken des jungen Mannes und die krumme Nase, die darauf hinwies, dass sie bereits gebrochen worden war. Er ähnelte sehr dem Bild, was wir als Abgleich nutzten.

»*Basti!*«, rief ich lauter als beabsichtigt und seine müden Augen begegneten meinen.

»Du hast was, oder?« Er stützte sich mit den Ellenbogen auf der Tischplatte auf und ich drehte meinen Laptop, damit er über das Foto Timéo identifizieren konnte.

Stumm beobachtete ich, wie seine Augen über den Bildschirm flogen, die Anzeige lasen und anschließend das Foto musterten. »Ich habe Timéo mal auf dem Schwarzmarkt in Paris gesehen«, gab Bastian zu. »Als ich einen gefälschten Ausweis gekauft habe.«

»Also ist er es? Er sieht dem Mann auf dem Bild, was Ian geschickt hat, ähnlich. Auch wenn es wohl schon einige Jahre her ist.«

»Ja!« Er schob mir den Computer über den Tisch zurück. »Konzentrier du dich auf die Mutter. Ich nehme mir die Schwester vor.«

Die Entdeckung schob eine neue Welle Energie durch meinen Kopf und verdrängte die Müdigkeit und Erschöpfung. Kommentarlos zog ich meinen Rechner zu mir und begann meine Nachforschungen zu Hermione Sutter, ehemals Dupont. Sie gehörte zu einer Generation, die nur schwer in den sozialen Medien zu finden war, aber es stellte sich nicht als unmöglich heraus. Seufzend betätigte ich meine Tastatur und tauchte vollständig in den Flow der Nachforschungen ein, bis ich auf einen Eintrag auf Facebook stieß, der meine Aufmerksamkeit erregte. Es ging um die Einführung eines verkehrsberuhigten Bereichs einer Straße in Nizza. In den Kommentaren wurde leidenschaftlich diskutiert und jemand schrieb, dass eine Passantin – die nette Frau Sutter mit der dreifarbigen Katze aus dem dritten Stock – durch einen Unfall im Krankenhaus gelandet ist und seitdem um ihr Leben kämpfte.

Wenn das Timéos Mutter ist, dann würde das begründen, warum er Nizza nicht verlassen hat.

»Die Mutter hält ihn hier in Nizza«, verkündete ich, nachdem ich in den verschiedenen Facebook-Kommentaren weitergeforscht hatte und mit einem kurzen Chat mit einer der Kommentarschreiberinnen herausfand, dass Hermione Sutter in ein Hospiz verlegt wurde.

»Ja? Was hast du über die Mutter gefunden?«

Ich fasste das Wissen, was ich auf Facebook gesammelt hatte, knapp zusammen und Bastian griff nach seinem Telefon.

»Was hast du zur Schwester?«, fragte ich nach.

»Alissa Dupont arbeitet in einem Museum für moderne Kunst, sie hat außerdem einen sehr interessanten Auftritt auf Social Media, aber das ist *nicht* relevant.« Bastian zwinkerte und ich verdrehte belustigt die Augen. »Vor einem halben Jahr ist sie in ihrer Arbeit kürzergetreten und meinte, dass sie sich um ihre Mutter kümmern müsse. Das würde auch gleichzeitig das unterstreichen, was du gefunden hast.«

119

Ich stand ebenfalls auf und mein Stuhl rutschte scharrend über den Boden. Energisch stützte ich mich mit meinen Händen auf der Tischplatte auf.

»Dann stimmt meine Theorie mit der Mutter also wirklich und das, was …« Ich unterbrach mich selbst und sah auf den Chat, den ich auf Facebook geführt hatte. »*Josette BebeCool* auch geschrieben hatte.«

Bastian lachte laut auf. »In welche Gefilde bist du denn abgetaucht?«

Unwillkürlich musste ich in seine Belustigung einstimmen. »Sie war die Nachbarin von Sutter und hat wohl ihre Katze übernommen.«

Bastian grinste noch etwas vor sich hin, bevor er wieder ernst wurde. »Also, was machen wir? Unter einem Vorwand mit der Schwester in Kontakt treten? Vielleicht weiß *BebeCool* auch, was die Schwester sonst noch so gerne macht?«

Mir entfuhr ein Lachen. »Nein, bitte … ich habe lange genug mit ihr geschrieben.«

Versunken in seine eigenen Gedanken tippte Bastian mit seinen Fingerspitzen auf die Tischplatte und grübelte über meine Worte nach. »Ich könnte einige ihrer Arbeitskollegen anschreiben und wir finden vielleicht so etwas raus?«

Seufzend ging ich einige Schritte im Zimmer hin und her. »Ihr Bruder ist ein Auftragskiller, glaubst du, dass sie ein normales Leben führt und nicht mit unserer Welt im Zusammenhang steht?«

»Ich kann mir vorstellen, dass sie im Schmuggel tätig ist«, entgegnete er.

»Sie könnte unsere Gesichter erkennen und ihren Bruder warnen.«

Was wäre ein guter Plan, der nicht zu viel Zeit frisst? Das wird ein Balanceakt.

»Wir werden Timéo töten«, stellte ich trocken fest. »Inwiefern kann uns die Schwester zur Gefahr werden?«

»Wenn sie eine Schmugglerin ist, dann ist das ein geringes Risiko, was ich bereit bin einzugehen. Wir müssen an den Zeit-Kosten-Faktor denken.« Konzentriert zupfte Bastian an seiner Unterlippe.

»Klingt nach viel Arbeit«, meinte ich und zog meinen Stuhl wieder heran. »Aber über sie werden wir an ihren Bruder rankommen. Die Mutter spielt keine große Rolle für unseren Plan.«

Bastian griff nach seinem Telefon. »Dann lass uns anfangen. Ich habe noch Zugriff auf manche Kameras. Damit können wir ihren Weg aus dem Museum verfolgen. Ich will Ian nicht damit behelligen und selbst nur Däumchen drehen.«

Meine rastlosen Schritte stoppten und ich legte triumphierend den Kopf schräg. »So werden wir ihn finden!«

Kapitel 16

Barcelona, Barri Gòtic
Montag, 27. September – Joshua

Schweigend sah ich dabei zu, wie Kaja, der Besitzerin unserer Ferienwohnung den Schlüssel zurückgab und auf schnellem Spanisch mit ihr in einem freundlichen Ton plauderte. Wir hatten uns gestern Abend darauf geeinigt, Barcelona heute zu verlassen.

Wer hat sich überhaupt diesen Namen Phönix ausgedacht?

Die beiden Frauen verabschiedeten sich und ich entgegnete ein kurzes »Gracias« und »Adiós«, was so ziemlich meinem gesamten spanischen Wortschatz entsprach, bevor wir das Gebäude verließen.

Eine angenehme Wärme empfing uns auf der Straße, und zu Fuß machten wir uns auf den Weg zum Parkhaus, wo Kajas Mercedes stand. Die ersten Meter gingen wir schweigend, aber ich konnte meine Neugier nicht länger bändigen.

»Wir fahren nach Georgien?«, fragte ich überflüssigerweise.

»Ja, die Georgier fahren zurück nach Georgien. Wäre ich allein würde ich einfach fliegen, aber dank deines gesuchten Gesichts wird das leider unmöglich sein. Und wir wollen ja niemanden einen Anhaltspunkt auf deinen Aufenthaltsort geben.«

Zustimmend nickte ich. Der Gedanke, dass ich spätestens in einer Woche auf die Menschen, die Mays Vergangenheit teilten, treffen würde, beunruhigte mich etwas.

122

Kaja kramte in ihrer Tasche und zog das Parkticket hervor. »Es ist nicht so lange her, dass ich im Hauptquartier war, aber alle zu versammeln, wird sicherlich spannend.«

»Wie sind die anderen so?« In meinem Kopf tauchten nur namen- und gesichtslose Figuren auf – nicht greifbar, nicht vorstellbar.

»Das kann man nicht pauschalisieren«, entgegnete Kaja. »Du wirst sie kennenlernen. Es gibt viele Charaktere, die aufgrund unserer Vergangenheit gebrochen sind.« Kaja verzog das Gesicht zu einem undefinierbaren Ausdruck.

»Was meinst du damit?«

Sie strich sich mit einem Finger eine Strähne aus dem Gesicht und steckte den Parkschein in den Automaten. »Unsere Vergangenheit hat viele traumatisiert. Wir haben viele Menschen in unserer Ausbildung verloren und auch noch einige nach der Befreiung der Fabrik. Viele kamen mit der Tragweite unserer Handlungen nicht klar. Viele verstanden erst da, welche Narben unsere Kindheit hinterlassen hatte, und konnten mit der Last der Vergangenheit nicht umgehen.«

Ihre Worte lagen mir quer im Magen und ich stellte mir die Gewichtung der Entscheidungen vor, die zu diesem Ergebnis geführt haben muss.

Sie waren alle noch so jung.

Mit jedem Schritt zu Kajas Mercedes fühlten sich meine Beine schwerer an, ich fand keine Worte und hoffte, dass Kaja weitersprach. Sie tat mir den Gefallen.

»Wir stellten fest, dass *alles* in uns Spuren hinterlässt. Alles … «

Unser Gespräch wurde unterbrochen, als wir in das Auto stiegen. Kaum hatten wir die Türen geschlossen, durchbohrte Kaja mich mit ihren bernsteinfarbenen Augen. »Auch in dir werden die letzten Tage Spuren hinterlassen haben … Wir haben einen ausgebildeten Psychologen unter uns.« Sie neigte ihren Kopf und ich verstand, was sie damit ausdrücken wollte.

»Es geht mir gut«, sagte ich schnell, aber ihre hochgezogene Augenbraue kommentierte meine Lüge.

»Du schläfst nicht, Joshua«, sagte sie leise und startete den Motor. »Und wenn, dann unruhig. Lüg mich nicht an.«

Erwischt! Es hätte mir klar sein müssen. Meine Augenringe sind der beste Beweis dafür.

Mir fiel keine Ausrede ein, weswegen ich schwieg und Kaja fortfuhr.

»Zum Zeitpunkt unseres Putsches waren wir sehr jung. Ich war 16, Bastian als Ältester 17, May mit 14 die Jüngste. Woher hätten wir wissen sollen, wie irgendwas läuft? Diese Gespräche haben uns geholfen zu *verstehen*.« Mit einem Seufzen klappte Kaja die Sonnenblende hinunter. »Sie haben uns geholfen, Fuß zu fassen und ich bin mir sicher, dass es dir auch helfen würde.«

Sie wurden so früh in diese Verantwortung gedrängt, aber was wäre die Alternative gewesen? Zu welchen Menschen hätten meine Freunde sich entwickelt?

»Ihr wart so jung, Kaja …«

»Unser Alter spielt keine Rolle«, meinte sie. »Wir haben schnell gelernt, viel gearbeitet und viel *getötet*.«

Es fühlte sich merkwürdig an. Ich wollte es immer wissen, war immer neugierig auf ihre Vergangenheit, aber natürlich war sie grauenvoll, blutig und voller Opfer.

Was hatte ich erwartet? Sie haben es nie geleugnet.

»Wie habt ihr es geschafft, die Fabrik zu befreien? Basti und May haben es mir nur grob erzählt.«

Verlegen biss sich Kaja auf die Unterlippe. »Das ist nicht schnell erzählt«, wich sie meiner Frage aus. »Und ich denke, ich habe schon zu viel gesagt ...«

Gedankenverloren beobachtete ich die Häuser, die an uns vorbeirauschten.

Wie konnten sie diesen Kraftakt bewältigen?

Meine Liste an Fragen für Mayren wuchs weiter.

Kaja hat mir mehr Antworten gegeben, als May es tun würde. May will mich um jeden Preis aus ihrer Welt raushalten, aber liegt das noch in ihrer Macht?

Kapitel 17

Meine Beine schmerzten, als ich die Beifahrertür öffnete und ausstieg.

Kaja warf mir ein verlegenes Grinsen zu, als sie wie angekündigt zu dem Klohäuschen mittig des Rastplatzes schritt. Seit unserem schwerwiegenden Gespräch in Barcelona waren vier Stunden Autofahrt vergangen, in denen Kaja die gängigsten Songs im Radio mitsummte und so ihre gute Laune wiederfand. Unwillkürlich fragte ich mich, ob sie in Aussicht auf Ian so gut drauf war. Auch wenn ich ihn bisher noch nie gesehen hatte, war es schwierig für mich, mir die beiden als Paar vorzustellen.

Meine Waden kribbelten als die Blutzirkulation wieder startete und ich balancierte einige Schritte auf dem Randstein hin und her. Ein leichter Wind wehte den Lärm der Autobahn und den Geruch von Abgasen heran.

Wie weit Mayren und Bastian mit Timéo sind?

Egal wie ich dagegen ankämpfte, meine Gedanken kehrten immer zu ihr zurück und gleichzeitig erfüllte ein schmerzendes Ziehen meine Brust – sehnsüchtig und drängend.

Ich will sie an meiner Seite wissen. Ich will sie endlich wieder küssen können.

Verträumt beobachtete ich, wie einige gelbe Blätter im Wind flatterten und auf eine nahegelegene Wiese getragen wurden.

Ein Kribbeln in meiner Magengegend ließ mich daran denken, wie ich mit ihr in meinen Armen eingeschlafen bin.

Das war die letzte Nacht, in der ich durchschlafen konnte.

Kaja war mittlerweile in dem Toilettenhaus verschwunden und ich dehnte meine Waden. Widerwillig musste ich daran denken, dass der direkte Weg nach Georgien über Nizza geführt hätte, aber Kaja darauf bestanden hatte, die Stadt zu umfahren. Ich wäre Bastian und Mayren keine Hilfe, sondern eher eine Ablenkung und könnte Timéo mit einem Aufenthalt in Nizza nur in die Karten spielen.

Der Lärm eines näherkommenden Autos unterbrach kurzzeitig meinen Gedankenfluss. Doch schon gleich darauf kehrten meine Gedanken wieder zu Mayren zurück.

Wie geht das Ganze weiter? Für ... uns? Und was passiert, wenn Zero merkt, dass ich nicht ausgeschaltet werde? Würde sich jemand an meiner Familie vergreifen? Ian wacht zwar über sie, aber trotzdem ...

In meiner Vorstellung stellte Zero eine Übermacht dar und es würde schwierig werden, diesen Krieg mit ihm zu führen und vor allem zu gewinnen. Es wäre ein klassischer Fall von David gegen Goliath.

Irgendwo hinter mir erstarb ein Motor, eine Autotür wurde zugeschlagen und Schritt erklangen.

Ich drehte mich schwungvoll zu dem Neuankömmling um und betrachtete ihn mit gelangweilter Neugier.

Er hatte einen Undercut und seine Haare an der Oberseite waren etwas länger, während seine dunkelbraunen Augen mich interessiert musterten.

Der Mann war in meinem Alter und ließ seinen Auto-schlüssel lässig in seine Jackentasche gleiten, bevor er direkt auf mich zusteuerte.

Will der mit mir reden?

Er hatte ein bulgarisches Kennzeichen, aber ich hoffte, dass er mich wenigstens auf Englisch ansprechen würde.

»Joshua Winter?« Der Klang meines eigenen Namens aus seinem Mund ließ mich in jeder Bewegung erstarren und kalte Angst breitete sich in meiner Brust aus.

Ich schluckte gegen die aufkeimende Panik an, aber schwieg. Dass dieser Mann meinen Namen kannte, ließ nur einen Rückschluss zu – er war einer meiner Jäger!

Das Adrenalin schoss in meine Adern und mein Herz-schlag beschleunigte sich. »Wer will das wissen?«, fragte ich stattdessen und war über die Ruhe meiner Stimme erstaunt, aus der sich die Angst völlig raushielt. Ich musste Zeit gewinnen, bis Kaja wiederkam.

»Mein Name ist Alec«, antwortete er und machte einen weiteren Schritt auf mich zu.

Ich kämpfte gegen den Drang an zurückzuweichen. »Und was willst du?«, fragte ich kühl und zog in der arroganten Art eine Augenbraue hoch wie Mayren, wenn sie mit einem potenziellen Feind sprach. Dieser Alec durfte auf keinen Fall erkennen, dass ich hilflos war.

»Zugegeben …« begann er mit einem Grinsen und legte seinen Kopf schief wie ein Raubtier, das seine Beute betrachtete. »Ich wusste, wie du aussiehst, aber ich hatte dich mir trotzdem anders vorgestellt.«

Für einen kurzen Augenblick sahen wir uns an und ich schwieg, aber mir stellte es die Nackenhaare auf. Wenn Alec nur halb so gefährlich wie Silas war, dann hatte ich ein gewaltiges Problem. »Verfolgst du mich?«

Alec zuckte mit den Schultern. »Mehr oder weniger. Was machst du hier? Treibst du nicht normalerweise in London dein Unwesen?« Seine Neugier klang ehrlich, aber ich machte einen halben Schritt mit meinem linken Fuß zurück und brachte mich in Kampfstellung, wie ich es gelernt hatte.

Kaja, wo bleibst du?

Er nahm meine Bewegung interessiert wahr, kommentierte es aber nicht. »Hör zu, obwohl ich eigentlich einer deiner Jäger bin–«, begann er seinen Satz, aber wurde von einem wütenden Schrei zu meiner Linken unterbrochen.

»*Hey!*« Kaja kam mit großen Schritten näher. Ihre geschwungenen Haarspitzen wippten dynamisch und die bernsteinfarbenen Augen funkelten bedrohlich. Die fröhliche Ausstrahlung meiner Freundin war verschwunden und hatte der Killerin Platz gemacht – die Form, in der ich sie kennengelernt hatte.

Alec fuhr zusammen, als er Kajas Schrei hörte, und musterte sie interessiert beim Näherkommen.

Mein Blick folgte seinem und ich bemerkte, dass Kaja an ihrem linken Handschuhsaum zupfte und zufrieden die Finger zur Faust ballte. Als sie ihre Hand öffnete, fiel eine kleine, zerbrochene Glaskanüle zu Boden, in der sich davor wohl ihr Gift befunden hatte und sich nun über den Stoff ihres Handschuhs ausbreitete. Ihr Gift war bereit.

Ihre Reaktion machte mir klar, dass ich in größerer Gefahr schwebte als angenommen. Angriffslustig stellte sich Kaja neben mich und funkelte unseren Gegenüber wütend an.

»*Wer* bist du und *was* willst du?«, fauchte sie ihn fordernd an und senkte den Kopf, ein klares Zeichen von Gewaltbereitschaft.

Alec wägte seine kommenden Worte genau ab. »Zero hat mir einen Auftrag zukommen lassen«, entgegnete er ruhig und ließ seine Hände in einer deeskalierenden Geste in seine Hosentaschen gleiten. »Den von Joshua.«

»Hände dahin, wo ich sie sehen kann, sonst bringe ich dich *auf der Stelle* um!«, zischte Kaja und sofort zog Alec seine Hände aus den Taschen.

»Ich bin *nicht* euer Feind«, stellte er klar und musterte Kajas behandschuhte Hand interessiert.

»Warum bist du dann hier?« Sie machte einen kleinen, bedrohlichen Schritt auf ihn zu, aber er hielt ihr selbstbewusst stand. »Es ist kein Zufall, dass wir uns hier treffen, oder?«

»Ich will euch nichts tun«, sagte er schnell und ich bemerkte ein aufrichtiges Funkeln in seinen Augen. »Der Auftrag ist mir egal. Ich habe euch gesucht und einer meiner Freunde hat euch in Barcelona gesehen und mich informiert, weswegen ich hier bin. Ich wollte mir euch reden.«

»*Drecksack*«, zischte sie und ihre Augen wurden zu Schlitzen, was für den Kerl ein Alarmsignal darstellte. »Vergeude meine Zeit nicht mit *dummen* Ausreden!«

»Es ist keine Ausrede«, beharrte er auf seine Aussage. »Als ich den Auftrag bekommen hatte, wollte ich ihn ausführen, aber mir sind Gerüchte über einen Boykott von Mayren Grey zu Ohren gekommen und ich lege mich nicht mit den Georgiern an. Ich lege mich nicht mit Mayren Grey an.«

Kaja traute seinen Worten nicht und reckte hochmütig ihr Kinn. »Warum hindert Mayrens Beteiligung dich daran, den Auftrag auszuführen?«

Ein leichtes Grinsen erschien auf Alecs Gesicht und irritiert sah ich zu Kaja, da ich seine Erheiterung nicht verstand. »Es hört sich merkwürdig an, aber natürlich wollte ich erst gewinnen. Wir wissen alle, dass Mayren die letzten Spiele beendet hat und sie ist der Maßstab.«

Ich runzelte die Stirn, als mir klar wurde, dass er sich gegen Mayren beweisen wollte.

Kaja wirkte misstrauisch. »Sprich weiter.«

»Mein Clan wendet sich nicht gegen die Georgier«, wiederholte er, hob seine rechte Hand und führte sie zu seinem linken Ärmel. »Wir haben unsere Prinzipien, wie ihr auch.«

»Hand *runter*«, knurrte Kaja angriffslustig.

Er verharrte in der Bewegung, während ich gespannt die Situation beobachtete. »Ich will euch etwas zeigen. Du gehörst zu den Georgiern, du solltest es verstehen«, entgegnete er und seine Miene wurde bittend.

Nach einigen Sekunden Bedenkzeit nickte sie langsam. »Gut, aber wenn das eine Falle ist …«

Seine Mundwinkel zuckten im Anflug eines dankbaren Lächelns und er zog den Ärmel seines Shirts hoch. Auf der Haut seines inneren Oberarms war ein Brandzeichen erkennbar, dass aus einem langen und einem kurzen Strich bestand, die von zwei unvollständigen Kreisen durchbrochen wurden. Das Zeichen auf Alecs Haut ähnelte dem Tattoo von Mayren. Es waren ebenfalls geometrische Zeichen, aber standen in einer anderen Anordnung.

Neben mir sog Kaja zischend die Luft ein, aber bevor ich die beiden Symbole genauer vergleichen konnte, zog er seinen Ärmel zurück und verbarg es.

»Rumänien?« Kajas Aggression war einer Mischung aus Skepsis und Misstrauen gewichen.

»Bulgarien.«

Bulgarien? Ist er aus einer anderen Fabrik? Ähnlich zu der von Georgien?

»Uns unterscheidet jedoch eine *deutliche* Sache«, begann Kaja kühl und zog mit ihrer ungiftigen Hand den Kragen ihrer Bluse zurecht. Sie offenbarte damit das Tattoo des georgischen Clans, was auf ihr Schlüsselbein gestochen war. »Ich habe Tinte unter meiner Haut. Dir wurde das Zeichen eingebrannt und das bedeutet, dass du unter Zeros Kontrolle verkauft wurdest.«

»Das stimmt«, gab Alec offen zu. »Ich habe meine Ausbildungszeit in Bulgarien verbracht, bis ich verkauft wurde – zusammen mit meinen Leuten.«

»Warum sollte ich euch trauen? Warum sollte dir *irgendjemand* trauen, wenn du zu Zeros Struktur gehörst?«

»Wir gehören nicht mehr in seine Struktur«, sagte Alec und wollte näherkommen, aber Kaja nahm ihre Hand mit dem vergifteten Handschuh in Angriffsposition, worauf er in seiner Bewegung innehielt.

»Bleib stehen und beantworte einfach meine Fragen«, forderte Kaja salopp und er schlug seine Augen nieder. »Was willst du von mir? Was willst du von Mayren? Was willst du von meinem Clan?«

Alec knirschte widerstrebend mit den Zähnen, aber schien sich damit abzufinden, dass er sich in einer schwächeren Position befand. »Wir wollen eure Hilfe. Die von Mayren. Die von euch Georgiern«, sagte er schließlich. »Uns verbindet die grauenvolle Vergangenheit, die Zero initiiert hat und wir vermuten, dass Mayren durch den Boykott ein höheres Ziel verfolgen könnte.« Erwartungsvoll suchte er eine Antwort in Kajas Miene.

Diese entgegnete nur ein perfektes Pokerface und seinem hoffnungsvollen Ausdruck mit Skepsis. Sie schwieg und legte den Kopf nachdenklich schief, aber ich verstand, was Alec uns anbot – eine Allianz.

»Was erwartest du von uns?«, fragte Kaja, ohne ihre Angriffshand sinken zu lassen.

Alec überdachte seine nächsten Worte sorgsam. »Ich will offen reden«, sagte er. Sein Blick huschte kurz zu mir. »Weil jede Zusammenarbeit – was unser Wunsch ist – nur auf Ehrlichkeit und Vertrauen beruhen kann.«

Kaja zog eine Augenbraue hoch, aber schwieg.

»Wir wurden verkauft. Das stimmt, aber wir fanden uns im Laufe unseres *Berufslebens* nach und nach wieder und … sagten uns los.«

»Ihr habt euch *losgesagt?*« Kajas Unterton ließ keinen Zweifel daran, dass sie Alecs Worten nicht glaubte.

»Wir wissen beide, dass das nicht möglich ist.«

Alec verzog das Gesicht. »Da hast du recht. Wir flohen von unseren Besitzern und verwischten unsere Spuren erfolgreich. Wir wurden immer mehr und organisierten uns, bis der Auftrag von Zero an mich ging. Durch die Auswahl zu Zeros Spiel erlangten viele Teilnehmer Aufmerksamkeit«, erklärte er. »Wir haben nicht darum gebuhlt, wir wollten diese Aufmerksamkeit nicht.« Er runzelte die Stirn und sein Ausdruck nahm etwas Flehendes an. »Aber wir haben sie erhalten und seitdem suchen unsere Besitzer nach uns.«

Hat Zero sie absichtlich ins Spiel gezerrt, um Alec und seinen Clan zu vernichten?

Kajas Hand schwebte bereit für einen Angriff auf seiner Brusthöhe. Sie schien unschlüssig, was sie von seiner Erzählung halten sollte.

»Zero mag es nicht, wenn seine ausgebildeten Schöpfungen einen eigenen Willen entwickeln. Seine Leute haben begonnen, uns zu jagen. Euren Clan und meinen … uns vereint ein gemeinsames Ziel und das ist die Rache an Zero.« Er sah Kaja finster, aber bittend an. »Mir ist klar, dass du das nicht allein entscheiden kannst, aber bitte bringe unser Anliegen den richtigen Leuten vor.«

Neugierig beobachtete ich Kajas Reaktion. Offenbar hatte Zero mit dem Auftrag nicht nur mich auf eine Abschussliste gesetzt, sondern auch Alec und seinen kompletten Clan.

»Aus Zeros Reichweite zu verschwinden, ist schwer«, warf Kaja ein, ohne ihre Körperhaltung zu verändern. »Er will euch vernichten, weil ihr euch widersetzt habt.«

»Vermutlich.«

Für einen Moment entgegnete niemand etwas, nur der Wind wehte den Lärm der Autobahn heran.

»Wie heißt du?«

»Alec.«

Schweigen, dann seufzte Kaja. »Angenommen, du sagst die Wahrheit, dann werde ich dein Anliegen meinem Clan vorlegen und es mit ihnen besprechen. Wie erreiche ich dich?«

Er lächelte vorsichtig und der gehetzte Ausdruck auf seinem Gesicht schwand.

»Ich kann dir keine Zugeständnisse machen«, sagte Kaja schnell. »Ihr werdet euch für unseren Schutz unserem Clan unterordnen, damit müsst ihr klarkommen.«

»Das werden wir.«

Langsam ließ sie ihre vergiftete Hand sinken und griff mit der anderen nach ihrem Handy. »Gib mir deine Nummer.«

Sofort nannte er sie ihr und sie klingelte ihn an.

»Wie ist dein Name?«, fragte Alec.

»Kaja Verde.«

Er speicherte ihre Nummer ein.

Sie neigte den Kopf. »Passt auf euch auf.« Der feindselige Ton war aus ihrer Stimme verschwunden. »Ich werde mich so schnell wie möglich bei dir melden, aber wage es nicht, uns weiter zu verfolgen, klar?«

Alec verstand, dass Kaja das Gespräch an dieser Stelle beendete. »Danke. Es kommt nicht mehr vor«, versprach er mit einem leichten Grinsen und nickte uns zum Abschied zu.

Er drehte sich um und ging zu seinem Auto, worauf ich erleichtern ausatmete und eine Anspannung von mir abfiel.

Einer meiner Jäger kann ein Verbündeter werden? Was für eine Wendung.

»Fuck, wie konnte er uns seit Barcelona folgen und mir fällt es nicht auf?«, fluchte Kaja und atmete geräuschvoll aus. »Verfickte Scheiße!« Wütend kickte sie einen Stein vom Bordstein auf die Straße. »Bitte entschuldige, dass ich so fahrlässig war.«

Ich würde ihr niemals einen Vorwurf machen.

Fast gleichzeitig hoben wir die Hand zum Abschied und Alec beschleunigte zur Auffahrt.

»Wir waren in Barcelona nie unaufmerksam oder unvorsichtig. Wann haben wir einen Fehler gemacht?«, fragte ich sie und beobachtete, wie sie am Saum ihres linken Handschuhs zupfte.

»Ich weiß es nicht«, gab sie widerwillig zu und krempelte vorsichtig den Saum um. Am Ansatz ihrer Handgelenke konnte ich ungewöhnlich rote Haut erkennen.

Sind das Brandwunden?

Im nächsten Moment wandte Kaja sich ab. »Die Augen unserer Welt sind überall auf dich gerichtet … lass uns verschwinden. Nicht, dass noch jemand auftaucht, der uns in irgendwas verwickelt.«

Ich schloss mich ihren schnellen Schritten an und konnte aus dem Augenwinkel erkennen, dass sie ihren Handschuh auszog, aber sich dabei von mir wegdrehte, um mich abzuschirmen.

136

Trägt sie die Handschuhe, um Narben zu verbergen?

Ich respektierte ihre Zurückhaltung, was das anging, auch wenn mich das Geheimnis ihres vergifteten Handschuhs interessierte.

Wie konnte sie sich dabei nicht selbst vergiften?

Während ich bereits auf dem Beifahrersitz Platz nahm und die Tür hinter mir zuzog, öffnete Kaja den Kofferraum und wühlte in ihrer Tasche. Erst danach setzte sie sich ans Steuer, zwei frische Spitzenhandschuhe an ihren Händen. »Du hast Fragen, oder?«

»Nicht gerade wenig.«

»Verständlich«, sagte sie mit einem Seufzen. »Lass mich einiges vorweg erklären.« Sie strich sich eine Strähne aus dem Gesicht und beschleunigte vom Rastplatz herunter zur Autobahnauffahrt. »Wir müssen Alecs Erzählung auf den Wahrheitsgehalt kontrollieren, bevor wir eine Entscheidung treffen. Angenommen es stimmt, dann müssen wir entscheiden, welche Konsequenz für die Georgier daraus folgt. Grundsätzlich könnte unser Clan gestärkt aus dieser Gelegenheit herausgehen. Seine Leute haben denselben Ausbildungsstand wie unsere.«

Nachdenklich runzelte ich meine Stirn.

»Zero unterdrückt gerne kleine Clans oder vernichtet sie. Wahrscheinlich hat sich einer seiner Freunde über die ehemaligen Bulgaren beschwert.« Sie zuckte mit den Schultern.

Zero vernichtet einfach Menschenleben, weil seinen Verbündeten ihre Existenz nicht passt.

Die Wut über diesen unbekannten Menschen sammelte sich in meinem Magen.

»Du verstehst, dass es keine leichte Entscheidung ist, aber wir befinden uns bereits auf Zeros Radar, somit tut die Aufnahme der Bulgaren auch keinen Nachteil mehr, was will er tun?« Kaja zuckte mit den Schultern. »Wir bereiten uns auf alle Gegebenheiten vor.«

»Wer entscheidet, ob die Bulgaren euch beitreten dürfen?«

Eine eigennützige Frage, aber mir geht es nicht aus dem Kopf, dass Bellucci zu meiner Aufnahme in den Clan geraten hat.

Kaja erahnte meinen Hintergedanken nicht. »Das ist eine Entscheidung, die nur von der Clanführung entschieden werden kann. May, Ian, Basti, ich und einige andere haben ein Veto und können für oder gegen eine Aufnahme stimmen. Eine schwerwiegende Entscheidung wie diese kann jedoch nur einstimmig getroffen werden.«

Solange Mayren meinen Beitritt boykottiert, kann ich nicht zum Clan gehören, um den vollen Schutz zu erhalten.

»Einmal im Clan, immer im Clan«, sagte sie leise. »Bitte such keine Diskussion, was das Thema angeht.«

Ihre Worte erwischten mich unangenehm und verlegen wich ich ihr aus.

Will ich dazu gehören oder einfach bei May sein können, ohne dass diese Zeit ein Ablaufdatum hat?

Das war eine Frage, bei der ich mir selbst über die Antwort klar werden musste.

»Dieses Brandmal an seinem Arm …« fuhr Kaja fort und wechselte die Spur. »Wir haben uns nach unserem Putsch freiwillig entschieden, das Zeichen als Tattoo zu tragen. Aber jedem, der die Ausbildung bei Zero beendet hat, wurde das Symbol in die Haut gebrannt, bevor er verkauft wurde.« Kajas Worte waren voller Abscheu über die Tat und ich zog beide Augenbrauen schockiert nach oben.

»Die haben sie markiert wie eine Produktionscharge«, flüsterte ich angewidert und sie nickte zustimmend.

Kaja ließ sich Zeit mit ihrer nächsten Information. »Außerdem … ein Punkt, der wichtig wäre. Alec weiß, wo die bulgarische Fabrik ist und das sind Informationen, die gehütet werden wie keine andere. Wir kennen nicht einen anderen Standort einer fremden Fabrik. Und glaub mir, es gibt genügend andere Fabriken und wir haben sie gesucht.«

Eine andere Fabrik, in der noch Kinder zu Killern ausgebildet wurden ... Eine grausame Vorstellung.

Ich dachte an Mayrens Erzählungen von ihrer Kindheit und erneut erfüllte mich Wut, dass so etwas in der jetzigen Zeit noch Realität war.

»Diese Fabriken sind einfach grausam.«

»Aber leider sind sie die traurige Wahrheit, die vielen passiert und wir für Georgien beenden konnten.«

»Irgendwie würde es unter eurer Pflicht laufen, die Bulgaren aufzunehmen«, formulierte ich langsam meine Gedanken. Ich empfand Mitleid für die Bulgaren, die um ihr Leben kämpften. »Aber gleichzeitig würdet ihr euch eine Zielscheibe auf den Rücken binden.«

Könnte der Ruf der Georgier ausreichen, um diese Gefahren abzuwehren?

»So sehe ich das auch«, gab Kaja mir recht. »Das Risiko ist relativ, gerade wenn die Bulgaren zu Georgiern werden und was das Werk angeht. Wir müssen abwarten, was für Informationen Alec für uns hat.«

Würden sie es erwägen, eine weitere Fabrik anzugreifen, wenn sich die Möglichkeit bot? Ist das nicht zu gefährlich?

»Wir sollten Ian informieren und mit den Hintergrundforschungen anfangen.« Kaja seufzte und nahm ihr Telefon in die Hand, um ihren Freund anzurufen. »Es bleibt spannend mit dir, Joshua.«

Kapitel 18

Nizza, Gambetta
Dienstag, 28. September – Mayren

Regen prasselte lautstark gegen die Fenster des Audis und in der Ferne grollte der Donner. Ich tippte im Takt eines Liedes mit meinem Zeigefinger auf das Lenkrad und starrte auf die grellen Neonlichter einer Bar. Beim Wischen des Scheibenwischers wurden sie scharf, aber verschwammen nach wenigen Sekunden wieder.

Wenn es sein muss, nehme ich die ganze Bar auseinander. Es wird Zeit, dass wir endlich ein Zeichen in unserer Welt setzen.

Grimmige Genugtuung machte sich bei diesem Gedanken in mir breit.

Im Telefonat mit Ian haben Bastian und ich erfahren, dass Alissa Dupont nach der Arbeit manchmal in dieser Bar abhing und beschlossen, hier mit unserer Observation zu starten.

Hatten wir eine andere Wahl? Bevor wir weitere Zeit mit theoretischen Nachforschungen verbringen, will ich raus und endlich handeln.

Ein greller Blitz zerriss die Dunkelheit und ließ für einen Sekundenbruchteil dunkle Schatten über die Straße tanzen, bevor alles in der nächtlichen Schwärze versank. Entsprechend der Nacht hatte ich mich schwarz gekleidet.

»Haben wir wirklich Hoffnung, dass sie auftaucht?«, murmelte Bastian leise und unzufrieden verzog ich das Gesicht.

141

Meine Hoffnung war nicht so groß wie mein Drang, endlich zu handeln.

»Ich habe mir auch etwas anderes vorgestellt«, musste ich zugeben und lehnte mich mit verschränkten Armen im Autositz zurück.

Je länger wir brauchen, um diesen Idiot Timéo zu finden, umso länger dauert es, bis ich Joshua wiedersehe. Sobald wie möglich, kaufe ich ihm ein neues Handy, damit ich ihm wenigstens schreiben kann.

Mein Herz krampfte sich bei dem Gedanken zusammen und ich musste an ihn denken.

Ob es ihm ähnlich geht?

Auf eine gewisse Art machte es mir Angst, dass er mich so anzog, aber auf der anderen Seite nahmen mich meine Gefühle voll ein.

Das ist verrückt. Nicht mal bei Paul war das so.

Ich schloss meine Augen und konzentrierte mich auf meine Gedanken, aber sofort erschien Joshua vor meinem inneren Auge.

Nur noch diese Mission ... Nur noch ein weiterer Mord.

Nach wenigen Augenblicken riss ich die Augen wieder auf und starrte durch die verregnete Scheibe.

Die Schwester taucht heute nicht mehr auf. Sie hatte vor einer Stunde Feierabend.

Erneut musste ich seufzen und mein Unmut wuchs.

»Geduld ist eine Tugend«, meinte Bastian und ich hörte in seiner Stimme, dass er grinste.

»Eine Tugend, welcher ich nicht mächtig bin.«

Wir haben etwas mehr als sechs Tage Zeit, bis wir in Geor-
gien sein müssen. Das Zeitlimit von meinem Clan, das ist
das wahre Limit, nicht der Drang, der mich zu Joshua zieht.

Nachdenklich beobachtete ich zwei Regentropfen, die
über das Seitenfenster hinabrollten.

»Das weiß ich sehr gut«, antwortete Bastian auf meine
Worte und streckte sich im Sitz neben mir aus. In seiner
Schulter knackte ein Gelenk und erneut grollte der Donner
in der Ferne, während der Regen in einer schiefen Melodie auf das Wagendach trommelte. Mit dem Wasser, was die
Karosserie runterlief, wurde meine restliche Geduld weg-
gewaschen.

»Warte hier«, seufzte ich und stieß die Tür in den Regen auf.
Ich habe es satt, die Füße stillzuhalten.

Kalter Regen prasselte mir ins Gesicht und energisch warf
ich meinen Zopf über die Schulter. Hinter mir fiel die Autotür zu und zielstrebig steuerte ich auf die leuchtenden Neonröhren zu. Zum Schutz vor den Tropfen stellte ich den
Kragen auf und hielt mir meine Hand vors Gesicht. Schnell
erreichte ich den Eingangsbereich und zog die Tür auf. Sti-
ckige, verrauchte Luft schlug mir entgegen und ich unterdrückte das Bedürfnis, die Nase zu rümpfen.
Warum raucht man in unbelüfteten Räumen?

Kurz blieb ich im Eingangsbereich stehen und sondierte
die Lage.

Der Barkeeper und einige andere Gäste musterten mich
mit einer Mischung aus Argwohn und Neugier.

Hochmütig reckte ich das Kinn, faltete meinen Kragen glatt und schüttelte Regentropfen heraus, bevor ich selbstbewusst zur Bar ging.

»Bonjour«, begrüßte mich der Barkeeper, als ich mich auf einen Barhocker setzte.

»Bonsoir«, entgegnete ich und legte den Kopf leicht schräg, als er etwas auf Französisch entgegnete.

Es ist ungewöhnlich, dass ich eine Sprache nicht verstehe.

»Entschuldigung, wie bitte?«, fragte ich auf Englisch nach.

Schroff und mit starkem Akzent wiederholte er seine Frage auf Englisch: »Was möchten Sie trinken?«

Die Freundlichkeit in Person.

»Whiskey on the rocks.«

Kommentarlos drehte er sich um, bereitete den Drink zu und stellte ihn nach einer Minute lieblos vor mir ab.

Ebenso wortlos schob ich ihm einen Schein über die Theke.

Wie konträr zu meinem letzten Barbesuch in London.

Ich unterdrückte meine Melancholie und sprach den Barkeeper direkt an, um endlich an die benötigten Informationen zu kommen. »Wenn ich etwas von hier zu einem anderen Ort bringen will, wen frage ich?« Spielerisch schwenkte ich das Glas in meiner Hand, wodurch die Eiswürfel klirrten. Ich hatte nicht vor, den Mist zu trinken.

Misstrauisch betrachtete der Kerl mich und lehnte sich an die Theke an. »Wer will das wissen?«

»Das geht nur die Person und mich etwas an.«

Es ist unmöglich, dass er nichts von Alissa weiß. Eine Bar wie diese ist der perfekte Ort für solche Geschäfte.

Der Ausdruck des Barkeepers war unentschlossen.

»Eine Alissa wurde mir empfohlen«, sagte ich direkter und führte das Glas an meine Lippen, ohne die Absicht zu trinken. Der rauchige Geruch des Whiskeys stieg mir in die Nase. Die kalte, goldene Flüssigkeit berührte meine Lippen und ich setzte das Glas ab, wobei die Eiswürfel erneut klapperten. »Oder ihr Bruder«, schob ich nach und zog eine Augenbraue hoch.

Riskiere nicht meine letzte Geduld.

Kommentarlos starrte der Barkeeper mich an und ich rechnete nicht mehr mit einer Antwort. Schwungvoll schlug ich meine Beine übereinander und musterte ihn.

Als ich ihren Bruder erwähnt habe, hat sein linkes Auge kurz nervös gezuckt. Er weiß, wer die beiden sind.

Im Hintergrund der Bar rief ein anderer Gast und der Barkeeper drehte sich fast erleichtert über die Ablenkung um und ging zu dem Mann.

Genervt seufzte ich und starrte den anderen Gast an, bis er sich abwandte und mit dem Barkeeper sprach.

»Bonsoir«, begrüßte mich plötzlich eine freundliche Frauenstimme und neben mir schwang sich eine schlanke Frau mit rotblonden Haaren auf den Barhocker. »Bitte entschuldige, dass ich euer Gespräch belauscht habe. Du suchst nach Alissa und ihrem Bruder?« Kokett zwinkerte sie mich an und mein Gefühl verriet mir, dass sie zwar zu unserer Welt gehörte, aber nicht so tief darin verstrickt war wie ich. Gut möglich also, dass sie mich nicht kannte und den Zusammenhang zwischen mir und Timéo nicht wusste.

»Ja, danke«, antwortete ich schnell. »Der Barkeeper war nicht gerade mitteilsam.«

Die Frau lachte. »Das ist er nie«, sagte sie und deutete mit einem Kopfnicken in seine Richtung. »Mein Name ist Juliet. Was möchtest du von Alissa?« Sie runzelte nachdenklich die Stirn und musterte mich ihrerseits interessiert.

Kurz wägte ich meine Worte ab und nahm mein Glas in die Hand.

Sie weiß, wo ich Timèo finde. Fingerspitzengefühl, May.

»Schön dich kennenzulernen. Ich bin Ellen«, log ich schnell. Wieder fakte ich, dass ich einen Schluck Whiskeys nahm und stellte das Glas unangerührt zurück auf die Theke.

»Es ist so, dass ich einen *Gegenstand* von hier nach woanders bringen muss«, erklärte ich vage. »Mir wurden Alissa und ihr Bruder empfohlen.«

Juliet bestellte mit einer schnellen Bewegung beim Kellner ein Getränk und er warf mir einen missbilligenden Blick zu.

Der Kellner kennt sie, das heißt, dass sie öfters hier ist.

Ohne nachzufragen, welchen Drink sie möchte, stellte der Barkeeper eine Bierflasche vor ihr auf die Theke. Juliet nahm einen großen Schluck, aber ließ mich nicht aus den Augen. Sie versuchte mich einzuschätzen.

Welche Seite an mir soll ich ihr zeigen, damit ich zu Timéo durchkomme?

Ich ließ mein Pokerface auf und wartete ab, welchen Hinweis sie mir gab.

»Ich glaube dir *nicht*«, sagte Juliet kalt und ich wusste nun, welche Rolle ich spielen musste, um zu gewinnen.

Ein kühles Lächeln flackerte über mein Gesicht und erneut ließ ich die Eiswürfel in meinem Glas klirren.

»Weißt du warum?«, fragte sie mich und lehnte sich leicht zu mir herüber.

»Nein, sag es mir«, gab ich herausfordernd zurück und bemerkte die Verwunderung in ihren Augen, dass ich nicht so reagierte, wie sie es erwartet hatte.

»Ganz einfach. *Keiner,* der bei vollem Verstand ist, fragt Timéo um Hilfe. Er ist gefährlich.« Sie zog bedeutungsvoll die Augenbrauen hoch.

Spöttisch schnaubte ich und stellte mein volles Whiskeyglas ab. »Bist du sicher? Ich habe gehört, dass er zu Hause sitzt und seine Mutter pflegt. Jemand, der so fürsorglich ist, kann kaum gefährlich sein?«

Komm schon, gib mir irgendwelche Infos, damit ich endlich jagen kann.

Juliet nahm meine Steilvorlage erstaunt auf. »Wo hast du das denn gehört?«

»Informationen sind meine Stärke, nicht der Transport von Dingen«, sagte ich und strich einen Kondenstropfen vom Whiskeyglas ab. »Also? Weißt du, wo ich sie finde?« Erneut tat ich so, als würde ich einen Schluck nehmen, aber ließ sie über den Rand des Glases nicht aus den Augen.

Sie beobachtete mich genau, versuchte aus meinen Worten und meinem Verhalten schlau zu werden und verzog ihre Augenbrauen. »Weißt du, was ich denke?«, fragte sie mich und senkte dabei die Stimme.

Ich begnügte mich mit einem simplen Schulterzucken.

147

Wenn sie mir keine Antwort gibt, muss ich sie beseitigen, bevor sie Alissa warnt.

»Du willst nichts transportieren«, stellte sie fest.

Erwischt. Ist mein Pokerface etwa defekt?

Ich fror mein Gesicht ein, damit sie keinen Hinweis darauf erhielt, wie verdammt richtig sie lag.

»Alissa ist eine Bekannte von mir«, fuhr sie fort. »Wenn du ein Problem mit ihrem Bruder hast, kläre das mit ihm und halte sie daraus.« Ihr Blick fiel auf mein Glas, das durch die schmelzenden Eiswürfel eher voller als leerer wurde. »Nein, *Ellen.*« Sie betonte meinen falschen Namen eher fragend als aussagend. »Besser noch: Verpiss dich aus unserer Stadt und komm nie wieder.«

Ihre Provokation brachte mich zum Grinsen.

Ich muss zum Angriff übergehen.

»Wenn Timéo der gefährlichste Mensch ist, den du kennst, hast du mit mir jemand Neues kennengelernt.« Eine deutliche Drohung schwang in meinen Worten mit und Unsicherheit flackerte in ihren Augen auf. Von diesem Gespräch hing für mich sehr viel ab: die Nachricht an Zero und die Gefahr, die Timéo weiterhin für Joshua wäre. Joshuas Gesicht brannte vor meinem inneren Auge auf und wilde Entschlossenheit loderte in mir.

An dieser Stelle gibt es nur eine Möglichkeit, wie das endet.

»Hilf mir, Timéo zu finden und ich werde keine Gefahr für dich darstellen«, bot ich ihr kalt an. »Alissa bleibt aus meiner Schusslinie, wenn du mich entsprechend unterstützt.«

Juliet sah mich perplex an und ich wusste, dass meine Worte ihre Wirkung nicht verfehlt hatten.

Wenn sie erkennt, dass ich die größere Gefahr für sie bin als Timéo, wird sie einknicken und mir die gewünschten Informationen geben.

Zögerlich griff sie nach ihrer Bierflasche und nahm einen erneuten Schluck. Für einige Momente herrschte Schweigen zwischen uns und sie dachte fieberhaft über ihren nächsten Schritt nach.

»Was hab ich davon, dir zu helfen?«, fragte sie und stellte die Flasche auf die Theke.

Wusste ich es doch! Jeder Mensch hat seinen Preis.

Mit einem belustigten Schnauben hörte ich endgültig auf, mich zu verstellen. »Dein erster Vorteil wäre, dass wir heute getrennte Wege gehen und ein Wiedersehen nicht nötig ist. Und ich überweise dir sofort 5.000 €, wenn du mir die Information gibst und niemals erwähnst, dass wir uns begegnet sind.« Ich legte meinen Unterarm lässig auf die Bar und drehte mich auf dem Barhocker leicht zu ihr. Langsam reckte ich das Kinn und beobachtete ihre Reaktion.

Angespannt biss Juliet ihre Zähne zusammen und ließ sich mein Angebot durch den Kopf gehen.

Wenn sie darauf nicht eingeht, schätze ich sie falsch ein, aber mal sehen, wohin ihr moralische Kompass sie leitet.

»10.000.«

Ich wartete ab, ob sie eine weitere Forderung stellte, aber sie schwieg. »Okay, 10.000«, willigte ich ein und zog mein Handy aus der Hosentasche.

»Ich will Timéos Adresse und du bekommst dein Geld.«

Für einen kurzen Moment wog Juliet ihre Lage ab, zog ebenfalls ihr Handy aus ihrer Handtasche und tippte auf ihr Display.

»Wenn die Information falsch ist, *finde* ich dich.«

Denk nicht, dass du mich verarschen kannst.

Unsicher musterte sie mich erneut. »Ist sie nicht«, sagte sie mit einer Spur von Empörung.

»Gut. Du bekommst die Hälfte des Geldes sofort und sobald ich mit Timéo gesprochen habe den Rest«, gab ich vor und öffnete auf meinem Smartphone eine Software, mit der ich Geld versenden konnte, ohne Spuren zu hinterlassen.

Sie stimmte mit einem zögerlichen Nicken zu und ich sah auf, um die Lage zu sondieren.

Der Barkeeper war noch mit dem anderen Gast im Gespräch und beachtete uns nicht. Aus einer Ecke wurden wir von zwei Männern beobachtet, die Distanz war jedoch zu groß, um uns belauschen zu können.

»Das ist seine Adresse«, meinte Juliet und zeigte mir das Display ihres Handys.

Schnell fotografierte ich die wertvolle Information ab und bereitete die Transaktion des Geldes vor. »Wie sind deine Kontodaten?«, fragte ich leise und sie nannte sie mir. Kurze Zeit später zeigte ich ihr mein Display, damit sie die Überweisung sehen konnte.

»Sag *niemandem*, dass du es von mir weißt«, forderte sie mit einem eindringlichen Flüstern.

»Von mir wird niemand etwas erfahren.«

Mit betonter Ruhe rutschte ich vom Barhocker, während in meinem Inneren die Aufregung tobte. »Freut mich, mit dir Geschäfte zu machen.«

Die Jagd wird final. Timéo wird heute Nacht sterben und ich habe das Ticket dazu in der Hand.

Draußen regnete es immer noch in Strömen und ich schlug meinen Kragen auf. Mein Blick über die Schulter traf den Barkeeper, der erst mich und dann meinen verlassenen Whiskey schlecht gelaunt musterte. Die Eiswürfel waren geschmolzen und eine kleine Pfütze hatte sich um das Glas gebildet.

Ich widerstand dem Drang zu grinsen, drehte mich zum Ausgang und entkam mit schnellen Schritten der stickigen Barluft.

Kalte Regentropfen prasselten auf mich ein und rannten meinen Nacken herunter. Das unangenehme Gefühl nahm ich nicht wahr, sondern war bereits im vollen Fokus auf die anstehende Mission. Selbstsicher warf ich meinen Zopf über die Schulter und ging mit festen Schritten zurück zu meinem Audi. Das strahlende Licht der Scheinwerfer leuchtete auf und der Rhythmus der Scheibenwischer erhöhte sich, als ich näherkam. Zufrieden zwinkerte ich Bastian zu, der auf den Fahrersitz gewechselt war.

Der Showdown steht an.

Bastian startete den Motor, als ich die Tür hinter mir zuzog. »Auf geht's«, sagte er grimmig und fuhr auf die Hauptstraße.

»Wir müssen die Information verifizieren«, sagte ich und wählte bereits Ians Nummer. »Davor können wir nicht agieren.«

Mit einem kurzen Brummen stimmte Bastian zu und im selben Moment nahm Ian unseren Anruf entgegen. »Hallo, ihr zwei«, sagte er zur Begrüßung. »Wie weit seid ihr in Nizza gekommen?«

»Wir haben eine Adresse von Timéo gefunden«, erklärte Bastian schnell. »Kannst du diese bitte prüfen und uns sagen, welche Möglichkeiten wir haben?«

Ian brummelte etwas Unverständliches und gähnte. Nach wenigen Sekunden hörten wir das Klappern einer Tastatur und er meinte nur: »Okay, bin bereit. Wie ist die Adresse?«

Ich las ich ihm die Adresse von meinem Foto vor und zog meine Glock aus meinem Hosenbund am Rücken. Routiniert zog ich den Schlitten zurück, überprüfte den Lauf und die Kugeln im Magazin und legte die Waffe zufrieden in meinen Schoss, während ich das Holster an meinem Oberschenkel befestigte.

Meine Waffe und ich sind bereit!

»Woher habt ihr die Adresse?«, fragte Ian und ich erklärte ihm die Situation in knappen Worten.

»Jedoch bin ich mir nicht sicher, ob man der Informantin Glauben schenken kann«, brachte ich meine Zweifel am Ende zum Ausdruck. »Sie hat mir die Information schnell verkauft und das, obwohl Timéos Schwester eine Freundin ist.«

Angenommen sie warnt Timéo oder Alissa, dann wäre die Mission gescheitert und ich habe 5.000 € in den Sand gesetzt.

Das Geld ärgerte mich nicht so sehr wie eine mögliche verpasste Chance, einen von Joshuas Jägern loszuwerden. Angespannt warteten Bastian und ich auf Ians erstes Fazit.

»Deine Quelle hat dich nicht im Stich gelassen«, sagte Ian nach einigen Momenten. »Er wohnt tatsächlich da, ich habe Videoaufnahmen, die beweisen, dass er regelmäßig dort ein- und ausgeht.«

Mit einem Anflug von Triumph sahen mein Partner in Crime und ich uns an.

»Wir müssen mit Timéos Tod eine Nachricht an Zero senden«, begann ich ruhig. »Ian, du hast gemeint, dass wir die Nachricht noch in der Hinterhand halten sollten, oder?«

»Ja, wenn wir Zero schon den Krieg erklären, dann sollten wir zumindest alle unsere Leute an einem Ort sammeln und sie nicht draußen der Gefahr aussetzen. Ein Gegenschlag von Zero zum falschen Zeitpunkt könnte tödlich sein. Wir sollten uns die Nachricht an Zero für einen für uns besseren Zeitpunkt aufheben und sie klug nutzen.«

Damit hat er recht. Wir würden die Kontrolle darüber behalten und unsere Leute könnten sicher ins Hauptquartier anreisen.

»Also lassen wir ihn in seiner Wohnung zurück?«

Bastian nickte und Ian ließ ein zustimmendes Grummeln hören.

Kapitel 19

Nizza, Les Liserons
Mittwoch, 29. September – Mayren

Mitternacht war vorbei und Bastian und ich fuhren mit erhöhter Geschwindigkeit auf unser Ziel zu. Kalte Entschlossenheit hatte sich in mir ausgebreitet und wir waren fest entschlossen, unseren Feind aus dem Weg zu räumen.

Bastian saß am Steuer und fuhr unser Auto, einen alten Opel Zafira. Wir hatten für die Mission meinen Audi gegen einen anderen Wagen getauscht, damit ich ihn nach heute noch nutzen konnte. Ohne Augenzeugen würden wir den kommenden Mord kaum über die Bühne kriegen.

Mein schwarzes Outfit vom Abend hatte ich um eine schusssichere Weste ergänzt und ich trug eine Sturmhaube, die bisher noch als Mütze auf meinem Kopf saß.

Bastian hatte sich für einen Partnerlook entschieden und zupfte am Klettverschluss seiner Weste. Seine Hand lag ruhig am Lenkrad und er strömte Selbstbewusstsein und eine grausame Gewissheit aus.

Mit den letzten Griffen befestigte ich mein zweites Holster am linken Oberschenkel, während meine erste Waffe mit Schalldämpfer geladen und gesichert in meinem Schoss lag. Mein Herzschlag war ruhig in Aussicht auf den gefährlichen Auftrag und meine Gedanken waren fokussiert und ich blendete alles Irrelevante aus.

»Bereit, May?«

»Bereit wie nie zuvor.«

»Dann lass uns Timéo den Arsch aufreißen.« Bastian lenkte das Auto in die Auffahrt des Nachbarhauses und hielt mit quietschenden Reifen.

Schnell zog ich mir die Sturmhaube ins Gesicht und stieß die Beifahrertür schwungvoll auf. Hinter mir klickte die Zentralverriegelung, als Bastian mir folgte.

Die Straße war zu dieser Zeit leer und in einem Stockwerk über uns wurden hektisch Rollläden heruntergelassen.

Wir gingen auf die Eingangstür zu und Bastian zerschlug mit dem Griff seiner Waffe das Glas, was klirrend zu Boden fiel, griff durch das entstandene Loch und stieß Tür auf. Ein muffiger, abgestandener Geruch schlug uns entgegen und ich widerstand dem Drang, meine Nase zu rümpfen. Der Boden war staubig und abgetreten, während das Geländer ungepflegt und dreckig wirkte.

Bastian ging voran, während ich unsere Rückseite absicherte. Timéos Wohnung lag im dritten Stock und wir bahnten uns den Weg so schnell und leise wir konnten. Zielstrebig erklommen wir die Stufen und stiegen über eine zusammengerollte Zeitung, die achtlos auf einer der Treppenstufen zurückgelassen wurde. Wir nahmen die letzte u-förmige Windung des Treppenhauses und standen vor den exakt gleichen Türen wie in den Stockwerken unter uns.

Da sind wir!

Bastian und ich warfen uns einen Blick zu und ich bestätigte mit einem Nicken, dass ich bereit war, unsere Rache umzusetzen – das war ich schon seit Tagen!

Er hob seine Waffe und schoss mehrfach auf das Schloss der Wohnungstür, bevor er sie mit einem kräftigen Tritt aufstieß. Der Lärm des splitternden Holzes und der Aufprall der Wohnungstür hallte im Hausflur wider und spätestens jetzt hatten wir uns die Aufmerksamkeit aller Bewohner gesichert.

Meine Reaktion folgte geistesabwesend – während Bastian seine Waffe nachlud, betrat ich die Wohnung und stieg über die zerstörten Überreste der Wohnungstür.

Dreck und Holzsplitter hatten sich in dem schmalen Flur ausgebreitet und vervollständigten das unordentliche Bild der kleinen Wohnung. Durch die ausreichenden Schlitze meiner Sturmhaube sondierte ich die Lage und machte mich auf Gegenwehr gefasst. Am Ende des Ganges war das größte Zimmer, das eine Kombination aus Wohnzimmer und offener Küche darstellte. Die Tür war angelehnt und durch das Milchglas konnte man das flackernde Licht eines Fernsehers wahrnehmen und Bewegungen erkennen.

Er ist in diesem Zimmer!

Schnelle Schritte bestätigten meine Vermutung und nur wenige Sekunden später wurde die angelehnte Tür aufgerissen. Im Türrahmen erschien Timéo, seine halblangen dunklen Locken standen von seinem Kopf ab und er wurde blass, als er uns sah. Angst und Entschlossenheit flackerten in seinen Augen, aber er war bereit zu kämpfen. In seiner Hand hatte er ebenfalls eine Waffe und richtete den Lauf auf uns. Schüsse peitschten durch den Flur und ich erwiderte sofort das Feuer.

Die Sekunden vergingen wie in Zeitlupe. Der Luftzug eines Projektils zischte dicht neben meinem linken Ohr vorbei und ich hörte, wie es hinter mir in der Wand einschlug. Zwei Kugeln trafen mich am Oberkörper, pressten mir die Luft aus den Lungen und ließen mir ein schmerzerfülltes Stöhnen entfahren. Die schusssichere Weste hielt sie jedoch ab, bevor sie mich ernsthaft verletzen konnten. Eine der Kugeln hatte mich fast an der gleichen Stelle getroffen, wie die aus der Industriehalle in London.

Nur wenige Augenblicke, nachdem ich das Feuer eröffnet hatte, stimmte Bastian in unser Gefecht ein.

Timeós Gesicht verzerrte sich zu einer Maske und meine zweite Kugel bohrte sich zielsicher in seine Schulter. Eine weitere von Bastian streifte seine Seite und er zog sich fluchend hinter dem Türrahmen zurück. Ich hatte seine Schüsse mitgezählt und wenn ich mich nicht irrte, waren die geladenen Patronen fast aufgebraucht.

Knurrend lud ich ein frisches Magazin in meine Waffe und wir rückten langsam vor. Wenn Timéo nicht durch ein Fenster klettern würde und erwog zu springen, saß er in der Falle.

Ich hatte das Gefühl, dass ich Timéos Angst greifen konnte, aber plötzlich sprang er zurück in unser Sichtfeld.

Bastian reagierte in einem Sekundenbruchteil und drückte seinen Abzug.

Fluchend ließ unser Gegner seine Waffe fallen und presste seine Hände auf eine neue Wunde am Oberschenkel. Er versuchte den Blutstrom zu stoppen, aber dieser breitete sich unaufhaltsam auf seiner Hose aus. Bastians Schuss hatte wohl eine Arterie getroffen. Der Ärmel seines Shirts auf Schulterhöhe ließ ebenfalls dunkle Flecken erkennen, wo meine Kugel ihn bereits getroffen hatte. Während Bastian seine Waffe nachlud, sank Timéo langsam zu Boden.

Ich behielt ihn weiterhin im Visier, während triumphierende Hitzewellen durch meinen Körper jagten.

Timèos Mund verzog sich und seine Augen zuckten zu seiner Waffe, als würde er darüber nachdenken, zu ihr zu stürzen.

Mit wenigen, vorsichtigen Schritten überbrückte ich die Distanz und schüttelte drohend den Kopf. »Denk gar nicht erst dran.« Ich trat Timéos Waffe aus seiner Griffweite und sie rutschte scheppernd über den dreckigen Boden.

Hochmütig reckte er das Kinn, wobei seine dunklen Locken wippten. »Was wollt ihr Wichser von mir?!«

»*Du* hast diesen Kampf angefangen«, entgegnete mein Partner in Crime kalt und seine grauen Augen sahen unseren am bodenliegenden Gegner hasserfüllt an.

Timéo wirkte verwirrt, als sein Blick zwischen Bastian und mir hin und her huschte.

Mit meiner freien Hand zog ich den Ärmel meines Pullovers hoch und entblößte damit unser Clantattoo, worauf sein Gesicht bleich wurde.

»Georgier ...«

»Richtig.« Wut kochte in mir hoch, als ich dem Kerl gegenüberstand, der Joshua auf so eine feige Weise hat entführen lassen. Vor meinem Auge erschienen die Wunden, die die Fesseln an seinen Handgelenken hinterlassen hatten – die Prellungen und Schürfwunden, die ihm durch Tritte zugefügt wurden.

»Es wurde nie gesagt, dass die Georgier ein Exklusivrecht auf diesen Auftrag haben«, erklärte Timéo ungehalten und übte verzweifelt Druck auf seine Wunde aus. In seinen Augen funkelt blanker Hass.

»Es geht schon lange nicht mehr nur um den Auftrag«, entgegnete ich und machte einen kleinen Schritt zurück, um Sicherheitsabstand zwischen uns zu schaffen. »Es geht darum, dass du die Entführung eines Menschen beauftragt hast, der mir etwas bedeutet.« Mein Herzschlag setzte einen Moment aus, als ich zum ersten Mal aussprach, dass Joshua mehr für mich war.

Ich wusste das schon lange. Spätestens seit unserem ersten Kuss kam ich gegen diese Gefühle nicht mehr an.

Für Timéo stand bei meinen Worten fest, dass sein Todesurteil unterschrieben war. Sein Gesicht wurde blasser und er schüttelte leicht den Kopf. »Für unsereins gibt es keine glückliche Liebe. Durch unsere Taten haben wir das nicht verdient.« Ein spöttisches Lächeln erschien auf seinen Lippen und er schloss resignierend die Augen. »Wir werden immer von dieser Welt beeinflusst werden. Diese Welt wird uns niemals loslassen.«

Ich hatte mir seinen Tod mehr von Rache erfüllt vorgestellt, aber respektierte Timéos Entscheidung und schoss, um ihm ein langes Leiden zu ersparen. Der einzelne Schuss traf aus der kurzen Distanz und sein Körper kippte leblos zur Seite. Aus mehreren Wunden strömte Blut und breitete sich langsam als Pfütze auf dem Boden aus, während ich schweigend das Geschehene beobachtete und meine Waffe sinken ließ.

Noch fünf andere Killer ...

Wieder reflektierte ich meine Tat und fand sie absolut grausam, aber im Angesicht der möglichen Gefahr, die von Timéo ausgegangen ist, war sie gerechtfertigt. Timéo wäre nur wieder zur Gefahr für Joshua geworden.

»May, wir sollten keine Zeit verlieren«, drängte Bastian sanft und weckte mich aus meinen Gedanken. Ruckartig sah ich auf und meine Knie wurden weich, als ich bemerkte, dass er am linken Oberarm blutete.

»Basti«, sagte ich mit ungewollter Schärfe. »Du bist verletzt!«

Scheiß auf Timéo und die Nachricht an Zero. In erster Linie müssen wir zusehen, dass wir unerkannt fliehen können.

»Nur ein Streifschuss.« Er riss einen Streifen seines Shirts unter der Weste ab, damit er seinen Arm notdürftig verbinden konnte. »Mach jetzt, May«, sagte er mit Nachdruck. »Timéo hätte Joshua nicht angegriffen, wenn er zu unserem Clan gehören würde. Wir müssen die Nachricht vorbereiten und eine Abschreckung schaffen.« Er band den provisorischen Verband um seinen Oberarm und verzog das Gesicht, als er ihn mit den Zähnen und der freien Hand festzog.

Er hat recht. Wir brauchen die Nachricht.

Entschlossen bückte ich mich und zog aus meinem linken Holster den Dolch neben meiner zweiten Glock heraus. Über die Art der Nachricht hatte ich mir lange Gedanken gemacht – welches Zeichen wäre besser geeignet als die Markierung der georgischen Fabrik?

Schnell steckte ich meine Glock weg und drehte Timéos Leiche mit einem vorsichtigen Tritt in die Rückenlage. Sicherheitshalber checkte ich seinen Puls, bevor ich neben ihm niederkniete und meine Nachricht hinterließ. Mit der Spitze meines Dolches ritzte ich ein *Z* auf seine Stirn, die Anspielung auf Zero, danach zerschnitt ich den Ärmel an seinem unverletzten Arm und setzte den ersten Schnitt, um das Zeichen unseres Clans zu hinterlassen. Zero würde es erkennen und wissen, dass wir unsere Rache einfordern.

Ich zog die beiden geraden Striche parallel zueinander, aber ließ sie auf ihren unterschiedlichen Höhen beginnen. Auf einem Drittel der Höhe durchbrach ich diese durch den vollständigen Kreis und darunter von dem kleineren unvollendeten Kreis. Zu guter Letzt fügte ich die beiden fehlenden kleinen Querstreifen am unteren Teil eines jeden Strichs an.

Dieses Zeichen wäre uns eingebrannt worden, hätten wir uns nicht für den Putsch und die Tinte entschieden.

Die Wundränder leuchteten rot, aber es sickerte kaum Blut daraus hervor.

Ungeduldig trat Bastian zu mir und machte mit seinem Handy Fotos von Timéos Körper. »Wir müssen los«, wiederholte er. »Berichte über eine Schießerei werden die Cops nicht lange fernhalten, auch wenn Ian gesagt hat, dass er ein Ablenkungsmanöver parat hat.«

»Ja«, antwortete ich schnell, verstaute meinen Dolch und tauschte ihn gegen meine Glock, um uns den Weg durch das Treppenhaus nach unten zu sichern. Ich war mir sicher, dass mehrere Augenpaare unseren Rückzug durch die Türspione beobachteten, und ich hörte Stimmengewirr aus den oberen Stockwerken des Treppenhauses. Die Angst hielt die Leute allerdings aus unserer Nähe fern und wir verließen das Haus ohne Probleme. Die Anwohner werden gewusst haben, dass Timéo sich in illegalen Gewerben bewegt hat. So wie er sie eingeschüchtert hat, werden die Leute es noch weniger wagen, uns in den Weg zu treten.

Unser Auto stand am selben Ort, wo wir es zurückgelassen hatten.

Wir rissen die Türen auf und ließen uns in das Wageninnere fallen.

Grollend erwachte der Motor zum Leben, Bastian legte den Rückwärtsgang ein und schoss aus der Ausfahrt zurück auf die Straße. Die Reifen quietschen, als er Vollgas gab, und kaum waren wir um die Straßenecke, zogen wir uns zeitgleich die Masken, gefolgt von den Handschuhen aus. Elektrisiert standen einige meiner Haare von meinem Kopf ab und ich glättete sie mit meinen Händen.

Wir haben es geschafft.

Schnell löste ich die Schutzweste und warf sie nach hinten auf die Rückbank. »Wie geht es deiner Wunde?«, fragte ich und sah Bastian neben mir argwöhnisch an. Den verletzten linken Oberarm konnte ich nicht sehen, weil er von mir abgewandt war.

»Geht schon. Bitte ruf Ian an, damit wir eine Fluchtroute festlegen können.«

Zwiegespalten wählte ich den Kontakt von Ian. Das Adrenalin ließ langsam nach und meine Rippen schmerzten an den Stellen, wo mich die Kugeln getroffen hatten. Hoffentlich waren sie nicht gebrochen.

In der Ferne hörte ich die Sirenen von mehreren Polizeiautos und mit gerunzelter Stirn zog Bastian ebenfalls seine Weste aus, bevor er sie im Fußraum der Rückbank verschwinden ließ.

»Bitte sagt mir, dass ihr aus dem Haus seid«, kam es von Ian knapp aus dem Lautsprecher meines Telefons. »Die Cops sind auf dem Weg zu euch!«

Bastian bog mit überhöhter Geschwindigkeit um eine Straßenecke.

»Ja, wir sind raus«, bestätigte ich schnell und schnallte mich an. »Unsere Nachricht ist platziert. Kannst du uns sagen, welcher Weg am sichersten ist?«

Bastian schnallte sich ebenfalls an und reduzierte die Geschwindigkeit auf die vorgeschriebene Höchstgeschwindigkeit. »Ich habe die Bilder auf meinem Handy und schicke sie dir. Hoffentlich werden die Tatortfotos der Cops unter Verschluss gehalten, sonst würden die unsere Nachricht für uns verbreiten.«

Die Echos der Polizeisirene wurden lauter und vor uns bogen zwei Wagen mit Blaulicht in die Straße ein.

»Sie sind direkt vor uns, Ian!« Angespannt ballte ich meine freie Hand zur Faust.

Wenn sie uns anhalten, sind wir am Arsch!

»Das ist der erste Trupp«, antwortete Ian unter Strom. »Die fahren direkt zum Tatort. Wir müssen uns mehr Gedanken um die Straßensperren machen, die sie bald erstellen.«

»Wie viel Zeit haben wir, um aus dem Gefahrenbereich zu verschwinden?«, fragte ich und mein Adrenalin schoss wieder in die Höhe.

»Es kommt euch zugute, dass wir wenige Minuten vor Beginn eures Überfalls einen anderen Alarm ausgelöst haben. Die meisten Einsatzkräfte sind dort und werden nach und nach abgerufen, um die Sperren zu errichten. Sie werden sicherlich rausgefunden haben, dass es sich um einen Fehlalarm handelt.«

Im Seitenspiegel beobachtete ich, wie die Polizeiautos hinter uns in die Straße einbogen, aus der wir gekommen sind.

»Wo lang, Ian?«, fragte Bastian und beschleunigte leicht. Wir mussten so schnell wie möglich aus der Gefahrenzone verschwinden und das Auto gegen ein anderes tauschen.

»Fahrt die Straße weiter und biegt in 500 Metern links ab«, gab Ian die Anweisung und im Hintergrund hörten wir das omnipräsente Klappern der Tastatur. »Sie koordinieren sich und haben noch nicht mit den Absperrungen angefangen.«

Angespannt biss ich meine Zähne zusammen und warf Bastian einen nervösen Blick zu.

Die Farbe wich aus seinem Gesicht und er kämpfte wohl mit den Schmerzen seiner Verletzung.

»Bastian, fahr zum Ersatzwagen«, wies ich ihn an. »Wir müssen das Auto loswerden.«

An seiner Art erkannte ich, dass ich mit meiner Vermutung richtig lag.

»Ist der Weg frei, Ian?«, hakte ich nach und starrte durch die Windschutzscheibe. Der pochende Schmerz in meinen

Rippen drängte sich in den Vordergrund, aber das Adrenalin flutete bereits meinen Körper und riss den Schmerz mit sich.

»Bis jetzt schon, ich werde die Kameras um euren Ersatzwagen abschalten, damit man den Wechsel des Autos nicht nachvollziehen kann.«

Schnell zog ich mein schwarzes Shirt nach oben und betrachtete meine Rippen. Neben einem deutlich blauen Hämatom zeichneten sich zwei weitere kreisrunde rote Male auf meiner Haut ab. Teilweise waren sie blutunterlaufen, aber schienen nicht lebensbedrohlich.

»Bist du verletzt?«, fragte Bastian leise, als er sah, dass ich meine Rippen vorsichtig an den getroffenen Stellen abtastete.

Schnell schüttelte ich den Kopf, weil ich ihm keine Sorgen bereiten wollte. »In den letzten Tagen fange ich erstaunlich oft Kugeln mit meiner Schutzweste ab«, murmelte ich und zog mein Shirt zurecht.

»Sie fangen mit den Sperren an«, verkündete Ian über meinen Lautsprecher und Bastian und ich waren sofort konzentriert. »Der Tatort ist gesichert und sie wissen von eurem jetzigen Auto.«

»In zwei Minuten sind wir beim anderen Auto und werden das hier stehen lassen«, sagte Bastian grimmig. »Wir rufen dich an, wenn wir im anderen Wagen sind.«

Ian stimmte zu und wir unterbrachen die Verbindung. Flink schnallte ich mich ab und griff nach der Tasche auf der Rückbank, in der Ersatzkleidung war. Erneut bog Bastian ab und lenkte das Auto auf eine verlassene Straße. Wir kamen dem Stadtrand von Nizza näher, was man an dem Baustil der umstehenden Häuser und der Gegend erkannte. Langsam rollte der Wagen aus und hielt am Straßenrand. Etwa 100 Meter vor uns stand unser weiteres Fluchtauto, ein Kia, mit dem wir einfacher entkommen konnten, weil die Polizei nach unserem jetzigen Opel suchte.

Als der Wagen hielt, öffnete ich sofort die Tür und stieg aus. Ich löste meine beiden Holster von den Oberschenkeln und warf sie in die Tasche, während Bastian sich vergewisserte, dass uns niemand beobachtete. Dann wechselte ich mein Shirt gegen ein hellrotes aus unserer Tasche. Meine schwarze Hose tauschte ich gegen einer hellen aus Stoff, während meine schwarzen Stiefel einem Paar weißen Sneakers wichen.

Bastian holte aus dem Kofferraum einen Benzinkanister und goss den Inhalt schubweise über die Rückbank und in den Fahrerraum. Feuer würde unsere DNA restlos vernichten. Selbst wenn die Polizei den Wagen finden würde, würden sie keine Spuren mehr sichern können.

In Momenten wie diesen funktionierten wir wie ein Uhrwerk. Bastians graue Augen funkelten entschlossen und ich betrachtete beunruhigt die Wunde am Oberarm – sein provisorischer Verband war längst mit Blut vollgesogen. Es war nur ein Streifschuss, aber wir sollten uns nach Verlassen der Stadt schnell um die medizinische Versorgung kümmern.

Bastian umrundete das Fahrzeug, während ich in der Tasche nach einem Feuerzeug wühlte, und schmiss seine Schuhe und das Shirt zu meinem auf die Rückbank. Ich warf ihm die Tasche zu und Bastian war in weniger als einer Minute umgezogen.

Angespannt spielte ich mit dem Zippo, abwechselnd flammte Feuer auf und wurde vom Deckel erstickt.

Mit einem entschlossenen Nicken gab er mir das Signal und ich entzündete die Flamme erneut, bevor ich genug Sicherheitsabstand zwischen mich und dem Auto brachte. Durch das geöffnete Fenster warf ich das Feuerzeug zu den Beweisen und eine Stichflamme stach empor. Hitze leckte über mein Gesicht und die Flammen tanzten wild im Innenraum.

Wir warteten nicht eine Sekunde länger, sondern traten den Weg zu dem anderen Auto an. Hinter uns fauchte das Feuer und mit einem Knall barst die Windschutzscheibe. Schatten flackerten vor uns und eine Welle von Hitze strömte heran. Mit ihr wurde ich von Erleichterung erfasst. Abgesehen von unseren Waffen hatten wir keine Beweise bei uns.

Beim Auto angekommen, griff ich in den Hohlraum des rechten Vorderrads, zog einen kleinen Schlüssel hervor und öffnete die Zentralverriegelung des Wagens. Für einen kurzen Moment blickte ich zurück auf das angerichtete Inferno. Meterhohe Flammen hatten das Auto eingeschlossen und beleuchteten die Umgebung hell in einem orangenen Licht. Die ersten Anwohner steckten ihre Köpfe aus den Fenstern, aber beachteten uns nicht, da ihre volle Aufmerksamkeit dem Feuer galt. Aufgeregte Rufe schallten durch die Luft und entschlossen wandte ich mich ab.

Bastian war eingestiegen und hatte die Tasche auf die Rückbank geworfen. Schnell tat ich es ihm nach und startete den Motor. Langsam rollte unser Auto aus der Straße und verschwand in der Nacht.

Kapitel 20

Ortsrand von Nizza
Mittwoch, 29. September – Mayren

Ein kühler Wind strich mir einige feine Haarsträhnen aus dem Gesicht und ich betrachtete müde und verträumt die fernen Lichter der Stadt. Dank Ians Hilfe waren wir problemlos aus Nizza entkommen und sahen aus sicherer Entfernung von einer kleinen Erhöhung auf die Beleuchtungen der Skyline. Durch das gestiftete Chaos hatten wir eine Überforderung der Polizeikräfte erreicht und konnten die wenigen aufgestellten Straßensperren gezielt umfahren.

Gerade saßen wir auf der Motorhaube meines Audis, den wir zuvor an einem abgelegenen Parkplatz deponiert hatten.

Timéo ist tot und nach den letzten stressigen Tagen kann ich endlich zu Joshua zurückkehren.

Die Anstrengungen und der mangelnde Schlaf zehrten an meinen Kräften und ich gähnte.

Eine heiße Dusche und eine ordentliche Portion Schlaf – das wäre es jetzt.

Erneut wehte eine Böe heran und verursachte mir Gänsehaut auf den Armen.

»Freust du dich darauf, Joshua wiederzusehen?«, fragte Bastian leise.

Eine merkwürdige Stimmung ergriff mich und als ich an ihn dachte, schlich sich ein kleines Lächeln auf meine Lippen. »Ja. Für ihn lohnt sich das alles.«

Erst entgegnete mein Freund nichts, dann hörte ich ein zufriedenes Schnauben. »Das freut mich, May.« Er legte seinen Arm um meine Schultern, worauf ich auf der Motorhaube ein Stück zu ihm rutschte und meinen Arm um seine Hüfte schlang.

»Glaubst du, Timéo hat recht?«, fragte ich ihn nachdenklich, als ich an seine letzten Worte dachte.

»Meinst du, dass wir kein Recht darauf haben, glücklich zu sein?« Als er sprach, spürte ich, wie die Worte in seinem Brustkorb vibrierten.

»Genau.«

»Ich denke, dass ihr uns das beweisen werdet.«

Vorsichtig legte ich meinen Kopf in den Nacken und sah Bastian direkt in die Augen.

»Hör auf, mich so anzuschauen«, sagte er und seine Augen funkelten belustigt, bevor seine Worte zu einem Flüstern wurden. »Es wird nicht so enden wie beim letzten Mal, da bin ich mir sicher.«

»Paul hat mich angelogen und mit mir gespielt«, sagte ich mit einem Seufzen und richtete mich auf. »Er empfand nichts für mich, sondern wollte mich nur töten.« Mit einem bitteren Beigeschmack spuckte ich die Worte aus und fasste mir unwillkürlich an die große Narbe am unteren Bauchbereich, die ich ihm zu verdanken hatte. »Hättest du mich damals nicht gefunden, wäre ich heute nicht hier.« Seit Jahren war dies das erste Mal, dass ich darüber sprach. Die Gewissheit, dass ich mich so hatte täuschen lassen, machte mich wütend und ich fühlte mich damals wie heute, schwach und dumm.

169

»Joshua ist anders«, versprach Bastian mir und knuffte meine Schulter leicht, bevor er seinen Arm zurücknahm. »Da bin ich mir sicher.«

»Das weiß ich. Wir werden Paul früher oder später auf unsere Spur locken.«

Bastian nickte verbittert und eine Zornesfalte bildete sich zwischen seinen Augenbrauen. »Darauf hoffe ich. Der Mord an Timéo wird dagegen aussehen wie ein Witz!«

»Seit Paul weiß, dass ich überlebt habe, hat er sich nicht einmal mehr gewagt, einem aus unserem Clan gegenüberzutreten. Er wird sich mit Zero verbünden, wenn das nicht schon geschehen ist.« Nachdenklich ließ ich meine Beine baumeln, während Bastian gedankenverloren schwieg. Vor einer Konfrontation mit Paul hatte ich keine Angst, ganz im Gegenteil – Ich wollte ihn endlich treffen, um mich rächen zu können. Dieser Hass trieb mich an. »Wir werden sehen, was passiert«, flüsterte ich leise in einen Windhauch.

Das Verhalten von anderen Leuten können wir begrenzt beeinflussen. Sobald wir die Bilder von Timéo veröffentlichen, werden wir eine Lawine an Reaktionen lostreten und andere in Zugzwang bringen. Sowohl unsere Feinde und potenzielle Verbündete werden Stellung beziehen müssen.

»Unser Clan greift einen der oberen Clans an, May«, antwortete Bastian auf meine Gedanken. »Das ist der Moment, auf den wir uns immer vorbereitet haben.« Seine Meinung stimmte mich entschlossen.

Der Zeitpunkt ist gekommen, Zero in die Knie zwingen.

»Zero hat uns in einer seiner Fabriken ausgebildet«, schloss ich mich an. »Schlecht für ihn, er hat sich seine Feinde selbst geschaffen.«

Bastian lachte amüsiert und rutschte vorsichtig von der Motorhaube. Dann streckte er sich und zupfte probeweise an seinem weißen Verband, mit dem wir seinen Streifschuss verarztet hatten. Die Naht, die ich ihm verpasst hatte, war keine Glanzleistung, aber sie erfüllte ihren Zweck. Schwungvoll drehte er sich zu mir und legte den Kopf schief. »Darf ich dir etwas sagen, ohne dass du sauer bist?«

Zögernd hob ich eine Augenbraue und sprang ebenfalls vom Auto. »Du wirst es ohnehin tun, oder?« Meine Worte belächelte er, aber wurde schnell wieder ernst.

»Wie recht du doch hast. Ich verstehe, warum du Joshua nicht in unseren Clan aufnehmen willst.«

Warum fängt jeder mit diesem Thema an?

Bevor ich jedoch intervenieren konnte, hob er eine Hand und schüttelte den Kopf. »Nein, warte, lass mich bitte erst ausreden.«

Dann höre ich mir an, was er zu sagen hat und ignoriere es eben danach.

»Die ganze Aktion gegen Zero basiert auf Joshua. *Er* ist die Basis und gleichzeitig das schwächste Glied und wir müssen ihn mehr schützen«, betonte Bastian eindringlich, worauf ich resigniert seufzte.

»Ich will ich ihn nicht zu weit in unsere Welt ziehen.«

Die Miene meines Freundes wirkte nachdenklich und er atmete tief ein.

»Du weißt, dass ich hinter jeder deiner Entscheidungen stehe«, lenkte er ein. »Aber vielleicht wäre es besser, erst an Joshuas Sicherheit zu denken und danach an seinen Austritt aus unserer Welt?« Bastian machte einen Schritt auf mich zu und zog mich in eine Umarmung.

Bei dem Gedanken sträubte sich alles in mir. Wir verbanden mit unserem Clan nicht nur Gutes, sondern auch viel Schlechtes, wovor ich Joshua bewahren wollte.

»Solange ich nicht zu einer Entscheidung gezwungen werde, treffe ich sie nicht«, antwortete ich nach ein paar Sekunden Bedenkzeit und löste mich aus der Umarmung.

Bastian grinste. »Ich verstehe.« Er ging nicht weiter auf das Thema ein, sondern machte einen Schritt zurück und gähnte herzhaft. »Lass uns ein paar Stunden schlafen, bevor ich nach Monaco fahre und da mein Motorrad abhole.«

Nickend stimmte ich in sein Gähnen mit ein. »Hoffentlich hat der Typ es nicht im Ärmelkanal versenkt und dein Geld einfach eingesteckt.«

Kapitel 21

»Aufwachen, Schlafmütze!« Kajas fröhliche Stimme riss mich brutal aus meinem unruhigen Halbschlaf. Mein Herz schlug panisch und ich schoss hoch, noch halb gefangen zwischen Schlaf und Wachzustand. Hektisch suchte ich den Raum ab, bis ich Kaja fand, die mich breit angrinste. Erst dann ließ ich mich zurück in die Kissen sinken.

Nichts Schlimmes – zumindest bis jetzt.

»Was soll das?«, murmelte ich gereizt, während ich mir mit der Hand übers Gesicht fuhr und versuchte, die Reste meiner Müdigkeit zur Seite zu wischen. Am liebsten hätte ich mich wieder zurück unter die Decke verzogen und die Realität noch einige Minuten hinausgezögert.

»Schau nicht so, du Griesgram.« Kaja lachte unbeeindruckt von meiner mürrischen Miene und ihre bernsteinfarbenen Augen funkelten voller Übermut. »Wir haben einen langen Tag vor uns. Also raus aus den Federn, du wirst mich noch früh genug vermissen müssen.« Ihr Ton war eine Mischung aus Belustigung über meine schlechte Laune und sie zwinkerte mir zu.

Mit einem Seufzen zwang ich mich aufzustehen. Die bleierne Müdigkeit, die seit Tagen an mir nagte, ließ mich fast taumeln. Wie jede Nacht hatten mich die Albträume heimgesucht und die düsteren Schatten meiner Entführung ließen mich immer noch nicht los. »Was meinst du damit, dass ich dich vermissen würde? Setzt du mich irgendwo aus?«, fragte ich schließlich, als ihre Worte langsam zu mir durchdrangen. Geistesabwesend zog ich ein sauberes Shirt über meinen Kopf und mein Blick fiel auf das mittlerweile zerknitterte, weiße Hemd, das ich am Abend bei den Belluccis getragen hatte. Ich hatte es achtlos in meinen Rucksack gestopft, weil ich es nicht aus der Hand geben wollte. Vor ein paar Nächten hing noch der Duft von Mayren dran, aber dieser war längst verflogen. Ein Hauch von Wehmut schlich sich in meine Gedanken, doch ich schob ihn weg, wie all die anderen störenden Gefühle.

»Du schläfst wohl noch zur Hälfte?«, fragte Kaja und folgte mir, als ich ins Bad schlurfte. »Aber ja, ich setze dich an einem Bahnhof aus, damit Mayren dich einsammeln kann.«

Es dauerte einen Moment, bis bei mir der Groschen fiel. »Nizza ist vorbei?«

Kaja nickte. »Ja, sie hat mir vergangene Nacht geschrieben, nachdem Bastian und sie aus Nizza geflohen sind, aber auch die beiden haben noch etwas Schlaf benötigt. Deswegen habe ich dich nicht geweckt.«

Ein plötzlicher Energieschub durchströmte meinen Körper, als hätte jemand ein Licht in mir angezündet und meinen Herzschlag beschleunigt. Die Vorstellung, Mayren wiederzusehen, ließ ein Kribbeln durch meinen Magen jagen, dass jede Müdigkeit wegblies.

»Timéo ist tot«, fügte Kaja nüchtern hinzu. »Basti ist bereits auf dem Weg ins Hauptquartier und May wird dich für den restlichen Weg begleiten, während ich weitere Informationen zu den Bulgaren sammle und dann nachkomme.«

Ein ehrliches Lächeln schlich sich auf mein Gesicht, das erste seit einer gefühlten Ewigkeit.

Kaja musterte mich aufmerksam und trat einen Schritt näher. Für einen Moment schimmerte etwas Weiches in ihrem Blick. »Ich hoffe, dass es dir bald besser geht, wenn du bei May bist.« Ihre Stimme war leise, fast zögerlich. »Diese ganze Situation ist für uns alle nervenaufreibend, aber für dich muss es die Hölle sein.« Sie legte ihre Hand kurz auf meinen Arm, ein freundschaftliches, aufmunterndes Zeichen.

»Danke, Kaja. Für alles.«

Sie winkte lässig ab und verließ das Bad, ihre lockigen Haare wippten bei jedem Schritt, während sie eine fröhliche Melodie summte.

Unwillkürlich musste ich lächeln. Kaja war zu einer Freundin geworden – eine, die ich nicht mehr missen wollte.

»Fünf Minuten, dann brechen wir auf!«, rief sie, ohne sich umzudrehen.

»Alles klar«, antwortete ich, während ich den Wasserhahn aufdrehte und mir das Gesicht wusch. Das kalte Wasser weckte mich endgültig. Als ich erneut in den Spiegel sah, war da etwas Neues: Farbe auf meinen Wangen und ein Hauch von Entschlossenheit in meinen Augen.

Kapitel 22

Bahnhof von Lyon
Mittwoch, 29. September – Joshua

Die Tiefgarage des großen Bahnhofs war erstaunlich ruhig, aber vielleicht kam mir das auch nur so vor, weil sich alle meine Gedanken um Mayren drehten.

Sie hat es geschafft. Silas und Timéo sind beide tot.

Ich musste schlucken, als mir klar wurde, dass zwei Menschen für meine Sicherheit gezielt ermordet wurden. Von denen, die bei Silas in der alten Fabrikhalle waren, ganz zu schweigen. Der Sicherheitsgurt löste sich mit einem Klicken und ich fuhr mir nervös durch meine Haare.

Die Fahrt kam mir länger vor, weil Kaja schwieg und auf ihrer Unterlippe gekaut hatte, anstatt mit mir zu reden. Erst jetzt schien sie bereit zu sein, ihr Schweigen zu brechen und ich wartete daher mit dem Aussteigen. Dieses Schweigen lag mir wie ein schwerer Stein im Magen.

»Ich möchte dich um etwas bitten«, begann sie leise.

»Um was? Hat es etwas mit den Bulgaren zu tun?«

Sie warf mir einen vielsagenden Blick zu. »Ja. Du weißt, wie gefährlich falsche Informationen oder Hoffnungen in unserer Welt sind. Von daher …« Verlegen biss sie sich auf die Lippe und ich ahnte, worauf ihre Bitte hinauslief. »Würde ich dich bitten, dass du Mayren nichts von Alec erzählst.«

Ich soll Geheimnisse vor ihr haben?

»Ich werde dich nicht zu irgendwas zwingen, aber ebenso wenig will ich falsche Hoffnungen wecken, sondern erst überprüfen, inwiefern uns eine Verbindung mit Alec und seinen Leuten hilft.«

Nachdenklich nickte ich, aber es widerstrebte mir, Mayren etwas zu verschweigen. Geheimnisse zwischen uns fühlten sich nicht gut an.

»Vertrau mir bitte«, sagte Kaja, als sie die Hand auf den Türgriff legte. »Ich werde es Mayren zu gegebener Zeit selbst sagen.«

Mein Schweigen verstand Kaja als Zustimmung und stieg aus. Für einen Moment blieb ich sitzen und dachte über ihre Worte nach, bevor ich ihr folgte.

Ich kenne mich in dieser Welt nicht aus. Ich weiß nicht, wie hier die Dinge laufen, aber ich weiß, dass ich Kaja vertraue und Mayren auch. Hoffnung kann viel wert sein, aber falsche Hoffnungen sind gefährlich – möglicherweise sogar tödlich. Daher werde ich Kajas Wunsch nachkommen.

»Versprich mir, dass du Mayren zeitnah davon berichtest, okay?«

Kaja sondierte unsere Umgebung und reichte mir meinen Rucksack. »Sobald ich alles geklärt und handfeste Beweise für eine mögliche Zusammenarbeit habe, werde ich das tun«, versprach sie mir und ich nahm ihr mein Gepäckstück ab.

»Danke …« Wir gingen aus dem Parkhaus und nach einigen Treppen umfing uns der geschäftige Pendlerverkehr von unzähligen Fußgängern, die gehetzt vorbeistürmten.

Zielsicher steuerten wir auf das vereinbarte Gleis fünf zu und mit jedem Schritt wuchs meine Aufregung. Ich war erst wenige Tage von Mayren getrennt, aber es fühlte sich wie eine Ewigkeit an und ich dachte an unseren zweiten Kuss. An den Kuss, der erst fiel, als die Wahrheit zwischen uns offen lag und wir uns unserer Gefühle trotzdem sicher waren. Mit einem Hauch von Panik sah ich die Schilder und unser Zielgleis langsam näherkommen.

Ich würde sie gerne wieder küssen ...

Dieser Gedanke war seit unserem Abschied bei den Belluccis immer in meinen Hinterkopf, aber wurde von dauerhafter Müdigkeit und Angst um sie immer überschattet. Jetzt plötzlich war er so präsent, dass sich kalter Schweiß auf meinen Händen sammelte.

Ich habe eindeutig Gefühle für sie!

Langsam bogen wir um die Ecke und ich nahm die erste Stufe nach oben. Der Strom der Menschen nahm ab und mein Herz schlug schneller in meiner Brust.

»Alles gut?«, flüsterte Kaja und grinste mich breit von der Seite an. Sie schien meine Aufregung zu spüren. »Zerdenke nicht alles, Joshua.«

Ein nervöses Lächeln schlich sich kurz auf meine Lippen, dann kam die letzte Stufe auf Kopfhöhe in Sicht. Einige Leute warteten bereits, aber ich suchte nur nach der Frau, die ich die letzten Tage unglaublich vermisst hatte.

Ob sie schon da ist?

»Scheiße, sieht so aus, als hat sie nicht nur ausgeteilt«, knurrte Kaja und zog zischend Luft ein.

Ruckartig folgte ich ihrem Blick und endlich fand ich Mayren. Sie saß auf einer Bank und wirkte müde und abgekämpft. Ihre Haare waren zu einem Zopf gebunden und sie trug ein rotes Shirt, schwarze Jeans und eine schwarze Lederjacke. Dunkle Schatten hingen unter ihren Augen und sie war blass. Für mich aber war sie die schönste Frau, die ich jemals gesehen hatte.

Alle Anspannung wich von mir, als sie den Kopf drehte und mich ansah. Mein Herzschlag setzte für einen Moment aus. Sie musste mir nur ein Blick zuwerfen und ich war völlig geflasht.

Auch ihr erschien ein Lächeln auf den Lippen, sie griff den Rucksack zu ihren Füßen und stand von der Bank auf. Lässig warf sie ihn sich über die Schulter und kam schnell auf uns zu.

Unbewusst beschleunigte auch ich meine Schritte und mir fiel eine Wunde an ihrer Lippe auf, die mit Tape geklebt wurde.

Wie war das passiert?

Ich schob meine Frage zur Seite und fokussierte mich auf sie. Mayrens grüne Augen funkelten in einem Glanz, den ich zuletzt am Abend unseres Kusses gesehen hatte. Ohne ihren Schritt zu verlangsamen, fiel sie mir um den Hals und ich schloss im nächsten Moment meine Arme um sie, bevor ich meinen Kopf in ihre Haare schmiegte. Wir waren nur wenige Tage voneinander getrennt, aber es fühlte sich wie Jahre an.

»Ich hab dich vermisst, Dickkopf«, flüsterte ich und drückte sie fester an mich, um meinen Worten Nachdruck zu verleihen. »So sehr.«

»Du hast mir auch gefehlt«, murmelte sie leise neben meinem Ohr und ihr warmer Atem kitzelte mich am Hals. Mayrens Nähe und ihr Duft berauschten mich. Sie roch blumig, ein bisschen nach Rauch und fühlte sich nach Sicherheit an.

Verrückt, dass ich mich genau in den Menschen verliebt habe, dessen Aufgaben es war, mich umzubringen.

»Geht es dir gut?«, fragte sie leise und ich öffnete bedächtig die Augen.

Mayren brachte genug Abstand zwischen uns, damit wir uns in die Augen sehen konnten, obwohl jede Faser meines Körpers dagegen protestierte. Doch dann war ich so nah an ihrem Gesicht, an ihren Lippen, dass es mir fast den Verstand raubte. Mein Herz schlug schnell in meiner Brust, als ich meine Hand an ihre Wange legte und ihr mit dem Daumen darüberstrich.

»Jetzt schon«, flüsterte ich.

Sie schlang ihre Arme um mich und zog mich näher, womit sie mir indirekt die Erlaubnis gab, nach der ich mich gesehnt hatte.

Ich beugte mich nach vorne und küsste sie. Alles fiel in diesem Moment von mir ab, die Müdigkeit, die Angst und die unendliche Anspannung der letzten Tage. Dieser Kuss war nicht wie unser letzter. Er schmeckte nach Erleichterung, die alle negativen Gefühle wegschwemmte und meine Hände griffen fester nach ihr, als könnte ich nicht ganz begreifen, dass sie wirklich bei mir war.

In Sicherheit und am Leben.

Mayren reagierte wie ich, ließ sich in die Erleichterung fallen und verschränkte ihre Finger wie bei unserem ersten Kuss in meinem Nacken, während ihre Lippen heiß gegen meine drängten. Ihre Wärme umfing mich in so einer vertrauten Art, dass ich mich fragte, wie ich es in den letzten Tagen überhaupt ohne sie aushalten konnte. Das alles zwischen uns fühlte sich so an, als wäre ich endlich vollständig.

Nur widerwillig löste ich mich von ihr und ich ließ meine Stirn gegen ihre sinken.

»May ... Ich habe mir solche Sorgen gemacht.«

Sie lächelte schwach. »Mir geht es gut«, murmelte sie, aber ich wusste, dass es alles andere als *gut* war.

»Du hättest ...« Ich hielt inne und ordnete meine Gedanken und Emotionen, die in den letzten Tagen so unendlich schwer auf mir lagen. »Du hättest sterben können, May.«

»Ich weiß.« Ihre Stimme klang brüchig. »Aber ich bin jetzt hier.«

Ich zog sie näher, jetzt fanden meine Lippen ihre Stirn und ich atmete tief aus, was ihre Haare aufwirbelte. »Zum Glück«, entgegnete ich leise, bevor die Geschäftigkeit des Bahnsteiges uns wieder einholte und wir genug Abstand zwischen uns brachten, um unsere Finger ineinander zu verschränken.

»Ich werde dir nachher alles erzählen«, versprach sie, als sie bemerkte, dass ich ihre geklebte Lippe betrachtete. »Immerhin ist *dein* Cut gut verheilt.« Mit ihrer freien Hand fuhr sie mir vorsichtig über den Haaransatz und sah auf, als neben uns lärmend ein TGW einfuhr.

»Ist Kaja hier?«, fragte sie mich und schaute sich gleichzeitig um, bis sie sie entdeckte. »Lass uns schnell von ihr verabschieden, unser Zug fährt gleich.« Sie deutete auf den TGW, aus dem im nächsten Moment Pendler strömten und sich auf den Bahnsteig ergossen.

Ein breites Grinsen erschien auf Kajas Gesicht und ihre bernsteinfarbenen Augen funkelten, als wir zu ihr traten. »Schön dich zu sehen, May«, sagte sie aufrichtig und schloss Mayren in ihre Arme.

»Danke für alles«, flüsterte diese erleichtert.

»Kein Problem. Joshua war eine großartige Begleitung.« Kaja und zwinkerte mir über Mayrens Schulter zu, bevor die beiden sich aus der Umarmung lösten.

»Wenn wir uns zu Hause sehen, bin ich gespannt, was ihr zu erzählen habt. Ich lasse euch besser etwas Zeit zu zweit«, meinte Kaja mit einem schiefen Grinsen. »Ich werde mir mit der Hinreise im Vergleich zu euch Zeit lassen, also erwarte mich nicht zu ungeduldig.«

»Kein Problem, wir haben noch ein paar Tage Zeit«, entgegnete Mayren und drehte sich zu mir um, damit unsere Gruppe einen kleinen Kreis bilden konnte. »Ab jetzt können wir uns auf die gemeinsame Arbeit mit dem restlichen Clan konzentrieren.«

Der Zug hinter uns stieß einen schrillen Pfiff aus und verkündete somit, dass er in Kürze losfahren würde.

»Joshua.« Kaja machte einen Schritt auf mich zu.

»Danke für alles, Kaja«, sagte ich und umarmte sie. Ihre Haarspitzen kitzelten mich, als ich sie an mich drückte.

»Nicht dafür, mein Lieber«, entgegnete sie grinsend, als wir uns voneinander lösten. »Wir sehen uns am Montag im Hauptquartier. Passt gut auf euch auf.« Spielerisch hob sie den Zeigefinger, bevor sie sich umdrehte und den Weg die Treppen hinab zum Parkhaus ging.

Schweigend sahen wir ihr hinterher und ich spürte, wie Mayren nach meiner Hand suchte.

Instinktiv ergriff ich sie und in meiner Magengegend kribbelte es, als ich sie umfasste. Mayren hatte ein kleines Lächeln auf den Lippen, das Wundtape und die Wunde darunter verzerrten ihre Züge etwas, aber konnten ihre Ausstrahlung nicht mindern.

Besorgt musterte ich den Cut an ihrer Lippe, der immerhin gut versorgt wurde.

»Bereit?«, fragte sie, ich nickte, obwohl mich die Ereignisse der letzten Tage noch etwas benommen zurückließen, und folgte ihr, als sie uns einen Weg durch die Passanten in den Zug bahnte. Wir fanden schnell die Plätze, die Mayren mir auf ihrem Handy zeigte und ließen uns darauf nieder. Der Stoff war abgewetzt und die Sitze knarrten leise, als wir uns in eine bequeme Position brachten.

»Es verwischt unsere Spuren besser, wenn wir ein Stück mit dem Zug fahren, bevor wir aufs Auto umsteigen«, erklärte sie mir und schob ihren Rucksack in den Fußraum zwischen uns. »Wir fahren eine Stunde und dann mit dem Audi weiter.«

Der Zug setzte sich ruckartig in Bewegung – die Spannung zwischen uns blieb. Ich hatte ständig an sie gedacht, ohne zu wissen, ob sie in Sicherheit war und der Cut an ihrer Lippe erinnerte mich daran, dass ich lernen wollte, sie zu beschützen. Dass ich lernen wollte zu kämpfen.

»Steht dein Angebot noch, dass du mich unterrichtest?«, fragte ich.

Mayrens Erschöpfung war nicht zu übersehen, aber ihre Augen funkelten verständnisvoll. »Natürlich«, antwortete sie bestimmt. »Sobald wir im Hauptquartier sind, fangen wir an.« Verlegen biss sie sich auf die Unterlippe und unterdrückte so ein Gähnen. Unsere Knie berührten sich, als sie sich streckte, und ich drückte unsere verschränkten Hände.

Irgendwann bin ich in der Lage, dich zu beschützen.

»Danke, May.«

»Ich habe es dir versprochen. Dafür musst du dich nicht bedanken.« Sie gähnte und hielt sich ihre freie Hand vor den Mund. »Ich bin froh, wenn wir Frankreich heute verlassen «, murmelte sie leise, als sie ihren Kopf gegen meine Schulter sinken ließ. »Und nach Nizza sollte ich mich die nächsten Wochen auch nicht mehr trauen, bis genug Zeit vergangen ist.«

Vorsichtig legte ich meinen freien Arm um ihre Schulter, damit sie bequemer an mir lehnen konnte und unwillkürlich erfüllte mich ein merkwürdiges Gefühl.

Sie war in unglaublichen Gefahren verwickelt und hat ihr Leben riskiert. Das fühlt sich nicht gut an!

»Erzählst du mir, was passiert ist?«, fragte ich vorsichtig.

»Ja, keine Geheimnisse mehr.«

Kapitel 23

Turin, abgelegenes Hotel
Mittwoch, 29. September – Mayren

Schwungvoll warf ich die Autotür hinter mir zu und prüfte unsere Umgebung. Bei den ersten Schritten in Richtung Kofferraum schmerzten meine Knie unangenehm und ich spürte, wie die lange Autofahrt sich in meinen Knochen bemerkbar machte.

Wenn wir endlich im Hauptquartier sind, werde ich einen ganzen Tag nichts machen als faulenzen.

Joshua war bereits am Rumpf des Autos angekommen, reichte mir meinen Rucksack und dankbar nahm ich ihn entgegen.

Seit ich ihm erzählt hatte, was seit unserer Trennung passiert war, war seine Stimmung gekippt. Dieser Spannungsumbruch verunsicherte mich und mein Selbstbewusstsein, Körperkontakt zu ihm aufzubauen, war gewichen.

Ihm muss bewusst geworden sein, wie viele Menschenleben ich genommen habe.

Auf der Fahrt nach Italien hatte ich ihm von der Jagd auf Silas erzählt und anschließend den brutalen Sturm, den wir auf die Fabrik durchgeführt hatten. Gerade bei dieser Erzählung war er in betretenes Schweigen verfallen.

Ich unterdrückte ein Seufzen und wir machten uns auf dem Weg zum Eingang des Hotels. Verstohlen warf ich Joshua einen Seitenblick zu und ließ das anschließende Gespräch über die Schnitzeljagd auf Timéo Revue passieren.

Was erwartet er von mir? Er weiß doch, was ich tue.

Die Lobby des Hotels war ruhig, das Licht warm und gedämpft. Es roch nach Holz und altem Teppich und ich sah mich an dem Ort um, der für unauffällige Ankünfte geschaffen wurde. Für Menschen wie uns, die eine Übernachtungsmöglichkeit suchten, ohne dass Fragen gestellt wurden oder irgendwelche Personalien festgehalten werden. Hier wurde das Schweigen der Angestellten automatisch in den Übernachtungspreis mit einbezogen.

Joshua übernahm das Gespräch mit dem Rezeptionisten wie wir es besprochen hatten. Seine Stimme klang kühl und ruhig.

Ich hörte den Namen »Roberts« heraus, Noahs Nachname, den wir als Decknamen gewählt hatten und atmete gegen das schwere Gefühl an, was sich auf meine Brust gelegt hatte.

»Raum 232, zweiter Stock«, entgegnete der Mann an der Rezeption und schob Joshua eine Zimmerkarte über die Theke.

Wir bedankten uns knapp und steuerten auf die Fahrstühle zu, die am anderen Ende der Lobby bereitstanden. Die Spannung zwischen Joshua und mir zog mich wie durch ein unsichtbares Band hinter ihm her.

Die Türen des Aufzuges schlossen sich lautlos und ich stellte mich gegenüber von Joshua, in der Hoffnung, dass er mir auf meine kommende Frage antworten würde.

»Kannst du mir bitte sagen, was los ist?« Meine Stimme klang weicher, als ich beabsichtigt hatte, wodurch die Bitte in meinen Worten deutlicher hervortrat.

Doch Joshua wich mir aus und mein Herz krampfte sich schmerzhaft zusammen.

Er hat mich auf dem Bahnsteig geküsst und jetzt schweigt er einfach?

Seine Stimme war leise, als er sprach. »Es hat nichts mit deine Taten zu tun, May. Nicht Timéo, nicht Silas.« Er starrte auf die Schlüsselkarte in seinen Händen, die er nervös zwischen den Fingern drehte. »Es ist …« Er brach ab und suchte nach den richtigen Worten. »Es macht mir Angst, wie nah ich dran war, dich zu verlieren.«

Seine Worte trafen mich wie ein Schlag.

Angst? Um mich?

Die Fahrstuhltüren öffneten sich mit einem gedämpften *Pling*, aber ich blieb wie angewurzelt stehen. Joshua stieg aus und nach wenigen Sekunden folgte ich ihm wie in Trance.

Angst …

Seine Stimme klang in meinem Inneren wider, ein dumpfer Nachhall seiner Sorge und Verzweiflung, die er seit London wohl empfunden haben musste.

Wortlos hielt Joshua die Schlüsselkarte vor das Schloss einer Zimmertür, mit einem akustischen Signal leuchtete ein grünes Lämpchen auf und im nächsten Moment drückte er die Klinke herunter.

Nachdem ich die Tür mit einem Fuß hinter uns zugeschoben hatte, konnte ich meine Worte nicht mehr zurückhalten. »Du hast Angst um mich? Dass mir etwas passieren könnte?« Eine leichte Schicht Angstschweiß sammelte sich auf meinen Handflächen.

Er ließ seinen Rucksack auf einen Sessel fallen, der in der Ecke unseres kleinen Zimmers stand und drehte sich zu mir um. »Ja, Mayren! Weil ich es nicht mehr ausgehalten habe«, antwortete er schlicht. »Weil ich so erleichtert war, dich zu sehen, weil es nach London war, als wäre ich unvollständig. Als würde ein *Teil* von mir fehlen und ich hatte nicht die Gewissheit, ob ich dich wiedersehe.«

Ich hielt den Atem an, weil ich an dem Leuchten in seinen Augen wusste, dass er nicht fertig war.

»Als du mir gesagt hast, dass du nach Nizza gehst …« Er stockte, als müsste er sich erst selbst sammeln. »… fing die Angst von vorne an.«

Die Ehrlichkeit in seinen Worten schnürte mir die Kehle zu und ich schluckte gegen das beengende Gefühl an. Ich wusste nicht, was ich sagen sollte. Meine Gedanken waren ein Chaos – ich versuchte, sie zu ordnen, aber je mehr ich in meinem Inneren wühlte, umso mehr mischten sich Schuld, Hoffnung und Schwere in das Chaos mit ein. »Ich bin es nicht gewohnt, dass jemand Angst um mich hat«, gestand ich schließlich.

In Joshuas Augen glomm Wut auf. »Dann solltest du dich besser daran gewöhnen, May.«

»Ja, das sollte ich wohl.«

Zögerlich machte ich einen Schritt auf ihn zu, hob meine Hand an, weil ich seine greifen wollte, aber ließ sie wieder sinken. »Ich konnte nicht zulassen, dass Timéo entkommt.«

Warum weiter etwas verschweigen? Wir haben uns am Bahnhof bereits geküsst und er kann ruhig wissen, dass …

Mein Herzschlag dröhnte mir laut in den Ohren.

... dass ich in London einfach mein Herz an ihn verloren habe.

»Joshi«, begann ich und versuchte das Zittern aus meiner Stimme zu verbannen und meine Emotionen klar zu formulieren. »Du bist schon lange keine gewöhnliche Zielperson mehr für mich.«

Joshuas Atem stockte hörbar. Sein Mund stand leicht offen und unsere Blicke verfingen sich ineinander.

Es gibt keinen Weg, den ich ohne ihn gehen will. Ich weiß nicht, wie ich ihn jemals vergessen könnte.

»Für dich bin ich bereit, *alles* zu riskieren«, fuhr ich mit bebender Stimme fort. »Selbst mein *Leben*. Du bist der Grund, warum ich nach Nizza gegangen bin. Weil deine Sicherheit für mich wichtiger ist als alles andere.«

Für einen Moment schwiegen wir beide und sehen uns einfach nur an. Dann machte er einen Schritt auf mich zu, direkt gefolgt von einem zweiten, bis uns nur noch wenige Zentimeter voneinander trennten.

Ich sammelte meinen Mut zusammen, atmete tief ein. »Meine Gefühle für dich gehen tiefer, als ich es jemals für möglich gehalten hätte.«

Sein Schweigen ließ die Sekunden wie Ewigkeiten erscheinen und ich war kurz davor, einen Schritt zurückzumachen, weil ich mit einer Abfuhr rechnete, als er schließlich flüsterte: »Und ich dachte, dass es nur mir so geht.«

Er überbrückte den letzten Meter zwischen uns, legte seine Hand auf meine Wange und beugte sich nach vorne.

Mir stieg sein Duft in die Nase und es raubte mir die letzte Möglichkeit, klar zu denken.

Dieser Mann ist alles wert.

Die Luft zwischen uns schien zu vibrieren, als die letzten Zentimeter vergingen und die Spannung in einen Sog überging, der mein Herz schneller schlagen ließ. So nah bei ihm konnte ich die lodernde Glut in seinen Augen erkennen, die meine Gedanken mit einem Mal verschwimmen ließen. Bedächtig legte ich meine Hand an sein Gesicht und fuhr mit meinen Fingern sanft über seine Wangen und die Bartstoppeln. Die Spannung zwischen uns wurde greifbar, wie ein Magnet, der mich unwiderstehlich anzog und so neigte ich langsam meinen Kopf in seine Richtung.

Joshua kam meiner Aufforderung sofort nach und küsste mich erst behutsam, dann leidenschaftlich. Seine Lippen waren weich und sofort erwiderte ich den Kuss und ließ meine Hand von seiner Wange zum Nacken hinaufwandern, während mein anderer Arm sich um seine Hüfte schlang. Jeder Atemzug war schwer und voller Verlangen und ein angenehmer Schauer wanderte durch meinen Körper und hinterließ überall ein angenehmes Kribbeln.

Er küsste mich nun fordernder und legte dabei seinen freien Arm um meine unverletzte Seite. Ich spürte seine Wärme und der intensive Moment raubte mir fast den Atem. Jede meiner Fasern verlangte nach seiner Nähe, nach seiner Berührung und nie hatte ich eine solche Anziehung für einen anderen Menschen empfunden. Meine Hände schien von selbst zu handeln und wanderten über seinen Oberkörper, betasteten seine Schultern, seine Brust und seinen Bauch.

Auch seine Hände erkundeten meine Kurven, wobei sich unsere Lippen nicht voneinander lösten.

Langsam ließ ich meine Hände unter sein Shirt gleiten und fuhr mit meinen Fingern über seine warme, makellose Haut.

Ein begieriges Seufzen entfuhr seinen Lippen zwischen zwei Küssen und entfachte ein erstickt geglaubtes Feuer in mir. Mit einer Hand tastete ich nach dem Schalter hinter mir und mit einem gedämpften Klicken erlosch das Licht im Raum. Im selben Moment zog ich Joshua mit meiner anderen Hand das Shirt aus und warf es achtlos auf den Boden. Seine Finger hinterließen heiße Spuren voller Leidenschaft und Verlangen auf meiner Haut und wenig später landete mein Shirt neben seinem.

Ich spürte seine warme Haut auf meiner und wusste in dem Moment, dass ich nie etwas anderes wollte als diesen Mann.

Jeder Atemzug lud die Spannung zwischen uns weiter auf und ein leichtes Zittern durchlief mich, als er mich schließlich wieder ansah.

Er wollte etwas sagen, aber ich erstickte seine Worte mit weiteren Küssen, die keinen Zweifel zuließen, dass ich ihn mehr wollte, als meine Vernunft es zulassen würde. Mit einer Hand tastete ich nach seinem Gürtel und öffnete die Schnalle mit geschickten Griffen, bevor er dasselbe bei meiner Hose tat.

Ein Keuchen entkam seinem Mund, als die letzten Hüllen zwischen uns verschwanden und wir wie im Rausch zum Bett taumelten.

Kapitel 24

Turin, abgelegenes Hotel

Donnerstag, 30. September – Joshua

Helles Sonnenlicht fiel schräg durch das Fenster, als ich langsam die Augen aufschlug. Die Wärme des Morgens breitete sich auf meiner Haut aus und mein Blick fiel auf die schlafende Mayren neben mir.

Sie lag dicht an mich geschmiegt, ihre Stirn berührte leicht meine Schulter und ihr Atem strich in einer sanften Weise über meinen Oberarm. Ihre Gesichtszüge waren entspannt und fasziniert beobachtete ich, wie ihr Brustkorb im Takt ihres Atems sich langsam hob und senkte. Vorsichtig strich ich mit meinen Fingerspitzen über ihre Stirn und den Scheitel. Meine Bewegung war unbewusst, aber die Anziehung, die sie auf mich ausübte, traf mich wie am Vortag mit voller Intensität. Seit gestern wusste ich endlich, dass sie auch Gefühle für mich hatte.

Ihr Handeln hatte das bereits lange ausgesagt, aber ich war froh, dass sie mir dies mit ihren Worten bestätigt hatte. Ein leises Grummeln entfuhr ihr, als meine Hand über ihre Haare strich. Langsam öffnete sie ihre Augen und blinzelte mich verschlafen an.

Ich drehte mich auf die Seite, zog sie sanft in meine Arme und drückte ihr einen Kuss auf die Stirn. »Guten Morgen, Dickkopf«, flüsterte ich.

»Morgen«, echote sie und schmiegte sich an meine Brust.

Einen Moment lagen wir einfach da, eng aneinandergeschmiegt und genossen die Wärme und Nähe des anderen. Seit mein Leben diese Kehrtwende genommen hatte, war ich dauerhaft unter Strom – bis jetzt. Mayrens Anwesenheit wahrte mich wie ein Schutzraum vor der endlosen Unruhe, die ich in den letzten Tagen verspürt hatte. In dieser Sekunde existierten nur wir beide und die Verbindung zwischen uns.

»Wie hast du geschlafen?«, fragte Mayren schließlich leise.

Ich ließ sie aus meiner Umarmung frei, setzte mich auf und streckte mich. »So gut wie lange nicht mehr«, gab ich zu. »Seit ich aus London weg bin, gab es nicht eine erholsame Nacht.« Mayren warf mir einen mitfühlenden Blick zu, als sie die Decke zurückschlug und aufstand.

Als sie sich streckte, rutschte ihr Shirt hoch und perplex starrte ich den dunkelblauen Bluterguss auf ihrem Oberkörper an.

Sie ist verletzt! Ich hatte das gestern Nacht in der Dunkelheit nicht gesehen.

»May, was ist *passiert?*«, fragte ich mit zitternder Stimme und deutete auf die betroffene Stelle.

Sie verzog ihr Gesicht unangenehm berührt, fast etwas ertappt, zog ihr Shirt hoch und entblößte weitere Hämatome.

Fuck! Warum habe ich das gestern Abend nicht gesehen?

»Partnerlook?«, versuchte sie zu scherzen und deutete auf meinen eigenen nackten Oberkörper, auf dem die verblassenden Reste meiner Entführung schimmerten.

»Das ist nicht witzig«, wies ich sie scharf zurecht.

Sie verzog ihr Gesicht zu einem schiefen Grinsen und ließ

den Saum ihres Shirts fallen, verdeckte ihre Verletzungen.

»May?«, begann ich erneut, diesmal bittender.

Sie kam näher und drückte mir einen flüchtigen Kuss auf die Wange, bevor sie zu ihrem Rucksack stolzierte, um sich ihre Kleidung für den Tag herauszusuchen.

Sie hat mir von den letzten Tagen erzählt, aber ihre Verletzungen hat sie verschwiegen.

»Ich habe mir drei Kugeln eingefangen«, sagte sie in einem furchtbar nebensächlichen Ton, während sie sich ihre Hose anzog. »Die Schutzweste hat das Schlimmste abgehalten, aber die blauen Flecken werde ich einige Tage mit mir rumtragen.«

Ihre Aussage hallte in meinem Hinterkopf nach, aber ich unterdrückte nur ein Seufzen.

Ich wusste, dass das immer passieren konnte, bei dem, was sie tat ...

»Geht es dir gut?«, fragte ich deswegen nur, obwohl die Antwort klar war.

»Es ist nicht schlimm, deswegen habe ich nichts erwähnt«, meinte sie langsam und wandte sich von mir ab, bevor sie ihr Shirt auszog. Ich bückte mich nach meinem Shirt, das achtlos am Fußende des Bettes auf dem Boden lag. Schnell zog ich es über und packte meine restlichen Sachen.

»Es ist wirklich nichts Schlimmes«, sagte sie leise hinter mir und band ihre Haare zu einem Zopf, als ich mich umdrehte. »Bitte mach dir keine Sorgen.«

Mit einem ebenfalls schiefen Grinsen erwiderte ich ihres, aber schwieg.

»Wir haben eine lange Fahrt vor uns, aber wenn wir gut durchkommen, sind wir morgen im Hauptquartier«, sagte Mayren, startete den Motor und fuhr aus der Parklücke.

Ich sah sie von der Seite an, während wir in den Verkehr der Hauptstraße eintauchten, und malte mir aus, wie dieser Ort aussehen könnte. Ein Ort, der für mich Schutz versprach, aber andere Menschen mit ihrem Trauma verband.

Auf dem Weg zu den Belluccis hatte May mir bereits von dem Ort erzählt und dass ihr Clan ihn trotz der schrecklichen Vergangenheit in eine Heimat verwandelt hatte.

Gedankenverloren beobachtete ich die Häuser und Menschen, die am Wagen vorbeizogen.

»Worüber denkst du nach?«, fragte Mayren nach einer Weile.

Ertappt blickte ich sie an und war mir unsicher, ob ich die Frage stellen sollte oder ob sie zu viele schmerzende Wunden aufriss.

Wir sind aber auf dem Weg zu diesem Ort.

»Jetzt spuck's aus.« Mayren klang belustigt, als sie den Blinker setzte.

»Der Ort, an den wir fahren, war euer Ausbildungsort«, begann ich vorsichtig. »Ist er nicht voll mit schlechten Erinnerungen für dich … für euch alle?«

Ein kurzes Lächeln huschte über Mayrens Lippen.

»Das schon, aber es ist auch unser Zufluchtsort, wo wir immer sicher von der Außenwelt waren. Klar, dort sind schreckliche Dinge passiert, viele Menschen sind gestorben, aber es gab nie einen anderen Ort für uns.« Ihre Worte klangen ehrlich und ohne Zögern. »Einige unserer Leute leben dauerhaft dort und keiner wird gezwungen, wie Bastian, Kaja oder ich im aktiven Dienst Aufträge zu erledigen«, fuhr Mayren fort und interessiert hörte ich zu, obwohl es mir schwerfiel, Schmerz und Schutz an diesem Ort gedanklich zu verbinden. »Es gibt genug Aufgaben in der medizinischen Versorgung, Instandhaltung oder IT. Ian zum Beispiel ist immer vor Ort und macht im Hintergrund einen unglaublich wichtigen Job.«

»Also seid ihr wie eine große Selbstversorgerfamilie?«

»Ja, für einige ist das das Einzige, was sie kennen. Sie fühlen sich hinter diesen Mauern sicher und haben Angst vor der Ungewissheit draußen.«

Aus dieser Vergangenheit hat sie eine Gemeinschaft entwickelt. Wirklich beeindruckend.

»Wie kann ich mir deine Leute vorstellen?«, hakte ich wissbegierig nach. »Bisher kenne ich nur euch und Ian. Wie sind die anderen so?« Ich war neugierig auf das Hauptquartier, auf den Clan und Mayrens Vergangenheit, andererseits schüchterte mich der Gedanke auch ein.

Ist es nicht normal, dass man unter solchen Bedingungen traumatisiert ist?

»Bist du nervös?« Mayren wirkte amüsiert, bevor sie stark beschleunigte und auf die Autobahn auffuhr.

In meinem Inneren kribbelte es, als ich an letzte Nacht dachte. Hitze stieg mir ins Gesicht und ich war sicher, dass meine Wangen eine verlegene Röte angenommen hatten, weswegen ich mich schnell abwandte, damit sie es nicht sehen konnte. »Vielleicht ein bisschen.«

Natürlich mache ich mir Gedanken, wie es sein würde, auf Mayrens Clan zu treffen.

»Ich würde lügen, wenn ich dir erzählen würde, dass wir nicht alle« irgendwo gebrochene Leute sind«, gab sie zu und verzog ihr Gesicht. »Viele von uns kommen gut mit der Situation klar, vor allem nach der langen Zeit, die zwischenzeitlich vergangen ist, aber einige haben schwere psychische und körperliche Probleme davongetragen.« Sie legte ihren Kopf schief, ohne den Blick von der Straße zu nehmen. »*Jeder* ist ein gleichwertiges Mitglied unseres Clans und genau das macht uns aus. *Jeder* hat eine Aufgabe und kommt dieser nach, niemand ist weniger wert, weil er ein geringeres Risiko auf sich nimmt.«

»Ich verstehe, ihr gebt jedem eine Aufgabe und einen Platz, an dem er sein kann und im Umkehrschluss erhält der Clan eine unglaubliche Loyalität aller Mitglieder.«

Mayren nickte bestätigend und eine weitere Frage brannte auf meinen Lippen.

»Gab es nie jemanden, der sich gegen euch gestellt hat?«

Mayrens Gesichtszüge wurde finster und eine scharfe Falte grub sich zwischen ihren Augenbrauen ein. »Es gab Intrigen. Verrat. Leute, die die Macht an sich reißen wollten, aber wir haben hart durchgegriffen.«

197

Ich schwieg, spürte den Schmerz in ihren Worten, als sie versuchte, ihn unter einer neutralen Maske zu verbergen, aber ich kannte sie mittlerweile gut genug.

Sie muss sich nicht rechtfertigen, wenn sie den Clan, der aus einer blutigen Rebellion mit ihren engsten Freunden entstanden ist, beschützt. Sie haben ihr Leben riskiert, um den Umsturz zu bewirken. Würde das nicht jeder mit eiskalter Härte beschützen?

»Mein Clan ist mein Zuhause«, fügte sie nach einer Weile hinzu. »Und ich habe mir geschworen, dass ich meine Familie immer um jeden Preis beschützen werde.«

»Ich verstehe.«

»Du solltest dir bewusst sein, dass die Mayren, die du kennst, eine andere ist, wie die, die du in Georgien kennenlernen wirst.« Sie biss sich auf die Unterlippe. »Wir führen einen Clan und ich muss dort ein anderes Gesicht zeigen. Vor dir kann ich sein, wie ich bin, aber als Anführerin eines Clans muss ich Stärke und Entschlossenheit aufweisen.«

Nachdenklich beobachtete ich sie und stellte mir vor, wie die *andere* Mayren sein würde. Bevor ich mir eine Vorstellung zurechtlegen konnte, fügte sie einen weiteren Satz an: »Ich habe Angst, dass du die georgische Mayren nicht leiden kannst.«

»Wie kommst du darauf, dass ich eine andere Art von dir nicht leiden könnte? Seit ich dich kenne, bist du mein Lebensmittelpunkt. Es erscheint mir *unmöglich*, dass eine Version von dir existiert, die ich nicht mag.«

»Ich werde dich daran erinnern, wenn es so weit ist«, flüsterte sie mit einem schüchternen Lächeln und wechselte auf die Überholspur.

May wird vor Ort Härte beweisen müssen, wie es von ihr erwartet wird und als Teil einer Führungsriege muss sie sich einen gewissen Respekt wahren. Sie ist kein anderer Mensch.

Meine Gedanken waren entschlossen und ich wusste, dass meine Gefühle für sie stark genug waren, um jede Version von ihr zu mögen.

Einige, schweigsame Minuten vergingen, bevor Mayren mit unsicherer Stimme fortfuhr: »Es gibt noch etwas, was ich dir erzählen möchte …« Die Skepsisfalte zwischen ihren Augenbrauen war verschwunden und stattdessen hatte Traurigkeit von ihrem Gesicht Besitz ergriffen. Trotz dieser Emotion sahen ihre Augen mit einer Mischung aus Wut und Entschlossenheit vor uns auf die Straße. Ihre Unterlippe zitterte kurz, aber sie seufzte. »Durch meine Rebellion gegen Zero kann es sein, dass ich damit einen weiteren Mörder auf unsere Spur gezogen habe. Einen, der Nichts mit Zeros Spiel zu tun hat.«

Was meint sie damit? Es sind noch fünf Jäger, abzüglich von Alec vier, aber einer ist dazugekommen?

Kurz rührte sich in mir das schlechte Gewissen, dass ich Mayren nichts von Alec erzählt hatte, aber da Kaja nicht sicher war, ob die Informationen überhaupt eine richtige Aussagekraft hatten, wollte ich keine falschen Hoffnungen in Umlauf bringen – obwohl Mayren der Mensch war, der mein Vertrauen am meisten verdient hatte.

»Sein Name ist Paul Elkund«, fuhr Mayren fort und ihre Hände krallten sich an das Lenkrad, als sie den Namen aussprach.

Ein merkwürdiges Gefühl ergriff Besitz von meinem Körper und purer Hass kochte in meinen Adern.

Der *Paul? Soll er kommen! Ich will ihn* bluten *sehen, egal was er May angetan hat!*

Ich dachte zurück an das Gespräch, das wir damals in der Bar über ihn hatten. Als sie sagte, dass sie ihn geliebt hatte.

Mein Herz zuckte und beklommen stellte ich fest, dass Eifersucht sich wie ein Dorn in meinen Körper grub. »Ist es derselbe Paul, den du damals in der Bar erwähnt hast?«

Sie nickte und schluckte, als hinterließen die Erinnerung einen Kloß in ihrem Hals. »Wir lernten uns zu einer Zeit kennen, als unser Clan etabliert war«, erklärte sie und zuckte verlegen mit den Schultern. »Als Mensch kommt nun mal irgendwann an einen Punkt, wo man gewisse Bedürfnisse hat.«

Ich entgegnete ihren kurzen Seitenblick und war verwundert, dass sie sich damals auch ihre Gedanken zu gewöhnlichen Dingen gemacht hatte wie normale Jugendliche.

»Wir trafen uns in einer Bar, da ich Informationen von ihm kaufen wollte, aber er hatte etwas an sich, was mich fasziniert hat und ich verbrachte mehr Zeit in der Bar, als notwendig gewesen wäre.«

Es fühlte sich merkwürdig an, Mayren über einen anderen Menschen, für den sie einst Gefühle hatte, reden zu hören. Aber kein Mensch in unserem Alter hat keine Vergangenheit mit einem anderen und es wäre dumm zu glauben, dass

Mayren niemals das Bedürfnis nach körperlicher Nähe hatte.

»Paul ging es ähnlich, wir tauschten Nummern und blieben weiterhin in Kontakt, was außerhalb von Clans ungewöhnlich war. Wir trafen uns öfters und übernahmen gemeinsam Missionen oder verbrachten Zeit miteinander.«

Sie haben sich gedatet.

»Bastian und Kaja haben versucht, mir Paul aus dem Kopf zu schlagen, aber was soll ich sagen?« Sie zuckte mit den Schultern. »Ich war jung, dumm und *verliebt*.« Bei dem Wort erschien die Falte zwischen ihren Augenbrauen wieder und machte mir deutlich, wie lächerlich sie die damalige Verbindung fand. »Paul schaffte es, einen Streit zwischen Bastian und mir loszutreten und trieb einen Keil zwischen uns. Ich habe es erst spät verstanden – zu spät.« Wieder seufzte sie und verzog das Gesicht unangenehm berührt, als sie an den Moment zurückdachte. »Alles nur, weil ich damals unglaublich naiv war und sein wahres Gesicht nicht erkannte. Paul wollte mich komplett von meinem Clan lösen und ich verbrachte einige Tage mit ihm, bevor ich zurückkehren wollte, um den Streit mit Bastian aus der Welt zu schaffen.«

Langsam verschränkte ich meine Finger ineinander. »Lass mich raten: Paul wollte nicht, dass du gehst? Das wäre typisch für einen Narzissten.« Besorgt runzelte ich die Stirn, da ich mir gut vorstellen konnte, in welche Richtung sich die Beziehung zwischen den beiden weiterentwickelt hatte.

»Korrekt«, bestätigte Mayren meine Befürchtung. »Paul versuchte es mir auszureden, aber stimmte plötzlich zu. Du musst wissen, dass er niemals in unserem Hauptquartier war und niemand außer Mitglieder unseres Clans wissen, wo es sich befindet und wie man Zutritt bekommt. Du wirst der Erste sein, der nicht zu unserem Clan gehört und das Hauptquartier betreten und verlassen darf.«

Ihr Satz versetzte mir einen kleinen Stich und ich erinnerte mich an das Streitthema der Clanzugehörigkeit, das in meinem Hinterkopf gedrängt hockte. Für den Moment schob ich es zur Seite und lauschte weiter ihrer Erzählung.

»Wir verabschiedeten uns voneinander, weil für mich klar war, dass ich allein ins Hauptquartier zurückkehren werde, aber als ich fast draußen war, kam er mir hinterher und umarmte mich von hinten, bevor er mir unter gehässigen Worten einen Dolch in den Unterleib rammte.«

Mein Atem stockte und mir wurde schlecht.

Diese gewaltige Narbe an ihrem Bauch. Sie stammt wirklich von Paul! Kein Wunder, dass sie meine Nachfrage damals verstimmt hatte.

Für einige Sekunden traute ich mich nicht nachzufragen, sondern wartete darauf, dass sie etwas sagte, aber ihre Unterlippe bebte und sie kämpfte gegen ihre Emotionen an, bevor sie weitersprach.

»Der Schmerz war mit nichts vergleichbar, was ich jemals empfunden hatte und ich brach zusammen. Aufgeschlitzt und auf dem besten Weg zum Sterben.«

Gebannt hing ich an ihren Lippen, unfähig, etwas zu sagen.

»Nach und nach schwanden meine Sinne und das Letzte, an was ich mich erinnern konnte, war Pauls grausames Lachen.«

Lautstark atmete sie durch und ich blinzelte einige Male, um das Geschehene zu begreifen.

»Wie hast du es geschafft, zu überleben?«, fragte ich tonlos.

»Bastian«, antwortete sie leise und schüttelte den Kopf. »Unser Streit hat ihn nicht losgelassen und er fand mich. Mehr tot als lebendig. Als ich aufwachte, war ich im Hauptquartier und eine ganze Woche seit Pauls Anschlag auf mich vergangen. In diesem Jahr erhielt ich die erste Einladung zu Zeros Spiel, aber war zu schwer verletzt, um teilzunehmen. Paul hatte mich gebrochen und es hat einige Zeit gekostet, damit ich zur alten Mayren zurückfinden konnte.« Ihre Stimme zitterte beim letzten Satz.

Selbst für einen eiskalten Killer muss das eine grausame Erfahrung sein.

Ihre Augen schimmerten, aber sie beendete das Thema und wollte es nicht weiter ausführen.

»Jetzt verstehe ich, warum Kaja zu mir gesagt hat, dass sie mich töten wird, wenn ich deine Gefühle ausnutze«, sagte ich langsam.

Meine Worte amüsierten Mayren und sie stieß ein belustigtes Prusten aus. »Hat sie das?«

Ich war froh über ihr kurzes Lächeln. Nach allem, was ich über Mayren wusste, wunderte ich mich nicht, warum sie so war, wie sie war. Und dabei wusste ich bisher noch gar nichts über ihre Kindheit in dieser Fabrik von Zero.

»Ich habe so lange gegen meine Gefühle für dich angekämpft«, gestand sie mir. »Als ich dir damals die Wahrheit über meine Anwesenheit in London erzählt hatte, normalisierte sich zunächst alles zwischen uns und ich hoffte, dass es so bleiben würde. Nach deiner Entführung wusste ich, dass es nicht so war und ich dagegen ankämpfen musste.«

So ging es mir auch. Ich konnte mir nicht vorstellen, dass eine Auftragsmörderin das gleiche für mich empfinden könnte.

»Bastian hat mich ermutigt, dir nach dem Abend bei den Belluccis zu folgen, um endlich Klarheit in die Sache zu bringen, sonst hätte ich es mich niemals getraut.«

Perplex starrte ich sie an und suchte nach meinen Worten, bis ich sie endlich fand. »Also war unser erster Kuss nach der Bar?« Verlegen fuhr ich durch meine Haare und ließ meine Frage unvollendet.

»Ja, ich glaube, der Placebo-Effekt meines Biers hat gewirkt, aber ich wollte es und konnte mir nur nicht eingestehen, wie sehr ich es wollte.«

Belustigt legte ich meine Hand auf ihre, die auf der Armlehne des Audis ruhte. Für einen kurzen Moment sah sie auf unsere Hände und legte ihren Daumen auf meinen Handrücken.

»Danke, dass du mir das anvertraut hast. Ich kann mir gut vorstellen, dass dies einiges an Überwindung gekostet hat …«, fügte ich an und ihr Grinsen erreichte ihre Augen.

»Paul hat ein dunkles Loch in meinem Leben hinterlassen und es hat mich viel Zeit gekostet, das zu verarbeiten. Seitdem war ich kälter und wollte lieber nie wieder etwas fühlen als diesen schmerzhaften Verrat. Aus dem Grund hatte ich so lange ein schlechtes Gewissen dir gegenüber, dass ich in dein Leben getreten bin, ohne dir die Wahrheit zu sagen.« Schuldbewusst verzog sie das Gesicht zu einem schiefen Lächeln, aber ich nahm es ihr nicht mehr übel.

»Was hättest du machen sollen?«, fragte ich sie mit einem Schulterzucken. »Die Wahrheit wäre nicht besser gewesen, somit hatte ich dir bereits vertraut, obwohl es mich zuerst verletzt hat.«

»Ich habe es trotzdem nicht gerne getan und mir hat es wehgetan, dass du so unwissend in meine Welt hineingeschlittert bist.«

Ein leichter Nieselregen setzte ein und in einer lautlosen Bewegung wischten die Scheibenwischer die Tropfen weg.

»In meiner Welt werde ich dir niemals das geben können, was du verdienst.« Eine Bitternis hatte sich in Mayrens Stimme eingeschlichen. »Aus dem Grund ist es mir so wichtig, dass Ian weiterhin den Blick auf deine Familie und Freunde hat, damit du in dein altes Leben zurückkannst.«

Zurück ...

Sprachlos sah ich sie an, da ich mir nie Gedanken gemacht hatte, was *danach* war.

Was ist, wenn ich bei ihr bleiben will? So wie sie spricht, klingt es, als hätte das zwischen uns ein Ablaufdatum.

Eine sachliche Kälte leerte sich über meinen Geist aus und dämpfte die Gefühle. »Wie siehst du das zwischen uns?«

Ich habe Gefühle für May, aber ich werde mein Herz nicht sinnlos riskieren.

Mayrens Wangen färbten sich rot und sie seufzte. »Das ist alles nicht so einfach.«

Der Takt der fallenden Regentropfen erhöhte sich und mit ihm die Geschwindigkeit der Scheibenwischer.

»Ich weiß.«

Ihre Mundwinkel zuckten kurz, als würde sie ein Lächeln versuchen, aber sie scheiterte kläglich daran. »Können wir …« Sie zögerte und ich wusste, dass sie krampfhaft nach Worten suchte. »… Nicht einfach schauen, wo uns unser Weg hinführt? Ich weiß, dass unsere Zukunft nicht vielversprechend aussieht.«

Langsam nickte ich. »Mir geht es lediglich darum, dass ich mich nicht leichtfertig auf etwas einlassen will und mein Herz mit einer Ablauffrist vergebe.« Ich runzelte die Stirn und hatte für einen Moment das Gefühl in meiner Brust, mit dem ich nach London gezogen war. »Das wäre scheiße.«

Damit hatte ich ihr die Möglichkeit gegeben, dass zwischen uns zu beenden. Nur ein Wort von ihr und alles wäre vorbei. Die letzte Nacht wäre etwas Einmaliges und wir beide würden unsere Gefühle füreinander irgendwo begraben.

»Das zwischen uns zuzulassen war für mich alles andere als einfach«, räumte sie ein. »Ich habe nicht vor, dir das Herz zu brechen oder mir meins brechen zu lassen.« Sie biss sich auf die Unterlippe und drückte meine Hand fest.

Unser Gespräch war nicht im Ansatz geklärt, aber irgendwie wurde es zweitrangig, denn niemand wusste, ob ich lebendig aus der Situation rauskam.

Vielleicht sollte ich auch mehr im Moment leben?

Kapitel 25

Zagreb Kroatien,
Donnerstag, 30. September – Mayren

Die Sonne war lange am Horizont untergegangen und einer dunklen, verregneten Nacht gewichen. Die Scheinwerfer des Audis warfen helle Lichtfetzen in die Dunkelheit. Vor Stunden hatten wir einen Fahrerwechsel gemacht und beschlossen, die Nacht durchzufahren, um das Hauptquartier, so schnell wie möglich zu erreichen.

»Sag Bescheid, wenn du tauschen willst«, bot ich Joshua an, doch er warf mir ein breites Grinsen zu.

»Keine Sorge. So schnell bekommst du dein Auto nicht zurück«, antwortete er und beschleunigte den Wagen über die finstere Autobahn.

Ich konnte nicht anders als sein Lächeln zu erwidern und mich entspannt im Sitz zurücksinken zu lassen. Die Musik übertönte das stetige Stakkato der Regentropfen und ich drehte den Song etwas lauter. »Da fällt mir was ein …«, sagte ich und beugte mich wieder nach vorne, um das Handschuhfach zu öffnen. Ich wühlte kurz darin und beförderte ein Telefon heraus. »Ich konnte dir nicht mal eine Nachricht schicken, als du bei Kaja warst«, erklärte ich und drehte das Telefon in der Hand. »Deswegen bekommst du jetzt endlich mal ein Handy. Ich habe dir die Nummern von Kaja, mir und den anderen bereits eingespeichert.«

Joshua warf mir einen dankbaren Blick zu. »Also kann ich dir jetzt versaute Nachrichten schicken?«

»Kannst du.« Ich konnte nicht anders, als zu lachen, und ließ das Telefon neben meins in die Mittelkonsole fallen.

Er zwinkerte mir zu, bevor er schlagartig wieder ernst wurde. »Was denkst du, was meine Familie und Freunde unternehmen, um mich zu finden?«, fragte Joshua schließlich zögerlich. Er schien schon länger über die Frage nachgedacht zu haben.

»Vermutlich alles, was in der Macht der Behörden steht«, entgegnete ich leise und griff nach meinem Handy. »Wenn du willst, könnte ich nachschauen, was sie bisher wissen.«

Seine Stirn war in Falten gelegt und er nickte. »Der Anruf bei meiner Tante … Ich bin mir sicher, dass es das Richtige war, sie zu warnen, aber es lässt mich nicht los, dass ich damit einen unglaublichen Wirbel losgetreten habe.«

Ich konnte seine Sorge gut nachvollziehen. Der plötzliche Bruch, den Zero durch den Auftrag in sein Leben getragen hatte, war gewaltig. »Das ist normal«, versuchte ich, ihn zu beruhigen und legte meine Hand auf seine. »Sobald wir angekommen sind, wird Ian dir sicherlich mehr sagen können.«

Mit einem leisen Geräusch von Joshuas Zustimmung, gab ich seinen Namen in die Suchleiste meines Browsers ein. Es dauerte nur wenige Sekunden, bis die ersten Schlagzeilen über ihn auftauchten, die sich alle mit seinem Verschwinden beschäftigten. Ein paar Klicks genügten, um die Website einer deutschen Zeitung ins Englische zu übersetzen.

»Hier zum Beispiel«, sagte ich und begann, den Zeitungsartikel vorzulesen.

Seit dem gestrigen Samstagabend wird der deutsche Medizinstudent Joshua Winter, der ein Auslandssemester in London absolviert, vermisst. Das letzte Lebenszeichen war ein Anruf, den seine Tante am frühen Samstagabend erhielt und eine Abschiedsnachricht an seine Freunde.

Ich machte eine kurze Pause und drückte seine Hand tröstend. Seine Finger waren angespannt und die Qual, dass seine Familie die Wahrheit nicht wusste, stand ihm deutlich ins Gesicht geschrieben.

Gemäß den letzten Hinweisen kann ein Verbrechen nicht ausgeschlossen werden. Die Polizei bittet die Öffentlichkeit um Hinweise. Joshua wird als ein sehr zuverlässiger und hilfsbereiter Mensch beschrieben, für den ein derartiges Verhalten untypisch ist.

»Soll ich weitere Artikel lesen?«, fragte ich vorsichtig, während meine Fingerspitzen über Joshuas Handrücken strichen.

Nach einigen Momenten nickte er. »Ja, ich hatte so was erwartet. Wichtig ist, dass sie keine Spur von uns finden.«

Zustimmend scrollte ich weiter durch die kürzlich erschienenen Beiträge.

Fuck!

Mit einem schlechten Gefühl klickte ich auf einen Artikel, der gestern Abend erschienen war.

»Shit«, fluchte ich leise und wartete unruhig drauf, dass sich die Website der Pressemitteilung aufbaute.

»Was ist?« Joshua war sofort in Alarmbereitschaft.

Für einen kurzen Moment schwieg ich und wartete darauf, dass das Bild, das auf der Website zu sehen war, lud. Unzufrieden sog ich die Luft ein und nahm meine Hand von Joshua, um mir durch die Haare zu fahren.

»May, *was* ist passiert?«, fragte er mit Nachdruck und erhaschte einen Blick auf mein Display.

»Sie haben uns in dem TGW gesehen«, knurrte ich zwischen zusammengebissenen Zähnen und starrte auf das Überwachungsfoto, das eine der Kameras im Zug erfasst hatte.

Die Qualität des Fotos war gering, aber man konnte Joshua deutlich erkennen, der seinen Arm um mich gelegt hatte und ich schlafend an ihm lehnte.

»Verdammt, was schreiben sie?«

Langsam scrollte ich, übersetzte erneut die Website und las den Text vor.

Befindet sich der vermisste Student Joshua
Winter in Frankreich?
Gemäß der Aussage eines Zugbegleiters wur-
de der vermisste Student gemeinsam mit sei-

ner Freundin in einem Zug in der Nähe von
Lyon gesichtet.

Unzufrieden verzog ich das Gesicht.
*Joshuas Verschwinden erzeugt mehr Publizität, als ich er-
wartet hatte.*

Wie uns berichtet wurde, wirkten die beiden sehr vertraut miteinander und schienen
nicht den Eindruck zu vermitteln, dass sie
in Gefahr schwebten. »Die Frau hat geschlafen und der Mann hatte fürsorglich seinen
Arm um sie gelegt«, berichtete Martin More-
au, der die Fahrkarten der beiden kontrollierte. »Es hat nicht so gewirkt, als wären
die beiden auf der Flucht vor etwas.« Ob es
sich bei dem gesichteten Paar um den ver-
missten Studenten Joshua Winter und seine
Freundin Mayren *Nachname unbekannt* handelte, kann momentan nicht bestätigt werden.

Zähneknirschend scrollte ich durch andere Zeitungsartikel
und fand diverse Interviews mit einigen von Joshuas Kommilitonen, die ich flüchtig kannte. »Sie haben deine Kommilitonen interviewt, auch diese Annabelle aus der WG.«
Langsam ließ ich mein Handy sinken und dachte über die
möglichen Konsequenzen nach. »Fahr die nächste mögliche Ausfahrt raus«, wies ich ihn an und deutete auf eine

Beschilderung, die in wenigen Kilometern einen Rastplatz ankündigte. »Ich will die Kennzeichen ändern. Sie werden unseren Weg im Zug verfolgt haben und könnten ihn womöglich zum Audi nachvollziehen.«

Welche Spuren könnten wir hinterlassen haben? In dem Hotel in Turin?

Fieberhaft dachte ich nach.

Die Mitarbeiter dort werden für ihr Schweigen bezahlt, wenn sie wider Erwarten auspacken sollten und mit der Polizei kooperieren, verlieren sie potenzielle Kunden aus unserer Welt.

»Die Jäger wird wenig interessieren, was in deiner Welt passiert«, erklärte ich. »Dass du verschwunden bist, kann genauso gut heißen, dass dich jemand erwischt hat.«

Joshua nickte langsam. »Lenkt das von meiner Familie und von meinen Freunden ab?«, hakte er nach und bremste abrupt ab, als ein Auto vor uns auf den Überholstreifen zog.

»Möglich«, antwortete ich vage, da ich nicht einschätzen konnte, wie andere Jäger agieren würden. »Aber je schneller wir im Hauptquartier sind, umso besser.« Ich scrollte weiter durch die Meldungen, bis mich eine der Nachrichten stutzig machte.

»Das ist komisch«, kommentierte ich leise und übersetzte die Website ins Englische. »Wir wurden scheinbar am Flughafen in Stockholm gesehen.« Ein Foto von geringer Qualität zeigte ein Paar, das uns ähnlich sah und mit Koffern die Ankunftshalle eines Flughafens verließ.

»Wie kann das sein?«, fragte Joshua stirnrunzelnd und schielte auf mein Display, aber ich las als Antwort den Text vor.

Vermisster deutscher Student in Stockholm? Am vergangenen Montagmorgen ist ein Flieger aus London in Stockholm gelandet und an Bord war vermutlich der vermisste Student Joshua Winter aus Deutschland. Laut der Aussage eines Kommilitonen könnte der Student und seine Freundin Mayren *unbekannter Nachname* Verwandte von ihr in Schweden besuchen und sind dessen wohl auch nachgekommen. Nach dem Verlassen des Flughafens verliert sich die Spur der beiden. Handelt es sich beim Verschwinden des Studenten um ein Durchbrennen zweier Liebender?

Mit einem genervten Seufzer verdrehte ich die Augen. »Den Rest des Artikels erspare ich dir«, sagte ich und er warf mir einen amüsierten Blick zu, der eine Spur von Verlegenheit beinhaltete.

Zum Glück habe ich niemanden meinen Nachnamen genannt. Obwohl das der Presse auch negativ auffallen konnte.

»Woher kommt das Foto und die Vermutung, dass wir in Stockholm sind?«, fragte Joshua irritiert und lenkte den Audi auf die rechte Spur, um die Ausfahrt zum Rastplatz zu nehmen.

»Die Antwort ist Ian«, lachte ich leise und scrollte den Artikel bis zum Ende. »Er wird geahnt haben, dass wir auf dem Radar auftauchen und hat deswegen früh angefangen, falsche Fährten zu legen.« Ich zwinkerte ihm zu. »Außerdem bringt es dich in eine bessere Position, wenn bekannt wird, dass wir mehr als Freunde sind.«

Kapitel 26

Umgebung Swilengrad, Bulgarien,
Freitag, 01. Oktober – Joshua

»Wurden wir noch mal irgendwo gesichtet?«

Langsam schüttelte Mayren den Kopf, während sie mit dem Daumen über ihr Display strich. »Nichts, was der Wahrheit entspricht. Ians Leute haben weitere falsche Fährten von uns in Paris und Freiburg gelegt«, murmelte sie und verschaffte sich weiter einen Überblick. »Allerdings haben die deutschen Behörden angefangen Ermittlungen über mich anzustellen.«

Ich beschleunigte instinktiv, während sich ein ungutes Gefühl in meinem Magen ausbreitete. »Was bedeutet das? Können sie von deinem Vornamen nicht auf deine Familie schließen?«

Mayren schüttelte den Kopf. »Sie werden nichts zu mir finden. Erst in Georgien bin zu *Mayren* geworden. In Schweden hieß ich anders. Keiner von uns trägt mehr seinen richtigen Namen. Sie sind bedeutungslos geworden, weil wir nur noch das sind, was wir selbst geschaffen haben.«

Davon hat Kaja erzählt. Ich hätte mir denken können, dass Mayren früher einen anderen Namen hatte.

»Stimmt.« Für einen Moment ließ ich den Gedanken nachhallen.

Zu welchem Menschen wäre May geworden, wenn sie nicht diese Kindheit durchgemacht hätte?

215

Mayren nickte zustimmend und ein anderer Gedanke tauchte in meinem Kopf auf.

Sollte ich ihr wirklich nichts von Alec erzählen? Kaja bat mich um mein Schweigen, aber ist es wirklich die richtige Entscheidung?

Weitere Sekunden rang ich mit mir selbst, aber gab dem Impuls nach. Solange es keine Beweise gab, wollte ich keine schlafenden Hunde wecken. »Warst du jemals wieder in Schweden nachdem ...«, ich suchte nach den richtigen Worten, »... es passiert war?«

Langsam legte Mayren ihr Handy zur Seite und fuhr sich erneut mit den Fingern durch ihre Haare. »Nein«, sagte sie mit einer Endgültigkeit in der Stimme, die kein Raum für Diskussion ließ. »Und ich habe auch nicht vor, in nächster Zeit zurückzukehren.« Ihre Worte erstaunten mich, aber ich verstand, dass ihr Heimatland kein Ort war, an den sie gerne zurückdachte. Immerhin verband sie viel Schlechtes damit.

»Damals habe ich mir geschworen, dass ich erst zurückkehre, wenn Zero beseitigt ist.«

»Du musst nicht darüber reden, wenn du nicht willst«, fügte ich schnell an.

»Es ist so viele Jahre her«, antwortete Mayren. »Jeden Gedanken, den es zu dem Vorfall gibt, habe ich bereits 100-mal gedacht und mit anderen darüber gesprochen. Es gibt nichts, was mich in dieser Hinsicht mehr triggern oder verletzen könnte.« Sie zuckte mit den Schultern. »Der Fall meiner Familie wurde sogar in einem schwedischen True Crime Podcast besprochen«, fügte Mayren an. »Auf eine makabere Art

216

und Weise war es interessant, den Überfall auf meine Familie aus der ermittlungstechnischen Sicht der Polizei zu erfahren und die Theorien und Mythen, die sich darum ranken.«

Ich wusste nicht, was ich entgegnen sollte und schwieg. Es tat mir leid, dass Mayren diese Vergangenheit durchmachen musste.

»Manche glauben, dass ich von Aliens entführt wurde, aber die meistverbreitete Theorie ist, dass mein Vater Feinde hatte und wir deswegen angegriffen wurden.«

Unangenehm berührt biss ich mir auf die Unterlippe.

Ich muss irgendwas sagen können. Egal was.

»Glaubst du, dass dein Vater eine Verbindung zu Zero hatte?« Die Frage verließ meine Lippen, bevor ich sie richtig durchdacht hatte und erneut zuckte Mayren mit den Schultern.

»Wir haben jahrelang versucht eine Verbindung zwischen unseren Eltern und Zero zu finden, aber nichts passte zusammen. Immerhin liegen auch fast zehn Jahre zwischen unserer Entführung und der Gründung unseres Clans. Jede Spur ist längst verwischt, wenn es eine gab.«

Kapitel 27

Rize, Türkei
Samstag, 02. Oktober – Mayren

Der Mond stand mit einem blassen Leuchten am Horizont und tauchte die Küste vor uns in sein silbernes Licht. Es war kurz nach Mitternacht und wir hatten beschlossen, eine Pause einzulegen, bevor wir die restliche Strecke hinter uns brachten.

»Noch etwa anderthalb Stunden bis zur georgischen Grenze«, erklärte ich Joshua, während er in sein Brötchen biss. »Und von da aus noch mal etwa vier Stunden bis zu unserem Ziel.«

Wir saßen auf der warmen Motorhaube des Audis und genossen die gebotene Aussicht über die zerklüfteten Küsten.

»4.500 Kilometer in einer Woche«, fuhr ich fort und lehnte mich etwas zurück. »Ich bin froh, wenn wir endlich angekommen sind. Auch wenn die Arbeit dann erst richtig losgeht.«

Joshua nickte stumm und kaute. Seine Schultern hingen matt herunter und die Erschöpfung war ihm deutlich anzusehen.

»Ich übernehme den Rest«, meinte ich und nahm ebenfalls ein Bissen von meinem Käsebrot.

Joshua seufzte, beugte sich zu mir und gab mir einen Kuss auf die Schläfe. Die flüchtige Berührung hinterließ ein warmes Kribbeln auf meiner Haut und die feinen Haare auf meinen Armen stellten sich auf.

Diese Nähe zwischen uns ... sie ist so frisch und fühlt sich trotzdem so natürlich an.

Im Mondlicht erkannte ich die Sorgenfalten auf Joshuas Stirn. »Was ist los?«

Ein kurzes Zögern flackerte über sein Gesicht. »Was werden deine Leute ... dein Clan von mir erwarten?«

Er ist unsicher ...

»Ich werde dich nicht anlügen«, begann ich und ließ meinen Blick über die dunklen Wellen vor der Küste gleiten. »Es gibt einige in unserem Clan, die von uns Führungsmitgliedern erwarten, dass wir endlich einen Weg zu Zero präsentieren. Unter dem Druck stehen wir seit Jahren, aber ich werde nicht zulassen, dass ihn jemand an dich weitergibt.« Erneut nahm ich einen Biss von meinem Brötchen. »Aber du gehörst zu mir. Niemand wird es wagen, dich anzufeinden. Dafür respektieren uns alle zu sehr.«

»Aber sie werden mich nicht akzeptieren.« Seine Worte durchschnitten die Stille und ich wusste insgeheim, dass er recht hatte.

»Vielleicht nicht«, gab ich schulterzuckend zu. »Aber das spielt keine Rolle. Respekt und Akzeptanz sind nicht das gleiche und sie respektieren mich genug, um sich zusammenzureißen. Sollte dich doch einer schikanieren, dann werde ich mich darum kümmern.«

Sein Blick blieb auf mich gerichtet.

»Aber das ist nicht das Einzige, was dich beschäftigt, oder?« Ich spürte seine innere Unruhe, als er über mein Knie strich.

Hoffentlich kommt er nicht wieder mit dem Clan-Thema.
Für diese Diskussion habe ich gerade nicht genug Kraft.

Vorsichtig nickte er, aber zögerte. »Ihr besprecht euch und sucht nach Wegen, um Zero anzugreifen«, begann er langsam. »Was wäre das Worst-Case-Szenario für mich?«

Nachdenklich legte ich meinem Kopf schief und dachte über seine Frage nach. »Das Schlimmste wäre, keine Lösung zu finden«, wandte ich ein und war mir bewusst, dass diese Aussicht wenig wünschenswert war. »Die Konsequenz daraus wäre, dass du weiterhin in Gefahr stehen würdest und bis zur Klärung im Hauptquartier bleiben müsstest, da wir dort am besten für deine Sicherheit sorgen könnten.«

Was würde die Situation für mich bedeuten?

Joshua schien weder überrascht, noch verunsichert über diese Aussage zu sein. Ganz im Gegenteil, seine Ruhe war fast etwas irritierend für mich.

»Wir werden eine Lösung finden«, versprach ich. »Ich weiß nicht, wie diese aussehen wird, aber wir finden sie.«

Joshua nahm seine Hand von meinem Knie und legte stattdessen den Arm um meine Schulter.

Ich lehnte mich gegen ihn, schloss die Augen und verdrängte jeden Gedanken an Zero, den Clan und die Gefahren, die uns noch erwarten würden. Das war unser letzter Moment, den wir zu zweit verbringen konnten, denn sobald wir ankamen, würden wir fast ständig unter Beobachtung sein und die Planungen würden meine Aufmerksamkeit beanspruchen.

Joshua legte seinen Kopf auf meinen ab und Wärme füllte mein Inneres, während ein leises Seufzen von ihm mir Gänsehaut in den Nacken trieb.

»Wir finden zusammen raus, wie es weitergeht«, flüsterte er und küsste mich auf den Scheitel.

Für diesen Augenblick waren wir Joshua und Mayren ohne Probleme, ohne Ängste, aber sobald ich die Augen öffnete, würden alle Sorgen zurückkehren. Ich konnte nicht sagen, wie viel Zeit verging, bis ich die Augen aufschlug, mich widerwillig von ihm löste und wir von der Motorhaube rutschten.

Kurz kämpfte ich mit dem Gedanken, zu dem vergangenen Moment zurückzukehren, aber besann mich eines Besseren.

Je eher ich Joshua ins Hauptquartier bringe, umso schneller ist er sicher.

Wir blieben voreinander stehen und ich ahnte, dass seine Gedanken meinen ähnelten.

»Bereit für die letzten Kilometer?«, fragte ich und er nickte zögerlich.

Das Mondlicht spiegelte sich in seinen Augen und ich hielt in meiner Bewegung inne. »Das wird der letzte Moment sein, in dem keiner meines Clans um uns herum ist«, wiederholte ich meinen Gedanken von vorhin und streckte meine Hand nach ihm aus.

Er griff sie, drückte sie liebevoll und machte einen Schritt auf mich zu.

Mein Blick fiel auf seine Lippen, die sich zu einem Lächeln verzogen und ich küsste ihn.

Sofort erwiderte Joshua den Kuss und zog mich näher heran. Unsere Hände lösten sich voneinander und ich legte meinen rechten Arm um seinen Hals. Für einen kurzen Zeitraum gewannen wir unsere sorgenlose Zweisamkeit zurück, aber der Moment war so vergänglich wie der vorangegangene.

»*Jetzt* bin ich bereit«, flüsterte er wenige Zentimeter von meinem Ohr entfernt und ich drückte ihn fester.

»Dann los«, entgegnete ich, völlig gegensätzlich zu meiner Handlung und gab ihn frei.

Auch er schien lieber den Moment nochmals verlängern zu wollen, aber wir wussten beide, dass es die Situation nicht verbesserte. Reumütig blickte ich zurück auf unsere Klippe und drehte mich gemeinsam mit Joshua zum Audi, um die restliche Strecke unserer anstrengenden Reise hinter uns zu bringen.

Kapitel 28

Unbekannter Ort, Georgien
Samstag, 02. Oktober – Joshua

Ich kämpfte gegen das Wachwerden an, aber Sonnenstrahlen fielen mir in unregelmäßigen Abständen immer wieder ins Gesicht und schließlich schlug ich meine Augen auf. Meine Schultern knackten, als ich sie rotieren ließ und ich gähnte.

»Guten Morgen«, begrüßte Mayren mich gut gelaunt.

»Guten Morgen, Dickkopf«, grinste ich sie an und sie zog eine Augenbraue hoch, was mein Lächeln verstärkte.

Ich fuhr mir durch die Haare und blickte durchs Autofenster. Dichte Wälder waren rechts und links einer kleinen Straße sichtbar – bunt eingefärbt, durch die veränderten Temperaturen, die der Herbst mit sich brachte. »Wie lange noch, bis wir da sind?«

»Aufgeregt?«

»Es wäre seltsam, wenn nicht«, entgegnete ich, während Mayren mir mit einem verständnisvollen Blick begegnete.

»Mach dir keine Sorgen«, versicherte sie mir. »Mein Clan mag äußerlich vielleicht abschreckend wirken, aber im Kern sind wir nur Menschen, die aufgrund unserer Vergangenheit einen anderen Weg gewählt haben. Unsere Entscheidungen sind nicht immer zu rechtfertigen, aber ich stehe hinter jedem meiner Leute und du kannst dich bei ihnen genauso sicher fühlen wie bei mir.«

Ich nickte langsam, auch wenn Reste von Unsicherheit in mir zurückblieben. »Ich bin gespannt auf deinen Clan«, sagte ich und warf meinen Blick wieder auf die vorbeiziehenden Wälder. Schlagartig musste ich an Kaja denken und griff in meine Tasche, in der ich das Handy verwahrte, welches Mayren mir gegeben hatte.

Sie wollte zu Alec ... Hoffentlich geht es ihr gut und es stellt sich nicht als Falle heraus.

Ich entsperrte das Display und klickte auf einen noch leeren Chat, der unter Kajas Kontakt erschien. Dann schrieb ich eine Nachricht:

> *Hallo Kaja,*
> *geht's dir gut?*
> *Gruß Joshua*

Meine Hand suchte Mayrens auf der Mittelkonsole und unsere Finger verschränkten sich ineinander.

Sofort breitete sich eine angenehme Wärme in meinem Inneren aus. Und unwillkürlich musste ich grinsen. Nur wenige Sekunden später erhielt ich eine Antwort von Kaja:

> *Hey,*
> *klar, ich bin noch etwas in Bulgarien unterwegs und habe unseren Bekannten getroffen. Wir reden über seine Freunde. Ich werde wahrscheinlich erst Montag zu Hause ankommen. Mach dir keine Sorgen. – K*

Also hat Kaja Alec wieder gefunden und sie tauschen Informationen zu seinem Clan aus.

Mayren drückte meine freie Hand und holte mich damit zurück in die Gegenwart. Ihr ernster Ausdruck, ließ die Erleichterung, die ich gerade noch über Kajas Sicherheit empfunden hatte, verschwinden. Scheinbar hatte sie doch etwas Bedenken über unsere Ankunft im Hauptquartier.

»Wir sind bald da«, sagte sie knapp und sah schnell durch den Rückspiegel auf die leere Straße hinter uns. »Unser Hauptquartier liegt abgeschieden und mehrere Kilometer von der nächsten Kleinstadt entfernt. Das Gelände ist so weitläufig, dass es unmöglich ist, durch Zufall darauf zu stoßen.« Ihre Erklärung wies einige Fragen für mich auf.

»Hat es noch nie jemand geschafft, auf euer Grundstück zu kommen oder euer Quartier zu finden?«, hakte ich nach und unangenehm berührt verzog sie das Gesicht.

»Es gab ein paar Versuche, aber du wirst bald verstehen, warum sie erfolglos blieben.«

Der Wald zu unserer rechten Seite wurde wilder und das Unterholz unberührt. Ein massiver Metallzaun begann sich durch die Bäume zu schlängeln und das Waldgebiet dahinter wegzusperren.

»Wir sind zu Hause«, flüsterte Mayren leise und deutete auf das eingezäunte Waldgebiet.

Der Anblick ließ gemischte Gefühle in mir aufsteigen – etwas Angst vor der Ungewissheit und ein Hauch von der versprochenen Sicherheit. Vielleicht kam es mir nur so vor, aber dieser Wald strahlte seine grausame Vergangenheit nach außen aus.

Neugierig betrachtete ich den Zaun. »Ist der dazu da, um etwas draußen oder drinnen zuhalten?«

Ein belustigtes Schnauben entfuhr Mayren. »Heute hält er Fremde draußen, früher hielt er uns drinnen.«

Nochmals sah sie in den Rückspiegel, bevor sie den Audi ausrollen ließ und nach etwas Ausschau hielt. Dann bremste sie auf Schrittgeschwindigkeit herunter und bog in einen kleinen, verborgenen Feldweg ab. Am Rand waren bereits einige Zweige abgeknickt und frische Reifenspuren prägten den trockenen, unebenen Boden. Der Feldweg machte einen leichten Linksknick und die Straße hinter uns verschwand im Dickicht des Waldes. Am Ende kam ein Tor in Sichtweite, das den abschreckenden Zaun unterbrach.

Überrascht stöhnte ich auf, als ich das Schild am Tor las. Das knallige Orange stach selbst im Herbst des Waldes deutlich hervor und unterstrich die Warnung des Schildes. Der obere Schriftzug war auf Georgisch, doch darunter wurde die Warnung auf Englisch wiederholt:

```
            Kein Zutritt!
       Warnung vor Landminen!
```

»Das mit den Landminen ist zur Abschreckung, *oder?*«, fragte ich unsicher.

Mayren schüttelte den Kopf und ließ den Audi zum Stehen kommen. »Nein.« Schnell aktivierte sie die Handbremse, löste ihren Sicherheitsgurt und öffnete bei laufendem Motor die Fahrertür. »Warte kurz«, wies sie mich an und stieg aus.

Die frische Waldluft wehte durch die geöffnete Tür herein, während ich Mayren beobachtete, wie sie auf das rostige Tor zuging. An einem der Pfosten machte sie sich zu schaffen und lehnte kurz darauf ihre Stirn daran.

Was tut sie da? Ist in einem der Pfosten etwas eingelassen, was ihr den Zutritt auf das Gelände gestattet?

Nach wenigen Sekunden lehnte Mayren sich wieder zurück, bevor sie eine Schraube aus ihrer Hand zurück in den Pfosten drehte. Ein leichtes Zittern erfasste das Tor und langsam schwang es nach innen auf. Zufrieden drehte Mayren sich um, kam zurück zum Auto.

»Landminen? Wirklich?«, fragte ich besorgt nach und setzte das Gespräch an der Stelle fort, wo wir aufgehört hatten.

Mayren fuhr zielstrebig durch das Tor, was sich wenige Sekunden später wieder schloss.

»Es gibt einen sicheren Weg durch das Minenfeld und ich kenne ihn. Du brauchst dir keine Sorgen machen.« Ihre Antwort reichte mir nicht aus.

»Was ist mit *Unbeteiligten*?«

»Die haben hinter diesen Toren nichts zu suchen.«

Ich schüttelte energisch den Kopf. »Du kannst mir nicht erzählen, dass es nie jemand versucht hat.«

»Das habe ich auch nicht gesagt.«

»Wie viele Leute haben ihr Leben an die Minen verloren?«

»Einer und das hat alle anderen abgeschreckt«, sagte sie knapp. »Es war nicht unsere Absicht, dass jemand zu Tode kommt, aber was wäre die Konsequenz für unseren Clan, wenn man uns finden würde?«

Sie hatte recht – die Konsequenz war, dass der georgische Clan sein Hauptquartier nicht mehr verwenden könnte.

»Unsere Sicherheit steht an oberster Stelle. Wenn wir keinen Ort hätten, um uns zurückzuziehen, würde das mehr Leben kosten als eines«, erklärte Mayren. »Ursprünglich waren die Minen zur Sicherung von *Ausbrüchen* gedacht.«

Ich verzog mein Gesicht, als ich verstand, dass sich die Minen ursprünglich gegen die Kinder richten sollten.

»Es hat gewirkt. Jeder, der es versucht hat, wurde von einer Landmine erwischt. Mir ist niemand bekannt, der entkommen konnte.«

Ich fluchte leise. »Das macht die Sache nicht weniger grausam, aber vielleicht auf eine gewisse Art notwendig.« Mir war klar, dass unsere bisherigen Lebenserfahrungen sich deutlich unterschieden und wir verschiedene Ansichten hatten, was notwendig war und was nicht. Aber ich verstand, dass Mayren alles tun würde, wenn es zum Schutze ihres Clans war.

»Leider ja.«

Wir folgten dem Feldweg, auf dem ich weitere Reifenspuren erkennen konnte.

»Wir können nicht bis vor das Gebäude fahren, sondern müssen einige Kilometer laufen«, sagte Mayren, als würde sie von einer normalen Wanderung reden.

Direkt durch das Minenfeld ...

Teil Zwei

Kapitel 29

Waldgebiet nahe Hauptquartier der Georgier
Samstag, 02. Oktober – Joshua

Landminen ...

Leise raschelte das goldene Herbstlaub unter meinen Füßen, als ich einen Schritt am Auto entlang machte und mich auf der Lichtung umsah. Es führte nur der Feldweg, auf dem wir gekommen waren, hierher, aber kein Trampelpfad verriet, wohin wir mussten, um zum Hauptquartier der Georgier zu gelangen. Und selbst wenn es jemand schaffte bis hierher zu kommen, müsste er danach durch das Minenfeld, ohne den richtigen Weg zu kennen.

»Alles okay?«, fragte Mayren und ließ unsere Rucksäcke am Heck des Autos vorsichtig auf den Boden fallen. Ihre sanfte Stimme riss mich aus meiner Grübelei und ich drehte mich zu ihr.

»Ja, der Gedanke an das Minenfeld beunruhigt mich.«

Sie nickte verständnisvoll. »Solange du bei mir bleibst, kommst du sicher durch.« Mit einem leisen Knall schloss sie den Deckel des Kofferraums und strich mit ihrem Finger sanft über die Karosserie.

Die ganzen Autos, aber auch die Wohnung in London ... Mayrens Clan muss finanziell gut aufgestellt sein.

»Bereit?«, wollte Mayren wissen, als ich meinen Rucksack schulterte, und kam mir einen Schritt entgegen.

Ich machte ebenfalls einen Schritt auf sie zu, da ich den letzten gemeinsamen Moment genießen wollte. Im Hauptquartier werden wir nicht ansatzweise so viel Privatsphäre haben wie in den letzten Tagen.

Ich legte meine Hand an ihre Wange, sie schmiegte sich daran und schlang einen Moment später ihre Arme um meinen Nacken. »Mach dir keine Sorgen, was meinen Clan angeht«, versprach sie und beugte sich vor, um mich zu küssen.

Das vertraute Kribbeln in meinem Magen führte mir vor Augen, wie verrückt ich nach ihr war.

Ein sanfter Windstoß umfing uns, wirbelte einige Blätter auf, doch innerlich hatte ich Angst, dass sich jetzt alles zwischen uns verändern könnte. Viel zu schnell endete unser Kuss und ich sah Mayren an, während ich meine Hand sinken ließ.

Schnell beugte ich mich nach vorne und gab ihr einen Kuss auf die Stirn.

Sie lächelte und nahm langsam ihren Arm von meinen Schultern. »Sollen wir?«

»Ja«, sagte ich entschlossen und machte einen Schritt zurück.

»Dann lass uns gehen.« Sie nahm meine Hand, während wir die ersten Schritte zum gegenüberliegenden Rand der Lichtung zu machten. Wir stiegen über einige Brombeerranken und stapften ins lose Herbstlaub.

Aufmerksam suchte ich nach dem ersten Anzeichen der angekündigten Minen, aber durch das gefallene Laub gestaltete sich dies schwierig. Ich hatte unbewusst Angst, Mayrens Hand loszulassen.

Immer wieder sah sie zu den Baumkronen auf und ich folgte ihrem Blick, konnte aber nichts entdecken, was uns durch das Gefahrenfeld lotsen könnte.

»Ich bin gespannt, ob der Tod von Silas und Timéo schon die Runde gemacht hat«, murmelte Mayren nachdenklich. »Und was die Reaktionen unserer Welt darauf sind.«

Ein erneuter Windstoß, diesmal kühler und kräftiger, pfiff durch die Bäume und wirbelte Laub auf.

»Silas' Tod haben wir nie versucht zu verschweigen. Den Mord an Timéo wollen wir hingegen noch unter Verschluss halten.«

»Warum?«

»Weil wir ihn vielleicht später noch als Druckmittel gebrauchen können. Es hört sich moralisch verwerflich an, aber das könnte andere Jäger ebenfalls abschrecken, wenn sie wissen, dass wir Jagd auf deine Jäger machen. Der richtige Zeitpunkt der Informationsstreuung ist jedoch wichtig.«

Ich hinterfragte ihre Aussage nicht, sondern nahm sie hin und folgte ihr zügig tiefer in den Wald.

Nach einer halben Stunde fiel mir eine Frage ein, die mir vorhin auf der Lichtung gekommen war. »May?«, begann ich. »Euer Clan muss einiges an finanziellen Mitteln zur Verfügung haben, wie konntet ihr das alles aufbauen?«

Ihr Lächeln wurde schief und wirkte verlegen. »Die Frage ist nicht so einfach zu beantworten, wie du vielleicht denkst«, erklärte sie mir und ließ meine Hand los, um über einen umgestürzten kleinen Baum zu klettern.

»Zu Beginn unseres Clans hatten wir sehr starke, finanzielle Probleme und wir mussten uns zusätzlich erst in unserer Rolle einfinden und festigen, was uns nach und nach gelang.« Mayren räusperte sich und strich sich eine lockere Haarsträhne hinters Ohr, die immer dazu neigte, sich aus ihrem Zopf zu lösen. »Wir nahmen ausgeschriebene Aufträge an und machten die Drecksarbeit von anderen. Unser erstes Geld investierten wir in Immobilien überall in Europa und – dank Ian – in Kryptowährung. Letzteres stellte sich gleichzeitig als sehr gutes Zahlungsmittel in unserer Welt raus, was der ursprüngliche Grund war, warum wir in diesen Bereich investiert hatten.«

Ein dicker Ast knackte unter meinem Schuh, ich schreckte zusammen und blieb für wenige Sekunden angewurzelt stehen. Mein Atem wurde zu einem angsterfüllten Keuchen und panisch suchte ich Mayrens Blick.

Fuck, ist das eine Mine?

Mayren blieb ebenfalls stehen, aber schüttelte den Kopf, als sie mir die Befürchtung vom Gesicht ablas. »Wir sind auf dem sicheren Pfad«, erklärte sie und reichte mir ihre Hand. »Keine Sorge.«

Mein angespannter Herzschlag entspannte sich, als ich nach ihrer Hand griff und wir unseren Weg durch das Unterholz fortsetzten.

»Unsere Aufträge wurden schnell komplexer, komplizierter und gefährlicher, wodurch gleichzeitig die Bezahlung stieg und somit das Vermögen, das wir anhäufen konnten. Spätestens seit dem ersten Sieg in Zeros Spiel müssen wir uns über Geld keine Sorgen mehr machen. Wobei selbst die Einladung ein extremer Push war.« Sie sah mich an, fast als wolle sie meine Meinung zu ihrer Erzählung abschätzen. »Unser Hauptquartier ist daher auf einem modernen Stand und wir leben fast autark von der Außenwelt getrennt. Ab und zu müssen wir Lebensmittel kaufen, aber sonst …«

»Und nach dem Einkaufen schleppt ihr die Lebensmittel die ganzen Kilometer zu Fuß durch den Wald?«

Mayren zuckte mit den Schultern. »Ja, etwas anderes bleibt uns kaum übrig, wenn wir unser Quartier schützen wollen.«

Ihre Aussage entlockte mir ein leichtes Grinsen, bevor ich ins Grübeln verfiel.

Allein durch Mayrens drei Siege in Zeros Spiel muss ihr Clan über sechs Millionen verfügen, vorausgesetzt, dass das Kopfgeld damals auch so hoch war wie meines. Ihre Investments müssen das Kapital noch zusätzlich gesteigert haben.

»Was denkst du?«, fragte Mayren plötzlich. »Immer wenn ich etwas aus meiner Welt erzähle, habe ich Angst, dass du schlecht über mich denkst.«

Schnell schüttelte ich den Kopf, um ihr die Sorge abzunehmen. »Nein, es hat mich einfach interessiert und seit ich deinen Audi gesehen hatte, habe ich mir gedacht, dass das Geld von irgendwo herkommen musste.«

Mayren nickte langsam und ihr Grinsen wurde breiter. »Zu Beginn unserer *Kooperation* hast du alles immer mit einem gewissen Funken Bosheit kommentiert«, sagte sie und ihre Augen funkelten belustigt. »Manchmal rechne ich damit, dass du das noch machst.«

»Wenn du willst, kann ich das gerne wieder machen«, bot ich gespielt ernst an.

»Nein, das passt so«, gab sie zurück und kicherte. »Um ehrlich zu sein, hätte ich nicht gedacht, dass du mir jemals vertraust.«

Ich zuckte mit den Schultern. »Eine andere Wahl hatte ich nicht, oder? Leben oder Sterben. Und dank dir lebe ich länger, als ich es ohne dich tun würde, deswegen war die Entscheidung eigentlich nicht schwer.«

Zustimmend neigte Mayren ihren Kopf. »Vor dir hatte ich wenig mit Leuten aus deiner Welt zu tun, deswegen war es für mich schwierig, deine Entscheidung abzuschätzen«, gab sie zu. »Alles, was mit einem normalen Leben zu tun hatte, war ungewohnt für mich.«

Erneut knackte ein Zweig unter meinen Füßen und einige fallende Blätter streiften leicht meinen Kopf. »Im Prinzip genau umgekehrt, wie es jetzt für mich ist«, fand ich einen Vergleich.

»Ja, es muss dir jetzt so gehen, wie es mir damals ging.« Nochmals betrachtete sie die dichten Baumkronen. »Wir müssten bald da sein«, verkündete sie und wir schöpften beide neue Energie und stapften voran durch das Laub und die Zweige. Innerlich genoss ich die Stille und den Frieden, den der Wald um uns herum ausstrahlte, obwohl ich ahnte, dass dieser Ort für Mayren mit vielen schlechten Erinnerungen gefüllt sein musste. Ich musterte sie, aber sie wirkte entschlossen und führte uns zielsicher durch das Unterholz, bis zwischen den Bäumen sich das Ende des Waldes ankündigte.

Nur wenige Minuten später traten wir auf eine riesige Lichtung und ich erblickte das berühmte Hauptquartier und die ehemalige georgische Fabrik.

»Willkommen in meinem Zuhause«, flüsterte Mayren und deutete auf das Anwesen vor uns.

Der Baustil erinnerte mich an das Unigebäude des Guy's Campus in London, hier war das Haus jedoch verwinkelter und geheimnisvoller. Direkt vor dem Gebäude war mit grauen Kopfsteinpflastern ein parkähnlicher Platz angelegt worden und riesige Büsche von pinkblühenden Pflanzen bildeten farbige Kleckse. Wilde Kletterpflanzen erklommen an einigen Stellen die Fassade und leuchteten im Kontrast eines saftigen Grüns und eines dunklen Rots. Die großen, geschwungenen Fenster waren von Ranken freigeschnitten worden und man erkannte sofort, dass das Gebäude bewohnt und gepflegt wurde. Kleine Schornsteine sprossen an verschiedenen Stellen aus dem Dach und ich betrachtete die eckigen Säulen, die zwischen den Ranken der Pflanzen zu erkennen waren. Das Hauptquartier erstreckte sich u-förmig über drei Stockwerke in die Höhe.

»Das ist unglaublich«, hauchte ich beeindruckt. »Ich hatte einen düsteren Bunker erwartet.«

Mayren lachte und trat neben mich. »Nein, das Gebäude ist ein architektonisches Meisterwerk, aber es erfordert viel Arbeit, es in Stand zu halten.«

Das ist der Ort, an dem Mayren zur Killerin geworden ist, viele andere Kinder starben oder das gleiche Schicksal teilten.

Dieser Gedanke war präsenter in meinem Kopf und sofort wirkte das Haus unheimlicher.

»Sollen wir?«

Zustimmend nickte ich und zusammen gingen wir auf das Gebäude zu. Kleine Steine knirschten unter meinen Sohlen, als wir uns dem Eingangsbereich näherten und wenige Schritte später erklommen wir die breite Treppe zu dem riesigen Eingangsportal aus dunklem Holz. Über dem Rahmen war das Symbol eingeritzt, welches Mayren mit schwarzer Tinte auf der Haut trug und ehrfürchtig betrachtete ich es, während Mayren ihre Hand auf die Klinke legte und die Tür aufstieß.

Lautlos schwang sie nach innen auf und Mayren machte eine einladende Geste in den Eingangssaal des Hauses.

»Nach dir.«

Ich machte einen bedächtigen Schritt über die Schwelle und sah mich im Eingangsbereich um, der genauso beeindruckend war, wie das Äußere des Gebäudes.

Der Boden war mit riesigen cremeweißen Fliesen verlegt, die an ihren jeweiligen Ecken auf eine kleine schwarze Fliese stieß und eine breite Holztreppe führte gegenüber der Tür in das obere Stockwerk. Mayren schloss die Eingangstür und das Licht im Raum nahm ein mysteriöses Flair an. Es war unvorstellbar, dass in diesem wunderschönen Haus so grausame Dinge geschehen waren.

Links und rechts von der Eingangshalle führte jeweils ein breiter Gang ab, die beide in einem Knick endeten. Die Wände waren hüfthoch mit dunklem Holz getäfelt und selbst die Decke war im selben Material verkleidet, während elegante

Kronleuchter daran hingen. Hohe Fenster brachten in regelmäßigen Abstanden zusätzliches Tageslicht in das Haus und warfen helle Lichtsäulen auf den gefliesten Boden. Die Schönheit des Gebäudes nahm mich in seinen Bann und fasziniert wollte ich mich weiter umsehen.

»Hallo ihr zwei«, begrüßte uns plötzliche eine bekannte Stimme, die weder zu Kaja noch zu Bastian gehörte.

Wir drehten uns zu dem Mann um, der auf dem oberen Absatz der dunklen Holztreppe stand.

Er hatte Bastians Größe, war aber schmaler und etwas schlaksiger. Seine Haare und Augen hatten denselben Braunton und eine moderne Brille mit breitem, schwarzem Rahmen saß auf seiner Nase. »Mr. und Ms. Fahndung.« Der Mann grinste und kam lässig die Stufen auf uns zu.

»Ian!« In Mayrens Stimme schwang ehrliche Freude mit und sie umarmte ihn herzlich, als er auf unserem Stockwerk ankam.

Natürlich, daher kenne ich seine Stimme. Wir hatten oft telefoniert, aber ich habe mir nie Gedanken über sein Aussehen gemacht.

»Hi Joshua«, begrüßte er mich mit einem Handschlag. »Freut mich, dich endlich persönlich kennenzulernen.«

»Hallo Ian, das kann ich nur zurückgeben.« Es fühlte sich nicht so an, als würden wir uns zum ersten Mal treffen.

Er lächelte und ich fand ihn auf Anhieb sympathisch, was vielleicht daran lag, dass er mir mehrmals im Hintergrund das Leben gerettet hatte.

»Was meinst du mit Mr. und Ms. Fahndung?«, hakte Mayren nach und Ian zog gespielt dramatisch die Augenbrauen hoch.

»Die letzten Tage habt ihr mein Team und mich ganz schön auf Trab gehalten. Eure Fahndung wurde in ganz Europa ausgeweitet und wir haben weitere falsche Spuren gestreut.«

Wegen mir hatte er die letzten Tage und Wochen wahrscheinlich deutlichen Stress ... Die Überwachung meiner Familie, Verwischung unserer Spuren und gleichzeitig half er Kaja vermutlich bei den Nachforschungen zu den Bulgaren.

»Geht es meiner Familie gut?« Besorgt verzog ich das Gesicht und gleichzeitig fühlte ich mich schlecht, weil ich meine Familie und Freunde in Unwissenheit gestürzt hatte.

Ian nickte – erst zögerlich, dann bestätigend, als wir zu dritt die Stufen hinaufschlenderten. »Es geht ihnen den Umständen entsprechend, aber sie sind alle in Sicherheit und bisher gab es noch keine Kontaktaufnahmen aus unserer Welt.«

»Danke, Ian. Dafür, dass du auf sie aufpasst und für alles, was du in London getan hast.«

»Nicht der Rede wert.« Er lächelte mir zu, bevor er sich an Mayren wandte. »Die anderen freuen sich, dich wiederzusehen, May.«

»Sie wollen sich einen Trainingskampf abholen, nicht wahr?«, fragte sie nach.

»Die Zwillinge auf jeden Fall«, stimmte Ian zu und wir blieben auf dem oberen Absatz der Treppe stehen. »Aber ihr wollt euch bestimmt erst mal hinlegen und von der Fahrt erholen, oder?«

Mayren unterdrückte ein Gähnen. »Ja, gerne.«

»Dann werde ich eure Anwesenheit den anderen noch verschweigen.« Ian grinste uns über den Rahmen seiner Brille verschwörerisch zu, bevor er einen kleinen Schritt zurückmachte.

»Das wäre nett von dir«, bedankte sich Mayren, bevor wir uns verabschiedeten und Ian hinter der zweiten Tür im Gang verschwand. Für einen Moment sah ich ihm hinterher, bevor Mayren mich in meinen Gedankengang unterbrach.

»Im Erdgeschoss sind die Gemeinschaftsräume«, erklärte Mayren und deutete nach unten auf das entsprechende Stockwerk. »Ebenso findest du dort die Küche, Krankenzimmer, Bibliothek, Speisesaal … während hier im ersten Stock unsere IT ist, die von Ian geleitet wird, Lagerräume und die ehemaligen Klassenzimmer. Die meisten Räume stehen allerdings leer und aktuell haben wir keine Verwendung dafür.«

Auf diesem Stockwerk waren der Einrichtungsstil und der Grundriss ähnlich zum Erdgeschoss, jeweils zwei Gänge mit dunklen Holztüren zweigten ab. Der einzige Unterschied war, dass die Räume hier zum parkähnlichen Platz vor dem Haus zeigten, während die im Erdgeschoss in den Innenhof wiesen.

Wir umrundeten die Treppe und nahmen eine weitere nach oben. Irgendwo im Erdgeschoss hörte ich Stimmen und Türen zu fallen.

»Du erhältst nachher eine eingehende Führung«, sagte Mayren, die meine Verunsicherung nicht wahrnahm.

»Das ganze Gebäude ist in einer U-Form aufgebaut und im zweiten Stock sind die Zimmer von uns allen.«

Wir erreichten die letzte Stufe ins zweite Stockwerk. Hier führten deutlich mehr Türen vom Gang ab. »Wir haben uns viel Zeit für den Umbau genommen, damit jeder seinen eigenen Rückzugsort hat«, fuhr Mayren fort und deutete in einer vagen Geste auf den Gang, hinter dem je ein Georgier wohnte. Auch in diesem waren riesige Fenster, die in die Richtung zeigten, aus der wir aus dem Wald gekommen waren.

»Hier lang«, wies Mayren mich an und wir bogen in den Gang zur rechten Seite ab. Entlang des Ganges waren Holzsäulen platziert, auf der je eine Büste aus weißem Ton thronte.

Sie betrachtete sie mit einem traurigen Ausdruck. »Jedes dieser Gesichter gehörte einem unserer Mitglieder, die heute nicht mehr unter uns sind.«

Bei ihren Worten breitete sich eine Gänsehaut auf meinem Körper aus und ehrfürchtig betrachtete ich die leblosen Gesichter der Büsten. »Das sind so viele«, flüsterte ich.

»Es sind deutlich mehr, als du hier sehen kannst«, entgegnete Mayren leise, während wir den Gang passierten. Zwischen den Gesichtern glitt mein Blick aus dem Fenster und in den Park, von dem wir ins Haus gekommen waren, bis vor uns eine Tür aufging und ein Mann hinaustrat.

Er hatte silbergraue Haare, trug eine schicke Stoffhose und ein passendes Poloshirt. Sofort bemerkte er uns und musterte Mayren mit deutlichem Respekt, mich mit unverhohlener Neugier. »Mayren, schön dich zu sehen.«

»Hallo Charlie«, entgegnete Mayren und wir blieben wenige Meter vor ihm stehen. »Freut mich ebenfalls.«

Er musterte mich interessiert und nickte mir freundlich zu. »Danke, ich hoffe, ihr hattet eine angenehme Anreise. Wir sind gespannt, mit welchem Hintergrund der gesamte Clan zusammenkommt. Wir waren lange nicht mehr in diesem Ausmaß vereint.«

»Da hast du recht, aber du musst dich mit dem Rest bis Dienstag gedulden«, gab Mayren freundlich zurück und wandte sich zum Gehen. »Bitte entschuldige uns, wir hatten eine lange Anreise und brauchen dringend etwas Schlaf.«

Hat Ian nicht Charlie erwähnt, als wir noch in London waren? Er hat als erster der Georgier auf die Gerüchte reagiert und gefragt, was es damit auf sich hat.

»Selbstverständlich, wir sehen uns später«, sagte er und ging in die Richtung, aus der wir kamen.

Mayren und ich setzten unseren Weg fort und folgten dem Linksknick des Ganges.

Was für ein komischer Typ.

»Dieser Charlie«, hakte ich direkt in das Gespräch mit ihr ein. »Er und viele andere erwarten, dass ich eine Lösung zum Kampf gegen Zero präsentiere.«

Mayren zuckte mit den Schultern. »Wir suchen schon seit Jahren nach einem Weg, um Zero anzugreifen – bisher jedoch erfolglos. Aber jetzt haben wir endlich eine reale Chance, um Zero zu reizen und so eine Reaktion zu erzwingen.« Sie warf mir ein aufmunterndes Lächeln zu, bevor wir vor einer dunklen Holztür stoppten.

»Mach dir keine Sorgen. In den kommenden Tagen werden wir das genauer ausarbeiten.«

Leichter gesagt als getan.

»Willkommen Zuhause«, murmelte sie und ich war mich nicht sicher, ob sie das zu mir oder sich selbst sagte. Sie gab auf dem Nummernpad neben der Tür einen Code ein und stieß sie nach einem kurzen grünen Aufleuchten des Pads mit einem sanften Schubs auf.

Mayrens Zimmer war anders eingerichtet, als ich es mir vorgestellt hatte und interessiert sah ich mich um. Freundliche Töne herrschten vor. Weiß und Hellgrau, aber auch das dunkle Holz, was im ganzen Haus präsent war. Zwei große Fenster brachten ein freundliches Licht in den Raum und zarte weiße Gardinen wogen im Wind der gekippten Fenster. Ein Bett aus demselben dunklen Holz mit weißer Bettwäsche stand an der Wand und gegenüber, davon führte eine Tür ins angrenzende Bad.

Lautlos schloss Mayren die Eingangstür hinter sich und das Schloss verriegelte sich automatisch. »Es ist nichts Besonderes und ich war viel zu lange nicht mehr hier.«

Dieser Raum war das Privateste, was ich von Mayren bisher gesehen hatte, und ich bekam das Gefühl, dass ich sie wirklich kannte.

»Es ist sehr schön«, gab ich zurück und drehte mich um, um den Rest des Raums in Augenschein zu nehmen. Mit etwas Abstand zum Bett stand an derselben Wand ein kleiner Schreibtisch mit einem grauen Stuhl und einem Kleiderschrank direkt neben der Eingangstür.

Mayren nahm mir meinen Rucksack ab, stellte beide auf den Schreibtisch und schlüpfte aus ihren Schuhen. »Freut mich, dass es dir gefällt. Solange wir hierbleiben, ist es auch dein Zimmer – vorausgesetzt, du willst natürlich. Es gäbe sonst ein paar leere Zimmer im Keller, wenn dir das lieber ist.« Sie zwinkerte mir zu und erwiderte ihr Grinsen.

»Ich glaube, das wäre mir tatsächlich lieber«, entgegnete ich ironisch.

»Kein Problem«, sagte sie und zwang sich eine ernste Miene auf. »Das Zimmer ist direkt neben dem Schussraum, in dem täglich ab sechs Uhr geübt wird. Einen Wecker brauchst du nicht.«

Ich stieg in das Spiel ein. »Regelmäßiger Schlaf wird überbewertet.«

Mayren pflichtete mir mit einem wichtigtuerischen Nicken bei. »Wahre Tatsache, Mr. Winter.«

Grinsend ließ ich meinem Blick erneut durch den Raum wandern und er blieb an der Wand gegenüber vom Bett hängen, an der mehrere gerahmte Bilder hingen. Interessiert trat ich näher und betrachtete die Fotos genauer. Die meisten waren in einem zeitlosen Schwarz-Weiß.

Mittig hing das größte Bild, das Mayren mit Kaja, Bastian, Ian und einigen mir unbekannten Leuten zeigte.

Die jetzige Mayren trat neben mich und deutete auf das Foto. »Das war ein Jahr, nachdem wir die Fabrik übernommen haben«, erzählte sie mir, ohne mich anzusehen.

Damals war Mayren 15.

»Das ist June.« Sie deutete auf ein schlankes Mädchen mit runder Brille und dunklen Haaren. »Das ist Luiza und das war Lucy.« Sie deutete auf eine Frau mit halblangen Haaren und ein Mädchen mit Locken.

War?

»Lucy starb vor einigen Jahren«, beantwortete sie meine ungestellte Frage und ich verzog die Augenbrauen.

Sie sieht noch so jung aus ...

»Aaron und Felix.« Mayren deutete jeweils auf die Gesichter der Leute.

Aaron lächelte freundlich in die Kamera, während Felix sich abgewandte und seitlich zur Kamera saß.

Die restlichen Bilder zeigten meistens Mayren und Bastian, teilweise mit und ohne Ian und Kaja. Auf eine merkwürdige Art ergriffen mich diese Fotos, aber keines traf mich so heftig wie das kleinste von ihnen.

Mein Atem stockte, als ich es näher betrachtete. Wie die anderen war es ebenfalls schwarz-weiß, aber wirkte älter als der Rest. Unwillkürlich bildete sich ein Kloß in meinem Hals und ich sah Mayren mit einer Mischung aus Neugier und Trauer an.

Sie hatte meine Reaktion erwartet, denn ein trauriges Lächeln umspielte ihre Lippen. »Ja«, sagte sie leise. »Das ist das einzige Foto, das ich von meiner leiblichen Familie habe.« Ihre Stimme klang erstickt, aber sie wirkte gefasst.

Tröstend griff ich nach ihrer Hand und strich ihr sanft über den Handrücken, bevor ich mich dem Foto zuwandte. Mayrens Vater hatte kurze, dunkle Haare und seine Hand war auf die Schulter eines Jungen gelegt, der frech in die Kamera grinste. Neben den beiden stand eine Frau mit hellblonden Haaren, die ein kleines Mädchen mit der gleichen Haarfarbe auf dem Arm trug. Sofort erkannte ich die jüngere Version meiner Mayren neben mir und die Ähnlichkeit mit ihrer Mutter.

»Nachdem wir die Fabrik übernommen hatten, ging Bastian für mich nach Schweden und brach in die Asservatenkammer der ermittelnden Polizei ein«, berichtete Mayren und drückte meine Hand. »Er hat das Foto für mich gestohlen und …« Sie drehte sich um und deutete auf das Bett. »Und den Teddy meines Bruders.«

Das Stofftier saß vor den Kopfkissen und wirkte abgenutzt. Auf seinem Fuß waren die Buchstaben »NN« eingestickt worden – wahrscheinlich die Initialen von Mayrens Bruder.

Dunkel erinnerte ich mich an eine Geschichte, die Mayren mir erzählt hatte, bevor ich die Wahrheit über alles wusste. »Ist das der Teddy, für den dir dein Bruder den Zahn ausgeschlagen hat?«, fragte ich nach und ein belustigtes Leuchten huschte über Mayrens Gesicht.

»Daran erinnerst du dich?«, fragte sie lachend.

»Natürlich.« Ich gab ihr einen schnellen Kuss auf die Schläfe.

Sie schlang ihren Arm um meine Mitte und vergrub ihren Kopf an meinem Hals. »Gehen wir schnell duschen und schlafen?«

Zustimmend nickte ich und eine halbe Stunde später fiel ich erschöpft neben Mayren ins Bett. Ihre Haare lagen offen über ihr Kissen und eine merkwürdige Sehnsucht hatte mich ergriffen, weswegen ich meine Arme um sie schlang und sie an mich zog. Sie seufzte müde und schmiegte sich an meinen Oberkörper. Der Duft ihres Shampoos stieg mir in die Nase und langsam döste ich weg.

Endlich angekommen. Endlich in Sicherheit.

Kapitel 30

Hauptquartier der Georgier,
Samstag, 02. Oktober – Joshua

Als ich aufwachte, lag Mayren noch in meinen Armen. Ihr Atem ging gleichmäßig und ich ließ mich in einen leichten Halbschlaf zurückfallen. Schritte auf dem Gang rissen mich aus der Schlaftrunkenheit, ich schlug die Augen auf und sah nach oben. Sofort fielen mir die kunstvollen Zierleisten auf, die den Übergang der Wände zur Decke bildeten. Noch einmal mehr beeindruckte mich das Detailreichtum des Anwesens.

Vorsichtig, um Mayren nicht zu wecken, drehte ich meinen Kopf zum Fenster, wo die ersten Anzeichen der Dämmerung zu sehen waren. Mein Blick wanderte durch den Raum und blieb schließlich an den Bildern der gegenüberliegenden Wand hängen.

Mayren hat so viele Kinder während ihrer Ausbildung sterben sehen. Das ist unvorstellbar. Sie trägt eine Bürde, die ich kaum erfassen kann und dennoch tut sie es mit einer Stärke, die ich bewundere. Vielleicht war es für sie leichter, diese Verantwortung aus der Ferne zu tragen und sie war deswegen nicht so oft hier?

Ein leises Grummeln riss mich aus meinen Gedanken. Mayren bewegte sich, aber wachte nicht auf. Behutsam zog ich meinen Arm unter ihr hervor, da meine Fingerspitzen unangenehm taub kribbelten. In den letzten Tagen haben wir beide nicht genug Schlaf bekommen und ich wollte sie nicht wecken.

Ich drehte mich auf die Seite und hing weiter meinen Gedanken nach.

Morgen startet mein Training ...

Ein inneres Grauen kämpfte sich in mir hoch, als ich an meine Entführung erinnert wurde, aber ich drängte sie erfolgreich zurück. Auch wenn ich nicht zum Clan der Georgier gehörte, würde ich meinen Beitrag leisten.

Mayren hatte recht mit ihrer Argumentation, mich nicht aufzunehmen, aber irgendwo in meinem Inneren verblieb der Wunsch, mich zugehörig zu fühlen.

Neben mir regte Mayren sich erneut. Ihre Hand berührte mich an der Schulter und ein angenehmer Schauer breitete sich über meinen Körper aus.

»Kannst du nicht mehr schlafen?«, murmelte sie.

»Nein«, entgegnete ich und strich ihr vorsichtig über den Kopf. »Aber schlaf ruhig noch etwas.«

Sie blinzelte träge, bevor sie die Augen aufschlug. »Nein, ich bin gleich wach und zeig dir das Haus.« Sie setzte sich auf und streckte sich, doch mit einem scharfen Zischen zuckte sie zusammen und presste ihre Hände an die Seite. »Shit.«

Meine restliche Müdigkeit verschwand schlagartig und ich beugte mich zu ihr.

Vermutlich sind ihre Rippen doch gebrochen.

Vorsichtig legte ich meine Hände auf ihre und ließ sie erst sinken, als sich ihre Züge wieder glätteten. »Gehts wieder?«

Sie nickte, hielt aber ihre rechte Hand auf ihrer linken Seite. Ihre Atemzüge gingen flach, aber kontrolliert. »Ja.« Langsam öffnete sie die Augen. »Bei unserer Tour sollten wir am besten bei Aaron vorbeischauen.«

Aaron ...

Ich sah zu den Bildern, die sie mir gezeigt hatte. Auf dem Foto hatte er halblange Haare und freundlich funkelnde Augen. Er stand Mayren nahe, sonst hätte er es nicht an diese Wand geschafft.

Zögerlich zog Mayren ihr Shirt hoch und entblößte die tiefblauen Hämatome auf ihrer Haut. Meine Verletzungen waren schneller abgeheilt, aber die Kugeln hatten eine deutlich größere Wucht gehabt als die Tritte, die ich während meiner Entführung abbekommen hatte.

Mayren ließ ihr Shirt zerknirscht sinken. »Scheint, als würde dein Training mit jemand anderem starten.«

»Hauptsache, du wirst bald wieder fit.«

Wenige Minuten später traten wir auf den Flur. Warmes Licht wurde von den Kronleuchtern verbreitet und betonte die Gesichtszüge der Büsten auf ihren Säulen. Bei jedem Schritt fühlte ich mich beobachtet.

»Vor dem Abendessen werde ich dir das Gebäude zeigen und dich ein paar Leuten vorstellen«, sagte Mayren, während wir zur Treppe gingen. »Grundsätzlich kannst du dich überall frei bewegen, die meisten Räume sind gesichert oder abgeschlossen.«

Wir gingen die Stufen hinunter und bogen in den linken Gang ab. Von irgendwo her hallten Schritte und Stimmen heran.

»Bis Dienstag sind alle da und nächste Woche wirst du die geballte Power aller 80 Georgier kennen lernen.« Mayren warf mir einen kurzen Seitenblick zu. »Aber nicht jeder unserer Leute … *tötet* aktiv in Aufträgen … Es sind die wenigsten, die diese Aufträge übernehmen.«

80 Mitglieder, die ihren Familien entrissen und zu Attentätern ausgebildet wurden.

»Außerdem wächst unser Clan nicht über die Anzahl der Mitglieder, sondern über seine Allianzen und während unserer Aufgaben haben wir bereits Freunde von außerhalb gewonnen. Darauf bauen wir im Kampf gegen Zero.«

Wie bei den Belluccis wird es bei anderen auch um Macht gehen. In dieser Hinsicht wird Mayrens Clan bestimmt einige Verbündete hinzugewinnen können.

»Die Belluccis haben bereits erkannt, dass ihr zu einer Gefahr für Zero werden könnt. Glaubst du, dass andere Clans sich deswegen auch mit euch verbünden könnten?«

»Das ist die Hoffnung, die wir mit dem Mord an Timéo haben. Die Polizei wird bereits ermitteln, aber das hat meistens wenig Auswirkungen auf unsere Welt. Uns interessiert eigentlich nicht, was die anderen machen und Timéo ist – außer bei deiner Entführung – nicht direkt mit dir in Verbindung gekommen.« Sie runzelte die Stirn. »Selbst wenn sein Tod jetzt schon Wellen schlägt, ist das nichts, was unseren Plan durchkreuzen könnte. Ganz im Gegenteil: Es lenkt den Fokus noch mehr auf Timéo und könnte den Impact der Veröffentlichung verstärken. Es ist eine Kriegserklärung an Zero und ein Signal an unsere Welt. Die Clans, die mit uns kämpfen wollen, müssen sich positionieren und viele hungern nach Macht. Das können wir nutzen. Aber Entscheidungen in unserer Welt brauchen Zeit … viel Zeit. Das ist nichts, was man übereilt trifft.«

Mayren blieb stehen und deutete zurück auf die erste Tür des Ganges. »Genug Clanpolitik. Das hier ist der Arbeitsraum von Ians IT-Team. Bei Fragen kannst du dich jederzeit bei ihnen melden. Der Raum nebenan ist Ians Büro.«

Wir gingen weiter. Mayren zeigte mir verlassene Unterrichtsräume, die mich an meine Grundschulzeit erinnerten – abgesehen von den eingestaubten Schlagstöcken –, ein riesiges Archiv, einen Raum mit blinkenden Servern und schließlich einen prächtigen Raum voller Musikinstrumente. Der Raum war das Endstück des Gebäudes und große, geschwungene Bogenfester deuteten in die angebrochene Nacht, die sich langsam über das Gelände gelegt hatte.

Meine Aufmerksamkeit wurde sofort von den Instrumenten eingenommen. »Wahnsinn!«, bewunderte ich ein Cello aus dunklem Holz, das gepflegt und staubfrei neben einer eleganten Geige stand. Ehrfürchtig fuhr ich seine glatten Rundungen nach und sah mich dann weiter um, bis ich den weißen Flügel fand. »May …?«

Sie ahnte, worum ich sie bitten wollte. »Joshuaaa?«, neckte sie mich mit einem schiefen Grinsen.

»Kaja hat gesagt, dass du sehr gut spielen kannst.«

»Ja, das hat sie.« Mayren blieb dicht neben mir stehen und ihr Grinsen wurde breiter.

»Spielst du etwas für mich?«

»Es ist *ewig* her, dass ich an einem Klavier saß. So gut wie früher spiele ich schon lange nicht mehr.« Einen Moment später seufzte sie und verdrehte die Augen. »Na gut, weil du es bist.«

Gemeinsam schlenderten wir zum Flügel. Mayren strich sanft über meinen Handrücken, bevor wir vor dem Instrument stehenblieben.

»Keine Ahnung, ob er überhaupt gestimmt ist«, murmelte sie leise, als sie sich auf den Hocker setzte und den Deckel hochklappte. Vorsichtig ließ Mayren ihren Blick über die Tasten gleiten, bevor sie ihre schlanken Finger anlegte. Probeweise spielte Mayren einige Akkorde, ihr Gesicht nahm einen zufriedenen Ausdruck an und ihre Augenbrauen verzogen sich konzentriert.

Ihre Finger bewegten sich schnell über die Tasten, gleichzeitig erklangen die einzelnen Töne und vereinten sich zu einer Melodie. Die Musik erfüllte den Raum und ich erkannte das Lied nach einigen Akkorden.

Demons von Imagine Dragons.

Wie in Trance wiegte Mayrens Kopf im Takt der Musik und eine unbekannte Leidenschaft ergriff Besitz von ihr. Die Komplexität und dennoch Klarheit der Töne berührte mich auf eine unbekannte Weise und wob einen musikalischen Teppich um uns. Als das Lied beim Refrain angekommen war, hörte ich, wie Mayren leise den Text mitsang, der beschrieb, dass sie die Wahrheit nie vor mir verstecken wollte und, dass sie dieses dämonische Monster in sich trug.

Ihre zarte Singstimme ging fast in den Tönen des Flügels unter, weil sie die Intensität der Musik erhöhte. Nach den wenigen Zeilen des Refrains verstummte sie und konzentrierte sich auf ihr Spiel. Ihre Finger flogen förmlich an die Stellen der zu spielenden Tasten und waren nach dem Anschlag an einer ganz anderen Stelle. Sie schmückte die Melodie mehr und mehr aus als die normale Version, verschmolz kompliziertere Akkorde in das Lied und machte es zu ihrem eigenen.

Kaja sagte ja, dass May gut spielen kann, aber das ist mehr, als ich erwartet hatte!

Ich hatte das Lied schon oft gehört, doch dieses Mal verstand ich den Text. Fast als hätte das Lied nur auf diesen Moment gewartet, um erneut in meinen Hinterkopf zu gelangen.

Mayren kam wieder zum Refrain, aber diesmal sang sie ihn nicht mit, sondern ließ die Musik für sich sprechen.

Gänsehaut breitete sich über meinen Körper aus und ich konnte nur stumm zuhören, während Mayren für das Spiel der letzten Takte die Augen schloss.

Sanft ließ sie die letzten Akkorde ausklingen und für einen kurzen Moment hallten die Saiten des Flügels nach, hielten die letzten Noten in der Luft, bevor sie leiser wurden und endgültig verklangen. Zurück blieb die Stille des Raumes. Bedächtig schloss Mayren die Tastenabdeckung und stand auf. »Zufrieden?«

Statt einer Antwort zog ich sie in eine Umarmung. »Das war wunderschön«, flüsterte ich.

»Danke.« Ihre Stimme klang erstickt an meiner Schulter und sie drückte mich fest, bevor sie mir einen Kuss auf den Hals gab und sich von mir löste. »Komm, ich zeig dir den Rest des Hauses. Außerdem wollte ich dir jemanden vorstellen, der dich ab morgen trainieren wird.«

Interessiert schaute ich sie an. »Wer ist es?«, fragte ich, aber sie schüttelte den Kopf.

»Das wirst du gleich erfahren. Zu ihm gibt es noch etwas zu sagen.« Ihr Ton ließ mich aufhorchen, aber sie hatte sich bereits der Tür zugewandt und ich folgte ihr.

Was soll das bedeuten?

Sie bemerkte meine Unruhe. »Seit Pauls Angriff war ich zweimal hier und das für nicht lange«, fügte Mayren an, ohne mich anzusehen. »Glaub mir, ich teile deine Aufregung.«

Ihre Worte beruhigten mich, aber vielleicht war das auch der erneute kurze Kontakt unserer Hände, die fast beiläufig im selben Takt schwangen, als wir die letzte Stufe nahmen und im Erdgeschoss ankamen.

Mayren deutete in den Gang zu unserer Rechten. »Lass uns zuerst hier lang gehen«, meinte sie und wir setzten uns in Bewegung. Sie zeigte auf die erste Tür rechts, legte ihre Hand auf die Klinke und stieß die Tür nach innen auf. »Willkommen in unserer Bibliothek.«

Staunend trat ich ein und fühlte mich wie in der Zeit zurückversetzt. Die Wände waren von hohen, dunklen Holzregalen bedeckt, in denen sich unzählige Bücher aller Farben und Größen stapelten. Gemütliche Lesesessel standen an den einzigen freien Stellen und luden zum Verweilen ein.

»Wow«, flüsterte ich ehrfürchtig und schlenderte in einen der kleinen Gänge zwischen den massiven Regalen. Vorsichtig ließ ich meine Finger über die Buchrücken einiger alt wirkender Bücher gleiten und die Berührung ließ meine Fingerspitzen kribbeln. Der Geruch von altem Papier, Holz und einer feinen Vanillenote brachte mich zurück in eine Erinnerung, die mehrere Jahre alt war.

»Es gibt Bücher in fast jeder Kategorie«, erzählte Mayren gedämpft. »Bedien dich, wenn du etwas lesen willst und wenn etwas fehlt, sag mir Bescheid und ich werde es besorgen.«

Dankbar drehte ich mich zu ihr um, unfähig Worte zu finden, die ausdrückten, was ich empfand. »Danke«, flüsterte ich und konnte meine bewundernden Blicke nicht von den Regalreihen lösen. Ich atmete tief ein und sog die Atmosphäre des Raumes in mich auf. »Es ist Jahre her, dass ich zuletzt in einer Bücherei war«, murmelte ich und fuhr erneut vorsichtig über die Einbände. »Das war, als meine Mutter noch lebte …« Die Worte kamen wie von selbst aus mir herausgesprudelt.

Meine Gedanken waren in den letzten Wochen abgelenkt, kaum zu glauben, dass ich so wenig an meine Mutter gedacht habe.

Mayrens Finger verschränkten sich mit meinen und brachten mich zurück in die Gegenwart.

»Ich hatte vergessen, was für eine angenehme Stimmung zwischen den ganzen Büchern herrscht.«

Meine Stimme war leiser geworden. Bedächtig drehte ich mich zu Mayren, die mich bereits aufmerksam ansah.

»Ja, dieser Raum hat eine besondere Wirkung«, stimmte sie mir zu. Ihre Nähe ließ eine leise Spannung in meinem Inneren aufleben und unwillkürlich stellten sich meine Härchen auf den Armen auf. Von einem inneren Impuls geleitet, beugte ich mich vor und küsste sie sanft. Sie erwiderte meinen Kuss und drückte meine Hand fest, bevor unsere Lippen sich voneinander lösten.

May gibt mir so viel Kraft.

»Du weißt, dass ich für dich da bin?«, flüsterte sie und zog mich in eine Umarmung. »*Egal,* was es ist, du kannst immer mit mir reden.«

Kurz drückte ich sie fester an mich, bevor ich sie losließ und sie fast widerstrebend ihre Arme von meiner Schulter nahm.

Kummer schimmerte in ihren Augen und ich wusste, dass sie daran dachte, dass sie mir nicht das Leben bieten konnte, was sie sich für mich wünschte.

»Lass uns weitergehen«, bot ich an, damit wir beide aus unseren Gedanken entkamen. Wir ließen die Bücher hinter uns und gingen den Gang weiter.

»Hier ist ein Besprechungsraum.« Mayren deutete auf eine weitere Holztür, aber wir folgten dem Gang, der am Ende einen Knick machte. Nur wenige Schritte später kam uns eine Frau entgegen.

Ihr glattes, schwarzes Haar fiel ihr bis zur Taille und umrahmte ihr Gesicht mit den asiatischen Zügen. Ihre kniehohen schwarzen Stiefel lagen eng an ihren Oberschenkeln und berührten fast den Saum ihres feuerroten Kleides. Im Arm trug sie einige Bücher, die sie behutsam an ihren Körper gepresst hielt. Sie neigte höflichen den Kopf und grüßte: »Hallo Mayren.« Ihr Blick sprang auf mich über und kurz verzogen sich ihre Augenbrauen irritiert. »Hallo«, fügte sie mit einem knappen Nicken an mich gewandt an.

»Guten Abend, Asami«, erwiderte Mayren ruhig, während ich mich ebenfalls für ein einfaches »Hallo« anschloss.

Anders als bei der Begegnung mit Charlie hielten wir nicht für ein kurzes Gespräch inne und Asami erwartete offenbar auch nichts anderes.

»Sie hat mich komisch angesehen«, bemerkte ich, als sie außer Hörweite war.

Mayren machte ein unbestimmtes Geräusch und zuckte im nächsten Moment mit den Schultern. »Du bist im Mittelpunkt der Gerüchteküche. Asami kann Eins und Eins zusammenzählen und weiß, wer du bist.« Ihr Tonfall war gleichgültig und unbesorgt.

Selbst Alec wusste, dass May mich schützt. Es wäre dumm anzunehmen, dass es clanintern anders ist.

Mayren deutete auf die Türen zu unserer rechten Seite. »Ab hier findest du unsere Kranken- und Behandlungszimmer.« Sie deutete auf die verbleibenden Türen des Flurs. Wir gingen bis zur nächsten Tür und Mayren klopfte.

Ein gedämpftes Wort war die Antwort, bevor Mayren die Klinke drückte. »Und wenn du Fragen oder Probleme hast, kannst du dich jederzeit vertrauensvoll an Aaron wenden.«

Ich war neugierig auf die nächste Bekanntschaft mit Mayrens Freunden. Die Tür schwang lautlos auf und gab den Blick auf ein Büro frei, das wie ein gewöhnliches Sprechzimmer eingerichtet war.

Am Schreibtisch saß ein Mann mit halblangen Haaren, die locker nach hinten fielen. Seine Miene war zunächst verärgert, doch erhellte sich sofort, als er Mayren erkannte. Seine braunen Augen funkelten erfreut, als er vom Stuhl aufsprang. »May!«, rief er und grinste breit.

»Hey, Aaron«, begrüßte Mayren ihn und die beiden umarmten sich herzlich. Für einen Moment war ich irritiert über diese Vertrautheit und schloss die Tür hinter uns.

In welcher Beziehung stehen die beiden zueinander?

»Schön dich wiederzusehen«, sagte Aaron, als sie sich voneinander lösten. Er strich sich eine Haarsträhne aus der Stirn und lachte. »Und ich dachte schon, Asami ist zurückgekommen, um mich weiter zu belehren.« Als er mich sah, wurde sein Lächeln eine Spur breiter.

»Aaron, darf ich dir Joshua vorstellen?« Mayren trat einen Schritt zur Seite.

»Hi, ich bin Aaron«, begrüßte er mich mit einem freundlichen Nicken. Wie jeder andere im Clan wusste er sicherlich bereits, wer ich war.

»Joshua«, entgegnete ich zurückhaltend.

»Aaron ist meine rechte Hand im Clan«, erklärte Mayren. »Er behält für mich die Situation vor Ort im Auge, wenn ich nicht da bin.«

War Bastian nicht ihre Vertretung?

»Also eigentlich jederzeit«, warf Aaron mit einem schelmischen Grinsen ein, worauf Mayren belustigt die Augen verdrehte. »Wie auch immer. Willkommen in unserem Hauptquartier.«

»Danke dir«, antwortete ich, überrascht über Aarons einnehmende Ausstrahlung, die schwer zu ignorieren war. Er hatte ein unglaublich einnehmendes Charisma.

»Wie Mayren schon sagte, vertrete ich sie hier und kümmere mich außerdem um die gesundheitlichen Belange unserer Leute.« Er machte eine vage Geste in den Raum. »Ich habe Medizin studiert, damit wir in unserer Unterkunft eine gute Basis schaffen können.«

Aaron hat meinen Studiengang beendet ...

Auf eine merkwürdige Art traf mich dieser Gedanke kalt.

»Nachdem unsere Clanstruktur gefestigt war, haben einige von uns Weiterbildungen in verschiedenen Bereichen gemacht«, erklärte Mayren mir. Offenbar erahnte sie meine Stimmung. »Aaron hat sich auf den Bereich Psychologie spezialisiert.«

»Ja, genau«, erzählte Aaron. »Eyleen und ich haben in verschiedene medizinische Fachrichtungen studiert, wenn du etwas hast, kannst du dich gerne melden.«

»Danke, ich werde darauf zurückkommen, falls nötig«, sagte ich zu Aaron und zwang mich zu einem Lächeln. Das Gespräch hinterließ ein seltsames Gefühl in meinem Inneren, was ich nicht richtig deuten konnte.

»Da wir gerade beim Thema sind«, schaltete sich Mayren ein und hob mit einer schiefen Grimasse den Saum ihres

Shirts an, um die dunkelblauen Hämatome zu entblößen.

»Kannst du dir meine Rippen anschauen?«

Sofort wechselte Aarons Miene zu einem professionellen Ausdruck und er griff zu einem Spender mit Handschuhen. »Klar, setz dich auf die Liege.«

Besorgt runzelte ich die Stirn.

Was ist, wenn diese Angriffe auf Silas und Timéo anders ausgegangen wären und es Mayren oder Bastian schlimmer erwischt hätte?

»Zieh das Shirt aus, ich muss deine Lunge abhören«, wies Aaron Mayren an. »Wie ist das passiert?« Das Gummi des zurückschnellenden Handschuhsaums schnalzte unange- nehm in meinen Ohren und Aaron griff zu einem silber- nen Stethoskop, das auf einem Regalbrett lag. »Joshua, du kannst draußen warten«, fügte er beiläufig an.

Mayren schüttelte sofort den Kopf. »Er kann bleiben.«

Erkenntnis blitze in Aarons Augen auf und er schien zu verstehen. Spätestens jetzt wusste er, dass Mayren und ich etwas miteinander hatten.

Nach diesem kurzen Moment kehrte Aarons professionelle Ernsthaftigkeit zurück. »In Ordnung«, sagte er und deutete auf einen bequemen Stuhl vor seinem Schreibtisch. Ich ließ mich darauf nieder, während Mayren ihr Oberteil auszog und in Hose und BH auf der grauen Liege Platz nahm.

»Wie ist das passiert?«, wiederholte Aaron und fuhr mit seinen Fingerspitzen vorsichtig über die blauen Flecken.

»Mich haben drei Kugeln getroffen«, erklärte Mayren knapp und runzelte die Stirn, als Aarons Finger über ihre

Rippen strichen. »Zum Glück hatte ich eine Schutzweste an.«

Aaron brummte zustimmend und beunruhigt beobachtete ich die Behandlung.

»Hast du Schmerzen beim Atmen?«

»Nichts Nennenswertes.«

»Tief einatmen«, wies er an und setzte das Stethoskop auf den Rippen an.

Gänsehaut breitete sich über ihren Körper aus, als das kalte Metall die Haut berührte.

Mayrens Brustkorb hob und senkte sich langsam, als sie Aarons Aufforderung nachkam. Unsere Blicke trafen sich und ein schwaches Lächeln erschien auf ihren Lippen.

Unwillkürlich entgegnete ich ihre Geste, aber die Unruhe in mir blieb. Ich wusste, dass sie stark war, aber trotzdem machte ich mir Sorgen.

»Weiteratmen«, murmelte Aaron in leiser Konzentration und wechselte zum zweiten Hämatom. Ein Stirnrunzeln seinerseits war die Antwort auf das, was er wahrnahm. Zum Schluss wiederholte er alles bei der letzten Verletzung und legte das Stethoskop mit einem unzufriedenen Ausdruck zurück.

»Was ist?«, fragte Mayren.

»Eyleen soll morgen früh einen Ultraschall machen«, erklärte Aaron nachdenklich und zog seine Handschuhe aus. »Deine Lungen rasseln nicht und wenn du keine Atemschmerzen hast, sind die Knochen *wahrscheinlich* nicht gesplittert, aber wir müssen sichergehen. Ich werde dir einen Verband anlegen, damit das angestaute Blut abfließen kann.

Außerdem gibt es dir etwas Stabilität.«

Mayren fügte sich und wenige Minuten später waren ihr Oberkörper von einem schwarzen Muster überzogen.

»Danke, Aaron«, sagte sie und zog ihr Shirt über ihre blauen und nun schwarz gestreiften Rippen.

»Keine Ursache.« Aarons professionelle Haltung wich einem Grinsen, als er seine Handschuhe in einen Mülleimer warf. »Sehen wir uns nachher?«

Mayren nickte, wir verabschiedeten uns und traten zurück auf den Flur.

»Verdammt«, fluchte sie leise. »Eigentlich wollte ich ab morgen dein Training begleiten. Komm, ich stelle dir deinen Trainer für morgen vor.« Sie verzog ihren Mund und ich suchte vorsichtig nach ihrer Hand. Unsere kleinen Finger verschränkten sich und das beklemmende Gefühl in meinem Inneren ließ nach.

»Hauptsache, es geht dir bald besser«, munterte ich sie auf. »Ich habe Fragen.«

»Schieß los«, bat sie und im Gleichschritt bogen wir um die Ecke.

»Aaron ist dein Vertreter hier vor Ort, aber ich dachte, das sei Bastian?«

Schnell schüttelte Mayren den Kopf. »Nein, nein«, korrigierte sie mich. »Bastian, Kaja, Ian und ich sind gleichgestellt und stehen an der Spitze des Clans. Jeder hat eine ähnliche Anzahl von Leuten zugeordnet, die in unsere Ausbildungen gingen.«

Wir erreichten den Eingangsbereich und am Ende des Ganges konnte ich einige Leute erkennen, die plauderten. Unwillkürlich ließ ich Mayrens Finger los, sie hob ihre Hand, um ihre Leute zu grüßen, bevor sie auf eine Treppe deutete, die hinter der großen Treppe in den Keller führte.

»Die Trainingsräume sind im Untergeschoss.«

Als wir die ersten Stufen nach unten gingen, fuhr Mayren fort. »Jeder von uns hat einen Vertreter, der in unserem Namen kleine Entscheidungen treffen kann. In meinem Fall ist es Aaron.«

Wir erreichten die letzte Stufe und standen in einem Gang, der schmuckloser war als die übrigen. Wie in den Stockwerken darüber zweigten zwei Wege nach links und rechts ab und verschwanden nach einigen Metern in einem Knick aus meinem Sichtfeld.

»Der rechte führt zu den Schusstrainingsräumen und unserem Lager. Es gibt hier einige Räume mit begrenztem Zutritt, weil hier unsere Waffen- und Munitionslager sind. Fürs Erste gehen wir nach links«, erklärte Mayren und wir gingen in die angewiesene Richtung. Im Keller fehlten die großen, elegant geschwungenen Fenster und an den freien Stellen an den Wänden waren stattdessen Bilder von abstrakten Malereien angebracht worden.

»Bastian, Kaja und ich übernehmen meistens die gefährlichsten Aufträge im Außendienst und ziehen damit die Interessen anderer Clans auf uns, damit wir zum *einen* ...« Sie nahm ihren Finger hinzu, um ihre Worte zu unterstreichen.

»Die Anonymität unserer Mitglieder schützen und …« Sie nahm einen zweiten Finger hinzu. »Zum *anderen* niemanden Aufgaben zuteilen, die womöglich die Kräfte überschreiten. Es gibt auch viele, die außerhalb des Hauptquartiers normalen Jobs nachgehen, um Informationen zu sammeln oder um Einfluss zu gewinnen. Und die anderen, die in unserer Branche unterwegs sind, können ihre eigenen Fähigkeiten sehr gut abschätzen und ihre Aufträge selbstständig ausführen.«

Eigentlich unterschied sich die Struktur von Mayrens Clan kaum von einem Unternehmen.

Wir blieben vor einer Tür stehen und bedächtig legte Mayren die Hand auf die Klinke, zögerte aber mit dem Öffnen. »Für dich werden sich gleich weitere Fragen ergeben und ich werde sie beantworten, wenn wir den Raum verlassen haben.« Nachdenklich sah sie mich an und ich zog eine Augenbraue hoch.

»Was meinst du damit?«

»Ich erkläre dir alles, sobald du Waro kennengelernt hast, versprochen.«

»Okay.«

Energisch öffnete Mayren die Tür, zog ihre Schultern zurück und baute sich auf. Gemeinsam betraten wir einen Saal, der mit weichen Trainingsmatten ausgelegt war. Helle Neonlampen tauchten den Raum in grelles Licht und beleuchteten drei Leute, die auf der Matte einen Übungskampf austrugen. Erstaunt stellte ich fest, dass die Kämpfer sich alterstechnisch deutlich unterschieden und zwei gegen einen kämpften.

»Das sind unsere jüngsten Mitglieder«, sagte Mayren und deutete auf einen Jungen und ein Mädchen, die maximal 15 Jahre alt waren. Sie umkreisten einen älteren Mann und griffen ihn zusammen mit blanken Händen an, während er sich mit einem armlangen Stock verteidigte.

»Das andere ist Waro, der *Älteste* im Hause«, fügte Mayren kühl an und interessiert beobachtete ich ihn.

Der Kampf war von unserer Anwesenheit nicht beeinflusst worden, sondern ging erbarmungslos weiter. Die Jugendlichen bewegten sich wie eine Einheit um Waro und versuchten, ihn zu überwältigen. Jede Bewegung war ruhig, durchdacht, wirkte routiniert und sie wichen den Angriffen des Mannes zielsicher aus. Der Schlagabtausch ging einige Minuten weiter und wurde von Waro unterbrochen, der ein unverständliches Wort murmelte. Sofort nahmen die beiden Kinder eine normale Haltung ein und alle drei verbeugten sich respektvoll voreinander.

Die Kinder wirken unglaublich jung! Aber was hat es mit dem Mann auf sich? Hieß es nicht, dass Bastian der Clanälteste war?

Mayrens Aufmerksamkeit war auf die drei vor uns gerichtet.

Wahrscheinlich meinte sie das mit dem Erklärungsbedarf.

»Mayren!«, riefen die Kinder erfreut und grinsten über das ganze Gesicht. Jetzt, wo ich sie in einer ruhigen Situation beobachten konnte, bemerkte ich ihre optische Ähnlichkeit.

Mayrens Augen funkelten gut gelaunt, als sie die beiden sah. »Hi, ihr beiden. Eure Kämpfe werden immer besser und eure Bewegungsabläufe sind unglaublich.«

Das Lob schien den beiden viel zu bedeuten – das Mädchen wurde rot, während der Junge breiter grinste. Ihre dunkelblonden Haare hatten die gleiche Farbe, die des Jungen waren kürzer, während das Mädchen sie in einem Zopf trug.

Sind das die Zwillinge, die Ian erwähnt hat?

»Danke Mayren, wir hatten vor Phönix viel Zeit mit unserem Training verbracht und es zur Auslösung intensiviert«, antwortete das Mädchen.

»Wir sind *bereit*, Mayren«, betonte der Junge und ballte entschlossen seine Hände zu Fäusten. »Gib uns einen Auftrag und wir werden ihn zur vollsten Zufriedenheit erfüllen!«

Ob die zwei in der Ausbildung waren, als May und ihre Leute die Fabrik geputscht haben?

Waro war hinter die beiden getreten und überragte sie fast einen ganzen Kopf. Der Stock, mit dem er gekämpft hatte, ruhte in seiner Hand. Er versuchte, mich mit einem durchdringenden Blick einzuschüchtern, aber ich starrte wortlos zurück und war nicht bereit, vor ihm zurückzuschrecken.

»Wenn die Zeit dafür gekommen ist, werden wir einen passenden Auftrag für euch finden«, versprach Mayren, während Waro sich durch seinen dichten, graumelierten Bart fuhr.

»Mayren«, begann er seinen Satz und fuhr in einer anderen Sprache fort, die sich nach russisch anhörte. Sein Tonfall klang abfällig und er betrachtete meine Freundin mit einer hochgezogenen Augenbraue.

Mayrens Augen verengten sich leicht und sie antwortete Waro in der gleichen Sprache.

Ihre Stimme war kalt und hatte eindeutig einen drohenden Unterton angenommen. Obwohl ich den Inhalt nicht verstand, verursachten ihre Worte bei mir eine leichte Gänsehaut. Das war die Art von Mayren, die zurecht von vielen gefürchtet wurde.

Die Blicke der Jugendlichen waren neugierig, während der von Waro einer Mischung aus Misstrauen und Skepsis entsprach.

Für Mayren war offenbar nicht alles gesagt, denn ihre Miene war kühl und ihr Kinn erhoben. »Karim, Kathleen, würdet ihr uns bitte allein lassen?«

Beide neigten ihre Köpfe und verließen mit einer knappen Verabschiedung den Raum. Nachdem die Türen hinter uns geschlossen waren, machte Mayren einen drohenden Schritt auf Waro zu.

Er war größer als sie, breiter und muskulöser. Seine Haare waren von Grau durchzogen, ebenso wie sein Bart und er sah auf Mayren herab. Ein merkwürdiger Ausdruck erschien auf seinem Gesicht und kleine Falten umspielten seine Augen und unwillkürlich fragte ich mich, welche Art Mensch er war.

»Waro, ich *warne* dich!«, knurrte sie ihn an, aber ein kleines Grinsen schlich sich auf seine Lippen. »Du wirst Joshuas Training ab morgen übernehmen und ihn ausbilden.«

Er? Er soll mich ausbilden?

Sein Grinsen wurde breiter, aber er würde sich Mayren unterwerfen. »Warum bildest *du* ihn nicht aus, Mayren?«, fragte er, ohne sie aus den Augen zu lassen.

»Deine Meinung über mich war immer festgefahren.«

Ihre Augenbrauen zogen sich zu einer Linie zusammen, aber sie ließ sich nicht auf seine Stichelei ein. »Wir wissen beide, dass *deine* Erfahrungen am größten sind.«

Langsam wandte er sich mir zu und musterte mich durchdringend. »Erfahrungen im Training mit Waffen?«, fragte Waro mich kühl, während er auf mich zuging und gründlich musterte.

Furchtlos schüttelte ich den Kopf. »Bisher nicht.«

Waro nickte knapp. »Umso besser, dann muss ich keine schlechten Angewohnheiten aus dir rausprügeln.«

Eine große Welle an Antipathie für Waro regte sich in mir. *Was ist das für ein Typ? Hat er May und die anderen trainiert?*

»Dein Training startet morgen, aber erwarte nicht, dass du eine sanftere Behandlung bekommst als meine anderen Schüler.« Er verschränkte die Arme so gut es trotz des Stockes in seiner Hand ging. »Du bist älter als jeder, den ich angefangen habe, zu trainieren. Es wird schwierig werden, einige Techniken und Abfolgen zu verinnerlichen.«

Mayren starrte Waro an und Wut brannte auf ihren Zügen. *Hätte sie jemanden am Leben gelassen, der zu ihren Entführern gehörte?*

»Ich lerne schnell. Wann starten wir?«

Der Kerl wird mich vorführen, wie Bastian es in London getan hat. Wenn er Mayren und die anderen ausgebildet hat, ist er einer dieser Leute, denen ich definitiv gerne eine reinhauen würde!

»Direkt nach dem Frühstück.« Waro ließ den Stab kreisen. Seine Geste kam einer Einschüchterung gleich, aber ich hielt ihm eisern stand, was ihn zu amüsieren schien.

»Gut, dann sehen wir uns morgen.« Mayren legte den Kopf in einer stillen Herausforderung schräg.

Ihr Auftreten beeindruckte mich. Waro stellte in meinen Augen einen Veteranen dar, der Mayren an Kampferfahrung voraus war. Er wirkte größer und stärker als sie, aber respektierte Mayren.

»Bis morgen«, bestätigte er und deutete eine leichte Verbeugung an, bevor er sich zurückzog.

Mayren schnaubte genervt, aber die Falten auf ihrer Stirn glätteten sich langsam. »Lass uns zum Essen gehen.«

Als die Türen hinter uns zufielen und wir den Gang zurückgingen, stellte ich die offensichtliche Frage.

»Waro hat dich und die anderen trainiert, oder?« Es war vielmehr eine Feststellung, als eine Frage.

»Ja, er gehörte zu den Leuten, die hier angestellt wurden, um uns auszubilden«, antwortete sie. »Er hat jeden von uns trainiert und tut es heute noch. Sein Wissen und sein Können sind zu wertvoll, um ihn zu töten, außerdem können wir ihn gut unter Kontrolle halten.«

»Wie meinst du das? Inwiefern haltet ihr ihn unter Kontrolle?«

»Er kennt den Weg nicht durch das Minenfeld und hängt zu sehr an seinem Leben, um es zu riskieren.« Mayren zuckte mit den Schultern. »Außerdem hat er bei unserem Putsch eine wichtige Rolle gespielt und bisher hat er erstaunlicher weise noch nie Anstalten gemacht, das Hauptquartier verlassen zu wollen – wahrscheinlich wartet draußen auch nichts auf ihn. Er weiß, dass wir sofort Jagd auf ihn machen würden und das Ergebnis sein Tod wäre.«

Gemeinsam nahmen wir die Treppe ins Erdgeschoss.

»Vergeben, heißt noch lange nicht vergessen«, murmelte Mayren leise.

Wir hielten vor einer Tür im linken Gang, durch die das Gewirr mehrerer Stimmen drang.

»Jetzt musst du erst mal hier durch.« Mayren grinste mich breit an. »Durch die Höhle unserer Löwen.«

Damit stieß sie die Tür auf und ich blickte in fremde Gesichter, die mich neugierig anstarrten. Für einen Moment verstummten die Gespräche, als wir den Saal betraten.

Mayren sah selbstbewusst in die Runde und grüßte ihre Clankollegen mit einem freundlichen »Guten Abend«, worauf der Gruß gemurmelt erwidert wurde.

Dieser Moment ließ meine Nervosität so schlagartig wieder aufleben, dass mir sämtlicher Hunger verging und sich mein Magen förmlich zusammenschnürte. So viele Augenpaare musterten mich mit verschiedenen Ausdrücken – Neugier, Misstrauen, Abneigung. Alles war dabei und ich versuchte, mich damit abzulenken und den Saal anzuschauen.

Die Tische waren in drei länglichen Tafeln angeordnet und in der Mitte der jeweiligen Tische befanden sich mehrere dampfende Töpfe, die einen würzigen Geruch verströmten.

Hinter uns fielen die Türen wieder zu, aber die Augenpaare verharrten auf uns und mir war klar, dass wir der Mittelpunkt der Gespräche sein würden. Aber die Gerüchte hatten auch schon davor existiert. Jetzt wurden sie nur bestätigt.

Aaron hob seine Hand an einem der Tische, wo er und Ian saßen, und deutete auf die freien Plätze neben ihnen.

»Komm, wir setzen uns zu Aaron und Ian«, sagte Mayren und stieß mich aufmunternd in die Seite.

Ich reckte selbstbewusst das Kinn – obwohl ich mich nicht im Ansatz so fühlte – und folgte ihr zu den anderen.

»Wie war das Kennenlernen mit Waro?«, fragte Aaron amüsiert, als wir uns zu ihnen setzten.

Mayren zog vielsagend eine Augenbraue hoch und schnalzte mit der Zunge. »Du kennst Waro. Er ist neuen Leuten gegenüber für gewöhnlich nicht so *herzlich*.«

Ian machte ein belustigtes Geräusch. »Das klingt ganz nach ihm.« Dann wandte er sich an mich. »Ich glaube, Matt und Iris kennst du noch nicht, oder?« Er deutete auf die beiden, die an unserem Tisch saßen und sie stellten sich vor.

Matt grinste breit. »Schön, dich endlich kennenzulernen. Iris und ich passen auf deine Freunde und deine Familie auf. Ihnen geht es gut.«

»Danke!« Erleichterung flutete meine Brust und löste einen Knoten der Anspannung. »Wirklich! Danke, dass ihr das tut. Es bedeutet mir unendlich viel.«

Iris nickte stumm und schob sich eine weitere Gabel in den Mund, aber ein kleines Lächeln schlich sich auf ihre Lippen als sie kaute.

»Nudeln?« Aaron griff mit einer Kelle in einen der dampfenden Töpfe und drehte sich zu mir.

»Ja, bitte«, erwiderte ich und Aaron schaufelte mir eine großzügige Portion auf den Teller.

Aaron lud auch Mayren eine große Portion auf, während ich in einem Topf mit Bolognesesoße rührte. »Für dich auch etwas?«, fragte ich sie und hob die gefüllte Kelle aus dem Topf.

Mayren schüttelte den Kopf und griff zu einem Topf mit Tomatensoße. »Nein, danke.«

»Sag bloß, du isst immer noch kein Fleisch«, zog Ian sie mit einem schiefen Grinsen auf und sie zuckte mit den Schultern.

»Offensichtlich hat es sich nicht geändert«, gab Mayren zurück und goss sich die Soße über die Nudeln.

»Wie konnte mir das nicht auffallen?«, fragte ich mich selbst perplex und entleerte die Kelle mit Bolognese über meinen Nudeln.

Verlegen grinste Mayren. »Es ist nichts, womit ich hausieren gehe.«

Die üblichen Witze über ihren anhaltenden Vegetarismus folgten, aber sie ließ sie mit einem Augenverdrehen über sich ergehen. Die Stimmung lockerte sich und erinnerte mich tatsächlich an das Gefühl, was ich in der Universität mit meinen Kommilitonen hatte – fast sorgenlos und umgeben mit Freunden. Mayren fühlte sich sichtlich wohl, auch wenn sie von Aaron immer noch für ihr Essverhalten aufgezogen wurde.

Das hier ist mehr als ein Zuhause für die Georgier.

Ich sah mich um und spürte die Vertrautheit und Loyalität, die den Raum füllte. Dieser endlose Zusammenhalt und die Aufopferungsbereitschaft, die den Clan zusammenhielt. Vielleicht aufgrund ihrer gemeinsamen Vergangenheit, aber vielleicht auch aufgrund ihrer angestrebten Zukunft.

»Erzähl, was ist dein erster Eindruck von unserem Hauptquartier?«, fragte Ian und schob sich eine weitere Gabel in den Mund.

»Es ist der Wahnsinn«, gestand ich. »Aber die Vergangenheit …«

Ian runzelte die Stirn. »Ja, unsere Vergangenheit wird immer ein Teil von uns bleiben. Sie macht uns aus. Sie vereint uns und sie wird uns durch diesen Krieg führen.«

Unwillkürlich musste ich an Alec denken, vergewisserte mich, dass Mayren sich noch im Gespräch mit Aaron und Matt befand, bevor ich mich an Ian wandte. »Hast du etwas von Kaja gehört?«, fragte ich leise und Ian ließ seine Gabel sinken.

»Ja, ihr geht es gut und sie hat euren gemeinsamen Bekannten getroffen.«

»Das hat sie mir auch geschrieben«, sagte ich schnell und schob mir eine weitere Portion Nudeln in den Mund, kaute und schluckte, bevor ich weitersprach. »Ich habe nur trotzdem das drückende Gefühl.«

»Verständlich, aber du kennst Kaja nicht so, wie ich es tue. Wie May ist sie definitiv kein Mensch, um den du dir Sorgen machen musst. Sie kann Gefahren sehr gut abschätzen und was die andere Sache angeht …«

Er vergewisserte sich selbst mit einem schnellen Blick, dass uns niemand belauschte. »Kaja und ich tragen gerade alle Informationen zusammen und werden sie der restlichen Führungsebene zur ersten Besprechung geben.«

»Danke, Ian.«

»Nicht dafür«, entgegnete er nur, obwohl er genau wusste, was meine Worte alles einschlossen. Ich hörte den Gesprächen zu, die Mayren mit den anderen führte und trotz des düsteren Hintergrunds grenzten die Unterhaltungen an belanglose Normalität. Die Ernten der Obst- und Gemüsefelder, den Tierbestand oder das Wetter, welches die nächsten Tage wohl von dem goldenen Herbst in schlechteres Wetter umschlagen würde.

»Nehmt es mir nicht übel, aber ich gehe ins Bett«, sagte Iris. »Es ist immerhin schon spät.«

»Da schließ ich mich an«, meinte Matt und beide verließen mit einem höflichen Nicken den Speisesaal. Als sie gingen, fiel mir ein weißer Verband auf, der unter dem Ärmel von Iris Pullover hervorlugte. Und auch die anderen Georgier trugen Verletzungen oder sichtbare Narben. Einige humpelten leicht, andere trugen Schrammen oder Pflaster zur Schau. Wie Mayren schienen nicht alle unverletzt ins Hauptquartier zurückgekehrt zu sein.

Kapitel 31

Hauptquartier der Georgier,
Sonntag, 03. Oktober – Mayren

Der Morgen war noch nicht vollständig angebrochen und ein silbernes Dämmerlicht legte sich wie ein Schleier über den Raum. Die Müdigkeit der letzten Tage lag schwer über mir, trotz der vollen Nacht Schlaf. Doch dieser hatte meine Gedanken nicht zum Schweigen gebracht – sie prasselten wie ein unaufhörlicher Sommerregen auf mich ein. Mit dem heutigen Morgen war der Tag gekommen, an dem ich Joshua einen Teil unserer Entstehungsgeschichte erzählen musste.

Je schneller ich es hinter mich bringe, umso besser.

Allein dieser Gedanke verursachte mir Bauchschmerzen, aber ich war mir unsicher, ob ich es nicht doch lieber noch etwas herauszögern sollte. Dank der früh anbrechenden Nacht und die mangelnde Sicht in den Innenhof konnte ich bisher Nachfragen aus dem Weg gehen, aber das aufkommende Tageslicht bot mir jetzt keine Ausrede mehr, da man die abgebrannte Ruine im Innenhof nicht übersehen konnte.

Neben mir hörte ich Joshuas gleichmäßigen Atem und drehte mich vorsichtig um, bemüht ihn nicht zu wecken. Für einen Moment betrachtete ich sein Gesicht, die langen geschwungenen Wimpern und die langsam verblassende Sommerbräune.

*Die unangenehme Begegnung mit Waro hat er gefasst und
selbstbewusst weggesteckt. Waros Taten sprechen zwar für
sich, aber nur dank seiner Mitwirkung am Putsch, hatten
wir überlebt.*

Ich wusste, dass Waro loyal war und meiner Anweisung
bezüglich Joshuas Training nachkommen würde – murrend,
aber er würde es tun.

Vorsichtig ließ ich meinen Kopf auf Joshuas Oberkörper
sinken und schmiegte mich an ihn. Seine ausgehende Wärme löste eine angenehme Gänsehaut aus, die mich mit ihm
verband.

Warum fühlt sich seine Anwesenheit so gut an?

Unwillkürlich entfuhr mir ein Seufzen und ich schloss die
Augen, als ich das regelmäßige Schlagen seines Herzens
spürte und sein warmer Atem über meine Wange strich.

Ein singender Vogel vor dem Fenster weckte mich endgültig aus einem Dämmerzustand und widerwillig löste ich
mich aus Joshuas Umarmung. Leise schwang ich die Beine
aus dem Bett, aber Joshua war ebenfalls aufgewacht.

»Stehst du auf?« Verschlafen rieb er sich die Augen und
gähnte.

»Ja«, antwortete ich ihm schnell und streckte mich, bis
mich ein leichtes Stechen in den Rippen daran erinnerte,
dass ich nachher unbedingt noch zu Eyleen musste. »Vor
dem Frühstück und deinem Training möchte ich dir etwas
zeigen«, begann ich zögernd. »Es hat mit unserem Putsch
der damaligen Fabrik zu tun und ich will, dass du es von mir
erfährst.«

Sofort wich die Schläfrigkeit aus Joshuas Augen und wurde durch ernste Wachsamkeit ersetzt. »Klar, sollen wir gleich los?«

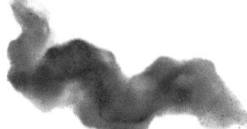

Zehn Minuten später traten wir auf den Gang und schlossen die Tür leise hinter uns. Mein Herz pochte schwer in meiner Brust und ich biss mir auf die Unterlippe.

Wie wird Joshua auf unsere Vergangenheit reagieren?

Im ersten Stock streifte meine Hand unbewusst seine und er lächelte mich von der Seite an.

»Die meisten waren gestern sehr offen für mich«, stellte er fest.

»Das stimmt. Um Waro solltest du dir keine Sorgen machen. Er sucht immer das Haar in der Suppe.«

Joshua runzelte nachdenklich die Stirn und ich spürte, dass ich mit meinen Worten den Stein ins Rollen gebracht hatte.

»Was hast du gestern gemeint, dass er eine Mitwirkung an eurem Putsch hatte?«

Ich schob eine Haarsträhne hinter mein Ohr und versuchte, meine Gedanken zu sortieren. Als wir die Treppe im Erdgeschoss umrundeten und auf die Tür zum Innenhof zugingen murmelte ich: »Alles macht gleich einen Sinn.« Ich schob die schwere Tür auf. »Unser Gebäude ist wie ein ‚U' aufgebaut und im Innenteil liegt ein kleiner Hof, der im Sommer wirklich schön ist.«

Der Innenhof war mit hellen Steinen gepflastert worden und bunt bepflanzte Beete brachten den Glanz des Herbstes zum Vorschein.

Hinter uns fiel die Tür leise ins Schloss und ich festigte meinen Blick auf die Überreste des Gebäudes, das vor vielen Jahren am Ende des Hofs stand. Ursprünglich war der Grundriss ein unterbrochenes Viereck, nicht wie jetzt ein U. Die rußgeschwärzten Mauerteile ragten in die Luft und nur an der linken Ecke der Ruine war ein kleiner Teil des ehemaligen Dachstuhls erhalten, während der Rest bereits seit Jahren in sich zusammengestürzt war. Mit jedem vergehenden Jahr holte sich die Natur mehr Fläche zurück und niemand hatte das Bedürfnis, sie daran zu hindern. Die Ruine war ein Mahnmal unserer Vergangenheit. Während unser jetziges Haus prunkvoll und prächtig erschien, stellte sein Nachbar ein reines Trauerbild dar.

»Die Ruine vor uns ist der Ort, an dem die ersten Gedanken unserer Rebellion entstanden sind«, sagte ich, als wir den halben Innenhof durchquert hatten. Ich konnte Joshua nicht ansehen und konzentrierte mich auf die Geschichte, die ein fester Bestandteil meiner Vergangenheit und der Entstehungsgeschichte unseres Clans war. »Das war früher das Quartier der Schüler. Dort, in den Schlafsälen entstanden die ersten rebellischen Gedanken gegen Zero und seine Fabrik.«

Joshua schwieg, während ich meine Wörter sammelte.

»Damals waren wir 300 Kinder, aus jeder Altersstufe und Nationalität. Unser Schicksal war klar: Wir wurden ausgebildet und würden nach dem Abschluss verkauft werden.

Es gab keine hoffnungsvolle Zukunft für uns, aber wir weigerten uns, das hinzunehmen.«

Kurz vor dem Gebäude blieben wir stehen und eine merkwürdige Stimmung ergriff mich.

»Der Verkauf war nur für die Stärksten von uns vorgesehen, jeder der Anzeichen von Schwäche zeigte wurde getötet und verscharrt. Die tägliche Brutalität stumpfte uns ab, aber wir fanden in der schlimmsten Zeit unseres Lebens Hoffnung in unserer Freundschaft.«

Für einen Moment dachte ich an die beginnende Freundschaft zwischen Bastian, mir und den anderen und ein leichtes Lächeln schlich sich auf meine Lippen. »Damals war unsere Gruppe größer, aber die Ausbildung kostete einigen das Leben … Meine Freunde waren alles für mich. Als wir älter wurden, wurde uns bewusst, dass sie unser Team zerreißen würden, wenn wir nichts taten.«

Der kühle Herbstwind trieb den Duft von nassem Laub heran und ließ mich frösteln, während ich in meinen Gedanken alles noch einmal durchlebte.

»Wir erfuhren, dass Bastian fast das Ende seiner Ausbildung erreicht hatte und für Ian und Felix die *Tilgung* vorgesehen war. Es gab keinen anderen Weg für uns, als zu handeln oder bei dem Versuch draufzugehen.«

Joshua sog scharf die Luft ein und seine Hand griff ruckartig nach meiner. Die Geste wischte die Gänsehaut von meinem Körper, breitete Wärme in mir aus und gab mir die Kraft, weiterzusprechen.

»In der Nacht, bevor Bastian sein Brandmal verpasst bekommen und verkauft werden sollte, setzten wir den stillen Protest unserer Rebellion schließlich um. Dank Waro schafften wir es, den Schlüssel der Kaserne zu stehlen und aus dem Gebäude zu entkommen.« Ich machte eine Pause und sah über meine Schulter zu unserem jetzigen Hauptquartier. Fast spürte ich, wie der kalte Regen damals in mein Gesicht peitschte und der aufgeweichte Boden unter meinen Füßen nachgab, als wir über den Innenhof rannten. Wie die Angst bei jedem Schritt meine Muskeln zittern ließ.

»Jeder von uns war eher bereit, sein Leben in diesem Angriff zu riskieren, als zu akzeptieren, dass drei Freunde aus unserer Mitte gerissen werden würden. Wir wurden zu perfekten Maschinen erzogen, die bereit waren, alles hinzurichten, was ihnen vor das Visier kam, und das nutzten wir.«

Joshua musterte mich gerunzelter Stirn, aber unsere Taten schreckten ihn nicht ab.

»Waro half uns in das Hauptgebäude zu gelangen und in die Waffenkammer einzubrechen. Er war ein wesentlicher Bestandteil dieses Putsches und das ist der Grund, warum er am Leben ist. Ohne ihn gäbe es unseren Clan nicht und wir schulden ihm das.« Schulterzuckend drehte ich mich zur Ruine um und Joshua folgte meiner Bewegung. »Ich denke, dass er deswegen auch nie den Drang verspürte, von hier zu fliehen.«

»Verstehe«, murmelte Joshua leise.

Waro hat uns viel Schlechtes angetan, aber er hatte damals schon das Herz am richtigen Fleck.

»Es gibt keine Worte, die unsere Taten rechtfertigen könnten. Es war ein blutiges Massaker, aber wir waren bereit, um jeden Preis zu kämpfen und im schlimmsten Fall zu sterben.«

Ich spürte Joshuas forschenden Blick, doch er hielt sich mit seinem Urteil zurück und Verständnis spiegelte sich in seinen Augen.

»Wir teilten uns auf. Während mein Team mit Kaja und Bastian das Haupthaus angriff, sorgte ein anderes Team in der Kaserne für Unruhe und Ablenkung. Sie wurden brutal hingerichtet, aber ihr Opfer gab den anderen genug Mut, um weiterzukämpfen.« Ich schloss meine Augen und versuchte, die Schreie derer zu verdrängen, die an diesem Tag gestorben waren.

»Die Aufseher gaben die Kaserne schließlich auf und steckten sie in Brand – mit allen Kindern, die noch darin waren.« Der Gedanke, wie viele Menschen an diesem Tag auf diesem Gelände ihren Tod fanden, schlug mir auf den Magen. Aber hätten wir unseren Plan nicht durchgeführt, dann wären meine Freunde gestorben und das Treiben von Zeros Clan in unserer Fabrik wäre einfach weitergegangen. Das hätte deutlich mehr Todesopfer gefordert.

Hinter uns erklangen Schritte und als ich mich umdrehte, sah ich Ian. Er hatte eine warme Jacke übergeworfen und lächelte uns mit zurückhaltender Freundlichkeit an. »Erzählst du Joshua unsere Geschichte?«

Ich nickte und Ians Züge nahmen einen bitteren Ausdruck an.

»Es ist eine unserer dunkelsten Stunden und gleichzeitig so wichtig, dass wir unsere Geschichte und Herkunft nicht vergessen.«

Wo er recht hat, hat er recht.

»Es ist grausam, was ihr alles durchmachen musstet«, murmelte Joshua leise, ohne jemanden von uns anzusehen. »Kein Mensch verdient es, so behandelt zu werden.«

»Das Leben ist nicht fair«, meinte Ian und Joshua drehte sich zu ihm um. »Du weißt das genauso gut wie wir.«

Auch Joshua ist durch eine Fügung des Schicksals in unserer Welt geraten.

»Keiner von uns ist freiwillig hier gelandet und doch stecken wir nun tief drin«, sagte ich ruhig. »Sich über ein Szenario Gedanken zu machen, was nicht eingetreten ist, macht keinen Sinn.«

Wenn ich eines gelernt habe, dann dass das Leben nicht fair ist.

Ich räusperte mich leise. »Als wir in den Hof zurückkehrten, war es zu spät, um die Kaserne zu retten. Das Gebäude brannte bereits lichterloh und die Betreuer standen nur ausdruckslos vor den Flammen und ließen unsere Kameraden sterben.«

Ian stieß ein abfälliges Geräusch aus und ein Schatten huschte über sein Gesicht. »Wir habe alle Betreuer getötet. Jeden einzelnen!«

Wütend ballte ich meine Hände zu Fäusten, als ich mich unwillkürlich in diesen Moment zurückversetzt fühlte. Die Hitze des Feuers brannte förmlich auf meiner Haut und die

Schreie der sterbenden Aufseher waren nichts im Vergleich zu denen der Kinder, die bei lebendigem Leibe verbrannt waren.

Joshua spürte meine aufkeimende Wut, wagte es aber nicht in Ians Anwesenheit, meine Hand zu nehmen.

»Wir mussten zu Ende bringen, was wir angefangen hatten«, fuhr Ian fort und ich schluckte, um das belegte Gefühl aus meinem Hals zu bekommen. »Nachdem wir uns den verantwortlichen Personen entledigt hatten, war unsere oberste Priorität, unsere Leute aus dem Gebäude zu retten und zu verhindern, dass das Feuer auf das Nachbargebäude überspringt.«

»Wir retteten so viele Leute aus dem Gebäude wie wir konnten«, übernahm ich das Wort und sah stirnrunzelnd auf die verkohlten Reste der Ruine, auf welcher sich seit Jahren Pflanzen das Gebiet zurückeroberten und einige letzte Blätter des Sommers im Wind wogen. »Es starben in dieser Nacht mehr Menschen, als wir es geplant hatten …«

»Unsere Vergangenheit ist die Erklärung für unseren Hass auf Zero«, erklärte Ian und reckte das Kinn. »Auch wenn er nie hier war, wir ihn nie persönlich getroffen haben, hat er alles an diesem Ort aus reiner Profitgier heraus getan. Und alles Geschehene, prägt uns und schweißt den Clan zusammen. Du wirst es unter unseren Leuten nicht einfach haben, Joshua. Zunächst wird dir Misstrauen entgegenschlagen.« Ians Worte bestätigten mein erstes Bauchgefühl, aber ich wollte Joshua die schlimmsten Befürchtungen nehmen.

»Unser Clan weiß, dass von dir unsere Strategie bezüglich des Angriffs auf Zero abhängt«, sagte ich mit fester Stimme. »Keiner unserer Leute wird es wagen, dir zu schaden.«

Ich griff seine Hand und ein kleines Lächeln erschien auf seinem Gesicht.

Es war eine Stunde vergangen seit Ian und ich Joshua unsere Geschichte erzählt hatten. Danach hatten wir uns aufgeteilt, damit ich zu Eyleen gehen konnte, um meine Rippen durchchecken zu lassen. Joshua ging mit Ian, damit dieser ihm mehr über seine Familie und Freunde erzählen konnte. Immerhin konnte er ihm gestern schon die größten Ängste nehmen.

Zielstrebig bog ich um die Ecke des Ganges in Richtung Eingangsbereich und rieb mir nachdenklich über meine getapten Rippen. Beim Ultraschall konnte Eyleen feststellen, dass glücklicherweise nur zwei Rippen angebrochen waren und die Heilung bereits begonnen hatte. Sie hatte mir Schmerztabletten verschrieben, damit ich in keine Schonhaltung verfiel und so weit schmerzfrei war. Und zusätzlich fünf Wochen Sportpause, wobei ich noch nicht sicher war, wie ich diese überstehen sollte.

Auf Eyleens Ratschlag hin hatte ich nur müde gelächelt und sie verdrehte daraufhin genervt die Augen. Jeder wusste, dass ich mich in den nächsten Wochen nicht schonen konnte.

Durch mein Shirt spürte ich die raue Oberfläche der Tapes und seufzte. Es ärgerte mich, dass ich Joshuas Training momentan nur beobachten konnte und nicht selbst kämpfen. Ich ließ den Eingangsbereich hinter mir und steuerte auf den Speisesaal zu, dessen Geräuschkulisse auf den Gang strömte.

»Guten Morgen, Mayren«, begrüßten mich zwei meiner Clanmitglieder, Emil und Allen, die aus dem Saal kamen und ich entgegnete ihren Gruß mit einem höflichen Nicken.

»Danke«, fügte ich an, als sie mir die Tür aufhielten und ich schlüpfte hindurch. Drinnen blieb ich kurz stehen und fand Ian und Joshua am selben Tisch wie gestern Abend.

Joshua hatte sich über eine Schüssel Cornflakes gebeugt und starrte sie missmutig an. Offenbar hatte ihn das mit seiner Familie runtergezogen.

»Guten Morgen«, begrüßte ich Lina und Cora, die gegenüber von Joshua saßen. Als ich mich setzte, streifte ich in einer nebensächlichen Bewegung Joshuas Oberschenkel, doch er reagierte kaum.

Was hat er gesehen, dass es ihn so runtergezogen hat?

Ian schüttelte kaum merklich den Kopf und ich zog auffordernd eine Augenbraue hoch. Aufmunternd streifte ich Joshuas Arm und griff nach einer Schüssel mit Obstsalat auf dem Tisch. Joshua war nun endgültig in unserer Welt angekommen. Er kannte die Hintergründe unseres Clans und hat die Reaktionen seiner Familie auf sein Verschwinden gesehen.

Appetitlos pickte ich eine Weintraube auf und schob sie mir in den Mund. Sie zerplatze zwischen meinen Zähnen und der fruchtige Geschmack breitete sich auf meiner Zunge aus. Neben mir aß Joshua schweigend, bis sein Löffel klappernd in der Schale verharrte.

Er nahm seine Kaffeetasse in die Hand und trank sie in einem Zug leer, bevor er aufstand. »Ich gehe zu Waro, er wartet sicherlich schon.«

Warum wartet er nicht auf mich? Es war klar, dass ich mit ihm zusammen zu Waro gehen werde, oder?

Ian warf mir einen vielsagenden Blick zu und ich zuckte mit den Schultern.

»Bis später«, entgegnete ich gelassen. Er ging mit einem knappen Nicken und ließ unseren Tisch in einer angespannten Stimmung zurück.

Wäre jemandem aus seinem Umfeld etwas zugestoßen, hätte Ian es mir schon gesagt.

Ohne mich umzudrehen, rutschte ich auf Joshuas leeren Platz. Aus dem Augenwinkel stellte ich fest, dass Cora mich und Ian genau beobachtete. Obwohl mich Joshuas Verhalten beunruhigte, wollte ich Ian nicht vor den anderen darauf ansprechen.

Ich ließ mir nichts anmerken und spießte ein Stück Banane auf.

»Was hat Eyleen zu deinen Rippen gesagt?«, erkundigte sich Ian in einem lässigen Plauderton und schlürfte nachdenklich seinen Kaffee.

»Zwei angebrochen, die andere geprellt«, antwortete ich leise. »Es wird dauern, bis die Hämatome zurückgegangen sind, aber ich sollte bald einsatzbereit sein.« Der letzte Halbsatz war gelogen, aber ich wollte nicht freiwillig zugeben, dass ich für eine Weile ausfallen könnte.

Aktuell muss ich mit gutem Beispiel vorangehen und kann mir keine Schwäche erlauben. Dank meiner Taten werden wir in einen Krieg ziehen und ich muss an vorderster Front dabei sein.

»Hört sich aber nicht so gut an«, antwortete Ian skeptisch und erneut zuckte ich mit den Schultern.

»So ist es halt«, gab ich fadenscheinig zurück und griff nach meinem Telefon, um den Chat mit Bastian zu öffnen. Wir hatten die letzten Wochen so viel Zeit miteinander verbracht, dass seine Abwesenheit im Hauptquartier mir schmerzlich bewusst wurde. Schnell tippte ich:

```
                    Hi B,
    Hast du dein Bike gegen den Baum gesetzt
   oder wurde es wirklich im Ärmelkanal ver-
           senkt? Wann bist du zu Hause?
```

Die Antwort ließ tatsächlich nicht lange auf sich warten:

```
B: Immer so viel Negativität von dir, May.
          Ich: Wurde es versenkt?
B: Nein, aber nur weil du und J es so ei-
lig hatten nach Hause zu kommen, lass mir
           doch noch etwas Zeit.
```

Ich verdrehte die Augen und spießte ein Stück Apfel auf. Unaufgefordert kam Bastians nächste Nachricht:

```
    Ich komme bis zum Vormittag noch an ;)
```

Zufrieden schob ich das Telefon zurück in die Tasche meines Pullovers. »Basti kommt heute am Vormittag an. Hast du etwas von Kaja gehört?« Für einen kurzen Moment bildete ich mir ein, dass ein komisches Zucken über Ians Gesicht verlief, aber so schnell wie es kam, war es verschwunden.

»Kaja wird wahrscheinlich erst morgen hier ankommen«, antwortete Ian schnell und griff nach einer Kaffeekanne. »Gut zu wissen, dass Basti nachher da ist. Ich habe ihn schon eine Weile nicht mehr gesehen.«

»Erst morgen?«, fragte ich zwischen zwei Bissen und zog erstaunt eine Augenbraue hoch.

»Ja, sie wollte sich Zeit lassen und nicht durchfahren wie ihr.« Er grinste breit und ich verzog den Mund .

»Wir waren unter Zeitdruck«, wiederholte ich das, was ich Bastian geschrieben hatte und stocherte lustlos in den Resten meines Essens.

Aber nichtsdestotrotz ... Was hat Joshua bei seiner Familie gesehen, dass er zu so einer Reaktion tendiert?

Der Hunger war mir vergangen und halbherzig aß ich ein weiteres Stück Apfel, bevor ich meine Gabel zurück in die Schüssel legte.

»Bist du fertig, May?«, fragte Ian. »Ich wollte dir etwas zeigen.«

»Lass uns gehen«, antwortete ich und stand auf. Wir verabschiedeten uns von den anderen, verließen den Tisch und gingen gemeinsam aus dem Speisesaal.

»Guten Morgen«, wurden wir höflich auf dem Gang begrüßt und ich entgegnete den Gruß wie in Trance, da ich darauf wartete, endlich Ian allein meine Fragen zu stellen.

Schweigend gingen wir in das erste Stockwerk und bogen in Ians Büro ab.

Rote Weinranken lugten am Rand des Fensters durch das Glas und wippten im Herbstwind, während bunte Symbole über die Bildschirme tanzten.

Kaum war die Tür hinter uns ins Schloss gefallen, hatte ich die Worte ausgesprochen, die mir seit dem Speisesaal auf den Lippen lagen: »Ian, was ist *passiert?!*« Meine Stimme war energischer, als ich es beabsichtigt hatte, aber Ian nahm es mir nicht übel.

Seufzend ließ er sich auf dem Stuhl vor dem Schreibtisch nieder. »Was hast du erwartet, May?«

Ich runzelte perplex die Stirn und verschränkte defensiv die Arme vor meiner Brust.

»Joshua hat heute Morgen zum ersten Mal erfahren, was wir damals getan haben, und er hat es gut weggesteckt. Unsere Taten waren notwendig, aber grausam. Dieses Gelände und alle unsere Hände sind blutbesudelt und werden das immer sein.«

Langsam atmete ich ein und schwieg, während Gedanken auf mich einprasselten.

Joshua wusste davor schon, was für ein Monster ich bin, aber vielleicht hat er es jetzt erst richtig verstanden?

Diese Überlegung zog mir für einen Moment den Boden unter den Füßen weg. Während die Szenarien in meinem Kopf weiterhin Geisterbahn fuhren, beugte sich Ian in seinem Stuhl nach vorne und schnipste mehrmals mit seinen

Fingern vor meinem Gesicht. Erst da fiel mir auf, dass mein Fokus nicht mehr auf ihm lag.

»Erde an May«, spottete er und ließ seine Hand sinken, als ich meinen Blick hob.

»Sorry«, entschuldigte ich mich schnell. »Meine Gedanken waren woanders.«

»Was du nicht sagst.« Er rückte seine Brille zurecht. »Joshua hat gesehen, was in seiner Heimat passiert, und das beeinflusst ihn.«

Ich löste meine verschränkten Arme und lehnte mich an die geschlossene Tür hinter mir. »Was hast du ihm gezeigt?«

»Die Wahrheit«, sagte Ian und wandte sich seinen Bildschirmen und der Tastatur zu. »Die Fahndungen werden ausgeweitet und wir haben falsche Informationen gestreut. Was Joshua getroffen hat, waren die aufgezeichneten Interviews mit seiner Tante und seinen Freunden.« Er tippte schnell sein Passwort ein, worauf die Bildschirme hell aufleuchteten. »May.« Ians Stimme klang einfühlsam und ich wandte mich von den Bildschirmen ab. »Das Grundproblem ist, dass er weder zu uns noch zu seiner Welt gehört. Er steht mittendrin und das Gefühl der Zugehörigkeit ist für seine Moral wichtig.«

Stirnrunzelnd begegnete ich seinen Worten.

»Was seine Leute durchmachen, trägt seinen Teil dazu bei, aber darüber kommt er hinweg. Sie leben und wir werden sie weiterhin überwachen, damit das so bleibt.«

Nachdenklich biss ich mir auf die Unterlippe und ließ Ians Worte auf mich wirken.

Joshua geht es schlecht, aber muss eine Zugehörigkeit zu uns unbedingt in einer Mitgliedschaft im Clan enden?

»Er gehört zu uns.«

»*Nein*, May!«, unterbrach mich Ian salopp. »Joshua ist *nicht* in unserem Clan und deswegen gehört er nicht zu uns.«

Unmut kochte in mir hoch, aber bevor ich mich rechtfertigen konnte, sprach Ian weiter.

»Dass du ihn nicht aufnehmen willst, verstehe ich. Dafür brauchst du dich bei mir nicht rechtfertigen und ich habe Joshua erklärt, dass ich deine Entscheidung nachvollziehen kann.« Ian griff nach einem weiteren Stuhl und schob ihn zu mir rüber.

»Wie hat er reagiert?«, fragte ich tonlos und ließ mich dankend fallen.

»Nicht gut, aber diese Diskussion hatte Kaja auch mit ihm.«

Ich seufzte und vergrub mein Gesicht in den Händen.

Es ist mir wichtig, dass er glücklich ist, aber in meiner Welt besteht dazu keine Chance. Wann versteht er das?

Einmal im Clan, immer im Clan. Der einzige Weg raus ist der Tod. Egal wie oft ich mir den Gedanken durch den Kopf gehen ließ, es gab keine Lösung für die Problematik. »Was soll ich tun, Ian?«, murmelte ich gedämpft durch meine Finger. »Ich will, dass er sicher und glücklich ist, aber nach allem in seine Welt zurück kann.« Halb verzweifelt tauchte ich aus meinen Händen auf.

Ians Miene war verständnisvoll und ich fuhr fort.

»Joshua ist mir wichtig und ich will ihn so gut beschützen, wie ich kann.«

Gedankenverloren atmete Ian ein und starrte auf einen Punkt über meiner linken Schulter. Schweigend verbrachten wir einige Momente so, bevor er antwortete. »Wir sind in einer schwierigen Situation, aber meiner Meinung nach handelst du richtig«, sagte er leise. »Es ist schwer, diesen Spagat zwischen ihm und deinen Aufgaben im Clan zu schaffen, aber wir stehen hinter dir. Es steht jedoch nicht in deiner Macht zu entscheiden, was ihn glücklich macht oder nicht, May. Das muss Joshua selbst entscheiden.«

Kapitel 32

Hauptquartier der Georgier,
Sonntag, 03. Oktober – Joshua

Schweiß tropfte von meiner Stirn, als ich einen Schlag von Waro erfolgreich parierte und mit einem linken Haken konterte.

Spielerisch fing er ihn ab und knurrte: »Deckung hoch«, bevor er mit der anderen Faust einen Schlag auf meinen Kiefer andeutete.

Ich riss meinen rechten Arm in Position und federte die Wucht ab, die mich dennoch unangenehm traf. Mit einem flinken Schritt brachte ich Abstand zwischen uns, aber Waro holte bereits zu einem Roundhousekick aus.

Der Rist seines Fußes traf mich unvorbereitet gegen die Rippen und presste mir die Luft aus den Lungen. Unser Abstand schmolz dahin, als er einen weiteren Schritt auf mich zu machte.

Ich ignorierte den pochenden Schmerz in meiner Seite und brachte meine Deckung in Form.

»Sehr gut«, kommentierte Waro und zielte mit einem Lowkick auf mein Knie.

Mit einem Halbschritt wich ich nach hinten aus und er setzte seinen Fuß an der Stelle ab, wo gerade noch meiner war.

Komm schon. Ich muss seine Bewegungen nur nachmachen.

Sein nächster Angriff ließ nicht lange auf sich warten und ich versuchte, seine vorherige Bewegung zu spiegeln.

Erstaunt hob Waro eine Augenbraue. »Mach die Bewegung kürzer«, wies er mich an und wiederholte seinen Angriff, damit ich es direkt ausprobieren konnte. Ich tat wie mir geheißen und Waro nickte zufrieden.

»Besser.« Im Gegensatz zu Bastian hatte er mich zu Beginn nicht vorgeführt oder mir klar machen wollen, dass er mir deutlich überlegen war, sondern startete direkt in diesen lockeren Kampf, wobei er seine Kraft und Technik deutlich drosselte. Zwischendurch murmelte er mir Verbesserungsanweisungen zu und ich baute sie so schnell wie möglich in meine Abläufe ein.

Bei jedem Angriff oder jeder Verteidigung schmerzten meine Muskeln protestierend, aber ich ließ mir keine Schwäche anmerken, da mir die verzweifelten Worte meiner Tante aus einem Interview noch in den Ohren brannten.

Ich muss *stärker werden, um das alles zu überleben!*

Ich holte zu einem Schlag auf Waros Schläfe aus, den er wie erwartet parierte, aber an seinem kleinen Grinsen wusste ich, dass er mit meinem Versuch zufrieden war.

Er holte mit seiner anderen Faust aus und verpasste mir einen Leberhaken in meine ungedeckte Magengegend.

Ich erkannte seine Absicht schnell genug, aber bevor ich meine Deckung entsprechend verändern konnte, kassierte ich den Schlag bereits. Mir blieb die Luft weg und hustend stützte ich mich mit meinen Händen auf meinen Knien auf.

»Du hast den Schlag rechtzeitig erkannt.« Waro ließ seine Hände sinken. »Aber das mit der Deckung üben wir weiter.« Die letzten Worte klangen spöttisch, aber ich ignorierte es.

Keuchend rieb ich mir meine Seite und versuchte, meine Frustration zu verdrängen. Nach einigen weiteren Atemzügen richtete ich mich auf und brachte meinen Körper in Kampfhaltung.

Waro musterte mich zufrieden und deutete mit seinem rechten Zeigefinger auf mich. »Deine Einstellung gefällt mir«, sagte er und begab sich ebenfalls in Stellung. »Ich verstehe, warum Mayren dich mag.« Seine letzten Worte entfachten wilde Entschlossenheit und ohne mein impulsives Handeln zu verstehen, griff ich ihn erneut an und seine Fäuste flogen mir entgegen.

Im folgenden Schlagabtausch ließ er mir nicht den Hauch einer Chance, doch ich beobachtete jede seiner Bewegungen genau und adaptierte sie so gut wie möglich. So schaffte ich es einen seiner Haken erfolgreich abzuwehren, zielte mit der gleichen Faust auf seine Leber und platzierte erfolgreich einen Schlag.

Die Luft wich stoßartig aus Waros Lungen und sein Körper kippte nach vorne.

Triumph machte sich in meinem Inneren breit und übermütig vernachlässigte ich meine Deckung, um einen weiteren Treffer zu landen.

»Nicht so hochmütig, mein Lieber«, knurrte Waro, ein böses Funkeln erschien in seinen Augen.

Bevor ich reagieren konnte, hatte er seinen rechten Arm um meine Hüfte geschwungen, brach mit einem geschickten Ziehen mein Gleichgewicht und der Raum um mich drehte sich. Unsanft landete ich auf den staubigen Matten. Sterne tanzten vor meinen geschlossenen Augen und meine Seite schmerzte.

Fuck! Das habe ich nicht kommen sehen.

»Das war heftig, Waro«, hörte ich eine vertraute Stimme und rappelte mich auf. »Er war absolut nicht auf den Wurf vorbereitet.« Schritte kamen näher und ich schaffte es, mich auf alle viere zu rollen.

»Er wurde übermütig.« Aus Waros Antwort hörte man deutlich die Belustigung heraus. »Ich muss ihn in die Schranken weisen wie euch damals.«

Der Neuankömmling seufzte und ich zwang mich auf die Knie.

»Hallo, Bastian«, sagte ich und meine Stimme klang matter und entkräfteter, als ich mich fühlte. Eine Schweißperle löste sich von meiner Stirn, rollte über meine Wange und tropfte von meinem Kiefer auf mein Shirt.

»Hey, Joshua.« Er warf mir ein vorsichtiges Lächeln zu, was ich nur halbherzig erwiderte.

Ich stellte mein rechtes Knie auf und stützte mich darauf in den Stand. »Machen wir weiter?«, fragte ich Waro und konnte eine gewisse unterdrückte Wut nicht aus meiner Stimme zurückhalten.

Waro und Bastian sahen mich beide an – Bastian mit gerunzelter Stirn und Waro mit einer faszinierten Zufriedenheit.

Ich hob meine bandagierten Fäuste und brachte meine Füße in einen stabilen Stand. Angst krallte sich um meine Brust, doch ich wusste nicht, wie ich sie anders loswerden konnte als durch das Kämpfen.

»Los«, knurrte ich Waro an, als er keine Anstalten machte, sich ebenfalls in Kampfstellung zu bringen. Was blieb mir anderes übrig, als ums Überleben zu kämpfen? Ich konnte weder zurück in mein altes Leben und auch hier fühlte ich mich nicht zugehörig. Die Angst vermehrte sich in meiner Brust und um diese zu verdrängen, gab es für mich keine andere Möglichkeit, als in den Angriff auf Waro überzugehen. Entschlossen startete ich meinen Versuch mit einem Schwinger, aber Waro schien entschlossen, kurzen Prozess mit mir zu machen und nutzte meinen eigenen Schwung gegen mich.

Erneut drehte er sich vor mir ein, griff mit seinem rechten Arm unter meinem durch und krallte mit seiner Hand in mein Shirt. Dann kniete er vor mir ab und zog mich an meiner Schulter nach vorne.

Mein Körper flog durch die Luft und dieses Mal landete ich platt auf dem Rücken, was den gleichen Effekt hatte wie der Wurf auf die Seite. Unter Schmerzen atmete ich aus und lag benommen da, aber Waro war nicht fertig. Bevor ich die Augen öffnen konnte, schlossen sich seine Hände um meinen Hals und schnürten mir den Atem ab. Mein Herzschlag dröhnte in meinen Ohren und ich versuchte, mit meinen Händen seine zu entfernen, aber fand keinen Halt.

Fuck!

»Hör auf!«, hörte ich Bastian brüllen. »Waro, *hör auf!*« Bastians Worte hallten im Raum wider und sofort verschwand der Druck.

Hustend setzte ich mich auf und atmete keuchend ein. Die Luft kratzte in meinem Hals und ich brauchte einige Atemzüge, um meinen Atem in einen Takt zu bekommen.

»Lass uns allein«, befahl Bastian in Waros Richtung.

Dieser antwortete nichts, aber als ich die Tür sich öffnen und schließen hörte, wusste ich, dass er den Anweisungen nachgekommen war.

Frustriert schlug ich die Augen auf und sah, dass Bastian an meinem Fußende stand.

Mit verschränkten Armen und gerunzelter Stirn blickte er auf mich hinab. »Was ist los, Joshua?« Wut flackerte in seinen Augen und ein Muskel an seinem Kiefer zuckte.

»Was meinst du?«, blaffte ich trotzig, obwohl ich es genau wusste.

Er seufzte und fuhr sich durch die Haare. Dann zog er seine schwarze Lederjacke aus und setzte sich vor mir auf den Boden. Unter dem Ärmel seines Shirts kam der Rand eines weißen Verbands zum Vorschein.

»Ist zwischen dir und May alles okay?«, hakte er nach und ich musste an die Situation beim Frühstück denken, als sie mich aufmuntern wollte, aber ich es nicht erwiderte.

Ja, aber warum fühlt sich das nicht so an?

»Okay, du willst nicht reden?«, fuhr Bastian unbeirrt fort. »Kein Problem, höre mir einfach zu: Ian hat mir von eurem Vormittag erzählt. Ist es das Problem mit dem Clan? Sollte das nicht langsam mal vorüber sein?«

Vorüber sein?!

»Ich gehöre zu niemandem!«, fluchte ich wütend und runzelte die Stirn. »Alles, was ich hatte, ist weg! Mein Leben ist ein Scherbenhaufen und ich bin bei euch, aber werde nie

dazugehören. Ich habe *nichts!* Außer dieses beschissene Gefühl!«

Bastians Miene war ernsthaft betrübt. »Warum sagst du so
was? Mayren und ich stehen an deiner Seite sowie Ian und
Kaja. Sind wir *nichts* für dich?«

Seine Worte erdeten mich und sofort schlug mein schlechtes Gewissen zu, weil ich wusste, dass er recht hatte.

»Ich habe Todesangst«, rechtfertigte ich mich tonlos.

»Denkst du ich nicht?« Herausfordernd zog er eine
Augenbraue hoch. »Bei allem, was ich tue, bin ich mir immer bewusst, dass ich das nicht überleben könnte. Diese
Angst begleitet mich schon ein Leben lang und wird niemals
vergehen.«

Selbst Bastian hat diese Angst? Nach all der Zeit und Er-
fahrung, die er in dieser Welt hat?

»Was glaubst du, was ich gefühlt habe, als wir Silas gestürmt haben?«

Er ließ mir keine Zeit zum Antworten.

»*Angst!* Angst um Mays Leben, um meines! Und das ist
verdammt noch mal gut so, denn sobald diese Angst weg ist,
weiß ich, dass ich etwas falsch mache und nicht mehr gut in
meinen Aufgaben bin!«

Die stählerne Angst, die mein Herz umklammerte, lockerte
ihren Griff.

»Es ist gesunder Menschenverstand, der uns diese Angst
beibehält«, fuhr Bastian ruhig fort. »Und wenn du diese
Angst hast, wird dich das am Leben halten.«

Langsam löste ich die Bandagen von meinen Händen.

»May hat mir heute Morgen eure Vergangenheit erzählt und ich verstehe jede Entscheidung, die ihr treffen musstet. Diese Verantwortung, die ihr so jung übernommen habt ist kaum vorstellbar.« Ich sammelte meine Gedanken, dann sprach ich aus, was mir seit dem Morgen schwer auf dem Herzen lag. »Meiner Familie und meinen Freunden geht es den Umständen entsprechend, aber ich habe mit meinem Verschwinden so viel Leid ausgelöst und habe keine Möglichkeit, das zu lindern. Dieses Wissen und die mangelnde Zugehörigkeit haben mich in eine Abwärtsspirale gezogen.« Beschämt starrte ich auf meine Hände und atmete durch. »Danke, dass du mir den Kopf gewaschen hast.«

»Kein Problem, aber vergiss das nicht, klar?« Er deutete mit seinem Zeigefinger auf mich und seine Augen wurden kleiner. »Vergiss nicht, wer wir sind und wer *du* bist, Joshua! Du gehörst zu uns, ob offiziell oder nicht. May steht zu dir.«

Bei seinen Worten stieg mir Hitze ins Gesicht und gleichzeitig machte sich ein angenehmes Gefühl in meinem Inneren breit, als ich an meine Freundin dachte.

May ... Ich habe versäumt, nach ihren Rippen zu fragen.

Mein schlechtes Gewissen breitete sich aus. Ohne sie würde es mir nicht so leichtfallen, den Kopf erhoben zu halten.

»Sie tut mir gut.«

Ein zufriedenes Lächeln zeichnete sich auf Bastians Lippen ab, aber schnell wich es seinem Pokerface. »Komm.« Er stand auf, reichte er mir seine Hand und ich ergriff sie. Mit einem Ruck zog er mich auf die Füße. »Lass uns nach oben gehen und ich stelle dich ein paar Leuten vor. Mach eine

Pause und heute Nachmittag trainieren wir weiter.«

Als ich stand, spürte ich das Brennen meiner Muskeln und rieb mir nachdenklich die Arme.

Bastian wandte sich ab und hob seine Lederjacke vom Boden auf.

Erneut fiel mir der Verband an seinem Oberarm auf. »Was ist passiert?«, fragte ich nach und deutete auf seinen Arm.

Er zog den Ärmel seines Shirts höher, damit ich den Verband sehen konnte. »Streifschuss«, murmelte er knapp und wir verließen den Trainingsraum.

»Wann?«, fragte ich schockiert, aber Bastian winkte ab.

»Es war in Nizza, aber ist nichts Schlimmes und verheilt gut.«

»Ah«, machte ich nur und wir erreichten den Eingangsbereich im Erdgeschoss.

Im gleichen Moment ging die Eingangstür auf und synchron drehten wir uns um.

Ein Mann trat über die Türschwelle und schüttelte sich einige Regentropfen aus den Haaren. Er hatte eine moderne Frisur und trug einen eleganten, modischen Mantel. Ein verschmitztes Lächeln war auf seinen Lippen, als er uns sah. »Bastian!«, rief er erfreut aus und ließ seine braune Reisetasche neben sich auf den Boden fallen. »Schön, dich zu sehen!«

»Felix!«, sagte Bastian und ging mit funkelnden Augen auf ihn zu, um ihn zu umarmen. Beide klopften einander auf den Rücken, während ich verloren neben ihnen stand. Als die beiden sich begrüßt hatten, antwortete Bastian:

»Wir haben uns schon ewig nicht mehr gesehen, darf ich dir Joshua vorstellen?« Er deutete auf mich und Felix musterte mich interessiert, während mein Blick an seinem Gesicht hängen blieb.

Ein Teil seiner linken Hälfte war mit einem roten Mal bedeckt, was ihm ein ungewöhnliches, aber nicht unattraktives Aussehen verlieh. Das Leuchten seiner grünen Augen trat durch das Rot des Feuermals intensiviert hervor.

»Hi«, begrüßte er mich und ich hoffte, dass ich nicht zu penetrant gestarrt hatte. »Ich bin Felix, schön dich kennenzulernen.«

»Hi, Joshua«, stellte ich mich vor und ergriff die ausgestreckte Hand zur Begrüßung.

Felix' Händedruck war fest und seine Augen röntgen mich durchdringend von Kopf bis Fuß.

»Felix gehört zu uns von der Führungsebene«, erklärte Bastian. »Er steht in der Struktur direkt unter mir.«

May hat mir von Felix erzählt. Er war auf einem der Bilder in ihrem Zimmer, aber hatte auf den Fotos das Gesicht abgewandt. Er war zusammen mit Ian auf Liste um aussortiert zu werden.

Nun wusste ich, warum er nicht wie alle anderen in die Kamera gesehen hatte.

»Dann hat Phönix mit dir zu tun, oder?«, fragte Felix neugierig und schüttelte Wasser aus dem Kragen seines Mantels, es tropfte zu Boden und hinterließ kleine Pfützen.

Ich wusste nicht, was ich antworten sollte, und verzog mein Gesicht zu einem schiefen Lächeln.

Bastian übernahm das Antworten. »Dienstag können wir dir alles erzählen, was in den letzten Wochen passiert ist.«

»Die Gerüchte hatten bereits früher die Runde gemacht«, sagte Felix langsam und zog seinen Mantel aus. »Ich bin sehr gespannt, was die Wahrheit dahinter ist.« Damit griff er nach seiner Reisetasche und legte seinen Mantel darüber. »Jeder von uns ist seit Jahren bereit, Zero den Arsch aufzureißen und ich freue mich, wenn wir endlich eine Chance dazu haben.« Wieder grinste er, diesmal euphorisch und klopfte mir auf die Schulter. »Willkommen in unseren Reihen«, sagte er und ging die Treppe hoch in den ersten Stock.

»Bis später«, rief Bastian ihm hinterher.

Die Begegnung mit Felix war erstaunlich angenehm gewesen und unterstrich gleichzeitig die Worte von Bastian. Das Urvertrauen der georgischen Clanmitglieder beeindruckte mich ein weiteres Mal.

»Sie wollten Felix damals aufgrund seiner Krankheit aussortieren«, sagte Bastian in gedämpfter Stimme hinter mir und ich drehte mich um. »Felix hat schon immer diese Flecken im Gesicht, welche nicht gerade unauffällig sind.« Nachdenklich fuhr sich Bastian durch den Bart.

»Das ist ein Feuermal, oder? Das ist eine Gefäßfehlbildung und völlig ungefährlich.« Durch mein Studium hatte ich diese Erkrankung der Blutgefäße bereits gesehen und Grundkenntnisse darüber.

Unauffällig ist es nicht, aber mit einer Lasertherapie behandelbar. Deswegen jemanden zu töten, ist hirnrissig.

Dann rief ich mir in den Hinterkopf, wo wir waren, und dass Menschen an diesem Ort für deutlich weniger getötet wurden.

Bastian zuckte mit den Schultern. »Felix ist ein guter Mensch und ich schätze ihn sehr«, gab er zurück. »Ian hat gemeint, dass May in die Bücherei wollte. Begleitest du mich oder hast du was anderes vor?«

Schnell schüttelte ich den Kopf und wir gingen los.

Ich habe sie beim Frühstück gesehen, aber diese Sehnsucht nach ihr ...

Wie gestern ergriff mich die Aura der Bibliothek sofort und zog mich in ihren Bann.

Mayren saß an einem der Tische über ein Buch gebeugt, das sie neben ihren Laptop gelegt hatte. Ihre Haare hatte sie zu einem unordentlichen Dutt gebunden und einzelne Strähnen fielen ihr ins Gesicht.

Ihr gegenüber saß eine andere Frau, deren hellbraune Haare in sanften Wellen über die Schultern fielen. Sie hatte mehrere Bücher vor sich geöffnet und weitere thronten in einem Stapel zu ihrer rechten Seite.

»Bastian«, sagte sie und ein leichtes Lächeln umspielte ihre Lippen.

»Luiza«, entgegnete dieser.

Mayren hatte sich umgedreht, als die andere Frau seinen Namen aussprach und ihre Augen wirkten, als würde sie aus einer tiefen Phase aus Konzentration aufwachen.

»Hey«, grüßte sie in seine Richtung, aber ihr Blick ruhte auf mir. Eine Spur von Besorgnis konnte ich daraus lesen.

Ian wird ihr erzählt haben, was heute Morgen geschehen war.

Um ihr die Sorge zu nehmen, lächelte ich ebenfalls, bevor ich die andere Frau ansah.

»Hallo«, sagte sie zu mir. »Du musst Joshua sein?« Wie erwartet war das Gerücht auch zu ihr durchgedrungen.

»Ja, genau«, bestätigte ich und blieb unschlüssig neben Mayren stehen. Sie war aufgestanden und hatte Bastian freundschaftlich umarmt, während Luiza eines ihrer Bücher zu schlug.

»Luiza«, stellte sie sich vor und fuhr sich durch die Haare. »Schön, dich kennenzulernen.« Ihre Miene blieb neutral und ich war mich nicht sicher, ob sie ihren letzten Satz ehrlich meinte, aber sie hatte sich wieder ihren Büchern zugewandt.

Mayren machte einen kleinen, unschlüssigen Schritt auf mich zu und legte den Kopf schief. »Alles gut bei dir?«, fragte sie leise nach.

»Ja, mach dir keine Sorgen, dass mit Ian heute Morgen war«, kurz überlegte ich, was es genau war. »Etwas viel.«

Verständnisvoll nickte sie und sah zurück auf den Bildschirm ihres Laptops. »Ich muss leider noch etwas arbeiten. Willst du dir ein Buch nehmen und lesen, oder, Basti? Was machst du? Kann Joshua dich begleiten?«

»Ich nehme mir ein Buch«, sagte ich und machte Anstalten, zwischen die Regale zu gehen, während Bastian sich zum Gehen wandte.

Ruhe kehrte zwischen den Regalen ein und gedämpft hörte ich das Blättern von Papier oder das Klackern einer Tastatur.

Die Spitzen meiner Finger vibrierten, als ich sie über die dunklen Holzregale gleiten ließ, und mir stieg der tröstende Bücherduft in die Nase. Zwischen diesen ganzen Seiten und dem Papier fühlte ich mich wohl und musste unwillkürlich an meine Mutter denken.

Auch wenn ihr Tod lange her ist hört dieser Schmerz jemals auf?

Kurz drehte ich mich zu Mayren, die wieder voll auf ihre Arbeit fokussiert war.

Ob sie oft an ihre Familie denkt?

Ich schnappte mir einen Roman, der in einem altmodischen Ledereinband gebunden war und setzte mich in einen der bequemen Sessel am anderen Ende des Raumes.

Eine feine Staubschicht hatte sich auf der Oberseite des Buches gebildet, vorsichtig pustete ich sie weg und versank in dem Buch über ein Mädchen, welches den politischen Skandal ihres Heimatlandes auf den Grund ging.

Ich war beim siebten Kapitel angekommen, in dem das Mädchen die Zusammenarbeit mit einem alten, pensionierten Polizeikommissar einging, als ich bemerkte, dass Luiza ihre Bücher sauber aufstapelte und sich von Mayren verabschiedete.

Sie bemerkte, dass ich sie beobachtete und nickte mir zur Verabschiedung zu, was ich entgegnete.

Ich konnte meinen Blick nicht von Mayren lösen, die weiterhin gebeugt über ihren Büchern saß und an ihrem Laptop recherchierte. Eine Haarsträhne löste sich aus ihrer Frisur und fiel ihr in die Stirn.

Bastian hat recht. Spielt es eine große Rolle, ob ich zum Clan gehöre? Ich gehöre zu ihr.

Meine Sehnsucht zog mich zu ihr, weswegen ich aufstand und zu Luizas verlassenem Platz schlenderte.

Mayren beobachtete mich über den Rand ihres Bildschirms und ein warmer Schauer rieselte durch meinen Körper. »Geht es dir wirklich gut?« Besorgnis sprach aus ihren Worten und ihre Augenbrauen verzogen sich.

»Die Situation ist nicht so einfach zu verdauen«, gestand ich ihr und schloss mein Buch.

Mit einem verständnisvollen Ausdruck lehnte sie sich auf ihrem Stuhl zurück. »Auch wenn es riskant ist und absolut unvernünftig, können wir versuchen, eine Nachricht an deine Familie zu schicken.«

Kurz wägte ich ihren Vorschlag ab, aber konnte mir denken, dass eine Nachricht meine Tante nur noch mehr beunruhigen würde.

»Das Risiko ist zu groß. Aber danke, dass du das für mich tun würdest.«

Ein sanftes Lächeln von ihr folgte und sie stützte sich mit ihren Unterarmen auf der Tischplatte auf. »Es ist mir wichtig, dass es dir gut geht.« Ihre Augen wurden dunkler, als hätten sie ein Feuer entfacht, das nur darauf wartete, loszubrechen. »Egal zu welchem Preis.«

Meine Aufmerksamkeit wanderte zu ihren leicht geöffneten Lippen und ich kämpfte gegen die Versuchung an, sie zu küssen. Unsere Blicke trafen sich erneut und die Luft zwischen uns füllte sich schlagartig mit zerreißender Spannung.

Diese Anziehung ...

Ein brennendes Verlangen flammte in mir auf, heftig und unaufhaltsam. Ich wollte es ignorieren, doch in Mayrens Augen spiegelte sich das gleiche Gefühl.

Leise klappte sie ihren Laptop zu und schob ihn zusammen mit den Büchern zur Seite.

Ich sog scharf die Luft ein, als unsere Hände gleichzeitig zueinander fanden und ihre Finger sich mit vertrautem Druck mit meinen verschränkten.

Wir können nicht hier ...

Doch der Gedanke war kaum fertig gedacht, als ich diesen unbändigen Hunger in ihren Augen sah. Meine Erinnerung wanderte zurück zu unserer ersten Nacht in Turin, an die Hitze ihrer Haut und die Wärme ihrer Berührungen.

Ach, scheiß drauf!

Ohne zu zögern, zog ich sie mit einem festen, aber sanften Ruck zu mir, begierig darauf, ihr nahe zu sein.

Mayren folgte meiner Bewegung und beugte sich über die Tischplatte, bis unsere Lippen aufeinandertrafen.

Meine freie Hand vergrub sich in ihren Dutt, während die andere sich um ihre schmalen Finger schloss und ihr ein leises Seufzen entlockte.

Die Finger ihrer anderen Hand legten sich an meine Wange, sie zog mich noch näher zu sich und intensivierte den Kuss. Ihre Zungenspitze glitt über meine Lippen, ein leises Flehen nach mehr. Alles um uns herum wurde bedeutungslos und verschwamm in einem Strudel aus Desinteresse, als ich meine Lippen öffnete und wir uns in den Kuss fallen ließen.

In wenigen Schritten taumelte Mayren auf meine Seite des Tisches, wobei ihre Bewegungen dabei so fließend waren, als hätten wir das schon unzählige Male getan.

Für einen kurzen Moment lösten sich unsere Lippen voneinander, als ich sie hochhob und auf die Tischplatte setzte.

Sofort zog sie mich wieder zu sich, ihre Hände glitten über meinen Oberkörper, heiß und verlangend. Ein leises, kaum hörbares Stöhnen entwich ihr und es brachte meine ohnehin glühende Leidenschaft zum Lodern. Unsere Küsse wurden intensiver und nur ein letzter Funken meines Verstandes bewahrte mich davor, Mayren auszuziehen und meine Lippen auf andere Stellen ihres Körpers zu konzentrieren.

»May, was ist, wenn jemand kommt?«, keuchte ich atemlos zwischen zwei Küssen.

Als Antwort folgte ein belustigtes Knurren. »Keiner würde sich trauen, mit *mir* zu schimpfen.« Ihre Aussage war eine Mischung aus Belustigung und Verlangen, aber trotzdem ließ sie mich los und nach einem abschließenden Kuss sah sie mich an. »Du hast recht«, flüsterte sie widerstrebend neben meinem Ohr, als ich sie umarmte. »Das würde kein so gutes Licht auf uns werfen.«

Ich schloss die Augen und genoss ihre Nähe und Wärme.

Die leise Atmosphäre der Bibliothek wurde durch unsere Atemzüge und die plötzlichen Geräusche von Schritten unterbrochen. Ich fror ein, mein Herz hämmerte gegen meine Rippen und ich spürte, wie Mayrens Körper ebenfalls an Spannung gewann.

Schnell machte ich einen kleinen Schritt zurück, während Mayren elegant von der Tischplatte rutschte und sich lässig dagegen lehnte. Erwartungsvoll wandte sie ihren Kopf zur Tür, zupfte sich ihren Haargummi aus ihrem Dutt und band ihn neu.

Charlie betrat den Raum, vertieft in ein Gespräch mit einem unbekannten Mädchen. Beide grüßten höflich und verschwanden zwischen den Regalen.

Mayren zwinkerte mir zu und stieß sich von der Tischplatte ab. »Beenden wir unser Gespräch oben?«, raunte sie mir ins Ohr und drehte sich um, um ihren Laptop und das Buch zu nehmen.

Kapitel 33

Hauptquartier der Georgier
Montag, 04. Oktober – Mayren

Mein Kopf schwirrte nach dem langen Tag und unterbewusst graute es mir davor, was in den folgenden Tagen auf uns zukommen würde.

Joshua war direkt nach dem Frühstück mit Bastian zum Training aufgebrochen. Zum Mittagessen sahen wir uns nur flüchtig, bevor die beiden wieder in den Trainingsräumen verschwanden.

Währenddessen verbrachte ich meinen Tag in der Bibliothek damit, meine liegengebliebenen Aufgaben der letzten Tage aufzuarbeiten und nach Unterlagen und Möglichkeiten zu suchen, um einen Weg zu Zero zu finden – letzteres erfolglos.

Draußen senkte sich bereits der Abend über den Innenhof und der Kronleuchter über meinem Tisch war meine einzige Lichtquelle, die noch brannte. Mit einem erschöpften Seufzen warf ich einen Blick auf die Uhr und stellte fest, dass es bald Zeit fürs Abendessen sein würde.

Die Frist zum Handeln ist fast abgelaufen und mir läuft die Zeit davon, eine Lösung zu finden, die ich den anderen präsentieren kann.

Ich unterdrückte einen Fluch, schloss meinen Laptop und gestand mir ein, dass meine verzweifelte Suche der letzten Tage ohnehin aussichtslos war.

Vielleicht können die Bilder von Timéo Zero aus der Reserve locken und zum Handeln zwingen?

Ich schob meinen Laptop, zusammen mit dem Buch, in eines der Regale und beschloss, beides nach dem Abendessen zu holen. Ich knipste das Licht aus und machte mich auf dem Weg in den Speisesaal.

An unserem Stammtisch saßen bereits alle versammelt und ich grinste der zwischenzeitlich eingetroffenen Kaja freundlich zu, die richtige Begrüßung müssten wir auf später verschieben. Erleichtert ließ ich mich auf den freien Platz zwischen Joshua und Bastian sinken. »Wie war euer Training?«, fragte ich und hoffte, dass das Gespräch mich von meinen düsteren Gedanken ablenkte.

»Ganz gut«, antwortete Bastian grinsend. »Joshua macht sich.«

Zu meiner Rechten schnaubte dieser belustigt. »Ich *mache* mich?«, wiederholte er spöttisch. »Höchstens als Boxsack für dich und Waro.«

Aufmunternd strich ich ihm über den Arm. »Das wird schon«, munterte ich ihn auf, aber er streckte Bastian die Zunge raus, der hinter meinem Rücken kicherte.

Langsam füllte der Saal sich und ich spürte die erwartungsvollen Blicke unsere Clankameraden auf uns. Alle warteten auf unsere Ansprache und den Grund, warum sie sich hier einfinden sollten.

Kaja und Ian saßen auf der anderen Seite von Bastian, während Aaron, June, Felix und Luiza uns gegenüber Platz genommen hatten.

»Sollen wir?«, fragte Bastian und ich nickte entschlossen.
Zu meiner Rechten hörte ich, wie Bastian die Frage in Kajas und Ians Richtung stellte. Sekunden später erhoben wir uns gemeinsam und brachten die Gespräche im Raum zum Verstummen.

Unglaublich, sie alle hier versammelt zu sehen. Mein Clan, meine Familie.

Bastian ließ seinen Blick über die Gesichter unserer Kameraden wandern, bevor er zu sprechen begann: »Hallo, liebe Familie.« Seine Stimme hallte kraftvoll durch den gefüllten Raum und jeder lauschte aufmerksam. »Wir wollen euch nicht mit langen Reden aufhalten, aber wir wissen, dass euch Gerüchte zu Ohren gekommen sind, und wollen zu Beginn von Phönix Klarheit schaffen.« Bastian machte eine bedeutungsvolle Pause und ich bemerkte, dass viele Augenpaare kurz zu Joshua sprangen. »Phönix«, fuhr Bastian fort. »stand vor vielen Jahren für eine Mission, die dann beginnt, wenn wir endlich einen Weg gefunden haben unsere Rache auszuüben. Es soll bedeuten, alles niederzubrennen und aus der entstandenen Asche aufzustehen. Und genau deswegen sind wir zurück an den Ort, an dem für uns alles begann.«

Seine Worte erzeugten eine Gänsehaut auf meinen Armen und eine Welle von Entschlossenheit erfasste den Raum. Einige Clanmitglieder reckten herausfordernd und entschlossen ihr Kinn in unsere Richtung.

Ich übernahm das Wort: »In den letzten Wochen ist viel passiert …« Meine Stimme zitterte leicht, doch ich fuhr unbeirrt fort.

»Ich wurde erneut zu einem von Zeros Spielen eingeladen und viele von euch wissen, dass ich unseren Clan seit nun fast fünf Jahren in Zeros Hetzjagd vertrete. Wir haben uns dadurch immer einen Vorteil unserem Feind gegenüber erhofft – einen Weg, ihm endlich so nah zu kommen, dass wir unsere Rache erlangen können.« Ich atmete durch und überlegte, wie viel Informationen durch die Gerüchte bekannt geworden waren.

»Dieser Auftrag war zum ersten Mal anders als alle anderen, die Zielperson unterschied sich deutlich von den bisherigen.« Ich machte eine bedeutungsvolle Pause. »Es gab keine offensichtliche Verbindung zu Zero, nicht mal zu unserer Welt. Das hat uns stutzig gemacht hat. Deswegen boykottierte ich den Auftrag und schützte das Leben der Zielperson, statt es zu beenden.« Sanft legte ich meine Hand auf Joshuas Schulter, ohne ihn anzusehen und Euphorie strömte bei der Berührung durch meine Adern.

Kaja übernahm das Wort: »Wir haben lange die Füße stillgehalten, haben darauf gewartet und gehofft, dass Zero einen Fehler macht und das hat er mit diesem Auftrag getan. Jetzt ist *endlich* die Zeit gekommen, dass wir aufstehen und die Initiative ergreifen, um Zero in die Knie zu zwingen!«

Ein aufgeregtes Murmeln ging durch den Raum und die Augen meiner Clankameraden funkelten entschlossen.

»Und das werden wir schaffen. Wenn er die Existenz unseres Clans nicht erst genug nimmt, wird er sich die Finger an unserer Rache verbrennen. Wir werden ihn in der Luft zerreißen«, rief Kaja.

»Ihn so sehr zerfetzen, dass seine Existenz nur noch eine ferne Erinnerung an seine Verbrechen sein wird.«

»Seit *Jahren* warten wir auf diese Gelegenheit«, schloss Ian unsere Ansprache nach einer kurzen Pause. »Und nun ist sie da! Wir werden Zero finden und wir werden ihn vernichten. Mit all unserer Macht.«

Fäuste klopften in einem rhythmischen Takt auf die Tische, ein Zeichen der Zustimmung meines Clans und ich ließ meinen Blick dankbar über die Reihen schweifen. Der Zusammenhalt war unglaublich und ich war stolz, dass diese Leute hinter mir standen.

Erst jetzt bemerkte ich, dass meine Hand noch auf Joshuas Schulter ruhte.

Sollen sie doch denken, was sie wollen. Er und ich, das ist nichts, wofür ich mich verstecke!

Bastian wartete, bis der Tumult verebbte, dann sprach er weiter: »In den nächsten Tagen werden wir uns verstärkt mit den Nachforschungen und möglichen Taktiken gegen Zero beschäftigen. Wir werden euch bei neuen Erkenntnissen informieren.« Ein breites Grinsen erschien auf seinem Gesicht und er erhob seine Stimme.

»Vivere est militare!«, rief er das Motto unseres Clans und in einem gewaltigen Crescendo antworteten wir ihm: »*Vivere est militare!*«

Zu leben, heißt, zu kämpfen!

Kapitel 34

Hauptquartier der Georgier
Dienstag, 05. Oktober – Mayren

Mein Handy vibrierte auf dem Nachttisch. Ohne die Augen zu öffnen, tastete ich danach, um den Wecker in den Schlummermodus zu befördern.

Joshua schlief neben mir, seine Atemzüge waren regelmäßig und einen Moment lang gab ich mich der Illusion hin, dass der Tag noch nicht begonnen hatte. Doch schneller als gedacht drängten sich die Gedanken und Sorgen über die anstehenden Gespräche mit dem Führungskreis in meinen Kopf. Es bereitete mir Bauchschmerzen, dass ich keine Ideen bezüglich des richtigen Vorgehens zu Zero hatte.

Im Halbschlaf kuschelte ich mich an Joshua und mit einem leisen Grummeln zog er mich in seine Arme. Seine Wärme und Nähe wirkten wie ein Rauschmittel und schnell sank ich in einen Dämmerschlaf. Meine Gedanken glitten langsam dahin und gingen in ein diffuses Träumen über.

Als mein Handy erneut klingelte, fuhr ich unsanft hoch, müder als zuvor.

Joshua gähnte hinter mir leise und zog mich zurück in eine Umarmung. »Bleib hier«, flüsterte er und gab mir einen sanften Kuss auf den Hals.

Für einen kurzen Moment war ich versucht, nachzugeben, doch ich schüttelte den Gedanken pflichtbewusst ab. »Geht leider nicht.«

Widerwillig löste ich mich aus seiner Umarmung.

»Sehen wir uns später?«, fragte ich Joshua und er nickte verschlafen.

»Gerne, aber ich werde heute in den Gärten helfen.« Er gähnte, als ich aufstand und mich streckte. »Connor meinte, dass noch einige Ernten ausstehen, und ich möchte mich gerne nützlich machen.«

»Okay.« Ich beugte mich vor, gab ihm einen Kuss auf die Stirn und schlich mich ins Bad. Als ich wenige Minuten später das Zimmer mit meinem Laptop verließ, hörte ich seine regelmäßige Atmung und wusste, dass er wieder eingeschlafen war.

Durch die großen Fenster konnte ich in die Richtung des Waldes sehen, aber mein Sichtfeld war durch die anhaltende Dunkelheit begrenzt. Ich erkannte die Umrisse der Ruine, hinter der die Gärten und Ställe für Hühner und Kühe lagen.

Ich war schon ewig nicht mehr dort gewesen. Wir hatten früh damit begonnen, unsere Lebensmittel selbst zu produzieren, damit wir möglichst unabhängig von der Außenwelt bleiben konnten. Gähnend rieb ich mein rechtes Auge, nahm die Stufen ins Erdgeschoss und bog in den rechten Gang ab.

Mit meinem schwarzen Daumen hatte ich da eher wenig mit zu tun ...

Connor und Mira hatten für die Produktion die Leitung übernommen. Sie lebten dauerhaft hier und verließen das Hauptquartier nie. Es war ihr Weg, mit dem Traumata unserer Vergangenheit umzugehen.

Ich ließ die Bücherei hinter mir und öffnete die nächste Tür zum Besprechungsraum, in dem bereits Felix und Bastian am ovalen Tisch saßen und mich begrüßten.

»Guten Morgen«, entgegnete ich den beiden und setzte mich auf den bequemen Stuhl neben Bastian.

»Wie sieht es mit deinen Rippen aus, May? Wann kämpfen wir miteinander?«

Ich schüttelte den Kopf. »Eyleen hat mir Sportverbot erteilt.«

»Hm.« Seine Antwort war nur ein missmutiges Brummen. *Gerade jetzt wäre das Training so wichtig wie nie.*

Nur wenige Minuten später betrat Luiza den Raum, nickte uns allen zu und setzte sich in die Runde. Sofort schlug sie ein Buch auf, das sie mit sich trug und beugte sich darüber. Es war das Buch, was sie gestern schon in der Bücherei gelesen hatte. *An Eternal Golden Braid* war auf den Einband gedruckt.

Nachdenklich beobachtete ich Felix, wie er in seinem Notizbuch blätterte und sich etwas Handschriftliches durchlas. Das rote Mal auf seinem Gesicht leuchtete im künstlichen Licht des Deckenleuchters und seine hohen Wangenknochen warfen Schatten auf seine Wangen.

Er war einer unserer Clanleute, die außerhalb des üblichen Clanlebens einem *normalen* Job nachgingen und hatte sich als Journalist ein Leben in Madrid aufgebaut – ganz nebenbei regelte er den Sprengstoffkauf und alles, was damit zusammenhing für unseren Clan. Unter seiner Anleitung hatten wir die Landminen in unserem Wald umgestaltet.

Es war konträr – wie alles bei uns.

Die Tür ging auf und Aaron betrat das Zimmer, begrüßte uns und setzte sich neben Luiza.

Meine Unsicherheit stieg, da ich keine handfeste Lösung anzubieten hatte. Dieser Gedanke hatte mir die ganze Nacht einen schlechten Schlaf beschert. Aus meiner Sicht war es falsch, meinen Clan in einen Krieg zu manövrieren, ohne eine richtige Taktik vorschlagen zu können.

Die Situation hat sich nun mal ergeben. Wir müssen zusammen schauen, wie wir damit umgehen.

Wieder öffnete sich die Tür und Ian und Kaja traten ein und setzten sich nach einer kurzen Begrüßung nebeneinander. Ian trug einen Aktenkarton in den Händen und stellte diesen kommentarlos zu seinen Füßen.

Ich warf ihm einen fragenden Blick zu, aber er schüttelte den Kopf und flüsterte lautlos das Wort »Später.«

Fehlt noch June.

Diese ließ nicht lange auf sich warten und setzte sich nach einem müden Gruß in die Runde auf den letzten freien Platz.

Zufrieden sah ich mich in der Runde um. »Es ist eine Weile her, dass wir in dieser Konstellation zusammengekommen sind«, begann ich. »Nur dieses Mal ist es so, dass wir unsere Köpfe zusammenstecken und uns auf den Kampf gegen Zero vorbereiten werden. Wie ich gestern Abend gesagt habe, konnten wir keinerlei Verbindung zwischen Joshua und unserer Welt finden, was äußerst verdächtig ist.«

Ich zählte ihnen die anderen Gründe auf, die mich dazu gebracht hatten, gegen den Auftrag zu arbeiten.

Berichtete von der Allianz mit den Belluccis, den Morden an Silas, Timéo und Irina und der Vereinbarung, die ich mit Lee getroffen hatte.

Die Gesichter der anderen blieben regungslos, doch ich spürte, wie meine Worte die Spannung verdichteten.

»Wie ihr wisst, wird der Auftrag an zehn Jäger vergeben«, fuhr ich fort. »Somit haben wir noch fünf andere Killer auf Joshuas Spur. Die letzten Tage vor der Ankunft waren somit etwas … *intensiver*.«

Ian übernahm an der Stelle das Sprechen für mich. »Mit der Tötung von Timéo haben wir eine Nachricht an Zero vorbereitet. Eine Veröffentlichung kommt einer Kriegserklärung gleich und wir würden ihn und den Rest unserer Welt in Zugzwang bringen. Wir haben Glück, dass die Bilder von Timéos Leiche sehr streng unter Verschluss gehalten wurden und soweit wir beurteilen können, haben sie die Polizeikreise nicht verlassen.« Ian räusperte sich. »Sie nehmen den Fall sehr ernst, aber konnten keine Ermittlungsansätze festigen, die der Wahrheit nahekommen. Unser Clansymbol wurde glücklicherweise nie in den Medien beschrieben, weil es als Täterwissen gilt.«

Nachdenklich stützte er sein Kinn auf seinen Händen auf und sein Blick bohrte sich intensiv in meinen. »Wir haben eure Bilder und zusätzlich hat June sich Zugriff auf die Server der ermittelnden Behörde verschafft. Mit einem *Go* von euch wären sie schnell veröffentlicht.«

Das ist gut. Noch stehen wir nicht unter Druck.

Abschätzend verschränkte ich die Arme vor der Brust und zupfte mir an meiner Unterlippe.

»Wie weit seid ihr mit der Suche nach dem Fotografen, der das Foto von Joshua und seiner Ex-Freundin in Paris gemacht hat?«, fragte Bastian in Richtung von June und Ian.

June seufzte leise und schüttelte leicht den Kopf. »Wir konnten dank Joshua das Aufnahmedatum und den Ort einschränken, aber um ehrlich zu sein … Wir müssen den exakten Ort ermitteln und die genaue Sekunde herausfinden. Das nimmt sehr viel Zeit ein – Zeit, die wir nicht haben.« Stirnrunzelnd sah sie Bastian und mich an. »Es ist eine Suche nach der Nadel im Heuhaufen. Gleichzeitig behalten wir seine Familie im Auge. Bisher haben wir keinen Kontakt von jemandem aus unserer Welt feststellen können, aber falls sich einer ergibt, könnten wir weitere Jäger bestimmen.«

Zum ersten Mal seit Beginn schaltete sich Aaron in unsere Runde ein. »Also haben wir das Problem, dass wir fünf andere Jäger im Nacken haben, eine *Möglichkeit* Zero aus der Reserve zu locken, eine neue Allianz mit den Belluccis, aber keinen Weg zu Zero?« Er zählte die einzelnen Punkte an seinen Fingern ab und mit jedem Punkt fühlte ich mich deprimierter.

Haben wir vielleicht zu wenig in der Hand, um diesen Krieg zu dominieren?

»Das ist nicht viel«, schloss sich Felix Aarons Worten an, aber hob seinen Blick nicht von seinen Notizen. »Könnt ihr eine Statistik aufstellen, welche Jäger in den letzten Jahren beauftragt wurden und diese entsprechend auswerten?« Den letzten Satz wandte er an Ian und June.

»Natürlich, allerdings sind die Teilnehmer oft wechselnd und wir haben auch von den letzten Spielen nicht alle Namen«, antwortete June.

»Mein zweiter Gedanke ist, dass wir uns darauf konzentrieren sollten, weitere Allianzen zu bilden«, fuhr Felix fort und machte sich erneut eine Notiz. »Jeder von uns hat Kontakte zu anderen Clans und das sollte eine gute Möglichkeit sein, um unsere Reihen zu stärken.«

»Außerdem sollten wir unsere Waffen, Munition, Lebensmittel, Sprengstoffe und alles andere dringend aufstocken«, warf Luiza ein und legte den Kopf schräg. »Um eine Bestandsaufnahme werde ich mich nachher kümmern und dann können wir über Aufstockungen und finanzielle Mittel hierfür sprechen.«

Finanzielle Mittel haben wir genug in der Rückhand, im Notfall müssten wir an unsere Reserven, aber diese haben wir für genau so einen Fall aufgebaut.

»Aber nichtsdestotrotz müssen wir jetzt abwarten, dass …« Aaron unterbrach sich und schüttelte leicht den Kopf. »Nein, besser gesagt, *ob* June und Ian den Fotografen überhaupt finden können.«

»Was wir haben, ist mehr als jemals.« Einige Sekunden hielt ich Aaron stand, bevor ich die anderen musterte. »Es war keine übereilte Entscheidung, sondern endlich eine Möglichkeit, Zero aus der Reserve zu locken.«

»Genau so ist es«, pflichtete Bastian mir bei. »Aaron, ich

verstehe, dass dir das nicht reicht, aber dafür sitzen wir jetzt gemeinsam hier, um die Lage zu analysieren und weitere Entscheidungen zu treffen. Aktuell befinden wir uns nicht in Zugzwang. Zumindest nur in dem, was den unerledigten Auftrag von Zero angeht.«

Kaja seufzte, bevor sie sich das erste Mal in unserem Gespräch zu Wort meldete. »Ich habe eine andere Möglichkeit gefunden, wie wir gegen Zero vorgehen können. Um genau zu sein, hat sie mich gefunden.«

Überrascht zog ich eine Augenbraue hoch und sah Bastian an, aber er wirkte genauso verwundert wie ich. Einzig Ian wirkte nicht verwirrt, sondern hob dicke Papierakten aus seinem Karton, die er vor sich stapelte.

»Zugegeben: Ich war für Phönix knapp dran. Der Grund war, dass ich unterwegs war, um Informationen zu sammeln.« Kaja legte ihre Hand auf den Aktenstapel. »In Montpellier bin ich einem Mann namens Alec begegnet. Er hatte eine Markierung einer anderen Fabrik und erklärte mir, dass er und andere sich gegen ihre Eigentümer gestellt haben und ihren eigenen Clan gegründet haben. Alec ist einer von Joshuas Jägern.«

Ein kalter Schock explodierte in meinem Inneren und ließ mein Herz stolpern.

Was?

»Die Aufmerksamkeit von Zeros Auftrag ist für seinen jungen Clan tödlich geendet. Viele seiner Leute wurden angegriffen und sind auf der Flucht. An ihnen wird ein Exempel statuiert und endet erst, wenn sie ausgelöscht sind.

Er bat mich um Hilfe … uns alle.«

Das ist eine spannende Wendung. Ein Jäger könnte ein Verbündeter werden.

»Ich habe mich noch mal mit ihm getroffen und Informationen gesammelt.« Kaja schob die Akten über den Tisch.

Moment mal … Warum trifft sie sich noch mal mit ihm?

Es war, als würde ein Gedanke in meinem Kopf verrücken und an die richtige Stelle springen. Meine Knöchel traten weiß hervor, als ich meine Hand zur Faust ballte.

Das kann nicht wahr sein. Außerdem liegt Montpellier vor Lyon, wo wir uns getroffen hatten.

»Kurze Frage«, schaltete ich mich in ihre Erklärung ein. Meine Stimme hatte eine unbeabsichtigte Schärfe angenommen und ein ungutes Gefühl machte sich in meiner Magengegend breit. »*Wann* bist du diesem Alec begegnet?«

»Joshua war bei mir«, nahm sie mir die Frage ab und warf mir einen entschuldigenden Blick zu, der mich kalt ließ. »Ich habe ihn gebeten, nichts zu sagen, bis Ian und ich die Informationen verifizieren können.«

Das beklemmende Gefühl in meiner Brust verstärkte sich und ein schmerzhafter Stich zuckte durch mein Herz.

Also hat er geschwiegen, weil Kaja ihn darum gebeten hat?!

Wütend sah ich meine Freundin an, aber es war nicht der richtige Zeitpunkt, um das auszudiskutieren. Mit dem Daumen fuhr ich über die Kanten meiner Akte, aber der bittere Geschmack von Verrat verblieb auf meiner Zunge. Ich schluckte meine Gefühle herunter und schlug die Akte auf.

»Das gehört nicht hier her«, sagte ich kühl und es kostete mich Kraft, meinen gekränkten Stolz beiseitezulegen »Wir reden da später drüber, Kaja.«

Ich dachte, es gäbe keine Geheimnisse mehr zwischen Joshua und mir?

Ian räusperte sich. »Kaja und ich haben den Gedanken weitergesponnen und überlegt, welchen Vorteil uns diese Allianz bringen würde und das wäre der Standort einer anderen Fabrik.«

Ein kleines Raunen ging durch das Zimmer, als seine Worte ihre Wirkung entfalteten. Wir hatten noch nie den Standort einer anderen Fabrik herausgefunden.

Die Bilder von Timéo wären ein Witz im Gegensatz zu einem Angriff auf eine von Zeros Fabriken! Dieser Impact wäre ein deutliches Zeichen für unsere Welt und eine Kriegserklärung an Zero.

Für einen kurzen Moment vergaß ich meine Verärgerung über Kaja und Joshua.

»In den Akten findet ihr alle Informationen, die wir in den letzten Tagen zusammengetragen haben. Alle bulgarischen Leute und alles über ihre Fabrik«, fuhr Kaja fort. »Und zusätzlich werden unsere Reihen gestärkt aus diesem Angriff hervorgehen.«

Ich kam bei den Seiten an, die den Bericht über die Fabrik enthielten. Satellitenbilder zeigten das Gelände, das Ähnlichkeit zu unserem aufwies. Meine Gedanken wanderten zu den Kindern, die sich dort befanden und ich erinnerte mich an unsere Kindheit, unsere Vergangenheit.

Sind wir es nicht schuldig, andere davon zu befreien, wenn wir die Möglichkeit haben?

»Was erwarten die von uns, Kaja?«, fragte Bastian. In seine Stimme hatte sich eine kalkulierende Kälte eingeschlichen und an seinem Ausdruck konnte ich ablesen, dass es ihm ebenfalls nicht gefiel, dass eine so heikle Information zurückgehalten wurde. In der Führungsebene durfte so was nicht passierten!

»Sie wollen mit uns zusammenarbeiten. Ihre Vergangenheit gleicht unserer, bloß dass bei ihnen nicht vor Ende der Ausbildung Schluss war, sondern sie verkauft wurden. Alecs erstes Ziel war es, den Auftrag vor May zu beenden, aber durch die Gerüchte des Boykotts und die anschließenden Angriffe auf seine Leute fand ein Umdenken bei ihm statt.«

Ich verzog keine Miene, aber wusste, dass die gemeinsame Vergangenheit und der Hass auf Zero eine Zusammenarbeit möglich machen könnten. Kaja erzählte von Angriffen auf Alecs Leute, den Todesopfern und ihrer Flucht.

Ihr Bericht konnten den negativen Beigeschmack nicht überdecken und ich biss nachdenklich auf meiner Unterlippe herum, während ich ihr lauschte.

»Wie viele Leute könnten wir gewinnen?«, erkundigte sich Felix und seine grünen Augen funkelten voller Tatendrang.

»Ausgebildete Leute etwa 30 bis 40, Schüler in der Fabrik 150 bis 200.«

Kleiner als unsere Fabrik damals.

Luizas Kopf schoss ruckartig in die Höhe. »Wie sollen wir das bewältigen?«, fragte sie herausfordernd. »Bei einer

Zusammenarbeit müssten wir aus Mangel an Alternativen diesen Ort für *Fremde* öffnen. Wir müssten mehr Menschen versorgen, als unsere Kapazitäten es aktuell zulassen. Es ist das *Herzstück* unseres Clans.« Bei dem letzten Satz ballte sie die Fäuste. »Wir kennen diese Leute nicht und werden uns angreifbar machen!« Ihre Befürchtung hatte Substanz. Wenn wir uns Verräter ins Haus holten, verloren wir den größten Trumpf – die Anonymität unseres Hauptquartiers.

»Das ist mir bewusst, Luiza«, antwortete Kaja kühl, doch kurz flackerte Unsicherheit über ihr Gesicht. »Das sind vorerst Möglichkeiten, die wir weiterentwickeln *können*, auch diese Idee ist nicht vollständig ausgearbeitet.«

Luiza legte den Kopf schräg und krempelte die Ärmel ihres Pullovers hoch. An ihren Unterarmen kamen feine, geometrische Tätowierungen in Sicht, die sich perfekt an unser Clantattoo anpassten. »Ich werde die *Möglichkeit* dieser Entwicklung bei meinen Beschaffungsplänen berücksichtigen«, antwortete sie und schlug ebenso einen frostigen Tonfall an wie Kaja.

Aaron schloss für einen Moment die Augen und massierte sich die Schläfen. »Um die Sache zu wiederholen«, schnitt er zwischen den aufkommenden Streit von Kaja und ihrer eigenen Stellvertreterin Luiza. »Wir haben die Möglichkeit, eine andere Fabrik zu erobern, die voraussichtlich Leute auf ihrem Gelände haben, die *Kontaktmöglichkeiten* zu Zero bieten.«

Stimmt. Daran hatte ich bisher nicht gedacht.

»Diese Tatsache sollten wir berücksichtigen. Verhöre sind die eine Sache, um Informationen zu gewinnen. Stochern im Nebel nach einem Fotografen die andere Möglichkeit«, warf Aaron schulterzuckend ein.

»Gut«, meinte Bastian und schlug die Akte vor sich zu. »Jeder von uns hat neue Ansätze erhalten und wir sollten uns an dieser Stelle die Zeit nehmen, die Unterlagen in Ruhe zu sichten und darüber nachzudenken.«

Zustimmend nickte ich und folgte Bastians Beispiel. »Lasst uns in zwei Stunden erneut zusammenkommen und das weitere Vorgehen besprechen«, sagte ich entschlossen.

Damit wurde die Runde vorerst vertagt und eine allgemeine Aufbruchsstimmung lebte auf.

»Kaja, auf ein Wort«, sagte ich, als sie ebenfalls ihre Sachen packte und gehen wollte.

Das sie Joshua zum Schweigen überredet hat, kann ich nicht auf mir sitzen lassen.

Kajas Ausdruck löste Unmut in mir aus und als Ian als letzter die Tür hinter sich zuzog, verschränkte ich die Arme vor der Brust. »Ich schätze dich sehr als meine beste Freundin und Kameradin«, begann ich und legte meine Akte auf meinen Laptop. »Ich vertraue dir uneingeschränkt und hätte niemand anderem Joshuas Sicherheit lieber anvertraut als dir.« Ein altes, schmerzendes Gefühl kroch aus der Ecke meines Herzens und breitete sich in meiner Brust aus.

Kajas Miene war versteinert, aber sie unterbrach mich nicht.

»Aber *wage* es nicht, Joshua gegen mich zu verwenden.« Automatisch schlug ich einen Ton an, den ich nie gegen meine Freunde verwenden wollte, aber die Frustration und dieses ekelhafte Nagen an meinem Herzen trieb mich dazu.

»Falls es erneut dazu kommt, haben wir beide ein Problem miteinander.«

»Versprich mir, dass du das nicht an Joshua auslässt«, bat Kaja mich. »Ich habe ihn zum Schweigen gezwungen. Es hätte nichts gebracht, wenn du von Alec gewusst hättest und es sich als Fehlinformation herausgestellt hätte.«

Versteht sie nicht, dass es mir nicht um den Bulgaren geht, sondern um die Tatsache des Schweigens?

Auf meinen sauren Ausdruck reagierte Kaja mit Gleichgültigkeit. »Es geht mir nicht *darum*, Kaja«, spie ich aus und kämpfte meinen Herzschlag nach unten. Die Situation wühlte mich mehr auf, als ich dachte.

Fragend legte sie den Kopf schräg. »Worum dann, May?«

»Seit *Jahren* habe ich es geschafft, jemand außerhalb unserer Familie an mich heranzulassen und jetzt fühlt es sich wieder so an wie damals.« Zischend stieß ich meinen Atem durch die Nase aus und festigte meinen Griff um den Laptop und die Akte. »Es mag *für dich* eine Kleinigkeit sein, aber ich habe Joshua alles aus meiner Vergangenheit anvertraut und er verschweigt mir etwas?« Für eine Sekunde blieb ich stehen und besann mich eines Besseren.

Ich muss hier weg!

Ich gehorchte meinen Gedanken, öffnete die Tür und verschwand auf den Gang.

»May?«, hörte ich Kaja hinter mir, aber ich ignorierte es und ließ sie stehen.

Mir war zum Heulen zumute. Erneut spürte ich diese aufgebrachte Hitze und musste an die Zeit mit Paul denken.

Klar, es war kein Verrat, der im Ansatz an das von Paul herankam, aber es tat trotzdem weh. Ich musste das mit Joshua klären. Diesmal würde ich nicht mit diesem verräterischen Gefühl zurückbleiben

Mein Wesen hat sich verändert, seit ich Joshua kenne. Was ist, wenn ich in meiner Welt nicht mehr respektiert werde? Welche Konsequenzen hätte das?

Niemand konnte mir diese Fragen besser beantworten als die Zeit, aber ich beschloss, dass ich diese Frage zum gegebenen Zeitpunkt an Bastian weitergeben würde.

An der Treppe traf ich auf Mira, die gerade einige Bücher unter dem Arm trug.

»Hey, Mira«, begrüßte ich sie mit einem höflichen Lächeln und sie erwiderte es.

»Hi, Mayren, alles gut?«

»Ja, hast du Joshua gesehen?«

Mira verlagerte das Gewicht der Bücher auf ihren anderen Arm und lächelte. »Ja, ich glaube, er müsste zusammen mit Raja und Connor in den Obstgärten sein.«

»Danke«, verabschiedete ich mich und ging in einem schnellen Laufschritt auf den Ausgang in Richtung des Hinterhofs zu.

Der frischer Herbstwind empfing mich unfreundlich, aber es machte mir nichts aus. Die Kälte kam mir gelegen, weil die Hitze noch in meinen Adern brodelte. Trockene Blätter wirbelten über den Innenhof und ich umrundete mit großen Schritten die alte Kaserne. Nach der Außenecke der Brandruine kamen schnell die Gärten in Sicht und in der Ferne hörte ich die Hühner gackern, die in ihrem Außengehege umherspazierten. Die Gärten erstreckten sich über einige Quadratmeter, auf denen sich verschiedene Obstbäume wie Perlenketten aneinanderreihten oder Gemüsefelder angelegt waren.

Joshua stand mit Connor zwischen den Apfelbäumen und pflückte die letzten reifen Früchte.

Kurz fragte ich mich, ob jemand Joshua vorgewarnt hatte, aber sein unschuldiges Lächeln, was er mir zuwarf, revidierte den Gedanken. Mein Herz krallte sich schmerzhaft zusammen und gemischte Gefühle tobten in meiner Brust. Enttäuschung und Anziehung kämpften gegeneinander und versuchten, die Oberhand zu gewinnen. Ich war mir unsicher, was ich tun sollte, und drosselte langsam meine Schritte, um ein gemütlicheres Tempo einzuschlagen.

Joshua runzelte die Stirn, als ich sein Lächeln nicht entgegnete und reichte Connor den Sack mit Äpfeln. Zögerlich kam er mir entgegen und verzog die Lippen schuldbewusst.

»Kaja hat es erzählt, oder?«

Ich nickte knapp und deutete auf den Waldrand. »Gehen wir ein Stück?«

Außerhalb der Hörweite anderer ergriff er das Wort. »Es tut mir leid, dass ich dir das verschwiegen habe ...«

Ein Muskel an seinem Kiefer zuckte. »Kaja hat mich darum gebeten, weil sie erst die Grundlagen prüfen wollte und keine falschen Hoffnungen verbreiten.«

Wir betraten den schützenden Wald und sofort umfing uns die angenehme Aura des Herbstes.

»Das ist keine Ausrede«, fuhr Joshua fort und runzelte die Stirn, da er meine Stimmung nicht einschätzen konnte. »Bloß in der ersten Aufregung über unser Wiedersehen und die ganze Entwicklung ...«

Ich griff nach seiner Hand und unsere Finger verschränkten sich ineinander. Ein angenehmer Schauer wischte meine restliche Wut fort.

Meine Geste munterte ihn auf und er sprach weiter: »Es ist falsch, wenn ich mich hinter leeren Worten verstecke ... Es war ein Fehler und ich wollte dich nicht verletzen.« Er strich auffordernd mit seinem Daumen über meinen Handrücken.

Nachdenklich kickte ich einige bunte Herbstblätter vor meinen Füßen zur Seite. »Ich habe dir *alles* erzählt, was in meiner Vergangenheit passiert ist.« Ich bemühte mich, um eine ruhige, neutrale Stimmlage. »Alles, was Paul betrifft, was meine leibliche Familie anging und jede verwerfliche Entscheidung, die ich treffen musste. Das zwischen uns kann nur ohne Geheimnisse funktionieren.«

Und zum ersten Mal war nicht ich der Mensch mit den Geheimnissen.

Sanft brachte ich Abstand zwischen uns, damit ich ihn ansehen konnte. »Ich stehe an der Spitze dieses Clans. Mir *darf* so eine wichtige Information nicht vorenthalten werden. Es könnte mich vor meinem Clan schwach wirken lassen.«

»Du hast recht«, gab Joshua bedrückt zu und seine unglückliche Miene ließ mein Herz erneut schmerzhaft zucken.

»Mach das nicht noch mal«, sagte ich tonlos. »Ein weiteres Mal könnte ich nicht verzeihen.«

Einsichtig nickte er und drückte meine Hand. »Versprochen.«

Dankbar entgegnete ich das Drücken. »Mein Vertrauen wurde bereits einmal massiv gebrochen und du hast es geschafft, es zu heilen. Sorg nicht dafür, dass es wieder bricht.«

Das würde mich endgültig zerstören.

Abrupt blieb Joshua stehen und zog mich in seine Umarmung. »Es tut mir leid, dass ich dich verletzt habe«, flüsterte er leise neben meinem Ohr. »Es tut mir *wirklich* leid.«

Mein Herz klopfte schneller, aber der schmerzhafte Druck von meiner Brust verschwand. Das Blut rauschte in meinen Ohren und mein Inneres kribbelte von der Anziehung, die er auf mich ausübte. Was er in mir auslöste, war stärker als alles, was ich jemals für jemanden empfunden habe und der Gedanke, dass er mir irgendwann das Herz brechen könnte, schmerzte.

Liebe ist eine Waffe, die man einer anderen Person gibt.

Kapitel 35

Hauptquartier der Georgier
Mittwoch, 06. Oktober – Mayren

Kaja: Ich bin in zwanzig Minuten wieder
auf dem Parkplatz des Hauptquartiers. Alec
ist bei mir.
Bastian: Alles klar, Aaron und ich machen
uns auf den Weg und werden euch abholen.
Felix: Verbindet ihm bitte die Augen. Ich
habe keine Lust, die Anordnung der Minen im
Wald zu ändern …

Mit einem unterdrückten Seufzen schob ich das Handy zurück in die Tasche meines Pullovers und beobachtete das Training von Joshua und Waro, dem sich heute die Zwillinge angeschlossen hatten. Sie trainierten unabhängig und gingen ihre eigenen Übungskämpfe durch. Mal mit Stöcken, mal mit Dolchattrappen oder mit blanken Händen. Die Geschwister bewegten sich in einer unglaublichen Geschwindigkeit umeinander und brachten sich mit ihrem taktischen Denken immer weiter an die eigenen Grenzen.

Erneut vibrierte mein Telefon und ich zog es hervor:

Aaron: Wir sind in fünf Minuten da
Eliza: Alles klar
June: Supi
Ich: Mach mich gleich auf den Weg. Bin noch
bei Waro

Ich schob das Telefon in meine Tasche und erhob mich.

Dabei rieb ich vorsichtig über meine Rippen, die mit jedem Tag weniger schmerzten. Die Verbände und Atemübungen zeigten ihre Wirkung – vielleicht waren es aber auch die Schmerztabletten.

Die Zwillinge stoppten sofort ihre Übungen und lächelten mir zu, als ich einen Schritt auf die Matte trat und auch Waro und Joshua stoppten.

»Ich muss zu den anderen«, teilte ich ihnen mit. »Kaja ist zurück.«

Joshua nickte sofort. Ich hatte ihm gestern schon erzählt, dass wir in einer abendlichen Sitzung besprochen hatten, dass wir Alec anhören wollten und Kaja das Hauptquartier verlassen hat, um ihn abzuholen.

»Dann bis später und viel Erfolg«, sagte Joshua und wich einem spielerischen Angriff von Waro aus.

»Augen hierher. Ich bin dein Gegner«, verkündete Waro und mit einem vielsagenden Blick verabschiedete ich mich von ihm.

Waro ging in seiner Art, mit Joshua oder den Zwillingen zu trainieren, vollständig auf. Er mochte es, gebraucht zu werden und ich vermutete, dass ihm das in den letzten Wochen gefehlt haben könnte.

Kaum hatte ich mich umgedreht, wanderten meine Gedanken zu der anstehenden Unterhaltung mit dem Bulgaren. Hoffentlich könnten wir die Vertrauensfrage klären. Das war gestern Abend unser größter Diskussionspunkt.

»Mayren?«

»Ja?« Meine Hand fror auf der Klinke ein und ich drehte mich zu Kathleen um.

»Wir möchten eine Rolle spielen«, sagte sie schnell und ballte entschlossen die Fäuste. »Bitte ... Wir sind so weit und bereit, für den Clan zu kämpfen.«

»Wir trainieren schon so lange darauf hin«, schloss ihr Bruder Karim sich ihrer Meinung an. »Bitte gib uns die Chance, dass wir uns einbringen können.«

Sind sie schon so weit? Sie sind die Jüngsten, aber ich verstehe, dass sie teilhaben wollen.

»Ihr werdet eure Chance bekommen«, versprach ich und ließ Joshua und Waro mit den beiden allein.

Eine altbekannte Kälte floss durch meine Adern, als ich die Treppenstufen zum Erdgeschoss hochsprang und mich konzentrierte. Ich war gespannt, was der Bulgare uns erzählen wird und wie zukunftsweisend die folgenden Gespräche werden konnten.

Mit einem freundlichen Nicken grüßte ich Imogen und Emil, die meine Geste höflich erwiderten und die Stufen hinabschritten. Schnell eilte ich weiter.

So wie Joshua erzählt hat, wollte Alec mich bei Zeros Auftrag übertrumpfen. Offenbar respektiert er mich und diese Wirkung darf ich nicht unterschätzen.

Als ich die Hand auf die Klinke unseres Besprechungsraumes legte, atmete ich für eine Sekunde durch, bevor ich sie nach unten drückte. Ich betrat den Raum und ließ meinen Blick über die versammelten Leute schweifen.

Sofort fiel mir der unbekannte Mann auf, der seitlich zum Eingang saß und von Aaron und Bastian flankiert wurde. Er hatte sich mir zugewandt und seine braunen Augen funkelten ungewöhnlich interessiert.

Ich begrüßte ihn und ein höfliches Lächeln umspielte seine Lippen.

Er folgte jeder meiner Bewegungen, als ich den Raum durchquerte und mich auf meinem Stammplatz ihm schräg gegenüber niederließ.

Kaja und Ian saßen an ihren Plätzen von gestern und schwiegen.

»Felix, June und Luiza sind gleich da «, sagte Bastian und ich musterte weiterhin meinem Gegenüber. Ich konnte nichts dagegen tun, dass sich Misstrauen in mir regte und ich daran dachte, dass Alec auch ein Hinterhalt planen könnte.

Immerhin wurde er ausreichend durchsucht, um festzustellen, dass er keinen Sender bei sich trug oder implantiert hatte.

Alec hielt mir unerschrocken stand und musterte mich seinerseits ebenso eindringlich. Dunkle Schatten hingen unter seinen Augen und bezeugten, dass er die letzten Nächte nicht ausreichend geschlafen hatte. Er wusste genauso gut wie ich, dass er seine Vertrauenswürdigkeit erst beweisen müsste. Er befand sich in Zugzwang, je länger wir brauchten um zu handeln, umso mehr seiner Leute würden sterben.

Die Tür öffnete sich, aber ich sah nicht hin – er ebenso wenig. Eine kleine Ader unter seinem Auge zuckte und ich erkannte einen Hauch Furcht hinter seiner stolzen Fassade.

Also doch.

June setzte sich auf Ians freie Seite, schlug die Akte auf und musterte Alec interessiert.

Wenige Minuten später betraten Felix und Luiza als Letzte der Runde den Raum und setzten sich auf die verbleibenden Plätze.

Ich setzte mein Pokerface auf und musterte Alec weiter.

Seine Fingernägel waren sauber geschnitten und seine Hände wiesen kleine Narben auf, die in unserer Branche üblich waren. Er trug einen Pullover, der seine Arme verdeckte und somit auch das Brandmal der bulgarischen Fabrik, von dem Kaja erzählt hatte.

Er ist der sechste Jäger ... Nach ihm sind es noch vier weitere.

»Mein Name ist Mayren«, stellte ich mich vor, obwohl er zu wissen schien, wer ich war. »Die beiden neben dir sind Bastian und Aaron.« Ich deutete auf die Genannten und stellte die restliche Runde vor. »Kaja und Ian haben uns bereits einige Informationen zur Verfügung gestellt, wir wollen jedoch alles von dir aus erster Hand hören.« Auffordernd sah ich ihn an und Alec nickte.

»Danke, dass ihr mir die Chance gebt, meinen Clan bei euch vorzustellen«, sagte er. »Mir ist klar, dass ich für euch ein Sicherheitsrisiko darstelle, aber ich sehe keine andere Möglichkeit, um meinen Clan zu retten und würde alles für meine Leute tun.«

Sehr ehrenhaft.

»Ich wurde in der bulgarischen Fabrik ausgebildet und habe eine ähnliche Vergangenheit wie ihr. Am Ende meiner Ausbildung wurde ich gebrandmarkt und an einen von Zeros Kunden verkauft.« Sein Blick war auf einen entfernten Fleck links hinter mir gerichtet, als er uns von seiner Geschichte erzählte. »Es verging eine gewisse Zeit, bis ich einigen anderen Leuten aus meiner Fabrik begegnet war und uns das Gerücht von einer georgischen Fabrik zugetragen wurde. Wir schafften es nach einer Weile, uns von unseren Besitzern freizukaufen, und machten uns daran, weitere unserer Leute zu suchen und zu befreien.«

Gerüchte über unsere Fabrik? Wir haben alle Unterlagen darüber vernichtet.

»Welche Gerüchte über uns?«, fragte ich kühl, aber nicht unfreundlich nach.

»Die Gerüchte handelten davon, dass ein Clan existiere, der aus einer alten Fabrik entstanden ist«, berichtete Alec. »Wir strebten selbst nach dieser Unabhängigkeit, daher interessierte es uns, was andere in unserer Situation gemacht hatten. Es war jedoch schwerer, Informationen über euch zu finden, als wir angenommen hatten.«

Niemand konnte unsere Vergangenheit zu einer Fabrik zurückführen.

Selbstgefällig grinsend schob Ian sich seine Brille den Nasenrücken hinauf. Nach unserem Putsch hatte er mit strengster Präzision alle Informationen, die Zeros georgische Fabrik anging, aufgespürt und wir hatten sie vernichtet.

Zero kam nie, um unsere Fabrik zurückzuerobern, aber wir hatten herausgefunden, dass Zeros Clan oder die zuständige Person vermutlich weder den Standort noch Wissen zu unseren Identitäten hatte.

»Egal was oder wie ihr es getan habt, aber wir konnten nichts herausfinden und keiner von euch war greifbar, bis wir schließlich jemanden fanden, der uns Informationen geben konnte.«

Ich erkannte die Skepsis in den Gesichtern meiner Freunde und spiegelte ihren Ausdruck sicherlich auch wider.

Wir haben eine Informationslücke?

Für ein paar Sekunden schwieg Alec, um die Spannung aufrechtzuerhalten. »Einer meiner Fabrikfreunde wurde an jemanden in Italien verkauft, der in einer seiner Gefängniszellen ein Mädchen hielt, das zu eurem Clan gehört. Er hat uns diese Informationen mitgebracht, als er von seinem Besitzer geflohen ist.«

Was?!

»Sie konnte uns bestätigen, dass ihr euch wirklich aus einer Fabrik heraus entwickelt habt«, fuhr Alec fort und mein Herzschlag beschleunigte sich unwillkürlich. »Wir legten uns einen Plan zurecht und wollten auch unsere alte Fabrik angreifen, aber so weit kamen wir nicht, weil bald schon die Jagd auf uns eröffnet wurde.«

Kurz räusperte ich mich, um ihn zu unterbrechen. »Wie heißt dieses Mädchen?«

»Lucy. Gehört sie wirklich zu euch?«, antwortete er mit einer Gegenfrage.

344

Sie lebt?!

»Lucy ist *tot*«, knurrte Felix und beherrschte sich, um seine Stimme unter Kontrolle zu halten. »Sie starb während einer Mission.«

Alec wirkte verwirrt und wandte sich Felix zu, der ihn wütend anfunkelte.

Woher sollte er ihren Namen kennen, wenn er log?

»Nein, sie …«, begann Alec, legte den Kopf schräg und runzelte die Stirn. »Ihr wusstet nicht, dass sie in Gefangenschaft ist, oder? Ihr habt sie für tot gehalten.«

Seine Aussage erwischte mich kalt. Hätten wir gewusst, dass Lucy lebt, hätten wir sie befreit.

Bastian ballte die Fäuste und Aarons Augen wurden schmaler, als sie die deutliche Kritik in Alecs Worten erkannten.

Kaja und Ian tauschten einen schnellen Blick, während June nachdenklich die Lippen spitzte und Luiza mit ihren Fingerspitzen auf den Tisch trommelte.

Diese Information ändert viel und ich will ihr unbedingt nachgehen, aber wenn wir jetzt auf Lucy eingehen, offenbaren wir eine Schwachstelle.

»Erzähl weiter«, forderte ich Alec kühl auf.

Felix gab mir mit einem Stirnrunzeln zu verstehen, dass er lieber an dem Lucy-Thema dranbleiben wollte. Mit einem Nicken bestätigte ich ihm, dass wir darauf zurückzurückkommen würden. Auch nach all den Jahren gab er sich offenbar noch die Schuld für das, was damals geschehen war.

Alec folgte nach wenigen Sekunden meiner Anweisung.

»Dank Lucy beschäftigten wir uns genauer mit eurer Taktik, aber konnten sie nicht umsetzen, weil ich zu Zeros Spiel aufgerufen wurde. Zuerst empfand ich es als Ehre, aber die Situation kippte schnell, als wir erkannten, was Zero wirklich damit für uns beabsichtigte.« Schlechte Erinnerungen schienen ihn zu überkommen. »Er wollte meinen Clan in die Aufmerksamkeit ziehen, damit andere uns finden konnten. Von unserer Stammcrew wurden viele getötet oder verschleppt. Ich gehöre zu den wenigen, die fliehen konnten.«

Zu bleiben hätte nicht geholfen, Alecs Entscheidung war die richtige.

»Wir haben uns aufgeteilt und versucht, am Leben zu bleiben. Als wir herausfanden, dass es Unruhen in London gab, brachen zwei meiner Leute auf, weil wir Mayren dort vermuteten. Wir wollten dich und deinen Clan um Hilfe bitten.« Flehend schaute er mich an. »Ihr seid unsere einzige Hoffnung, dass wir ebenfalls freie Entscheidungen treffen können, dass … wir überleben können.«

Gedanken schwirrten durch meinen Kopf, aber ich konzentrierte mich auf das Wesentliche.

Wenn wir die bulgarische Fabrik aus Zeros Fängen befreien, stärken wir unsere Reihen, platzieren uns besser in der Welt und zwingen Zero zu einem Schachzug. Aus eigener Kraft werden wir ihn nicht finden.

Aaron legte den Kopf schräg und ihm lag vermutlich die gleiche Frage auf den Lippen wie mir. »Und warum sollten wir dir trauen?«, fragte er kalt und zum ersten Mal wich das Selbstbewusstsein von Alec.

»Ich bin Joshua bereits begegnet und um ehrlich zu sein … er war allein. Wenn ich gewollt hätte, hätte ich ihn sofort töten können.« Entschuldigend sah er zu Kaja, deren Miene sich säuerlich verzog.

Sie waren allein *miteinander?*

»Aber das habe ich nicht. Es geht für mich und meine Leute um deutlich mehr, als einen Auftrag von Zero zu gewinnen.« Seine Hände streckten sich in meine Richtung und sein Ausdruck wurde flehend. »Es geht um unser Überleben, also bitte helft uns, damit wir euch bei eurer Rache helfen können. Wenn ihr uns nicht helft, werden wir sterben.«

Und mit ihm würde die Chance sterben, Lucy zu finden und das Risiko beim Angriff auf die bulgarische Fabrik steigen. Er und seine Leute kennen das Gelände wie niemand anderes.

»Wir würden uns nach euren Bedingungen fügen. Uns ist klar, dass wir in einer beschissenen Situation sind«, fügte Alec an und zuckte resigniert mit den Schultern. »Aber uns vereint ein Ziel und ich habe vor, für meinen Clan das Überleben möglich zu machen. Ich würde alles für meine Leute tun und ich bin bereit, eine Schuldmünze im Namen meines Clans auszustellen, die zu Gunsten eures Clans ist.«

Für einen Moment hielt sich Schweigen am Tisch, während Alecs Worte zu wirken begannen – eine Schuldmünze war der ultimative Vertrauensbeweis. Wenn man gegen eine verstieß, dann wäre das die Ächtung des gesamten bulgarischen Clans. Ein Freifahrtschein für die Vernichtung, da er gegen eine grundsätzliche Regel in unserer Welt verstoßen hätte.

Ich wechselte einen Blick mit Bastian. »Ist dir die Gewichtung dieser Schuldmünze bewusst?«, fragte ich nach.

»Ja, sie ist jedem meines Clans bewusst.«

Eine Schuldmünze, ein einfaches Stück Gold, das den ultimativen Schwur der Loyalität beherbergt.

Jedem war bewusst, dass wir uns erst in unserer Runde besprechen mussten, bevor wir überlegen konnten, ob wir sein Angebot annehmen würden.

Bastian räusperte sich schließlich und ergriff das Wort. »Alec, danke, dass du uns das alles erzählt hast. Du hast uns viel Material zum Besprechen gegeben und wir werden uns Gedanken dazu machen.«

Zustimmend nickte ich. »Die letzten Tage und deine Anreise müssen anstrengend gewesen sein. Wir werden dir die Möglichkeit geben, durchzuatmen und dich zu erholen. Ich verspreche dir, dass wir zeitnah eine Entscheidung treffen werden.«

Alec fügte sich mit einem schiefen Lächeln und wurde von Aaron und Bastian nach draußen geleitet. Als die Tür hinter den dreien geschlossen war, ließ ich meinen Kopf seufzend in den Nacken fallen und schloss meine Augen.

Wir müssen die Möglichkeit mit Alecs Clan nutzen, allein Lucy zuliebe.

»Was für eine *Scheiße*«, hörte ich Felix leise knurren und tief durchatmen. Schweigend stimmte ich ihm zu.

»Wusstest du von Lucy?«, fragte Luiza scharf an Kaja gewandt.

»Nein!«, stritt Kaja die Anschuldigung energisch ab.

»Wenn ich das gewusst hätte, hätte ich das viel früher gesagt.«

So wie die Tatsache, dass Alec kurzzeitig mit Joshua allein war und die Chance hatte, ihn zu töten?

Ich hätte ihr die Frage gerne an den Kopf geworfen, aber das brachte uns nicht weiter. Mein Unmut sprang auf die anderen im Raum über und ich hörte deutlich Felix wütendes Knurren.

»Ach ja?«, fauchte er sie an und ich nahm wahr, wie sein Stuhl über den Boden rutschte. »Oder hättest du es genauso verschwiegen wie den Fakt, dass du diesem Alec überhaupt begegnet bist?«

»Felix! Mäßige dich!«, schaltete sich Ian in das Gespräch ein. Eigentlich hielt er sich aus Streitigkeiten heraus, aber wenn Kaja angegriffen wurde, galt das nicht.

Schwungvoll setzte ich mich im Stuhl auf und beobachtete die Situation.

Felix war aufgesprungen und stand mit grimmigen Ausdruck Ian und Kaja gegenüber.

Luiza hatte sich mit ihren Handflächen auf der Tischplatte aufgestützt und war drauf und dran ebenfalls aufzuspringen.

Gerade wollte Felix an Ian gewandt etwas entgegnen, aber ich ließ meine flache Hand auf den Tisch knallen. Alle zuckten zusammen und starrten mich entgeistert an.

»Hört auf mit dem *Kindergarten!*«, brachte ich zwischen zusammengebissenen Zähnen hervor und funkelte die Streithähne an. »Wir stehen als Clan vor der größten Herausforderung jemals und alles, was wir tun, ist, uns anzuschreien und Vorwürfe zu machen.« Meine Handfläche kribbelte vom Schlag auf die Tischplatte. »Reißt euch zusammen. Wir sind als Clan nicht groß geworden, damit wir uns gegenseitig angehen.«

Im selben Moment ging die Tür zum Flur auf und Bastian und Aaron kamen zurück.

Ich atmete tief durch. »Bitte setz dich«, bat ich Felix höflich und deutete auf seinen Stuhl.

Aaron und Bastian erfassten die Situation schnell und setzten sich zusammen mit Felix an den Tisch.

Nachdenklich stützte ich meine Ellenbogen auf der Tischplatte auf und faltete meine Hände ineinander. »Wir müssen den Fakt mit Lucy überprüfen «, begann ich unsere interne Runde. »Aber auch ohne das sollten wir die Schuldmünze annehmen. Alec erwähnte, dass sein Clanfreund von einem italienischen Besitzer geflohen ist. Somit müsste Lucy in Italien sein.«

Felix ballte entschlossen die Fäuste. Seine grünen Augen funkelten voller Tatendrang und das Rot seines Feuermals trat leuchtender hervor.

»Dieser Clan steht kurz vor der Vernichtung. Sie sind verzweifelt und wenn sie uns die Münze im Austausch für diese wertvollen Informationen bieten«, Aaron zuckte mit den Schultern. »Wir wären dumm, wenn wir es nicht tun würden, aber wie wird die Kooperation aussehen? Zumindest gewährleistet die Münze das Vertrauen zwischen uns und ihnen.«

So ist es.

»In meinen Augen ist es ist unumstößlich, dass Alec und seine Leute bei den Georgiern aufgenommen werden.« Kaja sah mich flehend an. »Bitte stimmt zu.«

Stille breitete sich im Raum aus, als jeder sich seine Gedanken zu dem Thema machte.

Neben der Münze vereint unsere Clans der Wunsch nach Rache und der Hass auf Zero ... Außerdem sind wir in der Überzahl. Das Risiko ist in meinen Augen abschätzbar.

Ian begann die Runde. »Du hast meine Zustimmung.«

Die zweite Äußerung kam von Bastian: »Auch ich stimme zu.«

Luiza ließ mit ihrer Meinung nicht lange auf sich warten. Sie schüttelte leicht den Kopf, als sie sprach und Unzufriedenheit klang deutlich zwischen ihren Worten hindurch: »Meine Zustimmung hast du auch, aber in erster Linie, weil ich sie Lucy schulde.«

Egal, was wir mit Alec besprochen hatten oder in dem Deal mit der Münze eingeschlossen, es würde vorerst ein gewisses Misstrauen geben.

»Nur aus dem gleichen Grund stimme ich zu«, knurrte Felix mit verschränkten Armen.

»Auch ich stimme zu«, sagte ich und hoffte, dass nicht nur Lucy der Grund für die Zustimmung war. »Wir *brauchen* Alec und seine Leute, um gegen Zero triumphieren zu können. Außerdem ist es unsere Pflicht, eine weitere Fabrik zu befreien, wenn wir die Chance dazu haben.«

»Du sprichst mir aus der Seele, May«, schloss Aaron sich meiner Meinung an. »Natürlich stimme ich zu.«

Alle Blicke richteten sich auf June, die sich in den Gesprächen zurückgehalten hatte.

Wenn sie nicht zustimmt, ist Kajas Antrag abgelehnt.

»Es scheint der Wille von allen zu sein«, trug sie zur Runde bei. »Ich werde mich nicht dagegen sperren. Meine Zustimmung habt ihr.«

Kapitel 36

Hauptquartier der Georgier

Mittwoch, 06. Oktober – Joshua

Sanft legte ich meinen Arm um Mayrens Schulter, während wir durch den Wald spazierten. Der kühle Herbstwind ließ das gefallene Laub tanzen, aber ich war voll auf Mayren fixiert.

»Die Aufnahme von Alec wird strengen Regeln unterliegen. Trotzdem …« Zögernd biss sie sich auf die Unterlippe. »Sei bitte vorsichtig, wenn du allein bist. Alec und seine Leute werden sich auf dem Gelände freibewegen, aber ich möchte kein unnötiges Risiko eingehen.«

Ich erkannte deutlich die Sorge, die in ihren Gedanken lag.

»Es wird eine Umstellung im Clan erzeugen«, murmelte ich.

Mayren schnaubte zustimmend. »Es ist ein Dilemma«, entgegnete sie. »Auf der einen Seite *muss* ich ihnen vertrauen, aber auf der anderen Seite bist du mir zu wichtig, um ein Risiko einzugehen.«

Das Laub raschelte unter unseren Füßen und begleitete die Worte, die sie voll unterdrückter Angst aussprach. Die Wahrheit war, dass ich sie teilte. In den Übungskämpfen mit Bastian und Waro war mir klargeworden, dass ich gegen keinen der beiden eine Chance hatte, das würde bei Alec und seinen Leuten nicht anders werden.

Anstatt diese Unsicherheit laut auszusprechen, gab ich Mayren einen schnellen Kuss auf die Schläfe.

»Wie geht es jetzt weiter?«, fragte ich und ließ meinen Arm von ihrer Schulter gleiten, nur um nach ihrer Hand zu greifen.

Mayren drückte sie sanft und lächelte. Ihre Wangen waren gerötet, aber ich war unsicher, ob das an meinem Kuss lag oder an der kalten Luft. »Wir werden unsere Gespräche später fortsetzen und eine Ansprache zum Clan halten – Sie müssen wissen, was auf sie zukommt.«

»Was glaubst du, wie eure Leute darauf reagieren werden?«

Mayren zuckte mit den Schultern und ihre Miene verdüsterte sich. »Schwer einzuschätzen«, gab sie zu. »Aber jeder, der alt genug war, um genug aus unserer Fabrikzeit zu wissen, kann den Druck und die Angst der Bulgaren nachvollziehen. Wir haben zu wenig an die anderen Fabriken von Zero gedacht, das war ein Fehler.« Die Vorwürfe, die Mayren sich machte, waren ihr förmlich ins Gesicht geschrieben.

»Was hättet ihr tun sollen?«, versuchte ich sie aufzumuntern. »Ohne Insiderwissen eine andere Fabrik anzugreifen, wäre purer Wahnsinn. Zumal ihr gar nicht wusstet wo die Fabriken liegen.«

Mayren nickte, aber ihre Augen spiegelten den Schmerz vergangener Entscheidung wider. »Das stimmt«, sagte sie. »Aber jetzt haben wir dieses Wissen und so viel mehr.«

»Sprichst du von Lucy?«

»Ja, wir haben alle geglaubt, dass Lucy tot ist …« Wieder biss sie sich auf die Unterlippe. »Aber stattdessen wird sie irgendwo in Italien festgehalten. Es ist unsere Pflicht, sie zu retten.«

In meiner Welt war es selbstverständlich, dass man einen Freund in Not half, aber in Mayrens Fall war es eine Bürde.

»Lucy und Felix hatten eine ähnliche Verbindung wie Bastian und ich«, flüsterte sie nachdenklich und kurz blieb ihr Atem als kleine Wolke in der Kälte schweben. »Sie haben zusammen einen Auftrag übernommen, nichts Großes eigentlich. Es ging um die Beschaffung von einigen Büchern, die Unterlagen über unsere Fabrik beinhalteten. Damals hatten wir alles darangesetzt, alle Unterlagen zu zerstören, um einen Vergeltungsschlag von Zero zu vermeiden. Es war fundamental, aber natürlich nicht ungefährlich. Auch Bastian und ich haben solche Aufgaben übernommen, genauso gut hätte es uns treffen können.« Mayrens Blick wurde unfokussiert und ihre Gedanken schienen in die Vergangenheit abzudriften. »Allerdings ging der Einsatz schief. Felix konnte fliehen, während Lucy ihm die nötige Zeit dafür verschafft hat.«

»Warum habt ihr geglaubt, dass Lucy dabei gestorben sei?«, erkundigte ich mich vorsichtig und Mayren kratze sich verlegen an der Schläfe.

»Felix wollte die Archive sprengen, um möglichst viele Informationen zu zerstören. Die beiden wurden dabei entdeckt und Lucy hat ihn so lange verteidigt, bis Felix alles fertig vorbereitet hatte. Sie hat ihn zur Flucht gedrängt, aber statt ihm zu folgen ...« Mayrens Stimme stockte. »Hat sie die Sprengung ausgelöst.«

Für einige Schritte hörte man nichts außer das Rascheln von Laub unter unseren Füßen.

Unter solchen Umständen hätte wohl jeder geglaubt, dass Lucy gestorben war.

Nach einer Weile drückte Mayren meine Hand. »Wir sollten langsam zurückgehen. Die Besprechungen gehen bald weiter und vor dem Essen müssen wir uns einig sein, damit wir dem restlichen Clan geschlossen gegenübertreten können.«

Zustimmend nickte ich und wir machten langsam kehrt.

Mayren hatte in ihrer Anführerrolle in diesem Clan bereits so viel Verantwortung auf ihren Schultern.

»Was kann ich tun?«, fragte ich leise. Ich konnte nicht tatenlos dabei zusehen, wie sie und ihr Clan ihre Leben für mich riskierten.

Behutsam strich sie mit ihrem Daumen über meinen Handrücken. »Trainiere weiter mit Waro und den Zwillingen, damit du mir etwas entgegenzusetzen hast, wenn ich fit bin.«

Ein Lächeln stahl sich auf meine Lippen. Ihre Worte klangen wie eine willkommene Herausforderung, die ich nur zu gerne annehmen wollte.

Nachdem ich mir am Nachmittag das zweite Mal bei Waro – und den Zwillingen – Prügel eingefangen hatte, war ich froh, als Waro das Training beendete. Karim und Kathleen hatten sichtlich Spaß daran, mich unbarmherzig über die Matte zu jagen, während ich verzweifelt versuchte, ihre Schläge zu parieren oder wenigstens halbwegs elegant zu fallen.

Trotz meiner Frustration schien Waro mit meinen Fortschritten zufrieden zu sein. Wir hatten begonnen, das Schlag-
training mit einer anderen Kampfsportart zu kombinieren,
die sich mit verschiedenen Griffen und Würfen beschäftigte.
Die Folge war, dass ich mehr Bekanntschaft mit den Matten
machte, als auf meinen Füßen zu stehen.

Ob ich diese Frustration jemals verlieren werde?

Eine gemeine Stimme in meinem Inneren zweifelte das an.

Schwerfällig stieg ich die Stufen in den ersten Stock hinauf, bemüht, dabei nicht zu sehr auszusehen, wie ein geprü-
gelter Hund, obwohl jeder meiner Schritte wehtat.

Mit letzter Kraft erklomm ich die Stufen in den zweiten
Stock und öffnete die Tür zu Mayrens Zimmer.

Als ich wenige Minuten später das kalte Wasser auf meinen Körper prasseln ließ, wäre ich am liebsten rückwärts
aus der Dusche gesprungen. Ich blieb jedoch einfach darunter stehen, bis ich mich an die Kälte gewöhnt hatte und der
erste Schock verflogen war. Langsam drehte ich das Wasser
wärmer und lockerte meine geschundenen Muskeln.

Während ich meine Haare wusch, wanderten meine Gedanken zu Mayren und der Entscheidung, die mit den Bulgaren verbunden war.

Wie werden die anderen reagieren? Wird es Streit geben?

Gedankenverloren wusch ich mich und stieg anschließend
aus der Dusche. Die Haut über meinen Rippen waren zwischenzeitlich zu einem fahlen, kaum sichtbaren Gelb abgeheilt, aber gleichzeitig hatte ich genug neue Hämatome
durch das harte Training hinzugewonnen.

Vorsichtig strich ich über die vielen blau-violetten Flecken. Ich wusste, dass das Training nur ein Bruchteil dessen war, was mich auf eine Begegnung mit einem meiner Jäger vorbereitete, aber es tat gut, etwas zu tun und nicht nur abzuwarten.

Während ich mich anzog, beobachtete ich verstohlen mein Spiegelbild. Ich hatte mich verändert und war nicht mehr länger der verunsicherte Student aus London. Mein Blick war fester, meine Schultern breiter und selbst die blauen Hämatome gehörten auf eine gewisse Art zu mir. Auf eine befremdliche Art gefiel mir mein neues Ich.

Zum Abendessen war der Speisesaal bis auf den letzten Platz gefüllt. Es hatte sich wie ein Lauffeuer herumgesprochen, dass die Führungsebene heute Abend wichtige Neuigkeiten verkünden wollte. Die neugierigen Gesichter sprachen Bände. Unter ihnen erkannte ich einige, denen ich in den letzten Tagen auf den Gängen begegnet war, aber auch viele, die mir noch völlig fremd waren.

Es wird noch Wochen dauern, bis ich alle kenne.

Unter dem Tisch griff Mayren nach meiner Hand und drückte sie sanft. »Alles okay bei dir?«, fragte sie leise.

Ich lächelte sie an, obwohl sich mein Magen unwillkürlich zusammenzog.

»Ich bin ein wenig angespannt. Die möglichen Reaktionen bereiten mir Bauchschmerzen.«

Mayren verstand mich. »Mach dir keine Sorgen. Die Begeisterung wird vielleicht gedämpft sein, aber alle wissen, dass es die richtige Entscheidung ist.« Mayren hielt inne und ihre Augen funkelten entschlossen. »Egal, was wir durchgemacht haben oder wie grausam unsere Vergangenheit war. Wir werden nicht dabei zusehen, wie andere Kinder das gleiche durchmachen müssen, wenn wir die Möglichkeit haben, es zu ändern.« Ihre Hand schloss sich fester um meine. »Wir haben vor, einen Krieg loszutreten und dafür brauchen wir jede helfende Hand, die wir bekommen können.«

Ein leises Räuspern von Kaja unterbrach uns. Sie beugte sich zu Bastian und Mayren und fragte: »Sollen wir anfangen?«

Bastian warf Mayren einen fragenden Blick zu und als sie zustimmend nickte, erhob er sich.

Alec war nirgends zu sehen, wahrscheinlich hatte die Führungsebene beschlossen, ihn nicht direkt dem Clan vorzusetzen.

»Gut, dann wollen wir mal«, murmelte Mayren.

Ich richtete mich gespannt auf, als der Raum langsam verstummte. Gesprächsfetzen erstarben und diejenigen, die mit dem Rücken zu uns saßen, drehten sich um. Innerhalb weniger Sekunden war es totenstill und alle Augenpaare blickten die vier Personen an, die sich neben mir erhoben hatten. Je mehr Zeit ich mit Mayren verbrachte, umso mehr vergaß ich, wie sehr sie in ihrer Welt respektiert und gefürchtet wurde.

»Guten Abend zusammen«, begann Kaja und strich sich mit einer nebensächlichen Bewegung ihrer behandschuhten

Hand eine Haarsträhne aus dem Gesicht, bevor sie fortfuhr. »Wie ihr wisst, haben wir die letzten Tage mit Gesprächen und Planungen verbracht. Unser klares Ziel ist es, eine Taktik gegen Zero und seine Fabriken zu entwickeln. Heute wollten wir euch eine Entscheidung mitteilen, die hierbei eine zentrale Rolle spielt.«

Ein leichtes Raunen ging durch die Menge, als Kaja kurz pausierte. Die Neugier der Clanmitglieder war spürbar.

»Bevor ich heimgekehrt bin, hatte ich Kontakt zu einem anderen Clan, der sich aus einer Fabrik wie unserer entwickelt hat«, fuhr Kaja fort. »Dieser Clan hat jedoch nicht die Stärke entwickelt wie unserer. Die Überlebenden sind auf der Flucht und werden verfolgt. Angesichts unserer gemeinsamen Geschichte haben wir einstimmig entschieden, dass wir ihnen helfen und einen Platz in unserem Clan anbieten werden.«

Das Raunen schwoll an, begleitet von skeptischen Ausdrücken und leisem Geflüster.

Ich spürte, wie sich ein Knoten in meiner Brust zusammenzog und sah mich unruhig unter den Georgiern um.

Was ist, wenn sie nicht zustimmen oder die Entscheidung den Clan spaltet?

Kaja hob die Hand, um die Unruhe zu dämpfen und wartete geduldig, bis wieder Stille herrschte. »Wir haben diese Entscheidung aus mehreren Gründen getroffen«, erklärte sie. »Erstens verfügt der Clan über Informationen, die wir dringend benötigen, wie den Standort ihrer Ausbildungsfabrik, und wir wissen alle, welchen Effekt es auf Zero haben wird, wenn wir einen Angriff auf eine der Fabriken wagen und anderen Kindern diese Ausbildung ersparen.« Kaja ließ das schwerwiegendste Argument einen Moment sacken, bevor sie fortfuhr. »Zweitens stärkt die Eingliederung der Bulgaren unsere Reihen und wenn wir in dem bevorstehenden Kampf etwas brauchen können, dann sind es Verbündete. Und drittens: Es ist unsere Pflicht, einer anderen Fabrik zu helfen, die unter denselben unmenschlichen Bedingungen leidet wie wir.«

Mayren übernahm das Wort. »Viertens: Wir haben erfahren, dass eines unserer Mitglieder seit Jahren in Gefangenschaft ist.« Der Satz kam ihr schwer über die Lippen und Felix' Gesicht verkrampfte sich merkwürdig. »Lucy starb damals nicht bei ihrer Mission, sondern wurde gefangen genommen. Uns allen sollte bewusst sein, dass die Befreiung von Lucy unsere Pflicht ist.«

Obwohl ich diese Information bereits kannte, stellten sich meine Nackenhaare auf und ich sah Mayren an. Ihr Gesicht war wie aus Stein und keine Regung ließ mich ihre Gedanken erahnen.

»Ein Mitglied des bulgarischen Clans ist bereits hier und wird sich ab morgen frei im Gebäude bewegen dürfen. Die restlichen Leute werden in der Nacht von Donnerstag auf Freitag ankommen«, fuhr Mayren fort und musste ihre Stimme etwas heben, um das unruhige Gemurmel der einzelnen Mitglieder zu übertönen.

»Gemeinsam werden wir einen Angriffsplan entwickeln, um Lucy und die bulgarische Fabrik zu befreien.«

Zustimmende Rufe ballten sich und Fäuste wurden in unsere Richtung gestreckt.

»Jeder von uns weiß, dass wir großes Glück hatten, diesem Leben zu entkommen. Unser Schicksal hätte das gleiche sein können wie das der Bulgaren. Deswegen sollte uns im Krieg gegen Zero jedes Mittel recht sein, um uns durchzusetzen«, endete Mayren ihre Ansprache und gab das Wort mit einem Nicken an Bastian weiter.

»Die Bulgaren werden eine Schuldmünze an uns alle ausstellen, die uns ihre Loyalität sichert«, erklärte er. »Sie werden sich an dieselben Regeln halten wie jeder andere auch. Ich erwarte von euch, dass ihr sie entsprechend behandelt und bei uns aufnehmt. Sobald wir einen konkreten Plan haben, wie wir die bulgarische Fabrik stürmen und Lucy befreien, werden wir euch informieren. Bis dahin überlegt euch gut, wie weit ihr bereit seid, zu gehen. Niemand kann euch garantieren, dass ihr heil aus dieser Mission zurückkehrt.«

Nach diesen Worten lag für einen Moment bleierne Stille im Raum, bis Ian schließlich die Stimme erhob.

»Es ist Zeit, ein Beben zu verursachen«, sagte er mit schneidender Entschlossenheit. »Zero hat uns erschaffen und damit seinen eigenen Untergang.« Entschlossen ballten sich Ians Fäuste. »Wir werden *alles* geben, um Zeros eigenen Clan zu zerstören.«

Kapitel 37

Hauptquartier der Georgier
Donnerstag, 07. Oktober – Joshua

Es war früh, als Mayren aus dem Bett schlüpfte und zu einer der Besprechungen ging.

Ich drehte mich auf die andere Seite und verabschiedete sie verschlafen, bevor ich wieder einschlief. Nach einer halben Stunde quälte ich mich auch mühsam aus dem Bett, zog mich an und ging zum Frühstück.

Der Speisesaal war bereits gut gefüllt und das Summen der gedämpften Gespräche lag in der Luft.

Die Integration der Bulgaren scheint mehr Gesprächsbedarf zu liefern als gedacht.

Kathleen winkte mir freundlich zu und da ich niemanden von Mayren oder ihren engen Freunden sah, setzte ich mich zu den Zwillingen. »Guten Morgen«, begrüßten mich beide einstimmig und lächelnd entgegnete ich ihren Gruß.

Ich schenkte mir eine Tasse dampfenden Tee ein, doch die Augenpaare, die mich beobachteten, entgingen mir nicht. Das Interesse der anderen war weder freundschaftlich noch neugierig. Es fühlte sich an wie eine stille Bewertung, die sie über mich zogen.

Charlie setzte sich zu uns, dicht gefolgt von einem Mädchen namens Raja. Beide hatten wohl die Plätze gewechselt, da ich sie vorher auf dem Flur nicht bemerkt hatte.

Karims Blick wurde unübersehbar frostig, als die beiden sich setzten, aber er presste schweigend die Lippen aufeinander.

»Guten Morgen, Joshua«, sagte Charlie mit übertriebener Freundlichkeit und schob mir den Brotkorb hin.

»Hallo, Charlie«, entgegnete ich kühl und nahm eines der angebotenen Brötchen. Seit unserer ersten Begegnung hatte ich ein ungutes Gefühl bei ihm. Er war immer freundlich, aber wirkte in seiner Art manipulativ und intrigant.

Kaum hatte ich mich wieder meinem Frühstück zugewandt, legte Raja in einer vertrauten Art ihre Hand auf meinen Arm. Ihre Nähe war aufdringlich und absolut unpassend, sie klimperte mich mit einem koketten Augenaufschlag an. »Könntest du mir bitte eine Tasse Tee einschenken?«, fragte sie in einem süßlichen Tonfall, aber ich erkannte zwischen ihren Worten ihre falsche Art.

Wortlos kam ich ihrer Bitte nach.

Was wird das?

Die Stille an unserem Tisch wurde unangenehm und ich wusste anhand des Ausdrucks auf den Gesichtern der Zwillinge, dass sie Charlie und Raja offensichtlich nicht mochten. Mit einer betont lässigen Bewegung nahm Raja ihre Hand von meinem Arm, aber ihre Haltung wirkte selbstgefällig.

Sie weiß, dass ich zu May gehöre. Was bezweckt sie damit?

Nach wenigen Bissen in mein belegtes Brötchen wagte Charlie den ersten Vorstoß. »Joshua, ich hab da mal eine Frage«, begann er beiläufig, während er sich durch seine silberweißen Haare fuhr.

Ich legte mein Brötchen ab und sah ihn ausdruckslos an.

»Haben Mayren und die anderen herausgefunden, was dich auf den Radar von Zero gebracht hat? Was auch immer es war, es muss wirklich höchst beeindruckend sein.« Er mimte einen anerkennenden Gesichtsausdruck, aber ich durchschaute seine Scharade sofort.

Du bist ein miserabler Schauspieler, Charlie.

»Ian und ich arbeiten daran und haben bereits eine Spur«, bluffte ich mit ruhiger Stimme. »Wie alle anderen musst auch du dich gedulden, bevor du es erfährst.«

Ein kaum wahrnehmbares Zucken in Charlies Auge ließ seine Unzufriedenheit erkennen, aber ich hielt ihm stand. Er überspielte die Situation mit einem verlegenen Lachen. »Natürlich, das verstehe ich.«

Die Zwillinge tauschten einen schnellen Blick und ich spürte, dass sie Charlies Verhalten ebenso skeptisch beobachteten wie ich. Bevor ich weiter darüber nachdenken konnte, klinkte Raja sich in das Gespräch ein.

»Jetzt sei doch nicht so schüchtern!«, sagte sie mit gespielter Freundlichkeit und legte ihre Hand diesmal auf meinen Oberschenkel.

Ihre erneute Berührung fühlte sich erdrückend an und ich wandte mich leicht von ihr ab. Ihre plötzliche Nähe jagte mir eine Gänsehaut auf den Körper. Es war keiner dieser angenehmen Momente, die Mayren in mir auslöste, sondern ein warnender, der mich bat, Abstand zu wahren.

»Wir alle versuchen schon lange, Zeros Aufmerksamkeit zu erlangen, aber du hast es scheinbar mühelos geschafft.

Was ist dein Geheimnis?«

Ich unterdrückte den Drang, zurückzuweichen und zwang mich zu einem neutralen Gesichtsausdruck. »Wie ich bereits sagte, das unterliegt alles Ian.« Mit einer bestimmten Bewegung schob ich Rajas Hand von meinem Bein und nahm meine Teetasse.

Ihre Augen verengten sich für einen Moment, bevor sie ein übertriebenes Kichern ausstieß. »Entschuldige, ich war nur neugierig.«

Sie spielt mit mir. Und sie weiß genau, dass ich es merke. Ist das nicht respektlos gegenüber Mayren? Es sollte ein offenes Geheimnis sein, dass wir ... naja ... zusammengehören.

Rajas Verhalten ärgerte mich. »Hört auf, mich für dumm zu verkaufen«, sagte ich kalt und stellte meine Tasse mit einem leisen Knall zurück auf den Tisch. Der restliche Tee schwappte heraus und verteilte sich in einer kleinen Pfütze.

Ihr Gesicht verfinsterte sich und unverhohlene Verachtung mischte sich in ihre Züge.

»Mir ist klar, dass ihr versucht, aus eigennützigen Gründen Informationen aus mir zu gewinnen, aber da seid ihr bei mir falsch.« Ich stand auf und sah die beiden an. Unter anderen Umständen hätten mir die beiden Angst gemacht, aber seit ich in diese Welt geraten war, hatte ich mit so viel gefährlicheren Menschen zu tun. Diese Begegnungen hatten mich abgehärtet.

Seit Wochen will mich jemand tot sehen, warum sollte ich vor diesen beiden Angst haben? Ich bin es leid, von allen als Opfer angesehen zu werden!

Charlie stand ebenfalls auf. »Du bist nicht aus unserer Welt«, sagte er und knackte mit seinen Knöcheln. »Also lass dir eins gesagt sein: Unsere Welt ist nicht wie deine. Du bist von uns abhängig … und nicht wir von dir!«

Die Stimmung wurde fühlbar kälter und ich erkannte sofort die Drohung, die Charlie mir gegenüber aussprach. Er würde mich niemals akzeptieren.

Hinter Charlie und Raja spannten sich die Zwillinge sichtbar an und ich wusste, dass sie mir im Ernstfall zur Hilfe kommen würden.

Ich hielt Charlies Blick stand, obwohl mir das Adrenalin durch die Adern rauschte. »Das mag sein«, gab ich bereitwillig zu. »Aber wenn ihr glaubt, dass ihr mich einschüchtern könnt, dann unterschätzt ihr mich.«

Charlies Lächeln wurde eine Spur breiter und gehässiger. »Interessant, du bist ja mutig. Aber Mut ohne Verstand ist in unserer Welt keine gute Kombination.«

Raja verschränkte ihre Hände hinter dem Kopf und lehnte sich lässig zurück. »Weißt du, Joshua. Es gibt ein Sprichwort. Der Schwächste zuckt zuerst.« Ihre Augen musterten mich kalt und berechnend von oben bis unten. Da ihre erste Taktik nicht funktioniert hat, versuchten sie nun, mich einzuschüchtern, aber ich hatte es satt, als Schwachstelle gesehen zu werden.

»Vielleicht bin ich neu«, erwiderte ich. »Aber ich habe genug von dieser Welt gesehen, um zu wissen, wie Machtspiele in dieser Welt laufen. Immerhin habe ich meine letzten Wochen mit Mayren und Bastian verbracht.«

Charlies Gesicht wurde noch eine Nuance dunkler und Raja ließ ihre Hände wieder sinken, als sie wiederum meine Warnung erkannten.

»Du hast keine Ahnung, wovon du sprichst«, sagte Charlie leise und machte einen kleinen Schritt auf mich zu. »In dieser Welt gibt es Dinge, die dich zerreißen, bevor du überhaupt verstehst, was mit dir passiert.«

»Dann habe ich wohl Glück, dass ich nicht vorhabe, mich so leicht zerreißen zu lassen.«

Ein Muskel an Charlies Kiefer zuckte und er hob provokativ eine Augenbraue. »Mutig, aber weißt du, was das Problem bei Leuten wie dir ist?«

»Nein, sag es mir.«

»Dass du denkst, deine Kontakte in die Führungsebene machen dich unantastbar. Das tun sie aber nicht.«

Raja erhob sich in einer eleganten, aber energischen Bewegung. »Lass ihn, Charlie«, sagte sie und legte eine Hand auf seinen Arm. »Vielleicht muss er diese Lektion selbst lernen.«

Ich warf den beiden einen letzten, verächtlichen Blick zu, bevor ich mich umwandte und ging. Die Zwillinge folgten mir sofort und wir ließen die angespannte Stille, die sich über den Speisesaal gelegt hatte, hinter uns zurück.

Natürlich ist das Gespräch nicht unbemerkt geblieben ...

Hinter uns fiel die Tür geräuschvoll ins Schloss.

»Joshua, das war mutig, aber nicht besonders klug«, sagte Kathleen nach wenigen Schritten und sah mich besorgt an. »Wir sollten uns nicht mit den beiden anlegen.«

Karim nickte. »Die beiden hacken schon immer auf uns rum. Es wird nicht besser, wenn man ihnen die Stirn bietet.«

Ich schüttelte entschlossen den Kopf. »Nein, wenn ich nachgebe, glauben sie, dass sie mit mir machen können, was sie wollen.« Kurz hielt ich inne. »Was soll das heißen sie hacken auf euch rum?«

Kathleen zuckte verlegen mit den Schultern. »Wir sind nun mal die jüngsten und haben keine Aufträge vorzuweisen. Deswegen haben wir auch Mayren gebeten, dass sie uns endlich einer Mission zuteilt.«

»Ja, wir hoffen, dass die anderen uns endlich anerkennen und nicht mehr auf uns herabschauen«, fügte Karim an.

»Warum seid ihr nicht früher zu Mayren gegangen und habt ihr davon berichtet?«, fragte ich, als wir in den Keller abbogen. »Sie hätte doch gehandelt.«

»Aber Mayren ist nicht immer da …« In Karims Worten klang kein Vorwurf mit, nur Traurigkeit. »Und irgendwann müssen wir auch für uns selbst einstehen.«

Karims Hüftwurf ließ mich in die Matten stürzen. Im letzten Moment gelang es mir jedoch, seinen Arm zu greifen und ihn mit auf den Boden ziehen. Seine Augen weiteten sich überrascht, aber er konnte seinen Sturz nicht mehr abwenden.

Kaum hatten wir den Boden erreicht, verstärkte ich meinen Griff um seinen Arm und packte mit meiner anderen

Hand seine Schulter. Mit aller Kraft drückte ich ihn auf dem Boden fest. Karims Atem ging schwer, als er sich gegen meinen Griff wehrte und irgendwo hinter mir hörte ich Waro Anweisungen geben.

»Lieg nicht da wie ein Sack Kartoffeln«, wies er mich plump an und stupste mit seiner Fußspitze unsanft gegen meine Füße. »Knie anziehen. Du brauchst alle Stabilität, die du bekommen kannst.«

Ich gehorchte, zog die Knie näher an meinen Körper und verlagerte mein Gewicht.

Karim war jedoch nicht bereit aufzugeben und wand sich in meinem Griff. Mit einer geschickten Bewegung bekam er die Hand unter mein Kinn und ehe ich reagieren konnte, schwang er sein Bein darunter und drückte mich mit dessen Hilfe nach hinten um. Unaufhaltsam nahm Karim mich seinerseits in einen Klammergriff, aus dem ich kein Entkommen fand und schnürte mir langsam die Luft ab.

Ich wehrte mich, aber musste ihm auf dem Rücken klopfen und meine Niederlage eingestehen.

Sofort lockerte sich der Druck an meinem Hals und Karim sprang auf und reichte mir seine Hand.

»Nicht schlecht«, keuchte ich.

Waro beobachtete mich mit verschränkten Armen, während Kathleen im Schneidersitz auf dem Boden neben ihm saß. »Deine Reflexe sind gut, aber an der Technik sollten wir mehr arbeiten«, bemängelte er mich mit einer hochgezogenen Augenbraue. »Als Schütze wärst du wahrscheinlich auf kurze Distanz so gut wie Mayren.«

Nachdenklich legte er seinen Kopf zur Seite und eine kalte Welle an Entschlossenheit ergriff mich.

»Dann bring es mir bei«, forderte ich energisch und reckte mein Kinn.

Ohne Waffe würde mich voraussichtlich keiner angreifen. Es wäre sinnvoll, wenn ich es lerne.

Obwohl mich ein letzter Funke meines alten Ich zurückhielt, gewann mein Wunsch, nicht hilflos zu sein.

»Gut«, antwortete Waro. »Wir werden heute Nachmittag damit beginnen. Aber jetzt keine Müdigkeit mehr vortäuschen! Weiter.«

Wir kämpften für einige Zeit, bis die Tür zum Flur aufging und Mayren uns unterbrach.

Ihr Blick suchte sofort meinen und in mir breitete sich ein warmes, wohliges Gefühl aus. »Hey zusammen«, begrüßte sie die Runde. »Dürfte ich euch Joshua entführen?«

Waro und die Zwillinge begrüßten sie und nickten.

»Solange du ihn zum Training am Nachmittag wieder bringst«, war Waros einzige Forderung und Mayren neigte den Kopf.

»Versprechen kann ich es nicht, aber versuchen werden wir es.«

»Bis später«, verabschiedete ich mich von den dreien und verließ mit Mayren die Trainingshalle.

»Ist etwas passiert?«, hakte ich sofort nach, als Mayren vertraut nach meiner Hand griff. Meine Gedanken wanderten direkt zu meiner Familie nach Hause.

»Nichts ernstes«, erklärte mir sie schnell, als sie meine Befürchtungen erriet. »Wir brauchen dich für einen Plan gegen Zero.«

»Meine Hilfe?«, fragte ich irritiert. »Wobei sollte ich euch helfen können?«

Wir erreichten die Treppe und ich fragte mich, ob ich noch Zeit hätte zu duschen.

»Wir werden es dir gleich erklären, aber du musst hierüber Verschwiegenheit bewahren, okay?«

Langsam nickte ich, als wir die Treppen nach oben gingen, wobei mir der Konflikt beim Frühstück einfiel.

»May? Vorhin hatte ich eine komische Begegnung mit Charlie und Raja.« Schnell erzählte ich ihr davon und was Kathleen und Karim mir anvertraut hatten.

Nachdenklich seufzte Mayren und biss sich auf die Unterlippe, als wir an der Tür des Besprechungszimmers stoppten. »Ich werde mir die beiden später vornehmen. Sie können sich nicht in einem Clan so verhalten.« Ihr Ausdruck wurde düster und kurz wirkte sie betroffen. »Die beiden gehören zu meiner Abteilung, ebenso wie die Zwillinge.«

»Die Zwilling wollen sich beweisen«, warf ich ein.

»Sie werden ihre Chance bekommen, aber jetzt müssen wir uns erst auf dich konzentrieren«, versprach sie. »Bist du bereit?«

»Mit dir an meiner Seite habe ich nichts zu befürchten, oder?«

»Nein. Und wenn du dem Plan nicht zustimmen willst, sag das bitte. Versprochen?«

»Versprochen.«

Damit öffnete Mayren die Tür und wir betraten den Raum. In der Mitte des Zimmers stand ein großer, ovaler Tisch, auf dem ich mehrere Grundrisse und Satellitenaufnahmen erkennen konnte. Um den Tisch war die gesamte Führungsebene des georgischen Clans angeordnet, die durch Alec ergänzt wurde. Alle blickten kurz von den Unterlagen vor ihnen auf und lächelten mir aufmunternd zu.

Ich setzte mich neben Mayren und wartete angespannt darauf, in die Gespräche einbezogen zu werden

»Danke, dass du da bist, Joshua«, begann Ian das Gespräch. »Wie wir gestern in der Ansprache erklärt haben, haben wir dank Alec herausgefunden, dass eines unserer Clanmitglieder in Gefangenschaft ist. Zusätzlich haben wir die bulgarische Fabrik, die wir angreifen werden.« Ian deutete mit einer vagen Handbewegung auf die Pläne, die verteilt über dem Tisch lagen. »Wir haben einige Baustellen, aber gleichzeitig sind unsere Angriffe auf die Fabriken auch Angriffe auf Zero und für ihn entsteht Handlungsdruck. Je mehr Punkte gleichzeitig eintreffen oder dicht aufeinander passieren, umso mehr muss Zero sich koordinieren und seine Prioritäten sortieren. Unser Plan ist es die bulgarische Fabrik und den Ort von Lucys Gefangenschaft zeitgleich anzugreifen und so die Aufmerksamkeit von Zero etwas zu streuen.«

»Verstehe«, antwortete ich langsam und warf den Blick auf die Pläne vor mir, die den Grundriss einer kleinen Villa zeigten. »Wo ist Lucy? Nicht in Bulgarien, oder?«

»Nein«, antwortete Bastian und deutete auf den Lageplan, der vor mir lag. »Sie wurde an einen von Zeros Verbündeten verkauft und wird in einem Haus gefangen gehalten, welches in Italien liegt.«

»So ist es«, übernahm Ian. »Zusätzlich streuen wir vor unseren Angriffen gezielt Falschinformationen, die Zero beschäftigen und sammeln heute Nacht die restlichen Bulgaren ein, um zu uns in Sicherheit bringen.«

»Ja, meine Leute sind bereit, sich dem Kampf anzuschließen«, bestätigte Alec und seine Entschlossenheit war förmlich spürbar. Die Wandlung, die er seit Montpellier vollzogen hat, beeindruckte mich.

»Unser Clan wird somit auf über 100 Leute anwachsen«, fuhr Bastian fort und faltete seine Hände. »Wir benötigen dich bei der Erstellung der Falschinformationen.«

»Ihr habt alles für mich riskiert. Deswegen werde auch ich alles in meiner Macht Stehende tun, um euch zu helfen.« Fragend sah ich vom einen zum anderen und Mayren griff auf dem Tisch nach meiner Hand, bevor sie übernahm.

»Als Bastian und ich Timéo getötet haben, haben wir eine Nachricht für Zero auf seiner Leiche hinterlassen. Wir halten diese noch in der Rückhand, aber es ist eine klare Kampfansage. Es sollte uns gleichzeitig neue Verbündete sichern und unsere Welt aufrütteln.«

»Aber das ist nicht die einzige Nachricht, die wir verbreiten werden. Zusätzlich werden wir weitere Informationen streuen, die Zero in Atem halten und diese werden wir zeitnah anfangen«, fügte Bastian an.

»Was kann ich tun?«, hakte ich nach.

»Ganz einfach«, schaltete sich Kaja ein und zupfte am Saum ihres rechten Handschuhs. »Wir werden erst die Nachricht verbreiten, dass du und Mayren ein Paar seid. Viele ...« Sie deutete auf Alec. » ... werden davon abgeschreckt sein, dich weiter zu verfolgen. Bisher wurde nur gemunkelt und wir werden es damit offiziell machen. Weiterhin werden June und ihr Team falsche Informationen über deinen Aufenthaltsort verbreiten. Wir hoffen, dass wir somit eine ausreichende Ablenkung erschaffen, um uns in den kommenden Tagen auf die Angriffe vorbereiten können.«

»Der größte Bluff, den wir anschließend verbreiten werden, ist dein eigener Tod«, fügte Bastian an und für einen kurzen Moment wurde es still im Raum. »Diese Information wird jedoch erst kurz vor dem Angriff verbreitet, weil es die größte und die ultimative Ablenkung für Zeros Clan ist. Sie werden mit der Überprüfung beschäftigt sein.«

Ich soll meinen eigenen Tod vortäuschen?

Fragend sah ich von Bastian zu Mayren, aber sie wich mir aus.

Wenn ich tot wäre, würde Zero das sicherlich überprüfen wollen und seine Ressourcen dafür nutzen. Er wäre somit von den Angriffen der Georgier abgelenkt.

Ich schluckte und biss mir auf meine Unterlippe.

Warum zögere ich? Es ist nicht so, dass ich wirklich sterbe, aber diese Nachricht wird auch an meine Familie und meine Freunde herangetragen. Alle haben noch Hoffnung, dass ich zeitnah zurückkehre, aber das wird nicht passieren.

Vielleicht ist es besser, ihnen die Hoffnung zu nehmen?

Ich atmete tief durch, bevor ich antwortete: »Okay, ich bin dabei.«

Kapitel 38

Waldgebiet nahe Hauptquartier der Georgier
Donnerstag, 07. Oktober – Joshua

Meine Lungen brannten, als ich die kalte Waldluft einsog und sie in einer weißen, schwebenden Atemwolke wieder ausstieß. Hinter mir raschelte das Laub und mein Herzschlag beschleunigte sich, ebenso wie meine Schritte. Äste knackten unter meinen Sohlen und eine Amsel sprang erschrocken in die Luft und floh in die Baumkronen über mir.

Ich muss weiter! Immer weiter!

Adrenalin schoss durch meinen Körper und ich umklammerte mein Handy fester.

Die Täuschung muss echt wirken!

Keuchend drückte ich mich an die Rinde eines Baums, während der Puls mir in den Ohren hämmerte. Meine Hände zitterten leicht, als ich das Telefon vor mein Gesicht hob, und meinen Atem zur Ruhe zwang.

Die Hetzjagd ist nicht echt, sie muss nur so wirken. Es muss unsere Feinde täuschen.

Ich schloss die Augen und ließ das Gefühl der Angst zu, was mir schon die ganze Zeit im Hinterkopf saß. Ich stellte mir vor, was passieren würde, wenn der Plan scheiterte. Wenn meine Familie in das Schussfeld geriet. Wenn Menschen starben – mein Onkel, meine Tante, meine Freunde. Schuld nagte an mir und ich ließ meinen Kopf in den Nacken fallen.

Scheiße! Wie konnte ich mich nur so verändern?!

Hinter mir hörte ich das Laub rascheln und wusste, dass meine Verfolger – Mayren und Bastian – mir dicht auf den Fersen waren. Dann fiel mir die Antwort auf meine Frage ein, die ich mir selbst gestellt hatte.

Weil mein Leben davon abhängt!

Ich zwang die aufsteigende Schuld aus meiner Brust herunter. Sie verschwand nicht, aber durfte mich nicht aufhalten. Nicht heute und auch nicht in den nächsten Wochen, vielleicht sogar Monaten. Ich wusste, dass ich die Hoffnung meiner Familie zerstören würde, aber vielleicht war das besser so. Hoffnung zuzulassen, nur um sie zu einem späteren Zeitpunkt zu zerstören, wäre schlimmer.

Es ist die bessere Lösung ...

Hinter mir ertönten gedämpfte Stimmen und ich bewegte mich vorsichtig weiter, Schritt für Schritt. Ich aktivierte die Innenkamera meines Telefons, um nach hinten zu sehen und stellte fest, dass Mayren und Bastian sich in die entgegengesetzte Richtung bewegten.

Kaum waren sie außer Hörweite, rannte ich weiter. Während des Sprints öffnete ich erneut die Innenkamera und presste mich gegen den Stamm eines Baumes, der breit genug war, um mich zu verbergen.

Okay, jetzt ist es so weit!

Ich überprüfte mein Bild auf dem Bildschirm – unordentliche Frisur, gehetzte Augen und blasse Haut – auf eine erschreckende Art perfekt für das, was ich vorhatte.

Ich holte tief Luft, ignorierte den hämmernden Herzschlag in meiner Brust und startete die Aufnahme. »Mein Name ist Joshua Winter«, keuchte ich in die Kamera und schluckte gegen das trockene Gefühl an. »Ich bin vor Wochen in ziemliche Scheiße geraten.« Das Geräusch von schweren Stiefeln auf trockenem Laub ließ mich zusammenfahren.

Sie haben meine Spur wieder gefunden!

Meine Augen weiteten sich und ohne die Aufnahme zu stoppen, stürzte ich vorwärts.

»Ich werde *verfolgt*«, presste ich zwischen zwei Schritten hervor, während ich über einen umgestürzten Baumstamm sprang. »Jemand hat zehn Killer auf mich angesetzt, die mich alle töten wollen!«

Schüsse zerrissen den Frieden des Waldes und ich zuckte zusammen. Es waren Warnschüsse, aber trotzdem musste ich dagegen ankämpfen, dass sie mich nicht aus der Rolle rissen. Die Initiierung meines eigenen Todes hatte einen ekelhaften Beigeschmack.

»Sie schießen auf mich!«, rief ich mit bebender Stimme und hoffte, dass meine Panik durch die Aufnahme glaubhaft vermittelt wurde.

Erneut peitschten Schüsse durch die Luft, begleitet von Rufen, die mir Bescheid gaben, dass gleich das vereinbarte Zeichen folgen würde.

»Ich wollte nur meine Familie warnen«, stieß ich hervor und keuchte erschrocken auf, als ein Schuss das Laub hinter mir aufwirbelte. »Aber jetzt befürchte ich, dass ich sie mit hineingezogen habe.«

Ein einzelner Schuss ertönte und ich wusste, dass ich nur noch wenige Sekunden hatte.

»Falls ihr das hier seht ... Ich hoffe, es geht euch gut.«

Bang!

Ich ließ mich fallen und ein Schmerzensschrei entfuhr mir – laut, panisch, aber unecht. Das Handy rutschte mir aus der Hand, schlitterte über den Waldboden und blieb wenige Meter von mir entfernt mit dem Display nach oben liegen.

Mir entfuhr ein Aufkeuchen, aber ich biss die Zähne zusammen. Ein kalter Schauder rieselte durch meinen Körper, als ich mir vorstellte, dass das alles echt wäre. Dass ich womöglich Silas, Timéo oder einem der anderen Killer in die Falle gegangen war und jetzt mein Leben ein Ende gefunden hatte. Instinktiv rollte ich mich auf den Rücken und beobachtete, wie die zwei vermummten Gestalten mit Sturmgewehren näherkamen.

»Nein, was«, stammelte ich, gerade laut genug, dass das Telefon den Ton noch aufnehmen könnte.

Bastian hob seine Waffe und feuerte drei Schüsse auf den Baum hinter mir. Der Lärm dröhnte in meinen Ohren und ich ließ mich rücklings ins Laub fallen. Stumpf starrte ich in die knorrigen und nackten Baumkronen, die im Herbstwind wogen.

Das wars ...

Mir wurde übel bei dem Gedanken, dass meine Familie in wenigen Tagen von meinem *Tod* erfahren würde. Schritte, dann stand Bastian über mir.

Seine grauen Augen fixierten mich durch die schmalen Schlitze seiner Sturmhaube, bevor er etwas auf Russisch zu Mayren sagte.

Sie antwortete in der gleichen Sprache, bevor sie wieder ins Englische wechselte und sagte: »Die Aufnahme ist beendet

Sofort riss Bastian sich die Maske vom Kopf. Er streckte mir die Hand entgegen und zog mich auf die Beine. Eine Sorgenfalte stand zwischen seinen Augenbrauen, wie ich sie nur zu gut von Mayren kannte. Tröstend klopfte er mir auf die Schulter, doch ich brachte nur ein gezwungenes Lächeln zustande.

Mayren hatte ihre Glock zurück ins Holster geschoben und hielt in ihrer Hand das Telefon und ihre Sturmhaube. Der Ausdruck in ihren Augen verriet alles – Trauer, Mitleid, Angst.

Wir wussten, dass ich mit dieser Aufnahme endgültig eine Grenze überschritten hatte. Meine Welt lag hinter mir und ich würde nicht so einfach zurückkehren können. Nach Veröffentlichung dieser Nachricht war ich für meine Welt tot!

Mayren trat schweigend näher und zog mich in eine stumme Umarmung.

Hinter mir hörte ich leise das Laub rascheln, als Bastian sich diskret entfernte.

Schniefend zog ich meine Nase hoch und nahm die endgültige Schwere, die auf meinem Herzen lastete, an. Das Gewicht einer Entscheidung, die ich nicht treffen wollte, obwohl sie richtig war.

Sanft strich Mayren mir über den Rücken und jede Berührung hinterließ mehr Wärme in meinem Inneren.

»Ich habe keine Worte, um dich aufzuheitern«, flüsterte sie nach unzählbaren Minuten, in denen wir haltsuchend aneinander standen.

»Ist okay«, antwortete ich leise und zog sie näher an mich. »Es war meine Entscheidung, nicht deine.« Je länger der Moment andauerte, umso erträglicher wurde das Gewicht auf meiner Brust, aber mir war klar, dass es wahrscheinlich nie verschwinden würde.

»Bastian und ich, wir werden *immer* bei dir sein. Solange wir können«, versprach Mayren. »Egal was passiert … Wir stehen das zusammen durch.«

Ich atmete tief ein und nahm Mayrens vertrauten Duft in mich auf. »Ich bin so dankbar für euch«, sagte ich dicht neben ihrem Ohr. »Für dich. Dafür, dass du mich gerettet hast.«

»Leider bringe ich dich nur in größere Gefahren, die dich zwingen, schwierige Entscheidungen zu treffen.« Sie löste sich aus der Umarmung. »Sollen wir zurückgehen oder willst du noch kurz bleiben?«, fragte Mayren vorsichtig. »Der Tag war sicherlich aufwühlend.«

Erst der Konflikt mit Charlie und Raja, das Training, danach das Treffen mit den anderen, ein gestelltes Fotoshooting mit Mayren für falsche Fährten. Und jetzt das hier.

Ich schüttelte den Kopf. »Es geht mir gut«, log ich mit hölzerner Stimme.

Mayren sah mich durchdringend an. »Ich muss eigentlich mit Ian und Alec an den Verteidigungsplänen des Hauptquartiers arbeiten, aber …«

Ich unterbrach sie mit einem sanften Kuss auf die Wange. »Das sollst du auch, Dickkopf«, intervenierte ich und ignorierte die Schwere in meiner Brust. »Waro erwartet mich zum Nachmittagstraining.«

»Joshi, du musst mir nichts vorspielen«, sagte sie besorgt. »Wenn du Zeit brauchst, sag es mir.«

Erstaunlicherweise wollte ich keine Zeit. Ich wollte Waros Training und nicht mit meinen Gedanken allein sein. »Nein«, sagte ich langsam und zwang mich zu einem Lächeln. »Es geht mir besser, wenn ich Ablenkung habe.«

Mayrens Skepsis blieb, aber sie nickte zustimmend. »Okay, wenn es dir hilft.«

Wir setzten uns in Bewegung.

Entschlossen ballte ich meine freie Faust, als wir die ersten Schritte zurück ins Hauptquartier machten. Meine Welt lag hinter mir und ich würde alles dafür tun, dass ich hier Fuß fassen könnte.

Ich werde nicht das schwächste Glied sein. Nicht in dieser Welt, die mich brechen will!

Nur eine Stunde später stand ich mit Waro und den Zwillingen im Schießraum und hielt eine Glock 17 in meiner Hand. Das geringe Gewicht der Waffe erstaunte mich – vor allem, wenn ich bedachte, welch schwere Folgen sie auslösen konnte. Selbst ungeladen flößte sie mir Respekt ein.

Das ist die Waffe, mit der May seit Jahren hantiert.

»Hier, das ist das passende Magazin«, sagte Kathleen und hielt es hoch, bevor sie es mir reichte. »Standardmäßig fasst es 17 Schuss.«

Ich behielt es in den Händen, dann kopierte ich Kathleens Bewegung und lud die Waffe.

»Die Glock lädt automatisch nach«, erklärte sie. »Der Rückstoß beim Schießen zieht direkt die nächste Patrone in den Lauf.« Sie deutete mit dem Kinn auf den Schießstand und wir gingen näher.

Der Raum war lang, die Seiten waren mit schalldämpfenden Matten ausgestattet und endeten an einer Wand mit verschieden großen Zielscheiben. Der Anblick machte mich nervöser, als ich zugeben wollte und ich senkte meinen Blick auf die Waffe. In meinem Rücken spürte ich, dass Waro jede unserer Bewegungen verfolgte.

Er hat gesagt, meine Reflexe eignen sich zum Schießen. Ob er damit recht hat?

»Okay.« Kathleen stellte sich breitbeinig hin und umklammerte die Waffe beidhändig.

Ich ahmte ihre Körperhaltung so gut ich konnte nach.

»Beug die Knie leicht und verlagere dein Gewicht nach vorne«, korrigierte sie meine Haltung. »So kannst du den Rückstoß besser abfangen.«

Ich nahm die Ohrschützer entgegen, die sie mir reichte. Kaum hatte ich sie aufgesetzt, legte sich eine merkwürdige Anspannung über mich.

Ich halte eine scharfe Waffe in der Hand und werde schießen, damit ich lerne, mich im Notfall zu verteidigen.

Unwillkürlich kehrte die Erinnerung an meine Entführung zurück. Doch das beklemmende Gefühl wich wilder Entschlossenheit.

Wenn sowas noch einmal passiert, wird es anders ausgehen!

Kathleens starrte angespannt auf die Zielflächen vor uns. Dann schoss sie mehrmals. Die Projektile bohrten sich in das Zielfeld. Kathleen ließ ihre Waffe sinken und sah mich auffordernd an.

Meine Hände zitterten leicht, als ich meinen Finger an den Abzug legte. Ich fixierte eine größere Zielscheibe, atmete tief durch und drückte ab. Der Widerstand des Abzugs war stärker als erwartet und der Rückstoß ließ den Lauf der Waffe merklich nach oben schnellen. Unzufrieden brachte ich mich wieder in Stellung. Meine Kugel war irgendwo gelandet – nur nicht auf der Zielscheibe. Ich spannte meine Muskeln an, versuchte, die Waffe stabil zu halten und schoss erneut. Diesmal fing ich den Rückstoß besser ab. Ich wiederholte es, immer und immer wieder, aber nicht ein einziger Schuss traf.

Kathleen nahm ihre Ohrenschützer ab und signalisierte mir, es ihr gleichzutun. Das dumpfe Rauschen wich von meinen Ohren und Waros Stimme trat klar und schneidend in den Vordergrund.

»Wie viele Kugeln sind in deinem Magazin?«

Verwirrt starrte ich auf die Waffe in meinen Händen.

Wie oft habe ich geschossen?

»Ich habe nicht mitgezählt«, gestand ich kleinlaut.

»Du solltest niemals den Überblick über deine verbleibenden Kugeln verlieren«, rügte Waro. »Wie willst du sonst wissen, ob du oder dein Partner nachladen muss?«

Das hätte ich mir eigentlich denken können.

»Du hast recht«, stimmte ich zerknirscht zu und senkte den Kopf. Immer wenn ich mit Waro zu tun hatte, bekam ich das Gefühl, dass er sich nicht bewusst war, was er den ganzen Kindern angetan hat. Ich war mir unsicher, ob ich Waro leiden konnte oder nicht.

»Wiederholt die Schussübung«, wies er uns an und deutete auf die Zielscheiben hinter uns. »Es sollte nicht schaden, wenn ihr übt.«

Schweigend drehten wir uns um und wiederholten die Übung. Diesmal zählte ich meine Schüsse, aber traf nicht einmal das Ziel.

»Und?«, fragte Waro mit hochgezogener Augenbraue, als wir die Schützer abnahmen.

»Kathleen hat sieben Schüsse abgefeuert«, sagte ich mechanisch. »Ich habe acht abgefeuert.«

Er wirkte unzufrieden. »Dann müssen wir nur noch dafür sorgen, dass du triffst«, spottete er trocken.

Was für eine Erkenntnis.

Seine Belustigung ärgerte mich, aber ich wusste, dass er mich am Ende trotzdem unterstützen würde, wie im Kampftraining auch.

»Ich übe weiter«, antwortete ich entschlossen und setzte meine Ohrenschützer wieder auf.

Kathleen tat es mir gleich und wir wandten uns den Zielen zu. Sie begann und als ihr siebter und letzter Schuss fiel, setzte ich mit meinen Schüssen an. Ich schoss und zählte mit, bis der Abzug nachgab und mein leeres Magazin ankündigte.

Unzufrieden stellte ich fest, dass ich nicht mit einer Kugel eine der Scheiben getroffen hatte, während Kathleen mit allen Kugeln die Scheibe traf, jedoch nur mit einer Handvoll die Mitte.

Als wir uns umdrehten, wirkte Waros Miene versteinert. »Dass *er* nicht trifft, ist okay«, begann er, worauf Kathleen in Erwartung vor Kritik den Kopf einzog. »Aber, dass *du* nicht alle mittig versenkst …« Er runzelte die Stirn. »Übt weiter.«

Wir setzten das Training fort, bis meine Handgelenke vor Anstrengung schmerzten und der Gestank von Schießpulver schwer in der Luft lag. Als Waro das Training beendete war ich erschöpft und frustriert.

»Danke, Waro«, murmelte ich, obwohl ich mich nicht dankbar fühlte.

Er warf mir einen Blick zu, der auf eine merkwürdige Art durchdringend und analytisch war. »Wir sehen uns morgen.«

»Das ist frustrierend«, knurrte ich auf dem Gang und Kathleen nickte verständnisvoll.

»Vielleicht bist du beim Schießen einfach nicht so talentiert?«, schlug sie vor, aber biss sich sofort auf die Unterlippe. Nach der Kritik von Waro hatte sie sich an ihre Waffe geklammert und konnte ihre Schussbilanz verbessern.

Wahrscheinlich hatte sie trotzdem Angst, dass sie für die aufkommenden Aufträge nicht freigegeben wird.

»Wir sehen uns beim Essen«, sagte Kathleen, ohne mich anzusehen und rannte in Richtung der Trainingsräume davon, während ich mich auf dem Weg zur Dusche machte.

»Hey«, begrüßte Mayren mich und setzte sich zu mir. Schnell drückte sie mir einen sanften Kuss auf die Lippen und mein Inneres kribbelte bei der kleinsten Berührung, doch dass sie mich so offen vor dem ganzen Clan küsste, war mir neu.

Ein Grinsen schlich sich auf meine Lippen, als sie unter dem Tisch nach meiner Hand griff.

»Du riechst nach Schießpulver«, flüsterte Mayren und zog belustigt eine Augenbraue hoch. »Was hast du zu deiner Verteidigung zu sagen?«

Entschuldigend sah ich sie an und versuchte, möglichst zerknirscht auszusehen. »Waro hat mir heute versucht, das Schießen beizubringen.«

»Das war überfällig«, gab sie zu und hob ihren Blick, als sich die Tür des Speisesaals öffnete. Scheinbar wartete sie darauf, dass die anderen aus ihren Besprechungen kamen. »Wie lief's?« Mayren goss sich ein Glas Wasser ein.

Unzufrieden atmete ich aus und nahm mir ebenfalls ein Glas Wasser. »Ganz ehrlich? Grauenvoll. Kathleen meinte, dass ich nicht so talentiert sei und Waro hat zu meiner Leistung lieber geschwiegen.«

Mayren lachte leise und ihr Amüsement milderte meinen Frust. »Lass dich nicht verunsichern. Wenn ich die Tage

388

mal eine Stunde Zeit finde, begleite ich dich zum Schieß-
training.«

Ihr Angebot war nett gemeint, aber ich zweifelte daran,
dass es mir etwas bringen würde. Es hatte nicht mit ihrer
Anwesenheit zu tun, dass ich ein miserabler Schütze war.

»Wie lief die Besprechung mit Ian und Alec?«, hakte ich
nach. In diesem Moment ging die Tür auf und Ian betrat zusammen mit Kaja und Alec den Saal.

Augenblicklich wurde die Geräuschkulisse unruhiger und
viele Gesichter wandten sich Alec zu, der unerschrocken war.

Langsam neigte Mayren den Kopf, während wir die drei
beobachteten, wie sie sich einen Weg zu uns durch die Tische bahnten. »Interessant«, antwortete Mayren, ohne mich
anzusehen. »Wir haben einige Taktiken durchgesprochen
und entsprechende Pläne erstellt. Ich denke, dass wir bald
agieren werden.«

Fragend wandte ich ihr meinen Kopf zu. »Bald?«

»Ja, wir haben alle Informationen. Warum sollten wir länger warten?« Sie griff wieder nach ihrem Wasserglas und die
kleine Skepsisfalte erschien zwischen ihren Augenbrauen.
»Wir sind uns lediglich über das wann noch nicht einig.«

*Wir haben immer von Krieg gesprochen, aber jetzt ist sei-
ne Aura greifbar.*

Der Gedanke, dass Mayren und ihre Leute sich in Gefahr
brachten, war schmerzhaft und ich versuchte, mich davon
abzulenken, indem ich Gemüse auf meinen Teller lud.

Wir wussten alle, auf was wir uns einlassen.

Ich lächelte Alec freundlich zu, als er sich mir gegenüber an den Tisch setzte und Kaja und Ian auf ihre Stammplätze.

Es war die typische Zeit für das Abendessen gekommen und der Saal füllte sich nach und nach mit hungrigen Gesichtern und Gesprächen. Immer wieder richteten sich Blicke in unsere Richtung und es war mir klar, dass sich die meisten Gespräche um Alec drehten.

Er bemerkte es ebenfalls, aber ignorierte sie mit lässiger Gleichgültigkeit. Die Aufmerksamkeit, die er erzeugte, war anders als meine. Die Mitglieder der Georgier teilten die Vergangenheit mit Alec.

Wieder ging die Tür auf und Bastian kam mit Felix und June in den Saal. Zielgerichtet bahnten sie sich einen Weg durch die Blicke und setzten sich zu uns.

Felix wirkte reserviert und ich fragte mich unwillkürlich, ob das an Lucy liegen könnte.

»Felix?«, sprach Mayren ihren Gegenüber an. »Hast du schon ein Team zusammengestellt, welches das Minenfeld verstärkt?«

»Ja, habe ich. Wir werden morgen anfangen, nachdem ich etwas geschlafen habe. Wenn wir die Bulgaren durch das Feld geleiten, muss ich ausgeschlafen sein, bevor ich mich an so eine Aufgabe mache.«

»Super. Danke dir.«

Auch Alec lächelte leicht. »Danke, dass du meine Leute abholst.«

Felix sah ihn nicht an. »Das ist nichts, wofür du dich bedanken musst.«

Kapitel 39

Hauptquartier der Georgier
Freitag, 08. Oktober – Mayren

Es war dunkel und angenehm warm, als mich ein Klopfen aus dem Schlaf riss.

Was?

Neben mir atmete Joshua langsam und gleichmäßig. Vorsichtig streckte ich meine Hand aus und berührte ihn an seiner Schulter. Sofort spürte ich seine Wärme an meine Fingerspitzen und sank zurück ins Kissen.

Irgendwas hat mich aus meinen Träumen gerissen ...

Meine Gedanken waren zäh wie Sirup, während die Müdigkeit mir die Augen bleischwer zudrückte. Einen Bruchteil einer Sekunde später war ich am Wegdösen, als es erneut klopfte, lauter und fordernder.

»Huh?« Ein müdes Brummen entkam mir und durch die Tür klang Bastians ebenso schläfrige Stimme.

»May.«

Was ist los?

Die Besprechung am Abend war lang geworden. Wir haben bis tief in die Nacht festgelegt, in welcher strategischen Anordnung die neuen Minen und Überwachungssensoren in unseren Wäldern angebracht werden sollen.

Schlaftrunken streckte ich einen Fuß aus dem Bett und wickelte mich in die Decke ein, bevor ich zur Tür tapste.

Hinter mir bewegte sich Joshua verschlafen. »May?«

»Schlaf weiter«, wisperte ich ihm zu, da ich ahnte, womit ich Bastians nächtlichen Besuch zu verdanken hatte.

Die Bulgaren werden bald ankommen.

Fast lautlos öffnete ich die Tür. Bastians Gesicht wirkte blass im dunkeln Schatten. »Sie sind bald da«, sagte er leise. »Kommst du?«

Für einen kurzen Moment spielte ich mit dem Gedanken, zurück in mein Bett zu kriechen, aber ich besann mich eines Besseren. »Ja, ich komme gleich.«

Bastian nickte und verschwand lautlos im dunklen Gang und ich schloss die Tür.

Joshua gähnte und streckte mir seine Arme als stumme Aufforderung entgegen. Ohne zu zögern, ließ ich mich in seine Umarmung fallen. Einen Augenblick lang verschwand die Last des bevorstehenden Krieges von meinen Schultern, ebenso wie die ganze Verantwortung, die ich trug. Es gab nur die Wärme und uns zwei, unbeschwert und versunken in der Nähe des anderen.

Könnte dieser Moment nicht ewig andauern?

Joshua schien das gleiche zu denken. Er zog mich enger an sich und küsste mich sanft auf die Stirn. »Ich begleite dich.«

»Nein, musst du nicht«, antwortete ich und löste mich langsam aus der Umarmung. »Schlaf weiter. Waro wird dich den ganzen Tag im Training einspannen.« Liebevoll sah ich ihn an und beugte mich vor, um ihm einen Kuss zu geben. In meinem Inneren kribbelte es und widerwillig schwang ich meine Beine aus dem Bett.

»Nein, ich möchte dich begleiten«, meinte Joshua stur und folgte mir. Er klang erschöpft, aber ich wusste, dass er mich in solchen Situationen gerne unterstützte.

Wenige Minuten später hatten wir uns angezogen und auf den Weg ins Erdgeschoss gemacht. Die Nacht lag wie ein Mantel über dem gesamten Gebäude und die spärliche Beleuchtung schien das Haus im Schlaf halten zu wollen. Die Müdigkeit in meinen Adern wich langsam Anspannung.

Wie werden Alecs Leute reagieren? Werden sie begreifen, dass sie sich in unser System einfügen müssen?

Joshua griff nach meiner Hand und lächelte mich an. Seine Geste gab mir Mut und ich musste an das denken, was wir alles durchgemacht hatten.

Seit wir uns kennengelernt haben, hat sich so viel verändert. Wir haben uns verändert. Niemals hätte ich gedacht, dass ich in diesem Chaos jemanden kennenlerne, in den ich mich wirklich verlieben könnte.

Wir gingen mit schnellen Schritten die Treppen ins Erdgeschoss und kamen im Speisesaal an. Neben Bastian hatten sich bereits Aaron und Eyleen eingefunden, um notfalls medizinische Versorgung leisten zu können.

Mira stellte Körbe mit belegten Broten auf einen Tisch.

»Guten … Morgen«, grüßte sie uns unsicher darüber, welcher Gruß zu dieser Tageszeit angemessen wäre.

»Guten Morgen«, antworteten wir synchron und unsere beiden Ärzte grüßten zurück.

Joshua unterdrückte ein Gähnen und wir setzten uns zu Bastian an den Tisch.

Dunkle Schatten hingen unter seinen Augen und er beobachtete das rege Treiben, das die Ankunft der Bulgaren vorbereitete. »Ian hat sie gerade auf das Gelände gelassen«, berichtete er leise. »Sie müssten also bald da sein.«

Dankend nickte ich und sah im nächsten Moment zur Tür, da Alec hereinkam. Er wirkte müde, aber gleichzeitig funkelten seine Augen, als er auf uns zukam.

»Schon aufgeregt, deine Leute wiederzusehen?«, erkundige sich Joshua.

»Total! Ich hoffe, dass es alle heil geschafft haben.«

Verständnisvoll neigte ich den Kopf und lehnte mich gegen Joshuas Schulter. Langsam, aber gezielt, kam Eyleen zu uns geschlendert.

»Wie geht es deinen Rippen, Mayren?«, erkundige sie sich höflich. Ihre langen, braunen Haare hatte sie im ordentlichsten Dutt gebändigt, den ich jemals gesehen hatte. Nicht eine Strähne stand daraus hervor.

»Besser«, antwortete ich, da ich in den letzten Tagen fast keine Schmerzen mehr hatte. »Ich denke, langsam fangen sie an zu heilen.«

Eyleen wirkte zufrieden. »Sehr gut, du kannst im Laufe des Tages bei mir vorbeikommen, damit wir das kontrollieren und ich die Tapes erneuern können.« Ihre haselnussbraunen Augen funkelten und sie musterte Alec interessiert. »Ich bin gespannt, wer nachher alles kommt.« Kurz zögerte sie. »Wollen wir mal hoffen, dass wir alle zusammengeflickt bekommen.«

Sie warf Alec ein entschuldigendes Zucken ihrer Mundwinkel zu, der es mit einem knappen, aber dankbaren Nicken kommentierte.

Ich kannte Eyleen so lange wie Bastian und die anderen. Mit ihrer Art konnte sie anecken, wenn man nicht wusste, wie man mit ihr umgehen sollte. Mein Vertrauen in sie und ihre Arbeit ist jedoch noch nie enttäuscht worden.

Schritte wurden im Flur hörbar und angespannt sahen alle im Raum zur Tür.

»Es geht los«, murmelte Bastian neben uns und stand auf. Er drückte seinen Rücken durch und ich folgte seinem Beispiel. Wir waren alle müde, aber mussten ein repräsentables Bild unseres Clans abgeben.

Die Tür wurde schwungvoll aufgestoßen und Kaja schritt herrisch herein. »Eyleen, Aaron. Wir brauchen euch«, rief sie sofort und suchte die beiden.

Beide waren sofort bereit für jede Unterstützung.

Kaja folgte ein großer Mann mit breiter Statur und blonden Locken. In seinen Armen trug er eine schlanke, verletzte Frau, die nicht mehr eigenständig laufen konnte.

Ihr Gesicht war schmerzverzerrt und der provisorische Verband an ihrem Oberschenkel war blutdurchtränkt.

Neben mir sprang Alec schockiert auf. »Noya, Amber! Was ist passiert?« Seine Stimme überschlug sich schockiert und voller Sorge.

Die restlichen Bulgaren folgten hinter ihnen und der Raum füllte sich mit abgekämpften Gesichtern, dessen Schlusslicht Felix bildete.

»Hierher«, rief Eyleen über das Gemurmel im Raum und deutete dem blonden Lockenschopf an, die Verletzte zu ihr und Aaron zu bringen. Mit großen Schritten durchquerte er den Raum und ließ sein Blick über unsere Gesichter gleiten. Unsicher mischte sich Alec unter seine Leute und ich zählte.

24 ... Wir haben mit knapp 30 gerechnet.

Ein flaues Gefühl breitete sich in mir aus.

Joshua trat neben mich und seine Hand berührte meinen Rücken. »Es fehlen einige, oder?«, flüsterte er leise, als Kaja näherkam und sofort nickte sie betreten.

»Ja, sie wurden in letzten Tagen deutlicher unter Beschuss genommen.«

Scheiße.

Ich unterdrückte den Fluch, als ich die Gruppe beobachtete.

»Emil und Felix haben sie an der Grenze aufgesammelt und ich habe sie vorhin am Parkplatz entgegengenommen«, berichtete Kaja weiter und deutete zu Aaron und Eyleen, die die Verletzte behandelten. »Noya konnte Amber aus einer brenzligen Situation retten, aber bei einigen anderen ist es nicht so gut gelaufen.« Betretenes Schweigen breitete sich zwischen uns aus, während von den Neuankömmlingen leise Gesprächsfetzen zu uns herübersprangen.

Hätten wir unsere Gespräche ein paar Tage früher beendet, wären vielleicht weniger Menschen gestorben.

Für einen kurzen Moment beobachtete ich die Neuankömmlinge. »Danke«, meinte ich leise. »Wir sollten ihnen Zeit zum Ankommen lassen und warten, bis die Behandlung abgeschlossen ist.«

Ein kleiner Schrei von Amber schaffte für einen kurzen Moment Stille und alle drehten sich zur Behandlungsstelle um. Eyleen strahlte jedoch Ruhe aus und hantierte selbstbewusst mit Nadel und Faden, während Aaron die Wunde desinfizierte.

Zu wissen, dass der eigene Clan direkt vor der Auslöschung steht ... das muss das Schlimmste sein.

Einige der Bulgaren beäugten uns neugierig.

»Sollen wir?«, flüsterte ich leise in unsere Gruppe und ein kurzes, zustimmendes Raunen war die Antwort. Wie vor jeder Ansprache kroch eine gewisse Konzentration in mir hoch. Ich wollte ihnen mit meinen Worten zwar sagen, dass sie hier ein Zuhause finden konnten, aber wollte ihnen gleichzeitig klar machen, dass sie sich hier ebenfalls an die Regeln halten mussten.

»Willkommen im Hauptquartier der ehemaligen georgischen Fabrik.« Meine Stimme hallte in dem Saal, der normalerweise mit deutlich mehr Leuten gefüllt war, und die geballten Blicke der Bulgaren richteten sich auf mich. »Mein Clan und ich bieten euch ein Dach über dem Kopf und die Sicherheit, die bisher exklusiv uns vorbehalten war. Außerdem könnt ihr Teil eines Größeren sein: Dem Kampf gegen Zero und dem Weg, unsere Rache zu bekommen.«

Die Bulgaren sahen einander an, während Alecs entschlossene Mimik keinen Zweifel ließ, dass er sich mit seiner Entscheidung sicher war.

»Ihr werdet die Loyalität unseres Clans bekommen, aber nur unter der Bedingung, dass ihr auch bereit seid, sie zurückzugeben«, stellte ich meine Position klar dar. »Jeder von euch hat die Möglichkeit, hier ein Zuhause zu finden, aber wir brauchen jede helfende Hand in Hinblick auf den kommenden Krieg. Könnt ihr uns diese Loyalität bieten?«

Niemand sollte hier mit falschen Vorstellungen herkommen und sich ausruhen können, während meine Leute ihr Leben riskieren.

»Wir danken euch für die Gastfreundschaft und die Hilfe, die ihr unserem kleinen Clan bietet«, begann der Blonde, der bei dem verletzten Mädchen saß und ihr über den Kopf strich. Dann stieß er sich mit seiner freien Hand von der Tischkante ab. Jede seiner Bewegungen war kraftvoll und geschmeidig und er steuerte geradewegs auf uns zu.

Wie hat Alec ihn genannt? Noya? Und das verletzte Mädchen muss Amber sein.

»Wir wurden von Zeros Verbündeten gejagt und wir haben es satt, als Freiwild angesehen zu werden. Viel zu viele unserer Leute sind gestorben und da wir die gleiche Kindheit wie ihr durchleben mussten, müssen wir euch nicht erklären, woher der Hass auf Zero herkommt.«

Noya blieb bei seinen Leuten stehen und musterte uns durchdringend.

»Uns vereint der Wunsch nach Rache und Einigkeit im Angesicht eines gemeinsamen Feindes, eine gute Grundlage«, begann Bastian. »Eure Fabrik ist unter seiner Kontrolle, aber wir *werden* das ändern – gemeinsam. Wir werden die Kinder befreien und Zero damit den Krieg erklären.«

Selbstbewusst stellte sich Noya neben Alec und klopfte diesem freundschaftlich auf die Schulter.

Alec ließ die Hand in seine Hosentasche gleiten und zog eine einfache Goldmünze hervor, die er von Ian erhalten hatte. Im fahlen Licht glänzte das Metall unnatürlich hell. Er hielt die Münze so, dass Noya und seine restlichen Leute sie gut sehen konnten. Dann wandte er sich mit entschlossener Miene an uns. »Wir, der kleine Clan der Bulgaren, geloben euch, den Georgiern, die uneingeschränkte Loyalität im Tausch gegen eure Hilfe und die Aufnahme in euren Clan.« Alec griff erneut in seine Tasche und zog einen kleinen Dolch daraus hervor, mit dem er sich über den Daumen fuhr. Ein kleiner Bluttropfen bildete sich an der Fingerkuppe. »Nehmt ihr unsere Schuldmünze als Zeichen des Vertrauens an?«

Bastian trat einen Schritt nach vorne. »Wenn ihr bereit seid, mit uns zusammen unserem Peiniger Zero den Arsch aufzureißen?« Sein Tonfall war entschlossen und er entlockte Noya ein gehässiges Grinsen.

»Das sind wir«, bestätigte Noya und nickte Alec zu, der daraufhin den blutigen Daumen auf eine Seite der Münze presste und die Zusammenarbeit der Georgier mit den Bulgaren besiegelte. Er gab uns das Versprechen im Namen seines ganzen Clans. Seine bulgarischen Mitglieder gingen nun in den Clan der Georgier über.

Nach einer kurzen, wenig erholsamen Ruhephase hatten wir uns in unserer Besprechungsgruppe versammelt.

Alec wurde von Noya begleitet, der seine Locken in einen lockeren Dutt gebändigt hatte und seinen Kopf auf den Händen aufstützte, während er schweigend Ians Erläuterungen lauschte.

Die ersten Bilder wurden bereits veröffentlicht und die Presse hatte unsere Falschmeldungen schon in sensationsheischende Schlagzeilen über Joshua und mich verwandelt.

Ian drehte seinen Laptop zu uns, scrollte durch die verschiedenen Berichte der Zeitungen, auf denen man deutlich erkannte, dass Joshua und ich mehr als Freunde waren.

Mein Magen zog sich krampfhaft zusammen, als mir klar wurde, dass mit dieser Berichterstattung auch gleichzeitig mein empfindlichster Schwachpunkt namens Joshua offenbart wurde. Mit einem unguten Gefühl dachte ich an Bastians Warnung, dass dieser Fakt Paul aufmerksam machen könnte.

»Die erste Phase unseres Planes ist somit gestartet«, berichtete Ian und drehte den Laptop wieder um. »Das Gerücht, dass Mayren den Auftrag von Zero boykottiert, ist platziert, ebenso die Beziehung der beiden.« Er warf mir einen kurzen Blick zu und ich war froh, dass Joshua bei Waro im Training war.

Wir hatten unseren Beziehungsstatus nach der Autofahrt hierher nicht mehr angesprochen und es darauf beruhen lassen, aber erstaunlicherweise fühlte der Gedanke sich nicht mehr so befremdlich an wie damals.

»Aktuell sind uns noch vier von Joshuas Jägern unbekannt, aber mit der aktuellen Berichterstattung wissen sie, dass sie sich beim Weiterführen des Auftrags mit Mayren und unserem Clan anlegen. Wir hoffen, dass sie vom Auftrag absehen.«

Zustimmendes Murmeln erfüllte den Raum, aber keiner unterbrach Ian.

»Heute starten wir mit Phase zwei.« Er wechselte die Ansicht auf seinem Bildschirm und drehte ihn. Es waren die Bilder von Timéos Leiche, eine Mischung aus den Bildern, die Bastian gemacht hatte und denen, die June aus den Polizeifundus von Nizza ziehen konnte.

»Ihr seht hier Timéo Dupont, der vor wenigen Wochen die Entführung von Joshua aus London beauftragt hat«, erklärte ich. »Er hat den Auftrag von Zero erhalten, entschied sich aber nicht für die direkte Konfrontation mit uns. Nachdem Bastian und ich in London unsere Aufgaben beendet hatten, suchten wir ihn in Nizza auf und töteten ihn.« Ich deutete auf die Bilder und auf das Schnittmuster, welches ich Timéo auf dem Arm und auf der Stirn zugefügt hatte. Meine Stimme wurde kälter, als ich weitersprach. »Mit der Veröffentlichung dieser Bilder senden wir ein klares Zeichen: Eine Kriegserklärung an Zero und eine Warnung an die verbleibenden Jäger.« Ich nickte Ian zu, der das Wort wieder übernahm.

»Phase zwei läuft bis Samstag«, erklärte Ian. »Wir streuen weiterhin Falschinformationen über Mayrens und Joshuas Aufenthaltsort, die die Presse in Atem halten wird.« Er griff nach seinem Wasserglas und nahm einen Schluck, bevor er fortfuhr.

»Phase drei beginnt Montagabend, in welcher wir unsere Leute in die Nähe der bulgarischen Fabrik und auch an den Ort in Italien schicken, wo Lucy gefangen gehalten wird. Zudem bereiten wir den Sturm vor und verbreiten gleichzeitig das Gerücht, dass Joshua gestorben ist.«

»Ein Bekannter von mir – Lee – wird so tun, als hätte er den Auftrag erledigt, sobald wir das Video veröffentlicht haben«, ergänzte ich. »Lee war einer der Jäger und bekommt von uns noch eine finanzielle Entschädigung, damit wir uns diesen taktischen Vorteil gegenüber Zero verschaffen können. Ich habe vorhin mit ihm telefoniert und er hat sich einverstanden erklärt.«

»Genau«, stimmte Ian mir zu. »Das sollte Zero für eine gewisse Zeit beschäftigen und verschafft uns Zeit für Phase vier.«

Bastian räusperte sich und knackte mit seinen Fingern. »In dieser Phase werden wir nämlich zeitgleich die Angriffe auf Zeros bulgarische Fabrik und Lucys Gefängnis in Italien starten. Felix leitet die Sprengteams, die uns den Zugriff zum Gebäude von Lucy verschaffen werden.«

Felix nickte energisch. »Ich habe meine Teams zusammengestellt, aber würde sie gerne um einige ehemalige Bulgaren ergänzen. Alec, Noya? Vielleicht könnt ihr uns dafür geeignete Leute empfehlen, die sich mit Sprengstoffen auskennen?«

Nachdenklich runzelte Alec die Stirn. »Klar, ich stelle dir nachher gerne die Leute vor, die infrage kommen.«

Zufrieden wandte sich Felix wieder an die Runde.

»Wir legen unseren Fokus darauf, das Gebäude mit einem gewaltigen Knall zu stürmen. Es wird für mögliche Verteidiger schwierig, uns zu lokalisieren und wir erhoffen uns daraus einen Vorteil.«

Wie in London in Silas' Fabrik also.

Bastian übernahm wieder die Ansprache. »Phase vier wird mit Abstand das Anstrengendste werden. Unser Clan wird in diese beiden Missionen mit extremer Brutalität vorgehen müssen und das in gleich zwei verschiedenen Ländern.«

Ich rutschte auf meinem Stuhl nach vorne und warf den Grundrissen einen musternden Blick zu.

»Wir haben sechs Sturmtruppen in Bulgarien, die von sechs Deckungstruppen, verschiedenen Snipern und Evakuationsteams begleitet werden. Die genaue Besetzung ist noch festzulegen, darauf können wir später zurückkommen«, fügte Bastian an.

Ich griff nach der Karte mit dem Grundriss der bulgarischen Fabrik und zog ihn zu mir, bevor ich Bastians Ansprache übernahm. »Die sechs Sturmtruppen werden sich im Gebäude aufteilen und verschiedene Bereiche sichern«, fuhr ich fort und tippte auf das Papier vor mir. »Zwei werden den Keller sichern und die Waffenzufuhr aus dem Keller abschneiden. Zwei werden die Kinder an einer sicheren Stelle platzieren und die letzten zwei werden die Quartiere der Betreuer attackieren. Wenn wir den Angriff weit genug vorangebracht haben, werden vier weitere Trupps das Haus betreten, mit dem Fokus, Informationen zu sammeln und die Kinder aus den Gebäuden zu eskortierten.

403

Zwei weitere Gruppen werden sich darauf fixieren, Gefangene zu nehmen.« In diesem Krieg war mir jedes Mittel für den entscheidenden Vorteil recht.

»Das Gebäude hat vier Stockwerke und einen Keller«, sagte ich und schob die Pläne der verschiedenen Stockwerke auseinander, um den Umfang des Hauses zu verdeutlichen. »Alle Gruppen, die ihren Bereich gesichert haben, werden den Truppen Unterstützung bieten, die die Quartiere der Betreuer angreifen. Ian wird uns in diesem Fall genauer koordinieren und Anweisungen geben.«

Bastian Blick war starr und wirkte nachdenklich. »Unsere oberste Priorität ist mit möglichst vielen Kindern zu entkommen«, fasste er zusammen. »Zweite Priorität ist die Gewinnung von Informationen und letzte Priorität sind die Gefangenen für Verhöre. Bei diesen sollten wir uns auf maximal vier oder fünf Personen beschränken.« Bastian wandte sich an Noya. »Die Entscheidung, welche Geiseln wir nehmen, überlassen wir dir und deinen Leuten.«

Noya nickte. »Nur zu gerne.«

»Dann bleibt uns nur noch Phase fünf – die Informationsphase«, fuhr June fort. »In der abschließenden Phase unseres Plans kehren wir ins Hauptquartier zurück und streuen die abschließenden Informationen. Alles zu unserem Überfall, der Stärkung unseres Clans und der Kriegserklärung.«

June schob die Brille auf ihrer Nase nach oben und sah sich in der Runde um, ob es weitere Fragen gab, aber alle schwiegen.

»Gut, dann bleibt nur eine weitere Aufgabe«, schaltete

sich Ian ein. »Wir müssen entscheiden, wer die Leitung der offenen Trupps übernimmt und wer in den entsprechenden Trupps unterstützen wird. Lasst uns die Entscheidung zu einem späteren Moment treffen, aber ich denke, dass ich nicht erwähnen brauche, dass jeder von uns eine übergeordnete Rolle spielt.«

Die Besprechung wurde beendet und ich stand mit einem leisen Seufzen auf. Es war unumstößlich, dass ich die Verantwortung eines der Sturmtruppen übernahm, aber ein weiterer Gedanke war in mir aufgetaucht.

Kathleen und Karim ... könnten die beiden mit mir zusammen stürmen? Ich sollte mit Waro über die beiden sprechen.

Der Wind rauschte durch die Gipfel der Bäume, trieb den Duft von nasser Erde und Laub heran und ließ die Blätter tanzen. Joshua und ich schlenderten am Waldrand entlang. Eingegrenzt durch die begonnenen Arbeiten am Minenfeld hielten wir uns in Sichtweite zum Hauptquartier und umrundeten es. Die Ergebnisse der Vormittagsbesprechung hingen wie eine dunkle Wolke über uns und er nahm die Erzählungen mit gemischten Gefühlen auf. Ich hatte ihm bereits gestanden, dass ich vorhatte, eines der Sturmtruppen zu übernehmen.

»Hast du dich schon entschieden, wen du in deinen Trupp aufnehmen wirst?«, fragte Joshua und ich neigte abwägend den Kopf.

»Nein ... Ich habe Karim und Kathleen eine Chance

405

versprochen, aber bin mir unsicher, ob ich sie direkt im Sturm einsetzen möchte oder ob sie im Deckungstrupp besser aufgehoben sind«, antwortete ich mit schiefer Miene. »Sie waren noch nie auf einer Mission und dieser Sturm wir ein extremer Kraftakt für uns alle werden.«

Joshua drückte meine Hand. »Die beiden sind entschlossen und bereit, alles zu riskieren. Sie sehen zu dir auf und es wäre für beide ein Ritterschlag, wenn sie in deinem Trupp sein könnten.« Er zögerte und ich verstand, worauf er anspielte.

Wir kämpfen an vorderster Front und die Zwillinge haben bisher keine Erfahrungen im Umgang mit der direkten Gefahr. Sollte ich sie bei ihrem ersten Einsatz direkt ins kalte Wasser werfen?

»Ich vertraue auf Waros Einschätzung. Er sagt, dass sie bereit für den Einsatz sind, aber ist sich unsicher, ob er sie im Sturmtrupp sieht.« Seufzend trat ich das Laub vor mir in die Luft und beobachtete, wie es auf den Boden segelte. »Wir geben heute Abend bekannt, wer zu welchen Aufgaben berufen wird und ich muss mich bis dahin entscheiden.«

Joshua drückte kurz meine Hand. Er wirkte zerknirscht und schuldbewusst. »May?«

»Was ist?«

Er wich mir aus, bevor er mit der Sprache rausrückte. »Du und der halbe Clan riskieren euer Leben. Für mich wurde bisher keine Rolle in der ganzen Sache benannt, aber ich werde es nicht zulassen, dass ihr mich außen vorlasst. Ich möchte Ian bitten, dass ich ihn in der IT und der Kommunikation während des Einsatzes unterstützen kann.«

Ich ließ mir seine Bitte für einen Moment durch den Kopf gehen. Unter dieser Bedingung wäre Joshua bei mir in Bulgarien. Gleichzeitig nah genug am Geschehen, um alles mitzubekommen und weit genug entfernt, um in Sicherheit zu sein. Ein kleines Lächeln erschien auf meinen Lippen, als ich Joshuas Entschlossenheit erkannte.

»Du weißt, welche Verantwortung du dann tragen musst, oder?«

Sanft strich er mit dem Daumen über meinen Handrücken und drückte meine Hand. »Ja, May. Ich habe mit Ian bereits darüber gesprochen und er würde mich mitnehmen. Bitte verstehe mich … ich will nicht nur unnütz herumsitzen und Däumchen drehen. Du willst mich schützen und ich bin dir darüber wirklich dankbar, aber ich habe meine Welt hinter mir gelassen und will mich endlich in deiner einbringen.«

Joshua ist schon lange nicht mehr der Mensch, den ich in London kennengelernt habe. Wir haben uns beide verändert.

Sein Blick wurde bittend, aber ich wusste, dass er mich nur der Höflichkeit wegen um Erlaubnis fragte. »Ian und die anderen werden ihre Einsatzzentrale dort einrichten, wo ihr auf das Gelände geht«, berichtete Joshua. »Es gibt ein Notfallteam, was uns schützt. Kein Ort ist so sicher wie bei Ian. Nicht einmal das Hauptquartier, wenn ihr alle weg seid.« Er machte eine vage Geste in Richtung des Gebäudes.

Ich zog widerstrebend eine Augenbraue hoch. »Ich würde dir niemals etwas verbieten.«

»Danke, Dickkopf.« Joshua beugte sich vor für einen flüchtigen Kuss auf meine Stirn.

Kurz schloss ich meine Augen bei der Berührung und genoss seine Wärme. Dann löste ich meine Hand aus seiner und schlang meinen Arm um seine Seite. »Ich habe Angst, dass du zu weit in meine Welt abtauchst«, gestand ich mit erstickter Stimme und im nächsten Moment erwiderte er die Umarmung. »Du bist an einer Mission beteiligt, bei der Menschen sterben.«

»Mir wird nichts passieren«, flüsterte er neben meinem Ohr, aber das nahm mir nicht die Last von meinem Herzen.

»Es wird sich lediglich auf die Kommunikation von einem der Sturmtrupps oder der Koordinierung anderer Teams beschränken. Die einzige Person, um die ich mir Sorgen mache, bist *du*. Immerhin bist du an der Front.« Diesmal hörte ich die Angst aus seiner Stimme.

In den letzten Stürmen auf Silas und Timéo habe ich mir insgesamt drei Kugeln eingefangen. Die kommende Mission ist von größerer Bedeutung und somit gefährlicher.

»Nicht jeder von uns wird wiederkehren«, antwortete ich nach wenigen Sekunden ehrlich. »Es gibt keine Garantie, aber wir sind vorbereitet – im Gegensatz zu unseren Feinden.«

Wir wussten beide, dass ich die Situation schönredete. Da ich mein Team anführte, bin ich unweigerlich die erste, die in ein mögliches Schussfeld rücken würde.

Kapitel 40

Hauptquartier der Georgier
Freitag, 08. Oktober – Joshua

Das erste Mal, seit ich im Hauptquartier angekommen war, lag eine unnatürliche Stille über dem Speisesaal. Normalerweise summte er immer wie ein Bienenstock, voller Gelächter, Gespräche und dem Klappern von Geschirr – aber der heutige Abend war der Beginn einer Mission.

Ich betrat den Raum zusammen mit Mayren, Kathleen und Karim, mit denen ich bis kurz vor dem Essen am Schießstand trainiert hatte. Meine Zielübungen waren nicht so gut, wie Waro und ich es uns wünschten, aber zumindest Mayren und Kathleen waren mit meinen Fortschritten zufrieden. Neben Mayrens Präzision verblassten meine jämmerlichen Bemühungen jedoch. Während einige meiner Schüsse die Zielscheibe am Rande erwischten, traf Mayren zielsicher jeden Schuss ins Schwarze. Selbst die Schüsse aus einer dynamischen Bewegung, versenkte sie ohne Probleme und ohne lange zu zielen.

Mir fiel auf, dass die ehemaligen Bulgaren sich unter die Georgier gemischt hatten und deutlich erholter wirkten als vor wenigen Stunden. Ein gemeinsamer Feind schien in dieser Welt mehr zu vereinen, als ich für möglich gehalten hatte.

Mayren und ich steuerten auf unsere Stammplätze zu und unzähligen Augenpaare folgten mir bei jedem Schritt.

Es störte mich seit ein paar Tagen nicht mehr, dass mich alle begafften. Irgendwann würde sich jeder mal an mir sattgesehen haben.

Als ich neben Mayren Platz nahm, sah ich, dass alle angespannt auf die angekündigte Ansprache und die Zuteilungen der Teams warteten.

Ich biss mir auf die Unterlippe und bemerkte, dass die Zwilling ebenfalls angespannt und hoffnungsvolle Blicke in unsere Richtung warfen.

Ob May vorhin bei den Schussübungen sehen wollte, wie Kathleen und Karim abschließen, um ihre Entscheidung zu treffen?

Mayren sprach so leise mit Bastian, dass ich nichts verstand. Die beiden hatten ihren Kopf über ein Blatt gebeugt und Bastian trug mit Bleistift etwas in einer Liste ein. Nach einigen Sekunden richtete er sich auf. »Seid ihr bereit?«, fragte er leise und strich das Blatt mit den Namen glatt. Er war entschlossen, aber es lag auch ein Hauch Schwere in seiner Frage.

Mein Herz begann unwillkürlich, schneller zu schlagen, als Bastian seufzte und sich erhob.

»Liebe Familie«, begann er, »wie ich sehe, habt ihr unsere neuen Mitglieder kennengelernt und sie freundschaftlich aufgenommen. Vielen Dank für eure Offenheit in diesen schwierigen Zeiten.« Er nickte anerkennend in die große Runde und mir fiel auf, dass einige die neuen Mitglieder in freundschaftlicher Verbundenheit anlächelten.

»Ab heute gibt es keinen Unterschied mehr zwischen uns«, fuhr Bastian fort und ließ für einen kurzen Moment seine Worte bedeutungsvoll durch den Raum wandern, bevor er seine Ansprache fortsetzte.

Unter dem Tisch tastete ich unruhig nach Mayrens Hand, ohne Bastian aus den Augen zu lassen. Sofort schlossen sich ihre Finger um meine und sie drückte sie leicht. Die kleine Geste minderte meine Anspannung.

»Jeder von uns ist gleich und das wird für die Bulgaren gelten, die wir bald befreien werden. Nun zum Wichtigsten: Unsere Taktik und die Einsatzgruppen sind festgelegt. Jeder von uns hat seine Aufgabe, basierend auf seinen Stärken und Schwächen. Die Zeit ist knapp und wir werden am kommenden Sonntag aufbrechen.« Erneut strich er die Falten aus dem Zettel, bevor er weitersprach. »Die Gruppenführer treffen sich morgen früh um sieben und besprechen die genaue Taktik. Sie werden ihre Teams instruieren und falls nötig Übungen durchführen. Jeder von euch kennt das Prinzip eines Häuserkampfes und eines Sturms. Darauf werden wir an dieser Stelle nicht extra eingehen. Kommen wir zu den Aufstellungen …« In einer präzisen Ruhe begann er, die Namen der Teammitglieder für die Evakuierung und Informationsgewinnung vorzulesen. Gefolgt von den Teams, die Felix und Luiza in ihrer Mission bei Lucy begleiten würden. Er zählte viele Namen auf, die ich nicht kannte und bat sie, sich an Felix zur Absprache zu wenden.

Erst als er zum Kommunikationstrupp kam, schlug mein Herz schneller.

»Ian führt das Team an, was aus June, Matt, Iris, Andrew, Romy und Joshua besteht …«

Mein Atem stockte und der Gedanke, dass ich Teil dieses Einsatzes werden würde, war beängstigend, auch wenn es die richtige Entscheidung war. Die Leute, die mich beschützten, hatten es verdient, dass ich mich aktiv einbringe.

Es geht mich genauso etwas an wie jeden der Anwesenden.

Ich spürte Mayrens Blick auf mir, aber konzentrierte mich auf Bastians Worte. »Die Deckungstrupps …«, fuhr er fort und las wieder eine Liste von Namen vor. Erst, als er bei der letzten Einheit ankam, sah ich auf. »… begleitet von Denise, Kathleen und Karim.«

Beide grinsten breit und stießen ihre Fäuste aneinander. Ihre Augen funkelten entschlossen und sie nickten Mayren zu, die ihnen zurückzwinkerte. Es war der erste Einsatz der Zwillinge und auch für sie klar, dass sie nicht direkt in eines der Sturmteams durften.

Schließlich kam Bastian zu den Sturmgruppen und die Spannung im Raum stieg merklich. »Zu guter Letzt: die Sturmtrupps. Die Teams in Lucys Einsatz werden angeführt von Kaja und Alec …« Er zählte Namen auf, die mir nichts sagten, aber an dem siegessicheren Lächeln in der Menge konnte ich mir denken, wer es war.

Sie haben keine Angst – oder verstecken sie gut.

»Die Teams in Bulgarien: Team eins wird von mir angeführt mit Theo, Henry, Ella und Lina. Team zwei: Mayren, begleitet von David, Emil, Hannah und Stella.«

Mayrens Miene war ruhig, aber sie strahlte Entschlossenheit aus.

Bastian beendete unterdessen seine Aufzählungen zu den restlichen Teams, faltete den Zettel zusammen und schob ihn zurück in seine Tasche. »Vor dem Essen gibt es nicht mehr viel zu sagen. Unser Plan ist so sicher, wie es unter den Umständen möglich ist. Aber ihr wisst alle, dass es nie eine Garantie gibt«, brachte er seine Rede zu Ende. »Unser Ziel ist klar: Wir rächen uns endlich dafür, was uns angetan wurde und schicken Zero eine klare *Kriegserklärung!*«

Er hob eine geballte Faust in die Höhe und grinste angriffslustig. »Unsere Familie wird aus diesem Einsatz stärker hervorgehen. So stark, dass niemand mehr unsere Rebellion ignorieren kann!«

Ohrenbetäubendes Klopfen donnerte durch den Raum, als Fäuste auf die Tischplatten trommelten. Ein zustimmendes Zeichen des Clans, was mir die Gänsehaut auf die Arme trieb.

Jetzt gibt es kein Zurück mehr.

Kapitel 41

Hauptquartier der Georgier
Samstag, 09. Oktober – Mayren

Unerbittlich klingelte der Wecker und grummelnd schwang ich meine Beine aus dem Bett, nachdem ich den Störenfried zum Schweigen gebracht hatte. Kurz blieb ich auf der Bettkante sitzen und streckte gähnend die Arme über meinem Kopf.

Wenn die ganze Mission vorbei ist und wir zuhause sind, schlafe ich die ersten zwei Tage durch.

Hinter mir grummelte Joshua und strich sanft über meinen Rücken. Eine angenehme Gänsehaut befiel meinen Körper und ich knurrte lustvoll.

Und ich werde darauf bestehen, dass Joshua bei mir im Bett bleibt.

»Kommst du mit mir unter die Dusche?«, fragte ich mit hungriger Stimme, als ich mich umdrehte. Im Halbdunkeln des Raumes erahnte ich sein müdes Grinsen, aber meine Lippen fanden seine blind. Langsam erwachte die Leidenschaft zwischen uns und er zog mich an sich, obwohl mein Tagesplan etwas anderes von mir verlangte, folgte ich seiner Anziehung.

Ein Seufzer entfuhr mir, als er mit seinen Küssen meinen Hals bedeckte, und wieder breitete sich Gänsehaut über meinen Hals und Arme aus. Seine Hitze sprang auf mich über und mein Verlangen wuchs.

Ich vergrub meine Hände in seinen Haaren und ließ sie anschließend seinen Oberkörper herunter wandern.

Dieses Gefühl, das er mit seiner bloßen Anwesenheit auslöst ...

Langsam ließ er seine Hände unter mein Shirt und über meine getapten Rippen gleiten.

... lange wusste ich nicht, wofür ich weiterkämpfen sollte – nur Rache trieb mich an.

Wieder küssten wir uns und ich spürte, wie Joshuas Lust wuchs. »May«, flüsterte er mir ins Ohr, bevor unsere Lippen aufeinandertrafen.

Aber jetzt? Jetzt habe ich Joshua und ich ... liebe ihn.

Er löste sich kurz von mir, seine Augen glühten förmlich im fahlen Mondlicht, und ein verschmitztes Grinsen breitete sich auf seinen Lippen aus. »Die Dusche wartet«, raunte er mir zu, während ich meine Finger über seinen Rücken fahren ließ.

Mein Atem ging unregelmäßig und mein Verstand kämpfte zwischen Verlangen und Vernunft an, aber das Verlangen gewann schließlich. »Dann sollten wir sie nicht weiter warten lassen«, antwortete ich mit rauer Stimme.

Wir stolperten ins Bad, beide völlig von der Lust getrieben und schafften kaum, unsere Hände oder Lippen voneinander zu lösen. Die kühlen Fliesen unter meinen Füßen lösten einen weiteren Schauer auf meinem Körper aus, doch Joshuas Wärme ließ ihn sofort wieder verschwinden.

Ohne den Blick von mir zu lösen, drehte er das Wasser auf, welches mit einem dumpfen Rauschen den Raum erfüllte und langsam mit Nebel füllte.

Noch bevor wir das Wasser erreichten, ließ Joshua seine Hände unter mein Shirt gleiten, zog mir das weiche Material über den Kopf und ließ es achtlos zu Boden fallen.

Ich lehnte mich gegen die kalten Kacheln, als er seine Küsse über meinen Hals wandern ließ, und kämpfte gegen die Kälte der Fliesen in meinem Rücken und die Hitze seiner Küsse an. Atemlos krallte ich mich an seinen Schultern fest.

Jeder rationale Gedanke war aus meinem Kopf gewichen und der Plan den Tag strukturiert mit den anderen zu beginnen, war einfach verschwunden.

Ich zog Joshua mit mir unter das prasselnde, heiße Wasser und beobachtete, wie es nasse Spuren über seinen durchtrainierten Oberkörper zog. Seine Hände fanden meine Taille und er drängte mich näher an die Duschwand. Jeder Tropfen Wasser fachte unser gegenseitiges Verlangen nur noch mehr an, während das Badezimmer sich in verschwommene Schemen verwandelte, die ich unter den Berührungen und Bewegungen von Joshua nicht mehr richtig wahrnehmen konnte.

»Wir sind zu spät dran«, fluchte ich belustigt, als wir im Laufschritt die Treppen hinunterrannten.

Neben mir grinste Joshua verlegen und zwinkerte. »Unter der Dusche hattest du aber nichts dagegen.«

Seine Worte brachten mich aus dem Tritt und ich warf ihm einen perplexen Blick zu.

»Du wirst ganz rot, May«, neckte er mich, als wir um die Ecke bogen.

Sofort schoss mir weitere Hitze in die Wangen und ich fluchte leise.

»Verdammt, Joshua«, knurrte ich. »Du raubst mir meinen letzten *Funken* Verstand.«

Er nahm es mit einem triumphierenden Grinsen hin. »Wer hätte gedacht, dass ich mal einer Auftragskillerin und Clanchefin den Kopf verdrehe?« Seine Stimme klang rau und sein Tonfall war gleichzeitig charmant und provokant.

Ich wollte etwas erwidern, aber im selben Moment öffnete er die Tür zum Speisesaal und mir blieb nichts anderes übrig, als ihm das letzte Wort zu überlassen.

Und wer hätte gedacht, dass ich mir von einem unschuldigen Studenten den Kopf verdrehen lasse?

»Guten Morgen zusammen«, grüßte ich in die Runde und hoffte, das die Röte aus meinem Gesicht verschwunden war. »Sorry für die Verspätung, wir haben den Wecker nicht gehört.«

Niemand bemerkte meine Notlüge außer Kaja. Sie durchschaute mich sofort – wie immer.

»Kein Problem.« Ian deutete auf die verbleibenden Plätze am Tisch. »Wir haben bereits begonnen, den Plan für Lucys Befreiung zu besprechen.«

Joshua und ich setzten uns, während Bastian uns wortlos zwei Tassen zuschob – mir Tee und Joshua Kaffee.

Unsere Runde war gewachsen und jeder der Gruppenführer war sich bewusst, welche Verantwortung auf ihn zukam.

Mein Blick wanderte von einem zum anderen.

Noya saß ruhig am Tisch, seine blonden Locken zu einem ordentlichen Dutt gebunden. Er wurde, neben Alec, von den ehemaligen Bulgaren als Anführer angesehen und würde daher in brenzligen Situationen schnell die richtigen Entscheidungen treffen.

Neben ihm saß Imogen und hörte Ian konzentriert zu. Ihre platinblonden Haare glänzten im sanften Licht der Kronleuchter, während ihre feinen Augenbrauen zwei dunkle Linien auf ihr blasses Gesicht zeichneten. Die Narben darauf konnten ihre zarten Züge nicht verunstalten, aber erzählten von ihrer brutalen und energiegeladenen Kampfart, die man ihrer Statur im ersten Moment nicht zutraute.

Allen, der neben Imogen saß, trommelte in einem undefinierbaren Takt auf die Tischplatte. Seine dunkel glänzende Haut, die schwarz lackierten Fingernägel und die lässige Haltung täuschten über seine tödliche Perfektion hinweg. Als er merkte, dass ich ihn beobachtete, zwinkerte er mir verschwörerisch zu und ich entgegnete ihm ein freundschaftliches Grinsen.

Robin war der letzte in der Runde unseres bulgarischen Einsatzes. Groß und schmächtig, aber mindestens genauso entschlossen wie ich selbst. Seine Arme waren vollständig tätowiert und er hatte seine Ärmel hochgekrempelt, als würde er die Motive präsentieren wollen. Er hatte seine Loyalität bereits mehrfach unter Beweis gestellt und war dieser Aufgabe deutlich gewachsen.

Ich rührte langsam etwas Honig in den Tee, während Ian die Lagepläne von Lucys Gefängnis zusammenfaltete und sich aufmerksam zwischen Alec und Kaja umsah. »Habt ihr Fragen?«

Sie schüttelten die Köpfe.

»Falls Unklarheiten sind, zögert nicht zu fragen. Wir können uns nicht erlauben, aufgrund von Unverständnis Leute zu verlieren.« Zufrieden nickte er, als keine Rückfrage zum Plan vom italienischen Einsatzkommando zu Lucys Befreiung kam. »Dann fahren wir mit der Taktik des bulgarischen Sturms fort.« Er schlug die Akte vor sich auf, entnahm eine Karte mit Grundrissen und schob sie in die Tischmitte. Er wiederholte die Thematik mit der beendeten Phase eins, der Verbreitung von Falschinformationen über Joshuas und meinen Aufenthaltsort.

»Die Bilder von Timéo haben bereits ihren Platz in einigen Schlagzeilen gefunden und wir sind uns sicher, dass viele Leute und andere Clans aus unserer Welt sich entsprechende Gedanken zu dem bevorstehenden Krieg machen.« Kurz unterbrach Ian sich und strich die Karte zwischen uns glatt. »Wir werden die Verwirrung verstärken, indem wir morgen die Falschinformation zu Joshuas Tod verbreiten. Nach der Mission können wir sie selbstverständlich revidieren, ob das eine gute Idee ist, können wir ja noch zu einem späteren Zeitpunkt abwägen.«

Joshua zuckte bei der Nennung seines Namens fast unmerklich zusammen und ich stieß unter dem Tisch seinen Fuß aufmunternd an.

Als Antwort verzog er das Gesicht zu einem schiefen Lächeln, aber schnell wandten wir uns wieder Ians Ausführungen zu.

Dieser breitete eine weitere Karte auf dem Tisch aus, die die Umgebung der Fabrik zeigte. Wie unser Hauptquartier wurde auch das Gelände von einem großen Wald umgeben und durch ein Minenfeld geschützt.

»Es gibt einen Weg durch das Minengebiet im nördlichen Bereich der Anlage«, erklärte Noya und zog mit seinem Finger eine Linie auf der Karte nach. »Es ist eine verrückte Geschichte, aber als wir Kinder waren und uns die Gefahr der Minen bewusstwurde, haben wir Ratten gefangen und darauf abgerichtet, die Minen zu erschnüffeln.«

»Ihr … habt was?« Ich stoppte das Rühren in meiner Tasse und sah Noya irritiert an.

Er verarscht uns, oder?

Noya grinste, aber sein Finger verharrte auf der Karte. »Ratten sind unglaublich intelligent und zu leicht, um eine Mine auszulösen. Mit kleinen, geklauten Sprengstoffmengen konnten wir üben.« Er wandte sich an Alec. »Wie hieß unsere Lieblingsratte noch mal?«

»Gizmo.«

Noyas Blick wurde verträumt. »Ja, … Gizmo.«

Kaja und Imogen verzogen angewidert das Gesicht, die restliche Runde wirkte amüsiert.

»So haben wir einen Weg zum Zaun gefunden und markiert. Das Vorstoßen zum Gebäude sollte kein Problem darstellen.«

»Erinnert mich daran, dass ich Rattenfallen im Wald aufstelle«, murmelte Felix leise.

Grinsend deutete Ian auf den nördlichsten Punkt der Karte, aber ließ sich nicht aus seiner Konzentration bringen. »Hier ist eine Landstraße, die wir kurz vor Beginn des Einsatzes sperren werden. Wir haben mehrere Reisebusse organisiert, die uns von einer Sammelstelle zum Einsatzort bringen werden und zurück nach Georgien.« Ian räusperte sich und schob seine Brille die Nase hoch. »Einer der Busse wird mir und meinem Team als mobile Einsatzzentrale dienen. Die Busse werden nach der Mission vernichtet«, fuhr er fort. »Sie sind bereits gekauft und der Verkäufer wird schweigen, da er über einen von Junes Kontakten kommt.«

Diese nickte zustimmend.

»Wir werden die Deckungstrupps an folgenden Positionen platzieren.« Er markierte auf der Karte die entsprechenden Plätze. »Aufgabe ist, potenzielle Feinde an der Flucht zu hindern und das möglichst gefahrenfreie Abziehen unserer Truppen zu gewährleisten. Zusätzlich werden wir jedem Team einen Sniper zuweisen, der ebenfalls aktiv Feinde ausschalten wird.«

Die Deckungsgruppen stimmten in einer synchronen Bewegung zu.

»Jedem Deckungstrupp an der Südseite, der den Haupteingang des Gebäudes hat, werden außerdem die Gruppen der Evakuierung und der Informationsgewinn zugeordnet. Euer Einsatz …«, er deutete auf die jeweiligen Anführer, die hauptsächlich aus ehemaligen Bulgaren bestanden,

»… beginnt erst auf einen ausdrücklichen Befehl von mir oder June und wenn die Lage im Gebäude unter Kontrolle ist.« Wieder folgte ein bestätigendes Nicken der jeweiligen Anführer.

»Kommen wir zu unseren Sturmtruppen.« Ian drehte sich in unsere Richtungen. »Ihr werdet so lange wie möglich im Gebäude vorgehen, ohne entdeckt zu werden. Die MPs werden mit Schalldämpfern versehen. Sobald ihr Schüsse hört, wisst ihr also, dass es unserer Feinde sind. Das stille Vorgehen verschafft uns wertvolle Minuten, in denen wir den Feinden den Weg zum Waffenlager abschneiden.«

»Erst ab diesem Zeitpunkt werden die Deckungsgruppen und Sniper aktiv eingreifen. Davor sollen die Sturmgruppen den Angriff so weit wie möglich voranbringen. Laut Wetterbericht ist der Himmel bewölkt und es kann regnen.« Ian seufzte leise und breitete die Karten des Grundrisses aus. »Mayren, Robin? Ihr werdet zuerst die unteren Stockwerke sichern und die Waffenversorgung abschneiden.«

Robin und ich nickten gleichzeitig.

»Bastian und Allen? Ihr werdet die Unterkünfte der Betreuer angreifen. Noya, Imogen? Ihr geht zu den Kinderquartieren, bringt die Kids aus der Schusslinie und stoßt danach zu Bastian und Allen. Selbes gilt für Mayren und Robin.«

Warum wird es nie so einfach, wie es sich anhört?

»Sobald alles getan ist, werden die Kinder und Informationen eingesammelt und die Gefangenen mitgenommen. Es folgt ein strukturierter Rückzug und die Rückkehr ins Hauptquartier. Fragen?«

Es folgte nur ein verbittertes Schweigen, weil jedem das Worst-Case-Szenario bewusst war.

»Gut.« Er kreiste die Punkte der Deckungstruppen ein. »Es ist wichtig, dauerhaft Bericht an eure zugeordneten Leute zu erstatten. Im schlimmsten Fall werden die Deckungstruppen direkt eingreifen.« Er wandte sich an die jeweiligen Gruppenführer und sah sie durchdringend an. »Bereitet eure Teams also auch darauf vor.«

Mit einem unguten Gefühl dachte ich an Karim und Kathleen. Ich nahm einen Schluck von meinem Tee und stellte die Tasse betont langsam zurück.

Hoffentlich werden die beiden nicht direkt bei ihrer ersten Mission an die Front gerufen ...

»Ich hätte noch einen Punkt«, schloss ich mich den Gesprächen an. »Als Bastian und ich in London Silas gestürmt haben, stießen wir auf eine verschlossene Tür. Die Wahrscheinlichkeit ist sehr groß, dass wir das auch in diesem Fall werden, und ich habe mir Gedanken dazu gemacht.« Die Blicke ruhten auf mir und ich räusperte mich leise. »Wir können die Türen verbarrikadieren. Mit mehreren kleinen Holzbalken und Schrauben.«

Bastian grinste breit. »Du willst, dass einer der Teammitglieder einen Handwerkskoffer mit sich trägt?«

Ich neigte meinen Kopf und griff nach meiner Tasse. »Wenn du eine bessere Idee hast, dann her damit.«

»Ich finde die Idee gut«, warf Noya ein. »Es beschleunigt das Vorrankommen und wir können so die Betreuer einsperren und nach und nach beseitigen.«

423

»Gut …« Ian dachte kurz nach, bevor er sich an Joshua wandte. »Gegen elf Uhr starten wir mit den Übungen zur Kommunikation. Auch wir werden uns vorbereiten.«

Meine Gedanken wanderten zu der kleinen Trainingseinheit, die ich mit meinem Team bestehend aus David, Emil, Hannah und Stella geplant hatte und mindestens über den Mittag anhalten würde. Bis auf Hannah, die ursprünglich aus den bulgarischen Reihen kam, kannte ich alle sehr gut und war von ihrem unerschrockenen Vorgehen überzeugt.

Nie war unser Clan-Motto passender – Zu leben, heißt, zu kämpfen. Vivere est militare.

Kapitel 42

Hauptquartier der Georgier
Sonntag, 10. Oktober – Joshua

»Guten Morgen«, begrüßte Aaron uns mit einem breiten Grinsen, als wir sein Büro betraten.

Der letzte Morgen im Hauptquartier war angebrochen und wir würden das Gebäude gleich verlassen. Obwohl wir bisher nur knapp eine Woche hier waren, hatte ich mich lange nicht mehr so sicher und geborgen gefühlt. Ich musste ein spöttisches Grinsen unterdrücken.

Und das ausgerechnet unter Killern, während ich kämpfen und schießen lernte.

Vor unserer Abreise wollte Mayren die Tapes an ihren Rippen ein letztes Mal erneuern und verstärken lassen.

Kaja und einige andere von Lucys Einsatz waren bereits nach Italien abgereist und die Verabschiedung lag mir noch schwer im Magen. Begleitet von einer irrationalen Angst, obwohl ich wusste, dass jeder von ihnen bestens vorbereitet war. Die Gefahr, dass jemand nicht mehr zurückkehrte, war dennoch präsent.

Planmäßig sind wir am Mittwoch wieder zurück, hoffentlich vollständig.

»Guten Morgen, Aaron«, begrüßte Mayren ihn und ich schloss mich an. »Da bin ich endlich wieder hier und wir haben kaum Zeit zusammen verbracht.«

425

Beide umarmten sich und trotz seines Grinsens schimmerte in seinen Augen die Besorgnis.

Ich grüßte ihn ebenfalls und entgegnete sein Lächeln – vermutlich sah er die gleiche Sorge auch auf meinem Gesicht.

»Sobald wir zurück sind, holen wir das nach«, antwortete Aaron.

Sein Behandlungszimmer war fast leergeräumt, da er sich ebenso auf die anstehende Mission vorbereitete. Im Gegensatz zu uns würde er sich Kajas Team anschließen und dort die Verantwortung für die Erste Hilfe tragen. Während Kaja und Felix bereits mit ihren Autos vorausgefahren waren, wollte Aaron später mit dem Flieger folgen.

»Setz dich«, bat Aaron und deutete Mayren an, auf der Behandlungsliege Platz zu nehmen.

Vorsichtig ließ ich unsere Reisetaschen vor Aarons Schreibtisch fallen und lehnte mich an die Tischkante, um das Prozedere zu beobachten.

Mayren tat, wie Aaron sie angewiesen hatte und zog ihren Pullover aus. Der Anblick ihrer nackten Haut ließ mir Hitze in die Wangen steigen und verlegen wandte ich mich ab.

Ich begehre diese Frau so sehr! Niemals zuvor hatte jemand so eine Auswirkung auf mich. Aber es musste bisher auch nie jemand solche Dinge für mich tun.

Um nicht zu Mayren zu sehen, ließ ich meinen Blick durch den Raum wandern und las die Titel, die auf den Büchern in Aarons Regal standen.

Mayren war meine Verlegenheit nicht entgangen und ein Funkeln trat in ihre Augen. »Meine Rippen schmerzen schon

426

fast nicht mehr«, gestand sie, während Aaron ihr die Tapes vom Körper zog. »Ich bin mir sicher, dass sie mich bei dem Angriff nicht beeinflussen werden.« Kurz sah sie mich an und ich spürte die Verbundenheit mit ihr.

Mein Lächeln in ihre Richtung flackerte und war ohnehin nicht aufrichtig genug. Wir kannten einander mittlerweile so gut, dass sie dies ohne Probleme erkannte.

Aaron zog das letzte Band von Mayrens Rippen und entblößte das volle Ausmaß ihrer Verletzung. Die Hämatome waren blasser und schimmerten in einem gedämpften Gelb auf ihrer Haut. Das Problem jedoch waren nicht die oberflächlichen Verletzungen, sondern die angebrochenen Rippen darunter.

»Tief einatmen und stoppen, wenn du einen Schmerz spürst«, gab Aaron die Anweisung und Mayren befolgte sie.

Nach wenigen Atemzügen verzog sie schmerzverzerrt das Gesicht und stoppte. Ihre vorherige Aussage wurde sofort als eine Lüge enttarnt.

Meine Meinung hatte ich dazu längst geschluckt, da Mayren sich nicht davon abhalten ließ, die Führung einer der Sturmtruppen zu übernehmen. Sie riskierte damit, alles noch schlimmer zu machen.

»Es geht schon«, sagte sie schnell, aber nicht an Aaron, sondern in meine Richtung.

Aaron übernahm das Antworten für mich. »Na ja ... auf Dauer wird das nicht *gehen*.« Er seufzte und strich mit einem Tuch über ihre Haut, um die verbleibenden Klebereste zu entfernen.

»Ich bestehe darauf, dass du nach der Mission deinem Körper genug Zeit zum Heilen gibst, May! Du nimmst das Ganze auf die leichte Schulter.« Er klang ernst, als er das Tuch in den Mülleimer warf.

Mit plötzlich gespieltem Interesse las ich mir die Titel von Aarons Büchern erneut durch. Es kostete mich Kraft, mir einen Gesichtsausdruck nach dem Motto *ich-hab-es-dir-gesagt* zu verkneifen.

»Ich weiß, Aaron«, gab Mayren mit einem Seufzen zurück. »Glaub mir.«

Aaron holte eine neue Rolle Tape aus einer seiner Schubladen und schnitt das Band in geeignete Streifen. »Fühlst du dich wirklich bereit für die Mission?«

»Natürlich«, sagte Mayren leise. »Wir können nicht unsere Leute vorschicken und ihnen damit signalisieren, dass wir selbst nicht auch für sie durchs Feuer gehen würden.«

»Und du, Joshua?«, wandte Aaron sich an mich, ohne von seiner Arbeit aufzusehen. »Es ist immerhin deine erste Mission, wie fühlst du dich?«

Nachdenklich spiegelte ich meine Gefühlswelt in meinem Inneren wider, bevor ich ihm antwortete. »Es fühlt sich merkwürdig an, an etwas beteiligt zu sein mit dem Wissen, dass Menschen dabei sterben«, begann ich. »Aber ich weiß, dass es ein entscheidender Schritt im Kampf gegen Zero ist und meine Aufgabe das Mindeste ist, was ich dem Clan zurückgeben kann.«

Aaron nickte leicht und Mayren legte die Stirn in Falten.

»Ich bin so entschlossen wie jeder von euch«, legte ich nach und ließ meine Hände an die Kante von Aarons Schreibtisch gleiten. »Dass der Tod von manchen Leuten nötig ist, um ein höheres Ziel zu erreichen und unschuldige Leben zu retten, ist mir bewusst.«

»Es ist nie einfach, das zu akzeptieren«, meinte Aaron. »Aber das ist der Grund, warum unsere Welten sich unterscheiden.«

Nur, dass ich keiner der beiden Welten angehöre, sondern irgendwo dazwischen schwebe.

»Dieser Vergleich mit den Welten hinkt«, sagte Mayren an Aaron gewandt, ihr Blick sprach Bände. »Es ist egal, in welcher Welt man sich bewegt, wir nutzen diese Ausrede nur, um unsere Taten zu rechtfertigen.«

Aaron zuckte mit den Schultern und grummelte. »Da hast du irgendwie recht«, gab er zu. »Bitte gerade hinsetzen, ich fange jetzt an, die Tapes zu platzieren.«

Schweigen hüllte sich um uns und interessiert beobachtete ich Aaron bei der Arbeit. Nach wenigen Minuten waren die Rippen von einem Geflecht schwarzer Tapes überzogen.

»Ich habe sie dicker geklebt, damit du mehr Stabilität hast«, erklärte Aaron und Mayren zog ihren Pullover an.

»Danke «, sagte sie, rutschte von der Liege und bewegte sich etwas, um die Situation zu prüfen. »Es fühlt sich gut an. Sobald wir zurück sind, schulde ich dir was.«

Aaron desinfizierte sich die Hände an einem Pumpspender und stand von seinem Hocker auf. »Nicht dafür, May«, meinte er und ein sorgenvoller Ausdruck huschte über sein Gesicht.

Wir verabschiedeten uns von Aaron und mit jedem Schritt wurde ich entschlossener.

Jeder Schritt bringt uns unserem Ziel und gleichzeitig der Gefahr näher.

Georgien lag seit mehreren Stunden hinter uns und wir fuhren auf derselben Küstenstraße durch die Türkei, die wir bereits auf dem Hinweg benutzt hatten. Moderne Popmusik lief im Radio und ab und zu stachen einige Sonnenstrahlen durch die Wolkendecke und blendeten mich beim Fahren.

Neben mir saß Mayren und summte leise den Song im Radio mit. Sie hatte die erste Strecke zwischen uns und das Hauptquartier gebracht und wir lösten uns an der Grenze zur Türkei ab. Aktuell wirkte sie entspannt, während sich die Anspannung langsam in meinem Körper festsetzte.

»Bist du nicht aufgeregt vor der Mission?«

Ihr fröhliches Summen stoppte und sie schüttelte den Kopf. »Nein. Das kommt erst kurz davor. Aktuell sind wir zu weit vom Einsatzort weg, als dass ich die Anspannung spüren könnte. Bei dir sieht es anders aus, oder?«

»Eigentlich seit wir das Hauptquartier verlassen haben«, gab ich zu. »Es ist, als würde ich die Zielscheibe auf meinem Rücken spüren.« Ich schluckte, aber das unangenehme Gefühl verschwand nicht und ich ahnte, dass es mich bis zum Ende der Mission begleiten würde.

Als Bastian und May den Einsatz in London hatten, hielt mich diese Anspannung dauerhaft unter Strom. Wenn sie mich aus der Mission rausnehmen würden, würde es nichts ändern, ganz im Gegenteil.

»Es ist verständlich, dass du dir Gedanken machst und sie dich unter Strom setzen«, gab Mayren zu und griff nach meiner Hand auf der Mittelkonsole. Ihre Wärme löste einen Teil der Anspannungen in meiner Brust. »Wir werden sie unvorbereitet treffen und ich bin mir sicher, dass die Mission in wenigen Stunden durchgeführt ist. Spätestens am Mittwoch sind wir wieder zu Hause und können verfolgen, wie unserer Welt reagiert.«

»Hat June schon die ersten Reaktionen erfasst? Gerade nach der Veröffentlichung der Bilder von Timeó oder den anderen Falschmeldungen?«

Mayren schüttelte den Kopf. »Nein, die Vorbereitungen für die Mission sind vorgegangen. Wir werden uns gedulden müssen, bis wir zurück sind.« Sie machte ein nachdenkliches Geräusch. »Unsere Welt ist anspruchsvoll. Das, was wir bisher geleistet haben, wird nicht ausreichen, um andere Clans auf unsere Seite zu ziehen. Dafür brauchen wir etwas wie den Angriff auf die Fabrik.«

»Ich bin gespannt, ob wir herausfinden, was meine Verbindung zu Zero ist …«, murmelte ich leise. »Das ist wirklich das größte Mysterium.«

»Das wüsste ich auch gerne, aber ich kann mir gut vorstellen, dass Zero anfängt uns zu suchen.«

Ruckartig wandte ich meinen Kopf zu ihr. »Meinst du, dass er Erfolg haben könnte?«, fragte ich alarmiert und sie zuckte mit den Schultern.

»Keine Ahnung … Wir haben immer mit einem Vergeltungsschlag gerechnet, nachdem wir unsere Fabrik befreit hatten. In den ersten Wochen bestand unser tägliches Doing darin, Unterlagen zu vernichten, die sich auf unsere Fabrik bezogen. Scheinbar gelang es uns, alles zu vernichten, sonst hätten wir bestimmt ungebetene Besucher begrüßen dürfen.«

»Komisch …«

»Ja«, gab sie tonlos zu. »Es kann sein, dass Zero genau weiß, wo unser Rückzugsort ist, aber warum hat er uns bisher nie angegriffen?«

Ratlos zuckte ich mit den Schultern. »Vieles, was Zero getan hat, ergibt keinen Sinn.«

»Irgendwann bekommen wir unsere Antworten.«

»Ich hoffe es.«

»Da fällt mir ein …«, murmelte sie, öffnete das Handschuhfach und holte einen silbernen Dolch hervor, dessen Klinge in Leder eingebunden war. »Den habe ich hier vergessen. Normalerweise trage ich ihn immer bei mir.« Sie lächelte und ich sah mir die Waffe für einen kleinen Moment genauer an.

Der Dolch war alt und hatte einen abgewetzten Griff aus dunklem Holz. Als Mayren die Klinge aus der Scheide zog, erkannte ich eine feine Gravur auf dem oberen Teil. Es waren drei kleine Kronen, die in einem Dreieck zueinanderstanden, aber ich konzentrierte mich schnell wieder auf die Straße.

»Das ist eine schöne Waffe«, sagte ich leise und ehrfürchtig und neben mir nickte Mayren und wog den Dolch in der Hand.

»Vielleicht erinnerst du dich nicht mehr daran, aber ich habe mit ihm deinen ersten Angreifer in London umgebracht«, sagte sie leise, fast schuldbewusst. »Das war zu dem Zeitpunkt, als ich Angst hatte, dass du mir nicht mehr vertrauen würdest.«

Ich stieß ein kurzes, belustigtes Schnauben aus, aber erinnerte mich lediglich daran, dass sie mir erzählt hatte, dass ich mich nach ihrer Tat übergeben hatte.

Ich bin als unschuldiger Student aus dieser Bar gegangen und am nächsten Morgen mit einem Fuß in der kriminellen Welt aufgewacht.

»Nein, ich erinnere mich nicht mehr«, gab ich zu.

»Das ist der Dolch, mit dem Paul mir diese Narbe verpasst und mich fast umgebracht hat«, flüsterte Mayren neben mir und die Bedeutung ihrer Worte jagte mir einen eiskalten Schauer über den Rücken. »Dieses Symbol …« Sie fuhr mit dem Daumen über die Gravur. »Es verbindet uns beide mit unserem Heimatland Schweden.«

»Es war Pauls Dolch?«

Mayren verpackte die Klinge wieder. »Ja, das war er.« Geschickt ließ sie die Waffe kurz zwischen ihren Fingern wirbeln. »Und ich werde ihn so lange behalten, bis ich ihn Paul zurückgeben kann. Augen um Auge, Dolch um Dolch.«

Kapitel 43

Petrovo, Bulgarien
Sonntag, 10. Oktober – Mayren

Die Sonne war untergegangen und wir hatten seit wenigen Stunden unser Zielland erreicht. Obwohl ich vorhin noch zu Joshua gesagt hatte, dass ich entspannt der Mission entgegenblickte, spürte auch ich langsam einen Funken Anspannung in mir.

Hat Joshi mich angesteckt?

Belustigt und gleichzeitig dankbar, sah ich ihm dabei zu, wie er unsere beiden Reisetaschen aus dem Kofferraum lud und mir keine abgeben wollte.

»Ich kann meine Tasche selbst tragen«, sagte ich grinsend, aber er wehrte mein kurzes Zetern mit einem Kopfschütteln ab.

»Aaron hat gesagt, dass du dich schonen sollst«, widersprach er. Seine Haarsträhnen standen wirr von seinem Kopf und in diesem Moment fand ich ihn so unglaublich schön.

Wie konnte ich ihm so lange widerstehen? Mit jedem Tag wird seine Anziehung auf mich größer. Liegt das daran, dass wir uns in dieser angespannten Lage befinden, oder wäre das trotzdem so, wenn wir normale Studenten in London gewesen wären?

Joshua trat vor mich und drückte mir einen Kuss auf meinen Scheitel.

»Sollen wir reingehen oder noch länger hier stehen bleiben, damit du mich anstarren kannst?« Er zwinkerte mir zu und seine Stimme klang angenehm rau in meinen Ohren.

»Noch ein paar Minuten vielleicht?«

Seine kleinen Lachfältchen vertieften sich und er verlagerte das Gewicht seiner Tasche. »Wenn du willst, gerne«, schlug er vor. »Soll ich mich ans Auto stellen oder vielleicht lieber da drüber ans Parkplatzschild?« Er deutete auf das Schild, das direkt an der Einfahrt zu unserem Hotel stand und ich konnte mein Lachen nicht länger zurückhalten. Mit seiner freien Hand griff Joshua um meine Hüfte und zog mich näher an sich.

»Ich liebe es, dich lachen zu sehen«, flüsterte er, als unsere Gesichter nur noch wenige Zentimeter voneinander entfernt waren und seine Worte lösten einen wohligen Schauer in mir aus. Bevor ich etwas entgegnen konnte, beugte er sich zu mir und küsste mich.

Ich legte meine Hand auf seine Wange und seine kurzen Bartstoppeln kitzelten mich an den Fingerkuppen. Wie jedes Mal, wenn wir uns näherkamen, vergaß ich die Welt um mich, die angespannte Lage und die schwere bevorstehende Aufgabe. Joshua brachte mich dazu, dass ich alles ausblenden konntc.

Das Hauptquartier ist nicht mein Zuhause – Joshua ist es. Es ist egal, an welchem Ort der Welt wir uns befinden würden, wenn er bei mir wäre.

Widerwillig lösten wir uns voneinander, ich ließ meine Hand sinken und ein neues Gefühl fand in meinem Inneren Platz.

Kalte und trotzdem heiße Angst. Angst, dass ich Joshua und somit mein gefundenes Zuhause verlieren könnte. Ich schlang meine Arme um ihn und genoss seine Nähe, seine Wärme, seinen Herzschlag.

Ohne ihn, was wäre meine Welt dann?

Joshua bemerkte meinen emotionalen Ausbruch, obwohl er ihn nicht verstand. Langsam ließ er unsere Taschen auf den Boden sinken und erwiderte die Umarmung. Sein Atem kitzelte mein Ohr und sein Duft umschmeichelte mich. Es war eine sanfte Note nach Orangen und etwas Holzigem, was ich nicht ganz entschlüsseln konnte.

»Du musst mir versprechen, dass du morgen genau Ians Anweisungen folgst«, wisperte ich und er strich mir sanft über den Rücken. »*Bitte*, ich mach mir sonst Sorgen um dich.«

Ein leises Brummen ertönte aus seinem Brustkorb und brachte diesen zum Vibrieren. »Okay«, sagte er und gab mir erneut einen Kuss auf die Stirn. »Aber nur, wenn du versprichst, dass du kein unnötiges Risiko eingehst und heil zu mir zurückkommst.«

Ein schwaches Lächeln schlich sich auf meine Lippen und ich lockerte unsere Umarmung, damit wir uns ansehen konnten. »Ich werde alles dafür tun«, versprach ich, aber die Besorgnis verschwand nicht aus seinen Augen. Wir wussten beide, dass ich ihm das nicht versprechen konnte, und dennoch schwebten die Worte gegenstandslos zwischen uns.

Teil Drei

Kapitel 44

Verlassene Landstraße, Bulgarien
Montag, 10. Oktober – Joshua

Der letzte Tag vor dem großen Einsatz verging viel zu schnell. Wir verbrachten den größten Teil des Tages in unserem Hotelzimmer, versuchten den Zeitpunkt unserer Abreise so weit wie möglich hinauszuzögern, aber irgendwann ging es nicht mehr. Das letzte Stück zum Treffpunkt fuhren wir fast durchgehend schweigend und die Anspannung von uns beiden war förmlich greifbar.

Zeitgleich wurde die Nachricht von meinem Tod verbreitet und mit einem schlechten Gewissen dachte ich an meine Familie und Freunde in der Heimat und in London. Mein Verschwinden lag mehr als zwei Wochen zurück und es war unwahrscheinlich, dass ich in den kommenden Monaten zurückkehren könnte.

Es nimmt ihnen die Hoffnung, ... aber es waren ohnehin falsche Hoffnungen.

Sanft strich Mayren über meinen Arm. »Alles okay?«, erkundigte sie sich vorsichtig und ich nickte, obwohl in meinen Gedanken nichts *okay* war.

»Ich musste daran denken, dass meine Familie heute oder morgen das Video sehen wird …«

Mayren verzog das Gesicht, als hätte sie einen unangenehmen Geschmack im Mund. »Verständlich, dass dir der Gedanke auf den Magen schlägt.«

441

Schweigend jagten wir den Audi über dunkle Landstraßen, immer weiter in die Nacht des bulgarischen Waldes hinein.

Die Minuten vergingen und Rauschen durchmischte die Musik im Radio, was die Abgelegenheit dieses Ortes unterstrich.

»Wir sind da«, murmelte Mayren und deutete auf rote Rückleuchten, die auf einem Rastplatz in der Ferne in Sicht kamen.

Mein Herzschlag verstärkte sich in meiner Brust und trommelte gegen meine Rippen.

Keine Schonzeit mehr. Der Moment des Handelns ist da.

Mayren drosselte das Tempo, ließ den Wagen die restlichen Meter ausrollen und lenkte ihn von der Straße.

Drei große Reisebusse standen auf dem Parkplatz und mehrere Autos in den Parkbuchten in der Nähe. Einige Leute waren zwischen den einzelnen Fahrzeugen unterwegs und unser Auto wurde misstrauisch beäugt, worauf Mayren kurz das Licht im Innenraum anmachte.

Ich erkannte den großen Bulgaren mit der Lockenmähne und Matt, mit dem ich die IT-Übung zusammen hatte. »Die meisten sind schon da«, meinte ich und beobachtete das Treiben aufmerksam.

»Wir sind im vorgegebenen Zeitfenster«, antwortete Mayren, während sie auf eine der Parkbuchten zusteuerte und parkte.

Schnell hatten wir unser nötiges Gepäck gegriffen und den Audi verschlossen. Unschlüssig blieb ich an der Rückseite des Autos stehen und wartete auf Mayren.

Ist es üblich, dass wir uns unseren Teams zuordnen oder sind wir beieinander, bevor es losgeht?

Einen richtigen Abschied von ihr wollte ich mir nicht nehmen lassen.

Sie blieb vor mir stehen und schulterte ihren Rucksack. »Wir werden uns erst nach dem Einsatz wiedersehen.« Ihre Miene war gezwungen und ich nickte widerstrebend. Es war unser letzter Moment zu zweit.

»Fuck, May«, fluchte ich leise und zog sie an mich.

Sie schlang ebenfalls ihre Arme um mich und seufzte leise.

In der Ferne wurden Stimmen laut und ich konnte das Knirschen von Reifen über den Schotter hören, was die Ankunft eines neuen Autos ankündigte.

Diesen Moment kann uns keiner nehmen.

»Mach dir keine Sorgen«, flüsterte sie an meinem Ohr und ich unterdrückte ein belustigtes Schnauben, was mir eher mäßig gelang.

»Das sagt sich so einfach«, entgegnete ich und küsste sie, da mir die Worte für den Abschied fehlten.

Ihr ging es wie mir und wir legten alles Ungesagte in diesen Kuss. Es war nicht so wie unsere üblichen Küsse, nicht so leidenschaftlich oder gelenkt von Lust, sondern sanfter und doch entschlossen. Wir wussten beide, dass die Gefahr bestand, unseren letzten Kuss gehabt zu haben und dieser Gedanke brannte sich darin ein. Nur widerwillig beendeten wir ihn.

»Ich wünschte wirklich, dass ich dir etwas Besseres bieten könnte als dauerhafte Gefahr.« Mayren biss sich auf die Unterlippe und machte einen kleinen Schritt zurück, um mich anzusehen.

»Und ich werde alles in meiner Macht Stehende tun, um dir das Leben zu geben, das du verdienst.«

Ihre Worte trafen mich ins Herz. »Das ist nichts, was aktuell in unserer Macht steht«, entgegnete ich und griff nach ihrer Hand. »Und ich bin mehr als glücklich darüber, dass ich dich habe.«

Ein kleines Lächeln fand den Weg auf ihre Lippen, aber es konnte sich nicht lange dort halten.

»Bitte pass auf dich auf, okay?«, fügte ich an.

»Versprochen.« Damit wandten wir uns vom Audi ab und gingen zu dem regen Treiben, das auf dem Rastplatz herrschte. Es bedeutete mir viel, dass Mayren meine Hand erst losließ, als Matt mich begrüßte.

Ein angespanntes Lächeln lag auf seinen Lippen. »Hallo. Dürfte ich dir Joshua abnehmen, Mayren?«

Sie drückte meine Hand fest, bevor sie mich losließ. »Ungern, aber ich werde es nicht vermeiden können.«

Mit einem letzten Blick zurück auf meine Freundin, folgte ich Matt zu einem der Busse und ein Dorn grub sich in mein Herz, als ich zurücksah. Sie warf mir ein aufmunterndes Lächeln zu, bevor sie sich zu dem Bus umwandte, vor dem sich ihr eigenes Team versammelte.

Ich versuchte, es mir nicht anmerken zu lassen, doch als ich die Stufen ins Innere zu unsere Einsatzzentrale erklomm, setzte mein Herzschlag einen Moment aus. Im vorderen Teil des Busses waren die Sitzplätze wie gewohnt erhalten, während im hinteren Teil mehrere Arbeitsplätze aufgebaut waren, die denen von unseren Übungen ähnelten.

Romy, Iris und Andrew hatten sich auf die vorderen Sitze verteilt und versuchten, eine Portion Schlaf nachzuholen, während Ian an einem der Arbeitsplätze saß und bei meinem Auftauchen das Headset abnahm.

»Hallo, Joshua.« Er war der einzige Mensch, der Ruhe ausstrahlte.

»Hi, Ian«, entgegnete ich und zwang mich zu einem schiefen Lächeln.

Matt ließ sich ebenfalls auf einen der Sitze fallen und ich stellte erstaunt fest, dass Ian an seinem Oberschenkel ein Holster mit einer Waffe trug. Bisher hatte ich ihn noch nie mit Waffe gesehen.

Ian deutete auf den Stuhl neben ihm und ich setzte mich. »Du wirst die Kommunikation mit Robins Team übernehmen«, erklärte er. »Sie sind in der Parallelbewegung zu Mayrens Team und starten ebenfalls im Keller, aber im linken Flügel. Anschließend werden sie denselben Flügel im Erdgeschoss übernehmen.«

Ich nickte angespannt.

»Alles bleibt gleich wie in unseren Übungen. Jeder unserer Leute hat einen Peilsender und wir haben die Grundrisse auf unsere Monitore gelegt, damit wir sehen können, in welchen Bereichen unsere Teams unterwegs sind.« Mit einem Klicken auf seinem PC zeigte Ian mir die Grundrisse, die ich inzwischen auswendig kannte.

»Okay«, bestätigte ich. »Ich werde jede Gruppenbewegung beobachten und die Räume mit den entsprechenden Codes markieren. Wir unterscheiden zwischen gesicherten

445

und verkeilten Räumen und deren Unterkategorien bezüglich der Informationsgewinnung.«

»Genau. Alle Auffälligkeiten an mich und genau zuhören, was dir gemeldet wird.« Ian zögerte. »Verletzte Kameraden mit blau markieren ...«

»Gestorbene mit grau.« Meine Stimme war tonlos bei diesem Satz.

Hoffen wir, dass niemand unserer Leute das heute tun muss.

»Behalt die Nerven, Joshua. Unsere Leute brauchen uns. Wir dürfen nicht den Kopf verlieren. *Egal* was passiert.«

Ich schluckte und musste an Mayren denken.

Was würde ich tun, wenn ihr Punkt grau wird?

Bei dem Gedanken zitterten meine Hände leicht.

»Wir haben eine Stunde, bis wir losfahren. Leg dich kurz hin und versuche zu schlafen.« Damit erhoben wir uns beide und während Ian den Bus verließ, legte ich mich in eine Sitzreihe hinter Matt und schloss die Augen.

Tatsächlich schaffte ich es, für einige gewisse Zeit wegzunicken, bis das dröhnende Geräusch des Motors mich schlagartig weckte und den Bus vibrieren ließ.

»Wir sind komplett. Es geht los«, murmelte Matt ernst und ich setzte mich aufrecht hin.

Die letzten Leute auf dem Rastplatz verteilten sich auf die anderen Busse und die Türen wurden geschlossen.

Das Licht im Innenraum ging aus, Ian stieg als Letzter ein und ließ sich auf den freien Sitz neben mir fallen. »Die Teams sind alle vollständig und bereit«, berichtete er und ich hielt mich an dem Griff vor mir, als der Bus anfuhr. »Wir fahren eine halbe Stunde und wenn wir die Straße gesperrt haben, starten wir mit unseren Funktests.«

Dankend nickte ich ihm zu und dachte an Mayren.

Ob sie und ihr Team anfangen, sich in die Schutzausrüstung zu werfen?

»Hast du etwas von Kaja gehört?« Wenn jemand meine Angst verstand, dann Ian.

»Ja, wir haben vorhin telefoniert, aber werden erst nach den Missionen wieder voneinander hören. Wenn du fragen willst, ob ich mir Sorgen um sie mache …«, fügte er an und musterte mich. »Ja. Jedes *verdammte* Mal, wenn sie nicht bei mir ist und ich keinen Einfluss darauf nehmen kann, was passiert. Das wird sich nie ändern.«

Offenbar stand mir die Frage ins Gesicht geschrieben.

»Unsere Frauen wissen, was sie tun«, murmelte er leise. »Alles, was jetzt kommt, können wir nicht beeinflussen und liegt in ihren Händen.« Eine leichte Maske der Anspannung hatte sich über Ians Gesicht gelegt.

Es hätte mich gewundert, wenn Ian keine Angst um Kaja hätte. Obwohl er dieses Gefühl schon länger gewohnt war als ich.

Schweigen legte sich über unseren Bus und ich sah aus dem Fenster auf die menschenleeren Straßen.

Nieselregen hatte zu fallen begonnen und ich beobachtete die Regentropfen, die das Fenster hinunterrannten.

»Bei unserem Putsch hatten wir auch dieses Wetter«, murmelte Ian leise neben mir.

Mit einem schmerzhaften Herzschlag erinnerte ich mich an Mayrens Erzählung über die Übernahme des Clans. »Es hat geregnet?«, fragte ich tonlos nach.

»Der Regen hat uns in der Nacht gerettet«, antwortete er gedankenverloren. »Er hat die Sicht für die Aufseher erschwert und die Flammen in Schach gehalten.«

»Wenn das so ist, ist er heute unser Glücksbringer.«

»Ohne den Regen wären Kajas Verletzungen damals deutlich schlimmer geendet.«

Fragend zog ich eine Augenbraue hoch. »Verletzungen?«

»Sie hat es dir nicht erzählt, oder?«

Ich schüttelte den Kopf. »Nein, was meinst du?«

»Kaja ist sehr eitel und auf ihr Aussehen bedacht. Ihr ist es peinlich und daher trägt sie immer die Handschuhe.«

Diese Eigenschaft an Kaja war mir bereits so in eine Selbstverständlichkeit übergegangen, dass ich irgendwann aufgehört hatte, es zu hinterfragen.

»Sie hat nie darüber geredet und ich habe mich nicht getraut, zu fragen. Es schien mir immer ein Tabu-Thema zu sein.«

Ein zustimmendes Brummen kam von Ian und er verschränkte seine Finger ineinander. »Vielleicht besser so, sie spricht nicht gerne darüber«, erklärte er und drehte die Daumen umeinander. »An dem Abend brannte die Kaserne und wir retten so viele Kinder wie möglich. Kaja hat sich dabei an beiden Händen so schlimme Verbrennungen zugezogen, dass sie seitdem kein Gespür mehr in den Fingern hat. Durch den Regen konnten wir ihre Verletzungen schnell kühlen und sie kann ihre Finger zumindest bewegen.«

Bedauernd verzog ich das Gesicht und empfand Mitleid für Kaja. In unserer gemeinsamen Zeit war sie mir so unglaublich ans Herz gewachsen. Bevor ich etwas sagen konnte, wurde unser Bus langsamer und wir hielten nach wenigen Metern an.

Ian stand auf und hob seine Stimme. »Okay, Leute«, rief er und klatschte in die Hände. »Alle an die Rechner, wir sind an unserer Einsatzstelle angekommen und starten mit unseren Funktests.«

Es war, als würde elektrische Ladung durch meinen Körper fließen und ich war sofort hellwach. Ich folgte Ian in den hinteren Teil des Busses und setzte mich an meinen Tisch. Für einen kurzen Moment beäugte ich Ians Waffe im Holster, während die aktuelle Karte auf meinem Bildschirm geladen wurde.

Meine Gedanken wanderten zu Mayren. Ich stellte mir vor, wie sie in voller Schutzmontur aus dem Bus ausstieg, begleitet von ihrem Team und 29 anderer Schwerbewaffneten, die sie in dem Sturm begleiten würden.

Bitte lass sie heil zurückkommen!

»Headsets auf«, kam Ians Anweisung. »Wir starten mit den Funktionschecks. Bis zum Ende der Mission erwarte ich von jedem höchste Konzentration!« In seiner Stimme schwang ein deutlicher Befehlston mit und ich erschauderte, weil sein Tonfall gegensätzlich zu dem vor wenigen Minuten war. Ian strahlte eine Autorität aus, die ich bisher von Bastian gewohnt war.

Kapitel 45

Bulgarische Fabrik, Bulgarien
Dienstag, 11. Oktober – Mayren

Ein riesiges Gebäude erhob sich mit einzelnen erleuchteten Fenstern aus der Schwärze der Nacht. Auf den ersten Blick ähnelte es unserem Hauptquartier, aber je genauer ich es musterte, umso mehr Unterschiede stellte ich fest. Es hatte die hoffnungslose Ausstrahlung, die unser Gebäude glücklicherweise verloren hatte.

»Team zwei in Position«, flüsterte ich in mein Headset und nahm meine Nachtsichtbrille ab, die ich auf dem Weg durch den Wald aufgezogen hatte. »Warten auf Zugriff.« Neben mir kniete mein Team ebenfalls im Schlamm. Der leichte Nieselregen war im Wald nicht zu spüren gewesen, aber am Rande der Lichtung war der Boden aufgeweicht und die Tropfen sammelten sich an meinem Visier.

Hinter einigen Fenstern im zweiten Stock erkannte ich Bewegungen und wusste, dass es sich um Betreuer handelte.

Das könnte ein Problem werden. Wenn wir im Erdgeschoss auf Widerstand stoßen, können wir nicht rechtzeitig den Weg zum Waffenraum und ihnen die Versorgung abschneiden. Wir müssen uns ungehindert in die entsprechenden Stockwerke verteilen können, alles weitere ist mit roher Gewalt erkämpfbar.

Neben mir verlagerte David sein Gewicht und ein Ast gab mit einem leisen Knacken unter ihm nach.

451

Abwartend lauerten wir im Dreck und warteten auf das entsprechende Signal, während der Regen zunahm.

Es ist wie damals. Der Regen wird uns Deckung geben, wenn jetzt jemand aus dem Fenster sieht, wird er wenig erkennen.

Ich konzentrierte mich auf meinen Herzschlag, der ruhig und gleichmäßig ging. Die Anspannung war in dem Moment von mir abgefallen, als ich den ersten Schritt aus dem Bus gemacht hatte und mich mit meinem Team sammelte. Im Angesicht der bevorstehenden Gefahr schaffte ich es immer, ruhig zu bleiben und meinen Fokus zu wahren.

»Sturmtrupp zwei?«, hörte ich Romys Stimme in meinem Ohr und packte den Griff fester um meine MP5. »Freigabe erteilt. Der Sturm kann beginnen.«

Entschlossenheit schoss durch meine Adern und ich stand auf. Mein Team folgte mir auf eine Handbewegung hin. Neben uns erhoben sich die anderen Sturmtruppen und nahmen ihre Waffen in Anschlag.

Matsch schmatzte unter meinen Schuhen, als ich die ersten Schritte auf die Lichtung machte. Ich hörte hinter mir weitere Geräusche von Schuhen, die aus der schlammigen Erde gezogen wurden.

Das ist der Moment, auf den wir uns die letzten Tage vorbereitet haben.

Neben mir lösten sich immer mehr Schatten aus dem Wald und wir rannten auf die Eingangstür des Hauses zu. Der Regen wurde stärker, als würde er unser Vorhaben unterstützen und in der Ferne hörte ich ein Donnergrollen.

Schnell erreichten wir die Tür und Bastian drückte probeweise die Klinke.

Wie erwartet war sie verschlossen, Bastian trat zur Seite und ließ jemand den Vortritt, der sich mit filigranem Werkzeug am Schloss zu schaffen machte. Es vergingen endlose Minuten, bis die Tür aufsprang und die Sicht in eine schummrige Eingangshalle offenbarte.

»Eingangstür offen«, flüsterte ich in den Funk. »Wir betreten das Anwesen. Aktuell kein Feindkontakt.« Meine Meldung galt für alle Teams und ich war mich sicher, dass Romy sie weitergab.

Bastians Team betrat zuerst den Eingangsbereich und sofort folgten ihm Allens Leute.

Kurz warteten wir, aber sie erklärten die Bereiche mit Handzeichen für sicher und die Teams von Imogen und Noya rückten nach.

Nach Robins Team führte ich meines aus dem Regen ins Haus, wo Fußspuren einen schlammigen Film auf den sauberen Fliesen hinterließen. Die Eingangshalle war ins Halbdunkle getaucht und wenige Lampen erleuchteten das Gebäude.

Gut, wir haben den Weg ins Haus gefunden, ohne entdeckt zu werden.

Die vier anderen Teams erklommen die Treppen ins Obergeschoss und ich gab Robin ein Zeichen, dass wir die Treppe umrunden und wie vereinbart ins Untergeschoss gehen. Er nickte und sein Team folgte uns.

*Der Funk wird so lange ruhig sein, bis wir uns keine Ge-
danken mehr darum machen müssen, entdeckt zu werden.*

In den ersten Minuten unserer Mission mussten wir darauf
vertrauen, dass unser Kommunikationstrupp aufmerksam
genug war, um unsere Positionen perfekt zu bestimmen.

Vorsichtig machte ich den ersten Schritt auf die Stufen und
hielt gleichzeitig meine Waffe im Anschlag. Jederzeit könnten wir auf einen Gegner treffen und ich war bereit, jeden zu
töten, der mir ins Visier lief.

Im Keller teilten sich unsere Teams in die zugewiesenen
Flügel auf.

Robin und ich wünschten uns mit einem kleinen Handzeichen viel Erfolg. Es war ein Abkommen, dass unsere Teams
sich unterstützen und wir den anderen zur Hilfe eilen, wenn
sie nicht zeitgleich mit unseren Bereichen fertig werden
würden.

*Es wäre Nonsens, auf eigene Faust weiterzuziehen. Wenn
dem anderen Team etwas passiert, könnte es sein, dass wir
Feinde im Rücken haben.*

Wir bemühten uns um leise Schritte, als wir den Gang
hinunterschlichen, aber der restliche Schlamm in unseren
Schuhprofilen knirschte unter unseren Füßen. Die Extrem-
situation hielt meine Gedanken ungewöhnlich klar und mein
Blut ruhig, in Momenten wie diesen funktionierte mein Körper automatisch und wartete mit einer Prise Ungeduld auf
den ersten Feindkontakt.

Wir erreichten die erste Tür und mein Team positionierte
sich. Vorsichtig legte ich meine Hand auf die Klinke und

zählte in meinem Inneren von drei herunter, bevor ich öffnete. Es handelte sich um einen alten, überfüllten Lagerraum, in dem zerbrochene Möbel untergebracht waren. Staub und Spinnen hatten den Raum als ihr Territorium erobert, und krabbelten im Licht unserer Taschenlampen davon. Schnell schloss ich die Tür und leitete mein Team weiter.

Hannah befestigte einen Aufkleber auf Hüfthöhe über der Tür und dem Rahmen, damit wir bei einem späteren Abzug aus dem Gang auf einfache Art prüfen konnten, ob jemand die Tür in unserer Unaufmerksamkeit geöffnet hatte und sich darin versteckte. In einem so großen Gebäude war es unmöglich, ohne ein gezieltes Vorgehen den Überblick zu behalten.

Hinter der nächsten Tür fanden wir einen weiteren Lagerraum, diesmal mit alten Matratzen. Wir sicherten den Raum wie den ersten und gingen weiter. Nach wenigen Schritten ging vor uns eine Tür auf.

Ein Mann trat auf den Flur, seine Stirn war missmutig in Falten gelegt und seine grauwerdenden Haare standen unordentlich vom Kopf ab. Scharf sog er die Luft ein, als er uns sah, machte den Mund auf, aber ich hatte meine Waffe hochgezogen und ihn mit drei schnellen Schüssen hingerichtet.

Meine Patronenhülsen landeten klappernd auf dem Boden und ein letztes Keuchen waren seine einzigen Geräusche.

Geordnet rückten wir vor, während die Tür weiter aufschwang, als die Leiche dagegen fiel. Blut floss aus den Wunden und breitete sich langsam als dunkelrote Pfütze auf dem Boden aus.

»Derek? *Was?*«, hörte ich eine Frauenstimme aus dem Raum und wenig später dazugehörige Schritte.

Mit einer schnellen Handbewegung deutete ich meinem Team an, das Tempo zu beschleunigen. Die Frau würde sonst andernfalls schneller an der Leiche sein und wir mussten sie zwingend erledigen, bevor sie um Hilfe schreien konnte.

Ich wies David und Stella an, bei der Tür zu bleiben, die wir sonst übersprungen hätten, während mein restliches Team näher rückte.

Die Schritte wurden lauter und eine Frau, nur wenige Jahre älter als ich, trat auf den Flur. Ihre Aufmerksamkeit richtete sich auf ihren Kollegen, der leblos auf dem Boden lag. Sie brach lautlos zusammen, während meine Patronen erneut auf den Boden prasselten und der Raum vor uns blieb in Schweigen zurück.

Jemand wie sie hat nichts Besseres verdient.

Ich drehte mich zu David und Stella, die in einiger Entfernung warteten, während Emil und Hannah mir den Rücken deckten. Lautlos forderte ich sie auf, den Raum vor sich zu sichern.

Sie bestätigten, dass sie meine Anweisung verstanden hatten, kamen dieser nach und sicherten ihn anschließend mit einem Siegel. Schnell schlossen sie zum restlichen Team auf und wir traten auf die Leichen zu, die die Tür offenhielten. Als wir wenige Schritte vom Durchgang in den Raum entfernt waren, hörte ich ein Geräusch.

Ist das ein Schluchzen? Wenn eines dieser Arschlöcher darin hockt und heult ...

Heißer Hass kochte in mir hoch.

Sie werden die Kinder genauso behandeln, wie sie uns damals behandelt haben. Wie können sie es wagen, sich als Opfer *zu fühlen?!*

Ich machte den letzten Schritt in den Türrahmen, mein Atmen stockte und mein Herz rutschte mir in die Hose. Es war ein Schluchzen, aber es kam nicht von einem Erwachsenen. Wut trieb mir die Tränen in die Augen, als ich ein gefesseltes Kind auf einer dreckigen Matratze erblickte, und mit einem Mal wurde mir speiübel.

»Heilige Scheiße«, flüsterte ich und ließ meine Waffe sinken, weil das Mädchen mich ängstlich anstarrte und Tränen über ihre Wangen rannten.

Mir war klar, dass unsere Optik kein vertrauenserweckendes Bild abgab. »Hannah«, wandte ich mich an sie. »Komm.« Die Angesprochene folgte meiner Bitte und öffnete das Visier ihres Helmes, um dem Kind Angst zu nehmen.

Wenn sie das Mädchen kennt, kann sie sie vielleicht beruhigen und ihr vermitteln, dass wir auf ihrer Seite sind.

Ich drehte mich um und bedachte die beiden Leichen mit einem vernichtenden Blick, während Hannah ein paar vorsichtige Schritte auf das Kind zumachte und mit sanfter Stimme auf es einsprach.

»Mayren? Was ist bei euch los?«, hörte ich Romys Stimme in meinem Headset und biss die Zähne zusammen.

»Wir hatten Feindkontakt. Jedoch ohne Probleme beseitigt«, knurrte ich in den Funk. »Sie haben hier ein Kind gefangen gehalten.«

457

Am anderen Ende hörte ich sie nun eine Beleidigung murmeln und sie konnte sich denken, für was dieser Raum regelmäßig genutzt wurde.

»Wir werden das Kind beruhigen, aber vorerst hierlassen und nach Ende der Mission abholen«, fuhr ich fort und beobachtete Hannah, die dem Mädchen ein Taschentuch reichte. »Markiere den Raum bitte entsprechend.«

Die Angst war nicht aus dem Gesicht des Mädchens verschwunden, aber sie verstand, dass wir ihr helfen wollten. Mit meiner linken Hand zog ich meinen Dolch aus dem Holster und ging auf Hannah zu, um ihn ihr zu reichen. »Lös die Fesseln.«

Wir müssen uns beeilen! Unser Kellerflügel ist nicht fertig gesichert und die Waffenkammer ist nicht abgeschlossen. Wir müssen das unbedingt erledigen!

Hannah nahm das Messer, löste vorsichtig die Stricke um die Handgelenke und deutete ihr an, hier auf unsere Rückkehr zu warten. Langsam nickte das Mädchen.

»Wir werden dich hier einschließen, okay?«, teilte Hannah ihr in einem beruhigenden Flüsterton mit. »Du brauchst dir keine Sorgen machen, dass jemand zu dir findet, der nicht zu uns gehört. Du bist in Sicherheit, musst nur noch ein klein bisschen durchhalten, ja?«

Wieder nickte das Kind und klammerte sich an das Taschentuch.

Kommen wir damit klar, dass wir die Kinder mit zu uns nehmen und erziehen können? Das Mädchen wird nicht das einzige Kind sein, das traumatisiert wurde.

Hannah reichte mir meinen Dolch zurück und ich verstaute ihn an dem vorgesehenen Platz. Langsam traten wir den Rückzug an, beobachtet von großen, ängstlichen Kinderaugen.

»Wir fahren mit der Sicherung des Traktes fort«, raunte ich in den Funk. »Raum vier wird verschlossen und muss später wieder geöffnet werden.«

Hannah folgte mir und klappte ihr Visier herunter.

Mit schnellen Handzeichen brachte ich mein Team in Formation und wir traten zurück auf den Gang.

Kein Feind war sichtbar, Emil und David räumten mit schnellen Handgriffen die beiden Leichen zur Seite, damit wir die Tür schließen und sichern konnten.

Ich erhaschte einen letzten Blick auf das Mädchen.

Eine einzelne Träne rollte ihr über die Wangen und sie schniefte in das Taschentuch. Ihr Anblick traf mich schmerzhaft, aber führte mir vor Augen, wie wichtig unsere Mission war. Wie viel größer diese Kriegserklärung war, weil nicht nur Rache davon betroffen war, sondern auch das Leben unzähliger Kinder.

Während ich David Deckung gab, zog er mehrere Holzstücke aus seiner Tasche und befestigte sie mit Schrauben als Keile über der Tür und am Rahmen. Ohne entsprechendes Werkzeug war die Tür jetzt nicht mehr zu öffnen.

Probeweise zog David an der Klinke, aber die Tür bewegte sich nicht. Zufrieden gab ich die Anweisung, den restlichen Gang zu sichern. Laut den Lageplänen war die letzte Tür in diesem Gang die Waffenkammer.

In der Ferne wurden Schüsse laut und ich warf Emil neben mir einen kurzen Blick zu.

Seine Entschlossenheit war wie eine Maske in seine Augenpartie eingraviert und die Szene von gerade brannte sich wohl in sein Gedächtnis ein.

»Schusswechsel zwischen Sturmtrupp eins in den Quartieren«, berichtete Romy, aber ihre Stimme war ruhig und konzentriert. »Unser Eindringen ist kein Geheimnis mehr. Beeilt euch mit der Sicherung des Munitions- und Waffenlagers.«

Mit einem lautlosen Schnippen trieb ich mein Team voran und wir achteten nicht mehr darauf, unsere Schritte leise zu halten.

Ohne Probleme sicherten wir den nächsten Raum, der ein kleines Dojo mit ausgelegten Mattenboden war. Der Geruch von abgestandenem Schweiß und der Anstrengung des Trainings lag in der Luft und ich rümpfte die Nase, bevor wir die Tür verschlossen und mit einem aufgeklebten Siegel sicherten. Geschlossen zogen wir weiter, blieben vor der nächsten Tür stehen und ich legte meine Hand auf die Klinke.

Ruckartig drückte ich sie herunter, aber die Tür bewegte sich kein Stück und ich trat zur Seite, um David die Tür verkeilen zu lassen.

Noch eine Tür, dann ist unser Kellerflügel sicher und wir können zu Robins Team stoßen.

Die letzte Tür stellte sich ebenfalls als verschlossen heraus und wir nutzten deutlich mehr Holzbalken, um das Öffnen zu verhindern. Das war der entscheidende Raum – die Waffenkammer!

»Kellerflügel erfolgreich gesichert«, erklärte ich in den Funk. »Wir treten den Rückzug aus dem Bereich an und stoßen zu Robins Team.« Unsere Schritte platschten unangenehm durch die entstandene Blutpfütze der beiden Leichen und ich warf ihnen einen letzten verhassten Blick zu, bevor wir nach wenigen Metern zu Robins Team stießen.

»Team sechs und zwei sind vereint«, murmelte Robin in den Funk und ich sparte mir die Meldung an Romy. »Wir werden ins Erdgeschoss vordringen und die entsprechenden Flügel sichern.«

Geordnet erklommen wir die Treppenstufen hinter dem anderen Team. Schreie wurden im Gebäude lauter und wir hörten Schüsse in den oberen Stockwerken.

Es beruhigte mich, dass wir die entsprechenden Räume im Untergeschoss bereits gesichert hatten und somit keine bösen Überraschungen mehr fürchten mussten.

Robin erreichte als Erster das Erdgeschoss und sofort hörte ich laute Rufe, die unmöglich von einem unserer Teams kommen konnten.

Feinde!

»Los!«, trieb ich mein Team an, als die ersten Schüsse geräuschvoll durch den Eingangsbereich peitschen.

Robins Team war ebenso vorbereitet wie wir. Sie eröffneten nur Sekunden nach dem feindschaftlichen Feuer den Gegenangriff.

»Team zwei und sechs sind auf Feindkontakt getroffen«, zischte ich in den Funk zu Romy.

Schmerzen mischten sich in die Schreie unserer Gegner

und die hörbaren Schüsse wurden weniger.

Bevor mein Team sich in Position bringen konnte, war das Gefecht beendet und zwei Leichen lagen übereinander vor der Eingangstür. Ihre Waffen verlassen daneben und mit einer langsamen Grausamkeit breitete sich eine dunkle Lache auf dem dreckigen Fliesenboden aus.

»Schusswechsel gewonnen«, gab ich ein knappes Update. »Geht es euch allen gut?«

Robins Team nickte geschlossen, während ihr Anführer sich mit einer Hand über die Schulter strich. Eine Kugel hatte ihn an dieser Stelle gestreift, aber die Schutzausrüstung hat das Schlimmste abgehalten. »Ja«, knurrte er zwischen zusammengebissenen Zähnen. »Lasst uns weitermachen. Wir haben keine Zeit zu verlieren.« Mit der entsprechenden Handbewegung leitete er sein Team voran und verschwand in seinen zugewiesenen Flügel.

Ich folgte seinem Beispiel.

Aktuell hält sich der Feindkontakt gering. Die meisten scheinen oben zu sein, doch durch die Schusswechsel wird Bewegung in das Nest kommen.

Als hätte ich es heraufbeschworen, ging vor uns eine Tür auf und mehrere Bewaffnete traten auf den Flur.

Sofort stoppten wir in unserer Bewegung und ich kniete nieder, damit meine Kameraden hinter mir sich im Schusswechsel beteiligen konnten.

Hannah und ich eröffneten das Feuer und wir schossen, bis unsere Magazine leer waren.

Die ersten Gegner streckten wir nieder, aber erhielten

schneller als erwartet Gegenfeuer. Die Kugeln flogen zischend auf uns zu, während ich nachlud und stattdessen Emil, Stella und David zu schießen begannen.

Unsere Schutzkleidung erwies sich als der entscheidende Vorteil. Einige Kugeln der Gegner fanden ihr Ziel, aber wurden alle abgehalten, bevor sie jemanden verletzen konnten. Hinter mir stöhnte Emil schmerzerfüllt auf, aber im selben Moment fiel unser letzter Feind.

Scheiße! Ist er verletzt?

Für den ersten Moment traute ich mich nicht, meinen Blick von den Toten zu nehmen, erst nach wenigen Sekunden stand ich auf und wandte mich um. »Ist *irgendjemand* von euch verletzt?«

Hannah und David schüttelten die behelmten Köpfe, Stella und Emil rieben sich die Rippen oder befühlten eine getroffene Stelle am Helm.

»Geht schon«, hörte ich Emils dumpfe Stimme unter seinem Helm und er griff mit beiden Händen an seine Waffe. Stella schloss sich ihm an und für eine Sekunde zögerte ich.

Sie sind alle erwachsen und wissen Verletzungen einzuschätzen. Wir müssen unsere Mission voranbringen.

»Okay«, nahm ich beiden ihr Fazit ab, wir brachten uns in Formation und luden nach, bis wir zur geöffneten Tür weiterzogen.

Fünf Körper lagen dort. Nur einer war noch am Leben und ein nasses Röcheln kam aus seiner Kehle. Für Worte hatte er keine Kraft mehr und Hannah richtete ihn mit einem einzelnen Schuss, begleitet von einer Beleidigung, hin.

Das war persönlich.

»Sorry, Mayren«, knurrte sie in meine Richtung. »Aber das *musste* sein.«

Ich zuckte mit den Schultern, so gut es in meiner Ausrüstung ging. »Kein Grund für eine Entschuldigung.«

Wir betraten das Zimmer, aus dem unsere Feinde gekommen waren, und trafen auf ein Besprechungszimmer. Ein großer, eckiger Tisch stand mittig im Raum, umgeben von mehreren Stühlen, während sich an den Wänden Aktenschränke türmten.

Hier können Informationen liegen, die für uns eine hohe Relevanz haben.

»Raum eins im Erdgeschoss nach Feindkontakt gesichert«, sagte ich an Romy gewandt. »Wir sind auf Aktenschränke gestoßen und versiegeln den Raum, damit sie niemand vernichten kann.«

Wir traten den geordneten Rückzug an und verkeilten die Tür. Die nächste Tür ähnelte unserer zum Speisesaal. Mit einem Handzeichen vergewisserte ich mich, dass mein Team bereit war und stieß die Schwingtür mit einem Ruck auf.

Sofort wurde das Gegenfeuer lautstark eröffnet, aber wir hatten Glück, dass ich mich für die linke Schwingtür entschieden hatte, die uns Feuerschutz gab. Ich spürte die Einschläge der Kugeln, bis in den Türknauf und meine Handschuhe vibrierten. Schnell riss ich die Tür zu.

Wir brauchen die Granaten!

Ich gab Stella eine entsprechende Anweisung und sie zog zwei aus ihrem Gürtel. Hinter den Türen erstarb das Mündungsfeuer und Rufe wurden laut, mit denen unsere Feinde sich formatierten.

Wir müssen uns beeilen.

»Sind beim Speisesaal auf Widerstand getroffen und werden Granaten einsetzen«, berichtete ich in den Funk und positionierte mein Team aus der Schusslinie.

Stella riss die Sicherungen aus den Granatkörpern. Ich zog die Tür auf und ehe unsere Feinde reagieren konnten, flogen dicht neben meinem Kopf die faustgroßen Gegenstände in den Raum. Sie landeten in einem unnatürlichen lauten Scheppern auf dem Boden und kurz wurde es still. Schnell zog ich die Türen wieder hinter mir zu, bevor ein Schrei durch den Raum schallte: »Granate!«

Zwei direkt aufeinander folgende Explosionen zerrissen die Stille, bevor sie erneut eintrat.

»Vorrücken!«, gab ich den Befehl an mein Team, obwohl mir der Knall in den Ohren nachhallte. Ich stieß die Tür auf und eröffnete das Feuer. Mein Team folgte mir und gemeinsam traten wir das Chaos in dem Raum los.

Unsere Gegner hatten sich verteilt und Kugeln flogen von allen Seiten. Die Granaten hatten auf der linken Flanke ein Loch in ihre Formation gerissen, aber unsere Feinde nutzten die großen umgestürzten Esstische als Schutzwall.

Scheiße! Es sind mehr Gegner als erwartet!

Mein Herz schlug schmerzhaft gegen meine Rippen, aber meine Hände blieben ruhig und ich zielte entschlossen.

»Stella«, rief ich über den Lärm und unterdrückte den Schmerz, als eine Kugel mit einem heftigen Einschlag meinen Helm streifte. »Wirf weitere Granaten.« Unsere Schüsse lösten sich eiskalt und mit absolut tödlicher Präzision fanden die Kugeln ihre Ziele. Wieder war ich froh um meine Schutzausrüstung, die erneut eine Kugel von meinem Oberarm ableitete und sie in die Wand hinter mir schlug.

Stella löste ihre Hand von der MP und zückte weitere Granaten, die sie hinter die improvisierten Schutzwälle warf. Schreie unserer Feinde ertönten, sie versuchten, den Granaten zu entkommen und sprangen über ihren Schutzwall in unser Mündungsfeuer.

Bei der Explosion zerschellten mit einem lauten Klirren die Fensterscheiben und die Lautstärke echote mir in den Ohren. Scherben prasselten auf den Boden, regneten wie Geschosse auf die blutgetränkten Leichen nieder und verteilten sich im ganzen Raum.

Mein Trommelfell schmerzte und ein durchdringendes Piepen stellte sich auf meinen Gehörgängen ein, aber gezielt mähten wir die verbleibenden Feinde nieder. Achtlos ließ ich mein leeres Magazin auf den Boden fallen, lud nach und riss meinen Lauf erneut nach oben, aber plötzlich kehrte Ruhe ein. Wir hatten den Raum erobert!

Die Sturmmaske unter dem Helm war schweißnass und ich atmete tief durch.

Wind, begleitet von Regen, peitschte durch die zerstörten Fenster und trieb ein schauriges Heulen durch den Raum. Ich drehte mich zu meinem Team und eine heißkalte Welle schoss durch meinen Körper.

Nein!

Kapitel 46

Bulgarische Fabrik, Bulgarien
Dienstag, 11. Oktober – Joshua

Angespannt hörte ich auf die Geräusche, die durch den Funk des sechsten Sturmtrupps übertragen wurden und wartete darauf, dass ich eine Information bekam, die ich nutzen konnte. Die Gruppen von Bastian und Allen kam im Quartier der Betreuer nicht halb so gut voran, wie wir uns erhofft hatten und es war wahrscheinlich, dass mein und Romys Team den ersten Stock ebenfalls sichern müssten.

Absichtlich verdrängte ich jeden Gedanken an Mayren. Die Gewalt, auf die unsere Sturmteams stießen, war höher als erwartet und der Widerstand in den oberen Stockwerken hielt sich hartnäckig. Das Gebäude war besser gesichert, als wir erwartet hatten.

Das gedämpfte Knallen über den Funk fokussierte meinen Blick auf den Bildschirm vor mir. Ich atmete tief ein, um bei Robin nachzufragen, was passiert war, aber da hörte ich Ians Stimme in meinem Ohr.

»Sturmteam zwei musste Granaten einsetzen«, berichtete er und ich biss meine Zähne zusammen.

Zu Granaten greifen die Sturmgruppen nur, wenn die gegnerische Übermacht zu groß ist!

»Team zwei setzt Granaten ein«, gab ich betont ruhig an Robin weiter und hörte sein konzentriertes Knurren.

»Kein Wunder, dass wir hier ohne Probleme voran-kommen«, antwortete er mürrisch. »Sag Bescheid, wenn wir unsere Position verlagern sollen und ihnen zu Hilfe kommen.«

Das war eine taktische Entscheidung, die nur Ian treffen durfte. Der restliche Flügel in Robins Bereich war jedoch noch nicht gesichert und wir konnten es uns nicht erlauben von zwei Fronten angegriffen zu werden.

»Angriff wie geplant durchführen«, antwortete ich Robin. »Ian wird Änderungen bekanntgeben, wenn diese nötig sind.«

»Alles klar.« Die Punkte von Robins Team wanderten über den Bildschirm zum nächsten Raum und sicherten ihn ohne Probleme. Wieder hörte ich zwei Explosionen gedämpft über mein Headset und sah, dass Mayrens Team gerade in den Speisesaal eingedrungen war.

»Raum drei gesichert. Nichts Interessantes gefunden«, sagte Robin ruhig und ich markierte den entsprechenden Raum mit Grün. Die Punkte arbeiteten sich zum nächsten Raum vor und dann erblickte ich auf meinem Bildschirm etwas, was mir die Übelkeit hochtrieb.

In Mayrens Team hatte sich einer der roten Punkte grau gefärbt.

Nein!

Panik drohte sich in meiner Brust auszubreiten und ich zwang meine Atmung zurück in meine Kontrolle.

Nein! Bitte, May!

Ian bemerkte meine Unruhe sofort und seine Lippen form-ten lautlos die Worte: »Es ist nicht Mayren.«

Der Schock in meinem Inneren ebbte ab, aber verschwand nicht völlig. Wenn es nicht Mayren war, dann ist trotzdem jemand gestorben.

Zischend sog ich die Luft ein und konzentrierte mich auf mein zugeordnetes Team. Es machte mir Angst auf die Bildschirme von Andrew und den anderen zu sehen, weil ich nicht wissen wollte, wie die Verluste direkt an der Front waren.

Die Scharfschützen hatten sich darauf fokussiert, diese Teams zu unterstützen. Das brachte im ersten Moment einen deutlichen Erfolg, jedoch nur, bis die Gefahr von unseren Feinden durchschaut wurde und sie sich von den Fenstern fernhielten.

Ich wusste, auf was ich mich einließ, als ich Ian gebeten hatte, mich mitzunehmen! Also muss ich mich zusammenreißen und das Ganze durchziehen! Die anderen zählen auf mich.

Schüsse tönten durch mein Headset und ich wusste, dass mein Sturmtrupp auf feindlichen Kontakt gestoßen war. Ich konzentriere mich auf meine Atmung und hielt meinen Herzschlag ruhig.

»Feind am Boden«, verkündete Robin triumphierend und ich hörte, wie er seinem Team weitere Anweisungen zurief. »Ist die Lage bei Mayrens Team unter Kontrolle oder sollen wir nach dem letzten Raum zu ihnen stoßen?«

Kurz sah ich auf den Teil meines Monitors, wo Mayrens Punkte sich bewegten, aber sie waren zu viert auf dem Weg zum letzten Raum. »Sie haben einen Verlust, aber sichern den restlichen Flur. Keine Unterstützung notwendig«, antwortete ich.

Das Erdgeschoss ist gleich gesichert und die anderen Teams sitzen im zweiten Stock fest. Es ist unausweichlich, dass die Sicherung des ersten Stocks umstrukturiert wird.

»Der letzte Raum ist eine kleine Bibliothek«, berichtete Robin. »Wir sichern die Tür, damit wir nachher auf die Informationen zurückgreifen können.«

»Sehr gut, ist vermerkt«, entgegnete ich und markierte den Raum entsprechend mit blau. Wieder beobachtete ich kurz das Team von Mayren und sie befanden sich ebenso in der Rückwärtsbewegung.

Sehr gut, die Teams werden gleich zusammen die Treppe sichern.

»Team zwei und sechs?«, hörte ich plötzlich Ians Stimme neben mir und gleichzeitig über das Headset. »Planänderung: Sichert das erste Stockwerk. Die anderen Sturmgruppen werden im zweiten Stock aufgehalten.«

»Alles klar!«, antwortete Robin über den Funk.

»Geht klar, Ian«, bestätigte Mayren. Beim Klang ihrer Stimme schlug mein Herz sofort schneller. Es hatte sich konzentrierte Kälte darin eingewoben und sie trotzte vor Entschlossenheit.

Es beruhigte mich, auch wenn ich wusste, dass ihr der Tod des Kameraden sicherlich nah gegangen war.

Kapitel 47

Bulgarische Fabrik, Bulgarien
Dienstag, 11. Oktober – Mayren

Eiserner Schmerz hatte sich um mein Herz gelegt, als meine Gruppe zu Robins traf.

Er ließ seinen Blick über meine Leute schweifen und sein einfühlsamer Ausdruck traf mich. »Mein Beileid«, tönte gedämpft unter seinem Helm hervor, aber ich schüttelte knapp den Kopf.

»Lass uns die Mission vorantreiben, damit wir unsere Toten zeitnah bestatten können«, wies ich ihn an und Robins Team übernahm erneut die Führung auf den Treppen.

Emil. Es tut mir leid, dass ich nicht mehr für dich tun konnte.

Trauer brachte meine Augen zum Brennen und ein leichter Tränenschleier bildete sich, aber ich blinzelte ihn weg.

Es ist nicht der richtige Moment dafür.

Kurz sah ich sein Bild vor meinem inneren Auge. Eine Kugel hatte sein Visier durchschlagen und die Gesichtszüge vor lauter Blut unkenntlich gemacht.

Konzentrier dich, Mayren!

Ich atmete durch und fokussierte mich auf die aktuelle Situation. Im zweiten Stock hörten wir Schüsse und wussten, dass die Quartiere nicht ausreichend geräumt wurden.

Wir sollten uns beeilen, damit wir Bastian, Noya und die anderen schnell unterstützen können.

471

Wir erreichten den ersten Stock und ein kleines Symbol auf Augenhöhe erregte meine Aufmerksamkeit. Für eine Sekunde jagte elektrische Spannung durch meinen Körper und lähmte mich. Es waren drei gelbe Kronen, die in einem Dreieck standen.

Nein. Das ... Das ist ein Zufall!

Robins Team ging bereits in den rechten Flügel und ich wandte mich mit meinem Team im Rücken in den linken. Die Türen waren weit geöffnet und erneut bemerkte ich das Symbol, diesmal größer an der Wand – Es war kein Zufall.

Das kann nicht sein! ... Paul ist hier?!

Mein Herz schlug schneller und eine ekelhafte Gewissheit brach in mir aus, als ich an der letzten und einzigen geschlossenen Tür das Symbol sah.

Ich hob meine Hand und sofort stoppten wir unsere Schritte, während rasend schnell Gedanken durch meinen Kopf zischten. Unwillkürlich festigte sich der Griff um meine Waffe, als mir klar wurde, dass Paul hinter der letzten Tür dieses Ganges auf mich warten könnte.

Was zur Hölle macht er hier?! Es war absehbar, dass er sich in das Spiel einschalten wird, aber hier?!

Für einen kurzen Moment zögerte ich und es war mir unklar, was ich tun sollte. Paul ist bekannt dafür, dass er ein Spiel mit mir spielt, dass er mich in diese Situation zwingen will, um die Oberhand zu gewinnen. Schnell drehte ich mich zu David um. Ich wartete schon ewig auf den Moment, mich an Paul zu rächen. Fast so sehr wie an Zero, aber Paul schuldete mir Antworten – Antworten, die er mir nicht geben würde, solange die anderen bei mir wären. Eine schmerzhafte Kralle schlug sich in meine Brust und erinnerte mich an den Hass, den ich seit Jahren in mir herumtrug. An den Schmerz, den ich immer weiter in mir vergraben hatte, ohne ihn jemals zu verarbeiten.

Ich muss das allein tun! Die anderen können mich dabei nicht begleiten und ich bin nicht bereit, sie Paul auszusetzen.

Kurz atmete ich durch und wandte mich an David. »Schließt euch Robins Team an und bringt die Mission zu Ende. Hier gibt es jemanden, mit dem ich eine Rechnung offen habe.«

Ich musste herausfinden, warum er hier war. Warum er scheinbar auf mich gewartet hatte, obwohl die restliche Fabrik nicht auf uns vorbereitet war.

Verwirrung spiegelte sich in Davids Gesicht, aber er nickte.

»Mayren, was tust du?«, hörte ich Romys angespannte Stimme über den Funk. »Warum weichst du vom Plan ab?«

Für einen Moment sah ich meinen Trupp hinterher.

»Romy, bitte verbinde mich mit Ian«, sagte ich kühl. Fast erwartete ich Widerworte, aber es klickte kurz und ich hörte Ians Stimme in meinem Ohr.

»May, was treibst du da?«, fuhr er mich an. »Warum trennst du dich von deinem Team?«

Ein kleines Seufzen entfuhr mir und ich hatte Angst, dass ich das Abweichen vom Plan bereuen würde. »Paul ist hier«, sagte ich und meine linke Hand zuckte zu dem Holster mit dem Dolch. Durch den Knopf im Ohr hörte ich, wie Ian scharf die Luft einsog.

»Mach keinen Scheiß, Mayren!«, fluchte er, aber meine Beine hatten sich bereits in Bewegung gesetzt. »Das ist eine Falle! Lass dich nicht auf sein Spiel ein!«

Natürlich ist das eine Falle! Aber es ist Zeit, dass Paul seine Waffe im Austausch gegen Informationen endlich zurückerhält.

Unsere letzte Begegnung war einige Jahre her, aber ich hatte sie nie vergessen. Wie könnte ich auch? Sein feiger Mordanschlag auf mich hatte mich mit mehr Fragen als Antworten zurückgelassen. Begleitet von grenzenlosem Hass und Wut, dass ich jemandem mein Vertrauen geschenkt hatte und hintergangen worden war. Und dass ich diesen Fehler bisher nie korrigieren konnte.

»Ian, woher weiß er, dass ich hier bin?«, fragte ich ihn. »Heute. Jetzt! In diesem *fucking* Flügel?!« Meine Worte stimmten Ian nachdenklich und ich schlich zähneknirschend den Gang hinunter. Alle paar Meter starrte ich auf das schwedische Wappen.

»Fuck, *Mayren!* Halte dich an den Plan«, fauchte Ian angespannt. »Es ist *egal*, was er da macht. Wir überrumpeln ihn nachher mit gesammelter Kraft.«

»Sorry, Ian, aber das ist eine Sache zwischen Paul und mir.« Ruhe und Entschlossenheit hatte sich in mir ausgebreitet.

Paul ist nicht dumm. Wenn er hier ist, verfolgt er ein Ziel.

Mir war bewusst, dass er sich in den letzten Jahren kaum verändert haben konnte.

Ian schwieg und ich wusste, dass er seine Konzentration auf die anderen Truppen bringen musste.

Mein Herz wurde schwer, als ich an die möglichen Konsequenzen meines Handels dachte. »Ian, ich deaktiviere den Funk. Wenn mir etwas passiert, sag Joshua, dass …«, ich biss auf meine Unterlippe, »dass ich ihn liebe …«

Ian wollte etwas entgegnen, aber ich zog bereits an meinem Kabel und der Ohrstecker rutschte unter der Sturmmaske aus meinem Ohr.

Ich nahm meine Umgebung deutlich intensiver wahr, hörte die wilden, panischen Schritte im Gebäude, Schreie und Schüsse im Stockwerk über mir. Pures Chaos hielt das Gebäude in seinen Klauen gefangen, aber in dem Raum vor mir war nur Stille. Und die Konfrontation, auf die ich bereits seit Jahren hinfieberte.

Mein Griff festigte sich um meine MP, mir war bewusst, dass ich mit Paul reden musste und ihn nicht einfach hinrichten konnte. Die Erklärungen, die ich mir selbst die letzten Jahre gegeben hatte, waren nicht ausreichend.

Ich muss die Wahrheit wissen.

Die Türen auf dem Gang waren alle weit geöffnet, fast als wollte Paul mich in Sicherheit wiegen, aber ich ließ mir die Zeit, um jeden Raum zu prüfen. Pauls Gesicht erschien vor meinem inneren Auge und ich atmete entschlossen durch, bereit mir endlich die Rache zu nehmen, die ich schon lange verdient hatte. Die Konfrontation zwischen uns war längst überfällig.

Langsam streckte ich meine Hand aus und warf dem eingeritzten Wappen mit den drei Kronen einen letzten Blick zu.

Fick dich, Paul! Ich mach dich kalt!

475

Entschlossen drückte ich die Klinke und stieß die Tür auf. Sofort sah ich ihn – ihn und sein breites, provokatives Grinsen, mit dem er auf einem Tisch saß. Seit unserer letzten Begegnung hatte er sich kaum verändert. Sein Gesicht war blass und seine hohen Wangenknochen warfen harte Schatten. Die hellblonden Haare lagen geordnet auf seinem Kopf und seine eisblauen Augen durchbohrten mich. »Hallo May«, zwinkerte er mich freundlich an.

Sofort richtete ich den Lauf auf ihn und machte einen Schritt zur Seite, damit ich den Flur nicht mehr im Rücken hatte. Mit meinem Fuß schloss ich die Tür hinter mir. »Nenn mir einen Grund, warum ich dich nicht auf der Stelle hinrichten soll«, knurrte ich ihn an – meine Stimme klang dumpf unter dem Helm hervor.

Paul lachte arrogant und kalt. »Wir wissen beide, dass uns deutlich mehr verbindet, als nur der Wille, den anderen zu töten«, säuselte er und zeigte seine Handflächen, um mir zu beweisen, dass er unbewaffnet war. »Wie wäre es, wenn du den Helm absetzt und wir uns in Ruhe unterhalten? Immerhin haben wir einige offene Themen.«

Kurz zögerte ich, aber beschloss, Pauls Spiel mitzuspielen.

Er würde mir keine Antworten geben, wenn ich mich nicht auf sein Spiel einlassen würde.

Ohne meine Schusshand von der MP zu lösen, öffnete ich den Klipp meines Helms und nahm ihn ab. Vorsichtig ließ ich ihn neben mich auf den Boden fallen, im selben Zug packte ich die Sturmhaube und zog sie mir ebenfalls vom Kopf. »Was willst du mir sagen, Paul?«, fragte ich ihn scharf und strich mir über meine abstehenden Haare. »Ich denke, du schuldest mir eine Erklärung, was du hier zu suchen hast.«

Paul lachte und deutete auf einen Stuhl, der nicht weit von mir stand. »Wie wäre es, wenn du die Waffe auch niederlegst?«

Denkt er wirklich, dass ich mich setze und wir über die alten Zeiten plaudern?

»Danke, ich stehe lieber und meine Freundin, die MP, will ich bei mir wissen.«

Dafür, dass ich mich so in ihm getäuscht hatte, kann ich mich nur schämen. Paul ist der größte Fehler, den ich je gemacht hatte.

»Woher weißt du, dass wir heute hier sind?«, hakte ich nach, aber er lachte wieder.

»May, ich habe meine Ohren überall. Besonders bei den Menschen, die mir etwas bedeuten.«

Die Temperatur im Raum stürzte schlagartig ins Bodenlose.

Wir müssen einen Verräter in unseren Reihen haben! Es gibt keine andere Möglichkeit.

»Ich hasse dich so sehr«, spuckte ich ihm die Worte entgegen. »Fuck Paul, du bist der schlimmste *Albtraum!*«

»May, das ist aber nicht nett«, meinte er, verzog das Gesicht, als hätten meine Worte ihn wirklich getroffen und er rutschte vom Tisch. Langsam machte er einige Schritte auf mich zu. »Das verletzt mich.« Wieder zwinkerte er und grinste mich überheblich an.

477

Ich werde dich gleich richtig verletzen!

Mit dem Lauf meiner Waffe verfolgte ich genau seine Bewegungen. »Scheiße«, sagte ich belustigt, aber ließ meine Sinne gleichzeitig geschärft. »Denkst du, dass mich das interessiert?« Mit einem Wink der MP bedeutete ich ihm, stehen zu bleiben, und er gehorchte.

Er hob die Hände, als er mitten im Raum stoppte. »Mayren«, sagte er sanft und ich erkannte seinen Tonfall von früher.

Er versucht, mich einzulullen und in Sicherheit zu wiegen, aber ich lasse mich nicht mehr so von ihm manipulieren wie damals mit 18!

»Paul, tu uns beiden einen Gefallen und hör auf mit deinen scheiß Spielchen«, zischte ich wütend. »Du hast versucht, mich zu töten, denkst du wirklich, dass ich dir das verzeihen könnte? Ich bin hier, weil ich es nicht ertragen kann, dass ich deine Visage nicht schon früher von der Welt tilgen konnte. Alles, was wir damals hatten, war eine *Lüge!*«

Eine Wutfalte bildete sich zwischen seinen Brauen und seine Augen funkelten in einem eiskalten Glanz. »Meine Liebe für dich–«, begann er und seine Stimme war sanft, aber ich unterbrach ihn.

»Deine *Liebe* war eine *Lüge!*«

Seine Maskerade fiel und sein wahres Gesicht kam zum Vorschein, arrogant und überheblich. »Mayren, was hast du denn gedacht?«, fragte er und der aufgesetzte Ton war aus seiner Stimme verschwunden. »Dass du ein *liebenswerter* Mensch bist? Dass *dich* eines Tages tatsächlich jemand lieben wird?«

Zähneknirschend sah ich ihn an. Er wusste genau, wie er mich verletzten konnte, aber ich schwieg. Pauls Fähigkeit, in das Innere eines Menschen zu sehen, war scheinbar unverändert.

Ich habe Joshua. Der Mann in meinem Leben, der mich liebt.

Es war, als würde Paul meine Gedanken erraten. »Aber mir ist zu Ohren gekommen, dass du jemanden kennengelernt hast«, meinte er plötzlich hinterhältig. »Jemanden aus der anderen Welt, der sich nicht wehren kann, wenn die *großartige* Mayren Grey sich aufzwingt.«

Wut kochte in mich hoch, aber ich hielt sie zurück.

Paul! Ich werde der Sache heute ein Ende bereiten!

»Sag mir, woher du wusstest, dass wir heute hier sind«, forderte ich ihn mit einem Wink der MP auf, aber er zuckte mit den Schultern und lachte höhnisch.

»Ich gebe meine Geheimnisse nicht so gerne preis, aber ich habe etwas anderes, was dich bestimmt interessiert.«

»Wir haben einen Verräter, oder? Sag mir, wer es ist!« Ich legte meinen Finger an den Abzug.

Ach, scheiß drauf. Ich sollte ihn einfach abknallen.

»Nein, der Verräter bleibt mein Geheimnis, aber was ist, wenn ich dir sage, warum du und die anderen in einer Fabrik gelandet sind?« Seine kalten Augen wurden durchdringend und ich wusste, dass er gerade weder bluffte noch log.

Mir stockte der Atem. Was er ansprach, war ein großes Rätsel, das wir seit Jahren nie lösen konnten.

Woher sollte Paul die Wahrheit wissen?

»Du lügst«, spie ich ihm die Worte vor die Füße, aber zum ersten Mal lächelte er mich nicht spöttisch oder herablassend an, sondern schüttelte langsam den Kopf.

»Diesmal nicht. Aber dafür will ich, dass du die MP beiseite legst.« Mit schwerem Herzen wägte ich die Seiten ab.

Ich will die Antwort auf das Rätsel, welches unsere Familien getötet hat, aber gleichzeitig mache ich mich verwundbar.

Ich dachte an mein Holster mit dem Dolch und meiner Glock, dann musterte ich Paul genau. Er schien unbewaffnet zu sein. Selbst wenn ich die MP aus der Hand legte, hatte ich noch die bewaffnete Oberhand.

»Gut«, stimmte ich nach einigen Sekunden Bedenkzeit zu und hob den breiten Gurt meiner Waffe über die Schulter. Behutsam legte ich sie auf den freien Stuhl an der Wand. »Los, raus mit der Sprache.«

Paul lächelte gewinnend und fuhr sich entspannt durch die hellen Haare. »Hast du mal vom *Killergen* gehört?« In einer lässigen Bewegung lehnte er sich an der Tischkante an und ich zog fragend eine Augenbraue hoch.

»Hör auf, in Rätseln zu reden!« Ich ließ meine rechte Hand sinken, sodass sie in der Nähe meiner Glock hing. »Klare Antworten, kein Gelaber.« Meine Worte stimmten ihn fröhlich, aber er folgte meiner unfreundlichen Aufforderung und fuhr fort.

»Nicht so ungeduldig, May. Ich komme gleich zum Punkt«, sagte er und legte den Kopf spielerisch schräg. »Einige behaupten, dass das Töten manchen Menschen in den Genen liegt, während andere denken, dass man dazu erzogen werden kann. Zero glaubt an Ersteres und sucht nach Kindern mit diesem Gen.«

»Du behauptest, dass wir dazu geboren wurden, Killer zu sein?«

Das soll der Grund sein, warum man uns ausgewählt hatte und unsere Familien getötet wurden?

»Genau«, antwortete Paul und schlug das rechte Bein lässig über das linke, als würden wir uns über das Wetter oder eine Fernsehshow unterhalten. »Jeder aus Zeros Fabriken hat diesen kleinen Gendefekt, was ihn zu einem besseren Killer macht als alle, die ihn nicht haben.«

Das ist die Erklärung dafür, dass wir alle zusammenge-worfen wurden? Etwas Bescheuertes in unserem Blut, was uns genetisch von anderen abhebt?

Ich war unschlüssig über den Wahrheitsgehalt seiner Worte, aber es konnte die Lösung auf eine Frage sein, die wir uns so oft gestellt hatten.

Zu diesem Thema werde ich mir später Gedanken machen.

»Warum hast du mich damals hintergangen?«

Paul schürzte die Lippen und tat so, als würde er ernsthaft über die Frage nachdenken. »Hm«, machte er und mimte den Nachdenker. »Ich fand dich wirklich interessant ... Du hattest diese pure Verzweiflung, dass du einfach geliebt wer-den wolltest.«

Die Antwort traf mich hart, weil ich wusste, dass er recht hatte.

»Ich habe es genossen, ein junges, naives Ding zu haben,

das mich anhimmelt und unbedingt jemandem gefallen will.«

Sein Grinsen wurde gemeiner und in dem Moment wurde mir klar, dass er mich nur verletzen wollte.

Es macht keinen Sinn, seine Worte weiter anzuhören! Ich muss das Ganze beenden.

»Ich habe etwas für dich aufgehoben«, sagte ich kalt und zog den Dolch aus meinem Holster.

Erstaunt sah Paul die Waffe an, er erkannte sie sofort. »Du hast ihn all die Jahre aufbewahrt?«, fragte er mit einem Feixen, das mich bis aufs Blut reizte.

Mit wenigen Schritten überwand ich den Abstand zwischen uns und entfachte den Kampf, auf den ich mich lange vorbereitet hatte. Ich war bereit, zuzustechen und ihm die Klinge bis zum Heft ins Fleisch zu rammen, aber meinem ersten Angriff wich Paul geschickt aus.

Schnell verwickelte er mich in einen intensiven Schlagabtausch und ich spürte, dass mir meine Schutzausrüstung die Wendigkeit und Schnelligkeit nahm – genau die waren in den meisten Kämpfen immer mein größter Vorteil!

Ich versuchte, mit der Klinge seine Seite zu erwischen, jedoch machte Paul einen schnellen Schritt zurück und packte meinen Arm.

Seine daraus resultierende mangelnde Deckung nutzte ich, um ihm einen gezielten Faustschlag auf seine rechte Kieferseite zu verpassen. Ich traf ihn perfekt und grinste zufrieden. Hätte ich meine Handschuhe nicht getragen, wäre der Schlag deutlich härter gewesen.

Perplex ließ Paul mich los und taumelte einen Schritt rückwärts. Er legte anerkennend den Kopf schief und betastete seinen Kiefer. »Du bist besser geworden, May«, räumte er ein, aber ich ließ ihm keine Zeit zu verschnaufen.

Natürlich bin ich besser als du!

Wieder änderte ich die Halteposition meines Dolches und sprang auf ihn zu. Diesmal schaffte ich es, ihm die erste Wunde zuzufügen.

Als er unbewusst eine Abwehrbewegung machte, erwischte ich ihn mit der Klinge am Unterarm und sofort quoll Blut aus der Wunde.

»Ich *liebe* den Geruch von deinem Blut«, fauchte ich und verpasste ihm mit der linken Faust einen Uppercut, der seinen Kopf zurückfliegen ließ.

Pauls Überraschung verschwand von seinem Gesicht und seine Augenbrauen zogen sich zu einer angespannten Linie zusammen. Meinem nächsten Schlag wich er zur Seite aus, aber zufrieden bemerkte ich, dass er mich endlich als Gegner erkannte und nicht mehr als eine Person, mit der er spielen konnte.

»Und nur meine Freunde nennen mich *May!*«, fuhr ich ihn an, während er einen Angriff gegen mich startete, den ich abwehrte. »Du bist kein Freund, Paul. Du bist *Abschaum!*«

Paul griff nach meinem Kragen, aber es stellte sich als Finte heraus. Im letzten Moment zog er seine Hand zurück und verpasste mir mit seinem rechten Arm einen Schlag in meine Seite.

Zischend sog ich die Luft ein. Die Weste fing den gröbsten Schwung ab, aber er hatte genau auf eine meiner angebrochenen Rippen gezielt.

Fuck!

Er merkte das und er grinste. »Tanz für mich, Mayren. Los *tanz.*«

Gänsehaut breitete sich auf meinen Körper aus und mein Hass stieg auf ein so hohes Level, dass ich ihn am liebsten mit bloßen Fingern die Haut vom Gesicht ziehen wollte.

Der Schlagabtausch zwischen uns ging weiter, aber Paul war vorsichtig geworden und hielt sich penibel aus der Reichweite meines – unseres – Dolchs. Der kleine Knopf, den ich vorhin im Ohr trug, schwang wild in meinen Bewegungen umher und für einen kurzen Moment fragte ich mich, ob Ian beim Kampf zuhörte.

Durch die dauerhaften Angriffe und Paraden wurden meine Arme schwerer und meine Schultern brannten, aber das war mir egal. Allein der Anblick auf meinen verhassten Feind ließ mich weitermachen. Oft hatte ich mir unsere Begegnung vorgestellt, wie es sich anfühlte, wenn ich endlich meine Rache für den Mordanschlag von ihm erhalten würde. Wie es sich anfühlte, endlich über ihn zu triumphieren und die Genugtuung zu erlangen.

Anspannung überkam Pauls Gesicht, als auch er die Hitze unseres Kampfes zu spüren bekam.

Je mehr ich ihn angriff, umso weiter wich er von mir zurück. Fast, als würde er ahnen, dass ich bis zum Äußersten gehen würde. »Bleib, du Feigling!«, zischte ich zwischen zwei

Hieben und rammte ihm die Klinge mit aller Kraft ins Fleisch, als er nach mir schlug. Blut spritzte aus seiner linken Hand, als ich den Dolch zurück riss und er vor Schmerzen brüllte.

Mit schmerzverzerrtem Gesicht taumelte er rückwärts aus meiner Reichweite und zog die verletzte Hand dicht vor seine Brust.

Ich blieb vor ihm stehen und genoss den Moment, den Ausdruck in seinen Augen, als er sich selbst eingestand, dass er keine Chance gegen mich hatte.

»Komm schon, Mayren, du und ich«, begann er und setzte das charmante Lächeln auf, mit dem er mich vor vielen Jahren in der Bar verzaubern konnte.

»Was, Paul?«, fragte ich ihn herausfordernd. »Es gibt kein *du und ich!*«

Seine Lage war aussichtslos, aber plötzlich grinste er höhnisch. »Warum, Mayren?«, fragte er. »Du bist ein Teil meines Schicksals. Es gibt *immer* ein du und ich.«

Bevor ich seine Worte richtig verstehen konnte, griff er in einen Schrank hinter sich und zog eine Waffe heraus und drückte ab.

Fuck!

Erst spürte ich nichts, außer den lähmenden Schock und einen warmen Strom, der an meinem linken Bein hinabfloss. Meine Bewegungen froren ein und ich wusste, dass er mich schwer getroffen hatte. Der Schmerz traf mich erst verspätet. Feurig loderte er meinen Oberschenkel hinauf und ich stolperte einen Schritt nach hinten, bevor mein verletztes Bein unter mir nachgab und ich stürzte.

Triumph breitete sich auf Pauls Gesicht aus. Überlegen baute er sich vor mir auf und richtete die Waffe auf mich.

Ich hätte wissen müssen, dass er nicht fair kämpft.

»Wo sind jetzt deine ganzen Gefühle hin, May?«, fragte er spöttisch und lachte. »Na, komm schon. Gib mir all deine Liebe, deine Tränen, den ganzen Hass, den du für mich fühlst.«

»Aaah«, knurrte ich zwischen zusammengebissenen Zähnen, als ich mit meinen Händen panisch Druck auf die Wunde ausübte.

Paul kickte den Dolch aus meiner Reichweite und kniete mit genug Abstand vor mir nieder. Zufrieden musterte er mich und ergötzte sich an meinen Schmerzen. »So gefällst du mir besser«, flüsterte er in einer grausamen Lautstärke, die mir die Galle hochkommen ließ. »Endlich am Boden angekommen, wo du hingehörst.« Ein teuflisches Grinsen flackerte über sein Gesicht, während er den Lauf seiner Waffe auf mich richtete. »Weißt du, was das Schönste an der ganzen Sache ist?«

Ich begnügte mich mit einem wütenden Blick als Antwort.

»Dass du nicht weißt, wer der Verräter in deinen Reihen ist.«

An dem Schock, der unweigerlich auf meinem Gesicht zu lesen war, erfreute er sich noch mehr. »Sag es mir!«, knurrte ich ihn an und spürte, wie mein eigenes Blut den Stoff meiner Handschuhe durchtränkte und zwischen meinen Fingern zu Boden floss. Er hatte mich sauber durch die Schutzhose erwischt.

486

Wieder kicherte Paul und kam ein Stück näher. »Es wäre zu einfach, es dir zu sagen.« Seine hellblonden Haare standen wirr von seinem Kopf ab und ich wusste, dass unser Kampf ihm einiges abverlangt hatte.

»Eigentlich wäre es schön, dich in Ungewissheit sterben zu lassen …«

Pauls Sadismus will mich weiter leiden sehen!

»… aber keine Sorge, ich habe eine andere Idee, wie wir dieses Spiel weiterspielen können.« Er zwinkerte mir zu und fischte nach meinem Ohrstecker. Zu meinem Entsetzen steckte er ihn sich ins Ohr und bedeutete mir mit seiner Waffe an, ruhig zu sein.

Fuck, was tut er?

»Iaaaan«, rief Paul laut in den Funk und ich erstarrte in meiner Bewegung. Ein zufriedener Ausdruck legte sich auf Pauls, als Ian antwortete. »Schön, dich zu hören«, entgegnete Paul. »Joshua ist bestimmt bei dir, oder? Ich habe gehört, dass er mein Nachfolger in Mayrens Bett geworden ist.«

Wieder kochte die Wut siedend heiß in mir hoch und ich rollte mich zur Seite, um Paul den Kopfhörer aus dem Ohr zu reißen.

Du verdammtes Arschloch! Lass Joshua aus dem Spiel! Er darf hier nicht reingezogen werden!

Ein Schuss löste sich, heißer Schmerz explodierte an meinen Rippen und ich schrie vor Schmerz auf. Tränen schossen mir in die Augen und liefen meine Wangen herunter. Schmerzen pulsierten an verschiedenen Stellen in meinem Körper und Übelkeit schnürte mir die Kehle zu. Aus kurzer

Distanz hatte meine Weste die Kugel zwar aufgehalten, aber der Impuls des Einschlags hatte mir die Rippen diesmal sicherlich komplett gebrochen.

Die Hitze meines eigenen Blutes lag auf meinen Händen und ich erkannte die Aussichtslosigkeit meiner Lage.

Ich bin selbst schuld. Nur ich darf für diesen Fehler geradestehen.

»Bring mich einfach um und lass meine Leute daraus!«, brüllte ich Paul unter Schmerzen an.

»Sei ruhig«, wies er mich kalt an. »*Ich* mache die Regeln und du hast sie zu befolgen.« Er wandte sich wieder an den Funk. »Gut, gut«, fuhr er in einem sanfteren Ton fort, der noch grausamer war. »Wenn Joshua nicht will, dass ich Mayren abschlachte, sollte er sich beeilen.« Er zwinkerte mir spielerisch zu.

Er lockt Joshua hierher.

Der Schock breitete sich in meinem Körper aus und krallte sich in mein Herz. Das Atmen fiel mir schwer und ich unterdrückte einen Würgeimpuls, als ich auf mein blutiges Hosenbein sah.

Er wird mich vor Joshuas Augen töten, damit er ihn als nächstes in sein perverses Spiel verwickeln kann!

»Er hat fünf Minuten«, sagte Paul, griff nach dem Dolch und durchtrennte das Kabel. Klappernd fiel der Ohrstecker zu Boden und blieb wenige Zentimeter neben mir in meinem Blut liegen.

Kapitel 48

Bulgarische Fabrik, Bulgarien
Dienstag, 11. Oktober – Joshua

Panik leerte meinen Kopf, während mein Atem sich beschleunigte.

Das ist das schlimmstmögliche Szenario!

Der Puls dröhnte in meinen Ohren und langsam drehte ich mich zu Ian. Wortlos sah ich ihn an, der mit wutverzerrter Miene auf seinen Monitor starrte. Mein Schock gewann die Oberhand und meine Hände zitterten unkontrolliert.

May wird sterben, wenn ich nicht gehe. Wenn wir Bastian schicken, wird Paul May sofort töten.

»Paul!«, brüllte Ian ins Mikrofon, aber mäßigte seine Stimme sofort. »*Fuck*, die Verbindung wurde unterbrochen!«

Wie in Trance nahm ich das Headset ab und die Stimmen wurden klarer. Es war, als wäre Watte von meinen Ohren genommen worden. Als Mayrens Team sich dem von Robin angeschlossen hatte, übernahm Romy die Kommunikation und ich konnte nur hilflos zuhören, wie Mayren sich ihrem größten Feind stellte.

Ian riss sich ebenfalls die Kopfhörer vom Kopf und pure Panik brannte in seinen Augen. »Wir werden sofort ein Team reinschicken«, versprach er mir, aber ich schüttelte den Kopf.

Mein Mund war trocken und die Zunge klebte mir am Gaumen. Die Sekunden verlangsamten und der Schuss, begleitet von Mayrens schmerzerfüllten Schrei hallten in meinem Inneren wider. »Wenn ich nicht gehe, wird sie sterben«, flüsterte ich tonlos.

Mayren. Meine Freundin, meine Killerin, mein Dickkopf, meine ... große Liebe.

»Sei kein Idiot!«, fuhr Ian mich an. »Wenn du da reingehst, wird er euch beide töten.«

Meine Gedanken übernahmen die Kontrolle über mein Handeln.

Ohne May. Macht das alles überhaupt einen Sinn?

Fern erinnerte ich mich an eine Lektion von Waro. »Er wird May töten«, sagte ich in einer ungewöhnlich kalten und ruhigen Stimme. Ians Aufmerksamkeit war auf mein Gesicht gerichtet und nicht auf meine Hände, die sich gezielt zu seinem Holster vortasteten, denn meine Entscheidung stand fest.

Ich kann nicht rumsitzen und die Zeit ablaufen lassen.

»Das können wir nicht zulassen, oder?« Meine Stimme war leiser geworden, brach fast und ich erkannte die verschiedenen Gefühle in Ians Blick. Mayren bedeutete ihm viel, aber die Mission stand über einem einzelnen Leben. Bevor Ian merkte, was ich tat, hatte ich die Sicherung seines Holsters gelöst und seine Waffe herausgezogen.

»Nein, Joshua. Setz dich wieder hin«, forderte er, als ich aufstand und mich zum Gehen wandte.

Ich ignorierte seinen Befehl, es war mir bewusst, dass einige der anderen vom IT-Team uns irritiert beobachteten.

Ihnen war entgangen, was sich im linken Flügel des ersten Stocks zugetragen hatte.

Ians eiserner Griff packte mich an meinem freien Handgelenk und hielt mich zurück. »Setz dich hin!«, befahl er frostig und alle Freundschaft war aus seinem Gesicht verschwunden. »Das ist ein *Befehl*, Winter.« Kälte schwang in seiner Stimme mit, aber ich hatte nicht vor, auf seine Anweisung zu hören.

Ich wand mich aus Ians Klammergriff. »Ich würde *alles* für Mayren tun. Sag mir nicht, dass du nicht das gleiche für Kaja tun würdest.« Meine Worte trafen ins Schwarze.

Ohne seine Antwort abzuwarten, griff ich eines der Nachtsichtgeräte und verließ den Bus. In meinem Hinterkopf machte sich der Gedanke breit, dass es sich um einen Fehler handeln könnte, aber alle Erinnerungen an Mayren schoben sich sofort davor und brachten die Befürchtung zum Schweigen.

Einzelne Patrouillen, die unser Team im Ernstfall beschützen sollten, sahen mich fragend an, aber ließen mich passieren.

Schnell fand ich das Loch im Zaun, kroch hindurch und beschleunigte meine Schritte in einem schnellen Lauf, den ich bis zum Gelände durchhielt. Durch das Nachtsichtgerät konnte ich die Spuren der anderen Teams gut verfolgen und war mir sicher, dass ich nicht direkt in ein Minenfeld hineinsteuerte. Der Boden war vom anhaltenden Regen matschig und bremste meinen Lauf, aber ich trieb meine Beine unaufhaltsam voran.

Was ist, wenn Ian die Deckungsteams schickt, um mich aufzuhalten?

Darauf musste ich es ankommen lassen und ich hoffte, dass er mich nicht aufhalten würde. Wind jagte durch die Bäume, trieb mir kalte Tropfen ins Gesicht und den Nacken hinab. Sie lösten eine Gänsehaut auf meinem Körper aus, aber nur ein Gedanke herrschte in meinem Kopf vor.

Mayren! Ich muss sie retten!

Der Schlamm ließ mich rutschen, drohte mein Gleichgewicht zu brechen, aber ich fing mich schnell und rannte weiter.

Wie viel von den fünf Minuten sind noch übrig?

Nach ewigen weiteren Metern kam das Ende des Waldes in Sichtweite und ich erkannte Bewegungen in den letzten Büschen vor der Lichtung. Atemlos riss ich mein Nachtsichtgerät herunter und festigte den Griff um meine Waffe.

Die Deckungstruppen wurden vor meinem Auftauchen gewarnt, aber sie hielten mich nicht auf. »Wir geben dir Feuerschutz, um reinzukommen«, knurrte einer von ihnen, als ich meine Schritte drosselte.

Dankend nickte ich dem Team zu und beschleunigte mein Tempo, als ich über die matschige Wiese zum Haupthaus rannte. Die meisten der Fenster waren hell beleuchtet und Schüsse und Schreie hallten durch die Nacht. Schlammige Spuren führten zu den geschlossenen Eingangstüren und die bedrohliche Aura des Gebäudes umgab mich.

Ruhig, Joshua!

Ich zwang meinen Puls nach unten, entsicherte die Glock und streckte meine Hand nach der Klinke aus. Lautlos schwang die schwere Tür nach innen auf und wurde nach wenigen Zentimetern blockiert. Der entstandene Spalt reichte aus, um ins Innere des Hauses zu schlüpfen, wo mich das pure Chaos empfing.

Die Fliesen in der Eingangshalle waren rutschig vor blutigem Schlamm und der Bewegungsradius der Tür wurde durch zwei feindliche Leichen ohne Schutzausrüstung blockiert.

Ich bedachte sie abschätzig und sputete die Stufen nach oben. In den Stockwerken über mir tobte ein Kampf – der Ursprung der Schüsse und der Rufe. Mein Herz schlug mir bis zum Hals, als ich die letzte Stufe erreichte, in den linken Gang abbog und den Markierungen des Kronensymbols folgte. Meine Schritte hallten von den Wänden wider und bei jedem zweiten Schritt hörte ich ein unangenehmes Platschen. Vermutlich war ich mit meinem rechten Schuh in die Blutpfütze im Erdgeschoss getreten.

Die Glock in meiner Hand fühlte sich auf eine merkwürdige Art vertraut an und zum ersten Mal musste ich nicht daran denken, was damit alles Schlechtes passieren konnte. Ein einziger Gedanke war in meinem Kopf präsent und wiederholte sich fortwährend.

Mayren, Mayren!

Pauls Nachricht machte mir Angst und genau diese trieb mich in Rekordzeit den Gang hinunter. Ich konnte mir ein Leben ohne sie nicht vorstellen und meine Herzschläge schmerzten unangenehm, während die Furcht sich wie ein

Raubtier in meine Brust krallte. Das Ende des Ganges hatte ich schneller erreicht als gedacht.

May ...

Wilde Entschlossenheit vertrieb die Angst, und ohne im Geringsten auf alles, was Waro und die anderen mir beigebracht hatten, zu achten, riss ich die Tür auf und stürzte unüberlegt in den Raum.

Die Szene vor mir traf mich wie ein Schlag.

Mayren saß auf dem Boden und presste mit aller Kraft ihre Hand auf eine Wunde an ihrem linken Bein. Neben ihr hatte sich eine Blutlache gebildet. Ihr Gesicht wurde blass, als sie mich sah.

Ihr gegenüber stand ein hellblonder Mann und richtete mit kaltem Blick eine Waffe auf sie. Seine andere Hand war in einen blutigen Lumpen gewickelt.

Sofort richtete ich meine Waffe auf ihn, aber er beobachtete mich nur belustigt. Endlich bekam der Mensch, der meinen Hass auf sich gezogen hatte, ein Gesicht.

»Siehst du, May?«, sagte er beiläufig. »Ich wusste, dass er kommen wird.«

Hass kochte in mir hoch, als ich dem Menschen gegenüberstand, der Mayren so sehr verletzt hatte – schon wieder!

»Geht es dir gut, May?«, fragte ich in ihre Richtung, aber ließ Paul nicht aus den Augen. Ich war erleichtert, sie zu sehen, obwohl die Situation wenig Hoffnung versprach.

»Warum bist du gekommen, Joshi?«, hörte ich Mayrens schmerzerfüllte Stimme neben mir. »Du hättest bei Ian bleiben sollen!«

Langsam schüttelte ich den Kopf und machte einen seitlichen Schritt auf sie zu.

»Du hast doch nicht daran gezweifelt, dass er kommen würde, oder?«, fragte Paul lachend und ich musste meine Wut zügeln. Seine Art zu sprechen war besserwisserisch und arrogant.

Neben mir stöhnte Mayren vor Schmerzen, als sie ihr Gewicht verlagerte.

»Sag mir einen Grund, warum ich dich nicht sofort erschießen soll«, knurrte ich Paul zwischen zusammen gebissenen Zähnen an. »Seit ich von dir gehört habe, träume ich davon, dir eine Kugel einzujagen.«

Ein belustigtes Grinsen fuhr über Pauls Gesicht, vielleicht lag das an meiner Wut, die er so offensichtlich auskostete oder an dem Schmerz, der in Wellen Mayrens Gesicht flutete.

»So was kannst du?«, spottet er amüsiert. »Du zielst gerade das erste Mal in deinem Leben auf einen anderen Menschen, oder? Denkst du wirklich, dass du das Zeug dazu hast?«

Meine Hände zitterten leicht. Seine Worte verunsicherten mich, aber das wollte ich nicht zugeben.

»Hör auf, Paul!«, fauchte Mayren unter Schmerzen und ihre Stimme zerbrach mir fast das Herz.

Und das nur, weil ich mich auf Pauls Spiel eingelassen hatte.

»Das ist eine Sache zwischen dir und mir, Paul. Joshua, verschwinde! Bitte *geh!*« Bei den letzten Worten brach ihre Stimme und sie unterdrückte ein ersticktes Schluchzen.

Das Zittern legte sich noch auf meine Hände.

Ich muss abdrücken. Dann ist es vorbei!

Zweifel kochten in mir hoch und ich musste an Kathleen denken, die mich im Schießen als wenig talentiert eingestuft hatte.

Was ist, wenn ich nicht treffe? Dann wird er Mayren hinrichten!

»Du liebst ihn wirklich, May«, sagte Paul sanft und ich beobachtete, dass seine Waffenhand regungslos in der Luft hing. »Rührend. Wirklich rührend.« Er wandte sich an mich. »Wenn du jetzt gehst oder versuchst, mich umbringen, wirst du nie erfahren, in welchem Zusammenhang du mit Zero stehst.«

Schockiert starrte ich ihn an.

Natürlich will ich das wissen, aber sollte ich mich dafür von ihm erpressen lassen?

»Es ist mir *scheißegal*. Mayren und ich werden jetzt gehen!« Ein Restzweifel hielt sich, aber irgendwie wusste ich, dass er nicht bluffte.

Woher sollte er es wissen?

»Nein, werdet ihr nicht«, entgegnete Paul schulterzuckend und zähneknirschend sah ich ihn an. Es bereitete ihm ein perverses Vergnügen, uns tanzen zu lassen wie seine Marionetten.

»Was willst du von uns?«, fragte ich und kopierte seinen Gesichtsausdruck – kalt und überlegen. »Warum hast du mich hergerufen? Du schweigst und willst uns nicht gehen lassen.«

Paul zuckte mit den Schultern und schob seine Unterlippe kurzzeitig nach vorne. »Zugegeben: Ich war neugierig auf dich. Ich dachte, dass ich wüsste, worauf May steht, aber scheinbar habe ich mich getäuscht«, sagte er und lächelte.

Neben mir versuchte Mayren, sich aufzustemmen, aber mit einem schmerzerfüllten Stöhnen brach sie den Vorgang ab.

»Bleib sitzen, May«, flüsterte ich ihr leise zu, aber sie ignorierte mich.

»Fick dich, Paul!«, brüllte sie ihn an. Eine irre Wut flackerte in ihren Augen. »*Fick dich!* Du kennst mich nicht. Du bist nichts für mich und du warst es schon immer!«

Paul lachte, als sie abwertend auf den Boden spuckte. »Nein, May, ich kenne dich.«

Wieder kämpfte ich die Wut hinunter.

Ein Scheiß weiß er über sie! Weiß er über uns!

»Halt die Klappe«, knurrte ich ihn an und er wandte sich gespielt mitleidig an mich.

»Du hättest sein können wie ich«, sagte Paul in einem weichen Tonfall und die Art, wie er es sagte, machte mich aggressiv.

»Ich werde *niemals* so sein wie du!«

»Aber das war für dich vorgesehen«, antwortete er. »Das hatte Zero für dich vorgesehen.«

Mayren runzelte die Stirn und ein ungutes Gefühl machte sich in mir breit.

»Was willst du mir damit sagen?«, fragte ich tonlos, aber meine Stimme zitterte leicht.

Paul lachte. »Du bist so intelligent, kommst du da nicht selbst drauf?«

»Joshi, hör nicht auf ihn«, flehte Mayren mich an. »Bitte, geh zurück. Fall nicht auf seine Lügen rein.«

Ihre Stimme drang entfernt an mein Ohr. Ein Rauschen hatte sich darauf eingespielt und dämpfte die Laute.

»Vorhin habe ich Mayren erzählt, wie Zero sie und all die anderen Kinder für seine Fabriken ausgesucht hat«, begann Paul und seine Stimme hatte einen geschäftsmäßigen Plauderton angenommen, während seine Waffe völlig ruhig auf Mayren gerichtet blieb. »Hast du vom sogenannten Killergen gehört? Als ehemaliger Medizinstudent solltest du mehr Vorkenntnisse mitbringen als May, schätze ich.«

Natürlich hatte ich davon gehört.

»Das ist ein Mythos!«, spuckte ich ihm die Worte wütend vor die Füße. »Niemand wird zum Mörder geboren!«

Paul verzog das Gesicht in eine seiner gespielten Fassaden und schüttelte langsam den Kopf. »Nein, das ist kein Mythos. Zero konnte das Gen nachweisen und sucht danach die Kinder für seine Fabriken aus. Er hat einige Ärzte in der normalen Welt, die ihn da *sehr* gerne zuarbeiten.« Seine Augen funkelten belustigt. »Oder vielleicht ist es auch nicht Zero, der euch aussucht, sondern jemand anderes?«

Was will er mir damit sagen?

»Ich wurde für eine Fabrik vorgesehen?«

Ein gemeines Leuchten huschte über Pauls Gesicht. »Ding, Ding, Ding«, machte er und schlug mit seiner freien Hand in die Luft, als würde er an einem Glockenseil ziehen.

»Einhundert Punkte.«

Das kann nicht sein. Für mich war die gleiche Kindheit vorgesehen wie für May?

Diese Erkenntnis traf mich kalt und ich fühlte mich unwohl in meiner Haut.

»Deine Mutter war tiefer in unserer Welt verwurzelt, als du denkst. Sie hatte Kontakte und fand heraus, dass du auf der Liste gelandet bist«, fuhr Paul fort und ich sah das Bild meiner Mutter von meinem inneren Auge. »Also ergriff sie entsprechende Gegenmaßnahmen und bewahrte dir damit deine Kindheit. Aber scheinbar ist unsere Welt dein Schicksal.«

Meine Mom hatte Kontakte in diese Welt?

Fragen überschlugen sich in meinem Kopf und meine Hände begannen zu zittern.

»Joshua, geh«, bat mich Mayren. »Glaub ihm nichts … *Bitte.*« Tränen liefen ihr über die Wangen und ich wusste, dass sie nichts mit ihrer Verletzung zu tun hatten. »Flieh und lass mich zurück. Es geht Paul nur um mich.«

Verzweiflung breitete sich in meiner Brust aus.

Ohne Mayren kann ich in dieser Welt nicht leben. Ohne sie will ich das nicht! Wenn ich gehe, wird er sie töten.

»Nein, Joshua«, äffte Paul Mayrens flehende Art nach. »Bleib bei uns. Geh nicht.« Er beobachtete uns aus seinen kalten Augen und sein gehässiges Grinsen widerte mich an.

Dieser kleine Bastard!

Ich kannte ihn erst seit wenigen Minuten persönlich, aber hatte noch nie einen Menschen so sehr gehasst.

Aber dafür hatte ich ihn nicht persönlich kennenlernen müssen. Die Erzählungen haben mir völlig ausgereicht.

»Es ist wirklich erstaunlich, dass Mayren sich in so einen Kerl wie dich verliebt hat«, spottete er über mich. »Weißt du … Eigentlich wollte ich sie damals töten, aber im Nachhinein habe ich gemerkt, dass es mir mehr Spaß gemacht hat, sie zu brechen.«

Obwohl ich es nicht für möglich gehalten hatte, stieg der Hass ihn mir weiter an. »Halt die Klappe!«, knurrte ich, aber er überging meine Worte und sprach weiter.

»Was meinst du, für wie lange sie gebrochen ist, wenn ich dich vor ihren Augen umbringe?« Seine Stimme klang interessiert, als würde er ein Schulexperiment erklären und zielte mit einer ruckartigen Bewegung mit seiner Waffe auf mich.

Angespannt starrte ich in den Lauf und erst jetzt durchschaute ich sein ekelhaftes Spiel.

»Nein!«, schrie Mayren auf und panische Verzweiflung klang aus ihrer Stimme. »Paul! Ich flehe dich an!«

Ein breites Grinsen erschien auf seinem Gesicht. Es war triumphierend und er wusste, dass er mit dem Mord an mir sein Ziel erreichen würde.

In meinem Inneren kehrte Ruhe ein und meine Gedanken spulten sich innerhalb von wenigen Sekundenbruchteilen geordnet in meinem Kopf ab.

Er wird May bis zu ihrem Lebensende zerstören, wenn sie mich sterben sieht.

Mein Herzschlag verlangsamte und beruhigte sich.

Es war vorgesehen, dass ich zum Killer erzogen werde und meine leibliche Familie ermordet wird.

Mein Atem wurde ruhiger.

In mir sind die gleichen genetischen Voraussetzungen wie bei den anderen.

Das Zittern in meiner Hand erstarb.

Es war nie nur Mayrens Welt ...

Eine grausame Entschlossenheit ergriff von mir Besitz.

... es war genauso auch immer meine.

Die Angst verschwand aus meinem Körper.

Ich liebe May und werde alles tun, um sie zu beschützen.

»Paul?«, fragte ich kalt und er grinste mich überheblich an.

»Du wirst nie wieder meine Freundin verletzten.«

Ein Schuss zerriss die Stille.

Dann folgte ein zweiter.

Ein dritter.

Kapitel 49

Die Sekunden verlangsamten sich, während sich die Schüsse lösten.

Panik stieg in mir hoch und schnürte mir die Kehle zu. Der Schmerz, der meinen Körper die ganze Zeit unter Kontrolle hielt, verschwand im Anblick der Ereignisse.

Neeeein!

Mit meiner letzten Kraft zwang ich mich auf die Beine und stolperte zu Joshua, während Pauls Waffe klappernd auf den Boden aufschlug, dicht gefolgt von seinem Besitzer.

Eine der Kugeln hatte sich in die Wand hinter ihm gebohrt, die zweite in seinen Bauch und die dritte in seine Brust. Sein arrogantes Grinsen war von seinem Gesicht gewischt worden und er sackte auf die Knie.

Davor wollte ich Joshua immer beschützen.

Langsam ließ er seine Waffe sinken und sah auf Paul, jede Emotion war aus seinem Gesicht gewichen.

Er sollte nie in diese Situation kommen, einen anderen Menschen zu töten. Das ist meine Schuld! Ich *habe es nicht geschafft, ihn davor zu schützen!*

»Sieh mich an!«, forderte ich Joshua auf und nahm sein Gesicht in meine blutverschmierten Hände.

Langsam wandte er sich von Paul ab und ich erkannte einen vertrauten Schimmer in seinen Augen.

Verdammt, das ist alles meine Schuld.

»Gib mir die Waffe, Joshi. *Bitte.*«

Seine Reaktion kam zögerlich, aber er reichte sie mir. »Er hätte uns beide umgebracht, wenn du nicht auf ihn geschossen hättest.« Plötzlich schoss der Schmerz mein Bein hoch und mit verzerrtem Gesicht hielt ich mich an Joshua fest. »Vergiss das nicht. Wir wären sonst tot.«

Er überging meine Worte. »May, dein Bein«, sagte er stattdessen und musterte meine Wunde.

»Die Ausrüstung hat das Schlimmste abgehalten«, log ich und löste mich sanft aus seiner Berührung.

Ich muss das mit Paul zu Ende bringen! Die Wunden werden ihn töten, aber ich kann nicht zulassen, dass Joshua ihm den letzten Stoß gibt. Diese Last will ich nicht auf seinen Schultern wissen.

»Lass mich das zu Ende bringen«, bat ich ihn und fischte meinen Dolch vom Boden auf.

Humpelnd drehte ich mich zu Paul, der mittlerweile rücklings auf dem Boden angekommen war. Blut floss aus seinem Mund und Angst schimmerte in seinen Augen.

Wie lange habe ich auf diesen Moment gewartet.

Gut sichtbar hielt ich seinen Dolch hoch. »Ich habe noch etwas von dir …« Ich ließ die Klinge zwischen meinen Fingern kreisen. Das Licht der Deckenlampen spiegelte sich darin und ich sah mir das Messer an, das mich damals fast getötet hätte.

»May …«, flüsterte er bittend und spöttisch blickte ich auf ihn herab. Auf den Mann, den ich vor Jahren geliebt hatte, aber für den ich heute nur Hass und Abscheu empfand.

»Du wagst es, *mich* um dein Leben anzuflehen?« Ich ignorierte eine erneute Schmerzsalve, die durch meinen Körper schoss, als ich mich neben ihn kniete.

Es gibt Informationen, die ich haben will. Es ist wichtig, dass ich das Persönliche zwischen uns zur Seite schiebe und mich darauf konzentriere.

»Mit wem hatte Joshuas Mutter Kontakt?« Erneut zuckte Schmerz in meinem Bein und Sterne flackerten für wenige Sekunden in mein Sichtfeld. Ich presste die Hand auf meinen Oberschenkel und spürte sofort die warme Hitze, die aus meinem Bein quoll.

Pauls Augen wurde glasig und ich rechnete fast damit, dass er gleich sterben würde, doch dann wurde sein Blick wieder klar.

»Du schuldest mir eine Antwort, Paul! Nach allem, was du mir angetan hast …«

Ein dünnes Rinnsal aus Blut floss aus seinem Mundwinkel und färbte seine Zähne. Röchelnd holte er Luft und nur ein einzelnes Wort kam über seine Lippen. »Blut … adler.«

Ich erstarrte, als ich den Namen des Clans hörte. An seiner Mimik erkannte ich, dass er die Wahrheit sagte.

Dieser Fakt … dieser Clan … kann alles verändern!

Wieder holte er röchelnd Luft. »Ich habe … Joshua wirklich … unterschätzt«, stieß er mit schmerzverzerrter Stimme hervor und ich konnte zusehen, wie die Kraft aus ihm wich.

Der Verräter … Ich muss danach fragen!

Aber ich wusste, dass Pauls letzte Sekunden angebrochen waren und er gleich sterben würde.

In seinen Augen flackerte das Licht und er würde mir diese Antwort für immer schuldig bleiben. Entschlossen hob ich den Dolch. »Du wirst nie wieder jemanden verletzten …« Mit diesem Versprechen versenkte ich die Klinge erbarmungslos in seiner Brust.

Sein Körper zuckte unter meinen Händen, aber ich war mir sicher, dass ich sein Herz getroffen hatte. Für einige Sekunden sah ich meinem ehemaligen Geliebten und zweitgrößten Feind beim Sterben zu, bevor ich aufstand und mich zu Joshua umdrehte. Schweiß stand auf meiner Stirn und ich spürte die nagende Schwäche durch den starken Blutverlust.

Es war wichtig, dass ich Paul den letzten Todesstoß verpasste. Für Joshua ... und für mich.

Joshua hatte für Paul nur einen kalten Blick übrig und hob seinen Gürtel. »Wir müssen sofort dein Bein abbinden und verschwinden«, sagte er gefasst.

»Danke.« Erst da fiel mir auf, dass meine Stimme schwach war und zitterte. Dann traf mich die Erschöpfung wie eine Welle und meine Knie drohten unter meinem Gewicht nachzugeben, aber ohne Schwierigkeiten hob Joshua mich hoch und setzte mich auf einen der Tische.

Schwere Schritte auf dem Gang wurden lauter und ich machte mich darauf gefasst, dass ein weiterer Feind in den Raum stürmen könnte. Meine MP lehnte zu weit entfernt an der Wand und ich sah zur Tür, als jemand sie aufschlug und hereinstürmte.

Ich erkannte die breite Gestalt sofort und Bastian riss in einer flüssigen Bewegung sein Visier auf.

Joshua war bereits herumgewirbelt, hatte mir die Glock entrissen und zielte auf Bastian.

»Wo ist er?!« Bastians Stimme war noch nie so bedrohlich gewesen, seit ich ihn kennengelernt hatte. Er suchte den Raum ab, während Joshua die Waffe sinken ließ und zu dem Gürtel griff, um mein Bein abzubinden.

»Paul ist tot«, erwiderte ich kraftlos, aber Bastian hatte seine Leiche schon gefunden und ging mit großen Schritten darauf zu, um ihr einen wuterfüllten Tritt zu versetzen. »Dämlicher Bastard!«

Mein Blick streifte Joshuas und er zog den Gürtel um meinen Oberschenkel fester. Vor Schmerzen zuckte ich zusammen und krallte mich mit meinen Händen in seine Schulter. Ein kurzer Schrei entfuhr mir, aber ich unterdrückte ihn schnell.

»Tut mir leid«, entgegnete Joshua und zog mich an sich, als er fertig war. In seiner Brust hörte ich sein Herz schlagen und es beruhigte mich, seine Nähe zu spüren.

»Ian, er ist tot«, hörte ich Bastian in den Funk sagen, dicht gefolgt von einem wütenden Fluch. »Ich glaube, es war Joshua.« Er drehte sich zu uns um und Joshua und ich lösten uns voneinander.

»Wir haben einen Verräter«, brachte ich hervor und Tränen rannten über meine Wangen.

Der Gedanke, dass einer unserer Freunde uns verraten hatte, war eine bittere Erkenntnis.

Was haben wir falsch gemacht, dass wirklich jemand daran denkt, uns zu verraten? Ich habe immer gedacht, dass wir alle an einem Strang ziehen würden.

Wir lebten, wir hatten Paul überlebt, aber gleichzeitig eine neue Gefahr in unseren eigenen Reihen aufgedeckt.

Das Geheimnis, warum wir in den Fabriken gelandet waren, war gelöst und auch, was Joshua mit Zero verband. Jedoch waren viele neue Fragen aufgekommen.

»Bist du sicher, May?«, flüsterte Joshua neben meinem Ohr und ich nickte stumm.

Weitere Tränen fanden ihren Weg über meine Wangen und schniefend schmiegte ich mich an seinen Oberkörper, bevor mein gesunder Menschenverstand den Ernst unserer Lage erkennen konnte. »Ja … Paul hat es zugegeben und allein, dass er heute hier ist, spricht dafür.«

Bastian trat neben uns. »Hast du das gehört, Ian?« Die Augen meines besten Freundes waren wütend verzogen, als er Ians Antwort lauschte. »Ja, verhänge eine sofortige Nachrichtensperre über alles, was in diesem Flügel passiert ist.«

Ich zog die Nase hoch und löste mich aus Joshuas Armen. Entschlossenheit brandete in meinen Adern auf, neben dem Schmerz, der in einem erneuten Impuls durch meinen Körper jagte. »Wir können nur noch uns vertrauen«, sagte ich leise und sah Bastian und Joshua an. »Uns und Kaja …« Mit dem Ärmel versuchte ich die Tränen abzuwischen, aber es kamen unaufhörlich neue, weswegen ich es aufgab.

Kannst du sie tragen?«, fragte Bastian Joshua.

»Ja, Mayren muss sofort zu Eyleen«, erwiderte dieser.

507

»Sehe ich auch so«, entgegnete Bastian, klappte sein Visier herunter und drehte sich um. »Ian sagt, dass der Weg durch die Fenster im Speisesaal am sichersten und unauffälligsten ist. Ich begleite euch bis zum Saal und er schickt Eyleen in den Wald außerhalb der Gefahrenzone.«

Ich wollte vom Tisch springen, aber Joshua griff mit einem Arm unter meine Kniekehle, mit seinem anderen an meinen Rücken.

»Ich trage dich«, flüsterte er mir ins Ohr.

»Bereit?« Bastian hatte seine freie Hand auf die Klinke gelegt.

»Ja, los«, entgegnete Joshua genauso kalt und entschlossen wie Bastian. »Lass uns May hier rausbringen.« Joshua festigte seinen Griff und vor Schmerz zuckte ich zusammen. »Es tut mir so leid«, wiederholte er ehrlich bedauernd, aber ich hatte meinen Kopf schon gegen seine Brust gelehnt.

Ihm hat hier nichts leidzutun ... Wenn, dann mir!

Bastian hatte währenddessen die Tür geöffnet und ging in großen, kraftvollen Schritten den Gang hinunter. Joshua folgte ihm.

In der Ferne hörte ich Schüsse und wusste, dass die Kämpfe im zweiten Stock noch anhielten.

Jeder Schritt, den Joshua auf den Stufen nahm, schickte mir neue Schmerzenswellen durch den Körper. »Basti, warum bist du nicht bei deinem Team?«, presste ich hervor und versuchte, mich von den Qualen abzulenken.

»Ian hat mir berichtet, was passiert ist«, entgegnete er dumpf unter seinem Helm und sicherte die Gänge im Erdgeschoss, als wir dieses erreichten. »Theo hat mein Team übernommen.«

Das war der aufopferungsvolle Teil unserer Freundschaft – Bastian und ich waren beide bereit, für den anderen zu sterben. Wäre er in einer Situation wie dieser gewesen, hätte ich gleich gehandelt.

Bastian stieß die zerstörten Türen zum Saal auf und das Trümmerfeld empfing mich unrühmlich zurück. Holzsplitter schwammen in Blutlachen und ich vermied es, an die Stelle zu sehen, wo Emils Körper regungslos gegen die Wand lehnte.

Einer meiner Leute ist tot ... Unter meinem Kommando in den Tod gezogen!

Der Wind und der Regen heulten in einer grausamen Melodie durch den Raum und besangen die Toten.

Während Bastian und Joshua den Raum durchquerten, ließ ich meinen Blick über die vielen Leichen gleiten, die teilweise von unseren Granaten zerfetzt wurden oder durch unsere Kugeln getroffen.

Scherben knirschten, als Bastian den Rahmen mit einem kräftigen Tritt aufstieß. »Lass dich von Eyleen versorgen«, sagte er zu mir und sah mich durch die schmalen Schlitze seiner Sturmmaske streng an, bevor er sich an Joshua wandte. »Sorg dafür, dass sie sich behandeln lässt und geht in einen der Busse in die letzte Reihe. Nimm Mayrens Holster und bleibe bei ihr.« Wind und Regen mischten sich in seine Worte, während irgendwo über uns weiter der Kampf tobte.

»Pass auf dich auf, Basti«, murmelte ich leise, als er sich

zum Gehen wandte, und er nickte mir zu, bevor Joshua mich nach draußen trug.

Regentropfen fielen mir ins Gesicht und die Kälte kühlte mich ab. Als ich mir auf die Lippe biss, konnte ich nicht verhindern, dass mir wieder Tränen über die Wangen liefen. Sie vermischten sich mit dem Regen und ich war froh, dass man meine Schwäche nicht so offensichtlich sehen konnte. Noch nie hatte sich ein Verrat so schmerzhaft angefühlt.

Dank Joshua erreichten wir schnell das schützende Dickicht und ein Heulkrampf erschütterte meinen Körper. Von dem Deckungstrupp oder Eyleen war nichts zu sehen, aber nicht weit von uns hörte ich Stimmen.

»May«, flüsterte Joshua mitfühlend und ließ mich herunter.

Behutsam trat ich mit meinem unverletzten Bein auf und klammerte mich an ihn. Der Gedanke, dass Paul ihn fast umgebracht hatte und Joshua jetzt womöglich nicht mehr im Hauptquartier sicher sein könnte, machte mir Angst.

Sofort zog er mich in eine sanfte Umarmung und gab mir einen Kuss auf den Kopf. »Wir finden den Verräter«, versprach er mit fester Stimme und streichelte mir dabei über meine Haare. »Und danach finden wir Zero.«

Meine Unterlippe bebte, als ich mein Gesicht an seinem Oberkörper vergrub.

Und nur, weil ich nicht auf mich aufpassen konnte, ist Joshua zum Mörder geworden.

Eine unbändige Welle an Gefühlen brach erneut auf mich ein. Wut, Hass, Angst, Verwirrung, Schuld. Alles tobte in mir wie ein Strudel und drohte, mich zu ersticken, wäre da nicht plötzlich Joshuas Stimme gewesen, die ein weiteres Gefühl in mir auslöste.

»Ich liebe dich, *Dickkopf*«, flüsterte er in mein Ohr und das neue Gefühl wirkte in meinem Inneren wie der Hoffnungsschimmer, der das aufgebrachte Meer in mir beruhigte. »Ich liebe dich so sehr, May.«

»Ich liebe dich auch«, schniefte ich und löste mich langsam von ihm. Mit meinem Ärmel wischte ich über mein Gesicht und hoffte, so die Anzeichen meiner kurzen Schwäche wegwischen zu können.

Im Wald neben uns wurden die Stimmen lauter und jemand rief unsere Namen.

»Wir müssen dringend dein Bein versorgen«, beharrte Joshua und strich mir eine Haarsträhne aus der Stirn. Ich atmete durch und meine Gedanken wurden klarer. Durch den Wald stürmte Eyleen auf uns zu und mit ihr ein kompletter Deckungstrupp.

»Sieht man, dass ich geheult habe?«

Joshua strich sanft mit dem Daumen über meine Wange. »Nein. Bereit?«

Bestätigend nickte ich und wir drehten uns zu Eyleen, die ihre Tasche bereits geöffnet hatte und darin wühlte. Einzelne Strähnen hatten sich aus ihrem Dutt gelöst und klebten regennass an ihrem Gesicht.

Meine Knie wurden weich und als die Anspannung von mir abfiel, verließ mich auch meine restliche Kraft. Langsam ließ ich mich auf den Waldboden sinken.

Kapitel 50

Bulgarische Fabrik, Bulgarien
Dienstag, 11. Oktober – Joshua

Vor den Bussen herrschte wildes Treiben, als die Teams zusammen mit den Kindern aus dem Wald zurückkehrten. Nachdenklich beobachtete ich die Gestalten, die aus den Schatten traten.

Ich habe einen Menschen getötet.

Die Erkenntnis war in der letzten Stunde in mein Unterbewusstsein getropft und setzte sich fest. Auch wenn Mayren den letzten, entscheidenden Schlag ausgeführt hatte, lag die Schuld von Pauls Tod auf mir. Sanft fuhr ich ihr über die Stirn und strich ihr einige wirre Haare aus dem Gesicht. Nachdem Eyleen sie im Wald versorgt hatte und ihr eine Blutkonserve gab, durfte ich sie aus dem Wald tragen und suchte einen Platz in der hintersten Reihe im Bus.

Dank einer Schlaftablette nickte Mayren wenige Minuten später weg und lehnte nun an meiner Schulter. Ihr Atem ging gleichmäßig und ich war froh, als Eyleen mir grünes Licht gab und wir uns von dem Fabrikgebäude entfernen durften.

Dass wir einen Verräter unter uns hatten, hat May wirklich sehr getroffen.

Wie von Bastian angewiesen, hatte ich Mayrens Holster übernommen und sah zu ihrer Glock an meinem Oberschenkel hinunter.

Wer ist es? Und warum hat er den Clan verraten?

512

Dieser Gedanke bereitete mir die letzten Minuten Kopfschmerzen und ich analysierte jedes Gespräch, jede Begegnung und jedes Verhalten aller Mitglieder, die ich in den letzten Wochen kennengelernt hatte.

Schritte wurden lauter und Rufe koordinierten die Menschen draußen in die entsprechenden Busse. Die Straße war zwischenzeitlich hell erleuchtet und in dem Moment kam Bastian aus dem Wald.

Er hatte seinen Helm und seine Sturmhaube abgezogen und bellte autoritär Befehle. In seinem Gesicht klebte getrocknetes Blut, aber er schien unverletzt zu sein.

Hinter ihm kam sein Team in Sichtweite und zusammen mit einem anderen Team kesselten sie vier Erwachsene ein, die an den Händen gefesselt waren. Es war den Teams gelungen, Gefangene zu nehmen.

Eyleen rannte mit ihrem Koffer auf Bastian zu, aber er winkte mit einer energischen Handbewegung ab und fragte etwas mit gerunzelter Stirn und sie deutete auf unseren Bus.

Wieder rief Bastian Befehle, bevor er die Schutzweste von seinem Körper löste und in eine der Metallboxen warf. Seine Waffe behielt er, löste sich von seiner Gruppe und steuerte auf unseren Bus zu. Seine entschlossenen Schritte brachten diesen zum Erzittern, als er die Stufen erklomm und uns suchte. »Fuck«, flüsterte er und ließ sich auf den freien Sitz neben mir fallen. Angst sprach aus seinen Augen und sein Kiefer mahlte. »Was hat Eyleen gesagt?«

»Sie muss genauere Untersuchungen an ihren Rippen machen, aber die Blutungen konnten gestoppt werden.«

Weitere Schritte erschütterten den Bus und Bastian musterte die Neuankömmlinge mit gerunzelter Stirn. Ihm passte es nicht, dass wir unterbrochen wurden, aber es war klar, dass wir unseren Rückzug antreten mussten. Schlecht gelaunt murmelte er leise einige Verwünschungen und ich entgegnete die Blicke der Neuankömmlinge.

Könnte einer von ihnen der Verräter sein?

Ich zog Mayren näher an mich und verließ mich darauf, dass Bastians finstere Miene alle Fragen abwehrte.

Einige Kinder wurden ebenfalls mit dem Strom der Leute in das Innere des Busses gespült. Ihre Augen waren vor Überforderung der Situation weit aufgerissen und sie hatten sich warme Kleidung über die Pyjamas gezogen.

Bastian beobachtete das Treiben ruhig. Fragen schienen ihm auf den Lippen zu brennen, aber er geduldete sich.

Mit einem Beben erwachte der Bus zum Leben und die letzten Leute auf der Straße suchten sich ihre Mitfahrgelegenheiten oder verstauten die letzten Materialien im Bauchraum der Fahrzeuge.

Die Busse würden gleich die Heimreise anbrechen, ein Gedanke, der mich vor wenigen Stunden noch beruhigt hatte. Aber jetzt wussten wir, dass uns dort jemand erwartete, der unserer Sache nicht so treu ergeben war.

Die Lichter draußen erloschen und nur das fahle Leuchten im Bus brachte Licht auf die Straße. Mit einem Zischen schlossen sich die Türen und der Bus fuhr an.

Bastian vergrub sein Gesicht in den Händen. Die Plätze neben ihm blieben leer, denn weder Bastians blutverschmiertes Gesicht noch sein Ausdruck war einladend, sich neben ihn zu setzen. »Fuck«, flüsterte er erstickt.

Ja, Bastian ... Genau das denke ich auch.

Die Wärme von Mayrens Körper strahlte auf meinen über und ich lehnte meinen Kopf an ihren. Unendliche Erleichterung durchströmte mich, als mir klar wurde, dass die Mission beendet war und wir beide am Leben.

Trotz des Verräters und der Begegnung mit Paul ... Wir haben es geschafft und wenn wir rausgefunden haben, wer der Maulwurf ist, dann kümmern wir uns um Zero.

Mayrens leiser Atem strich über meine Wange und ich schloss ebenfalls die Augen, aber die Schärfe meiner Sinne blieb vorhanden.

Wenn rauskommt, dass wir einen Verräter unter uns haben, wird die Allgemeinheit im ersten Moment die ehemaligen Bulgaren in Verdacht haben.

Wir mussten das verhindern, weil die Bulgaren für den anstehenden Krieg essenziell waren.

Ich öffnete meine Augen und sah Bastian an. Entschlossen erwiderte er meinen Blick, die blutigen Flecken hatte er sich inzwischen aus dem Gesicht gewischt und sein erstes Erscheinungsbild wirkte nicht mehr so bedrohlich wie direkt nach der Mission.

Er ballte seine rechte Hand zur Faust und ich nickte ihm zu. Der Moment war ein stummes Versprechen zwischen uns. Das Versprechen, dass wir unsere Freundin um jeden Preis schützen würden.

Kapitel 51
Unbekannter Ort
Dienstag, 11. Oktober – Mayren

Müdigkeit drückte auf meine Augenlider, doch es mir gelang nicht, sie zu öffnen. Weicher Stoff schmiegte sich an meine Wange und ein dumpfer Schmerz in meinem Oberschenkel und in meinen Rippen pulsierte in unregelmäßigen Wellen durch meinen Körper.

»… Mayren zu töten«, sagte eine Stimme in meiner Nähe, die gleichzeitig ein tiefes Vertrauen in mir weckte.

Eine andere Stimme antwortete mit einem frustriert und verärgerten Schnauben. »Also konnte er rausfinden, was uns zu Zero gebracht hat und dich mit ihm verbindet?«

Die andere Person bestätigte dies mit einer knappen Antwort. »Ja, dieses Gen ist scheinbar dafür verantwortlich. Wir müssen auf jeden Fall Nachforschungen dazu betreiben.«

Basti … Joshi …

Ein Schleier löste sich von meinem Hirn und einige Erinnerungen kehrten zurück, aber nichts Greifbares, nur Bruchstücke, die zusammengesetzt keinen Sinn ergaben.

»Paul muss irgendwo diese Informationen gewonnen haben. Hältst du es für möglich, dass er Kontakt mit Zero hat?«, fragte Bastian leise. »Ich habe keine Ahnung, wie man so ein Gen überhaupt nachweisen sollte …«

Joshua brummte. »Aktuell können wir nur Vermutungen anstellen, was die Paul-Zero-Sache angeht«, gab er zu und ich hörte, dass er mit seiner eigenen Aussage nicht zufrieden war. »Aber irgendwelche Ärzte werden unser Blut untersucht haben. Wir müssen nur Namen herausfinden.«

»Wir werden alles dafür tun, außerdem haben wir noch die Geiseln. Eine von ihnen *muss* wissen, was Paul in der Fabrik gemacht hat«, antwortete Bastian.

Ich kämpfte darum, die Augen zu öffnen, aber es gelang mir nicht.

»Ich würde nur gern wissen …«, fügte Joshua an und seine Stimme klang verändert.

»Was?«

Joshua zögerte. »Was meine Mutter mit dieser Welt zu tun hatte.«

Beide schwiegen für eine Weile und ich sank tiefer in die Dunkelheit.

… so müde …

Das gedämpfte Knallen einer Autotür riss mich aus meinem unruhigen Schlaf. Ein Stöhnen entfuhr mir und ich kämpfte gegen meine Augenlider an, diesmal gewann ich.

Mein Audi …

Durch das Fenster erkannte ich den wolkenverhangenen Himmel, der keine Sonnenstrahlen durchließ.

Shit … Mir fehlen einige Stunden. Es ist längst Tag geworden.

Ein unangenehmer Schmerz floss durch meinen ganzen Körper und hatte seinen Ursprung irgendwo in meinem linken Oberschenkel.

Oder in meinen Rippen ...? Mal wieder?

Langsam setzte ich mich auf und sah in Richtung der Fahrersitze. Sie waren verlassen und bevor ich mich umsehen konnte, wurde die Tür zur Rückbank geöffnet.

»May.« Ein leichter Windhauch strich mir über das Gesicht. »Wie fühlst du dich?«

Kurz kniff ich die Augen zusammen und sah Joshua. Erleichterung strömte durch meine Adern und ein Lächeln fand den Weg auf meine Lippen. »Ich denke so weit okay?« Unentschlossen rieb ich meine Augen. Die Erinnerungen der letzten Stunden waren noch verblasst, aber langsam kämpften sie sich an die Oberfläche meines Denkens.

Aufmerksam reichte Joshua mir eine Flasche Wasser und dankbar nahm ich sie an. Meine Kehle war ausgetrocknet und das kalte Wasser wusch weiteren Nebel aus meinen Gedanken. Eine plötzliche Welle von Angst erwischte mich und ich verschluckte mich hustend.

Sofort rutschte Joshua auf den Platz neben mir und klopfte mir auf den Rücken. »May?« Er brauchte seine restliche Frage nicht auszusprechen.

»Ich erinnere mich ...« Mein düsterer Blick wanderte an meinem verletzten Bein herunter. Der Oberschenkel war unter der weiten Hose in einem festen Verband eingewickelt und ich konnte den unangenehm pulsierenden Schmerz besser lokalisieren.

Paul, dieses verdammte Arschloch. Ohne Joshua wäre ich tot.

Im selben Moment spürte ich, dass auch meine Rippen fester geschient wurden, und tastete mit meiner freien Hand die Stellen ab, an denen mich Pauls Kugel getroffen hatte.

Da werde ich einen neuen Bruch verbuchen können.

Die schlechten Gedanken tropften wie Gift in mich und erreichten ihren Höhepunkt, als ich an den Verräter dachte. Kalte Wut entflammte in mir, aber als Joshua mich in eine Umarmung zog, vergaß ich sie für den Moment und Dankbarkeit überwog. Mit einem leisen Schniefen lehnte ich mich an seine Brust und genoss seine Wärme. »Danke, dass du mich gerettet hast«, flüsterte ich mit geschlossenen Augen und er küsste mich auf den Scheitel.

»Es war an der Zeit, dass ich mich revanchiere«, meinte er, aber bevor ich entsprechend über seine Leichtsinnigkeit schimpfen konnte, hörte ich Bastian.

»May!«, rief er erfreut und beschleunigte seine Schritte.

Erst da fiel mir auf, dass wir an einer einsamen Tankstelle irgendwo im Nichts standen.

Ich warf ihm ein beruhigendes Lächeln zu und Joshua entließ mich sanft aus seiner Umarmung. Langsam rutschte ich über die Rückbank und schwang vorsichtig meine Beine aus dem Auto.

Auf Bastians Miene spiegelte sich Besorgnis und er reichte mir die Hand, weil er ahnte, dass ich schwach auf den Beinen war.

»Es tut mir so leid, was passiert ist«, flüsterte er und ich hörte sein Herz schlagen. Seine Umarmung beruhigte mich, aber es war auf einer anderen Gefühlsebene als die Nähe zu Joshua. Beide fühlten sich nach Geborgenheit an, nach Familie und Zuhause und trotzdem war es anders.

»Es ist okay«, sagte ich wahrheitsgemäß.

Bastian verzog sein Gesicht zu einer wütenden Maske. »Wir werden den Maulwurf finden«, versprach er.

Momentan fühlte ich mich zu schwach für starke Emotionen und begnügte mich mit dem, was ich ausdrücken konnte. Schwindel trat in meinen Kopf und einzelne Sterne tanzten über mein Blickfeld. »Wer auch immer es ist ... wir finden ihn oder sie.« Ein unterdrücktes Stöhnen entfuhr mir und ich kniff meine Augen zusammen.

Scheiße. Mein Blutverlust muss schlimmer gewesen sein als angenommen. Aber bei der Verletzung und der Zeit, in der ich geblutet habe ... Kein Wunder.

»Sie muss sich setzen«, hörte ich Joshuas strenge Stimme und spürte seinen festen Griff an meinem Arm. Mit sanfter Gewalt wurde ich nach hinten gedrängt und fand meinen Platz auf der Rückbank. Für einige Momente harrte ich mit geschlossenen Augen aus, bis ich sie wieder öffnete.

Zwei besorgte Augenpaare beobachteten jede meiner Regungen, aber das Flimmern war abgeklungen und der Schwindel verschwunden.

»Es geht«, sagte ich knapp und wurde mir bewusst, wie knapp ich dem Tod entkommen war. Ich sehnte mich nach meinem Bett und einer ordentlichen Portion Schlaf.

»Können wir bitte ins Hauptquartier fahren?«, fragte ich und beide nickten synchron.

Wenige Minuten später waren wir auf der Autobahn und Bastian beschleunigte meinen Wagen gnadenlos.

Ich hatte mich auf den Rücken gelegt und starrte an den Himmel des Wagens. Meine Gedanken kreisten und durch die Vordersitze hatte Joshua mir seine Hand gereicht und drückte sie in regelmäßigen Abständen. Wir brachten einige Kilometer still hinter uns, bevor ich das Schweigen brach. »Wie geht es Kaja?«

»Gut, sie und Alec haben den Sturm erfolgreich durchgeführt und sind ebenfalls auf dem Rückweg«, antwortete Bastian. »Mit Lucy. Alecs Informationen haben gestimmt. Ihr geht es den Umständen entsprechend gut.«

Eine kleine Welle von Erleichterung durchfuhr mich. »Ein Glück.«

»Weiß sie, was passiert ist?«, hakte ich nach.

»Nein …«, gab er zu. »Wir haben eine absolute Nachrichtensperre verhängt, was das Thema angeht. Irgendwelche Gerüchte sind bestimmt im Umlauf, aber scheiß drauf.«

»Okay«, antwortete ich und meine Gedanken schweiften zur Begegnung mit Paul zurück.

Er hatte Kontakt zu Zero oder zumindest eine Quelle entdeckt. Irgendwie müssen wir die Sache mit den Genen prüfen!

»Paul hat herausgefunden, warum Zero uns ausgewählt hat«, meinte ich nach weiteren sprachlosen Kilometern.

Mir war klar, dass Joshua Bastian viel von dieser Begegnung erzählt hatte, aber ich wollte nicht mit meinen Gedanken allein bleiben. Zum ersten Mal schaffte ich es, sie nicht beiseitezuschieben und zu verdrängen. Die Angst, das Ganze nie verarbeiten können, war zu groß und ich gönnte es Paul nicht, nach seinem Tod den kleinsten Triumph über mich zu haben. Ich erzählte den beiden jedes Detail über die Begegnung und ließ nichts aus.

Zwischendurch fluchte Bastian leise und Joshua drückte meine Hand, um mich aufzumuntern weiterzusprechen.

Kein Gedanke blieb unausgesprochen und erst als ich geendet hatte, verschwand ein Gewicht von meiner Brust, dass ich nicht wahrgenommen hatte.

Bastians Laune war sichtlich in den Keller gerutscht, aber das lag daran, dass er mich in Gefahr oder besser gesagt der Gegenwart von Paul wusste. Dankend klopfte er Joshua auf die Schulter.

Es ist egal, dass ich den letzten Stich gemacht habe ... Jeder wird Joshua als Pauls Mörder ansehen.

Ein neuer Gedanke legte sich schwer auf meine Brust und ich stand vor einer Entscheidung, die ich eigentlich nicht treffen wollte.

Kapitel 52

Hauptquartier der Georgier
Mittwoch, 12. Oktober – Mayren

Der Morgen brach gerade an, aber es graute mir, einen Fuß aus dem Bett zu strecken. Der Gedanke an den Verräter hatte sich so schmerzhaft in mein Unterbewusstsein eingebrannt, dass ich fast wahnhaft wurde.

Bastian und Joshua hatten sich vor unserer Ankunft im Hauptquartier abgesprochen, dass keiner der beiden mich mehr allein lassen würde. Uns war allen klar, dass der Verrat sich gegen mich persönlich richtete. Paul war mein Erzfeind, aber hat die Mission nicht gefährdet.

Ich schloss die Augen und kuschelte mich an Joshuas Brust, genoss seine Wärme und das Gefühl, was sich in mir ausbreitete, als er mich in seine Arme zog.

Er ist mein Schutzengel. Ohne ihn ... macht nichts Sinn.

Die Stoppeln von Joshuas Brusthaaren piksten durch sein weißes Shirt und waren unangenehm an meiner Wange, aber alles andere, was ich in dem Moment empfand, überwog.

Wir sind zu Hause ...

Die ersten Schritte ertönten auf dem Gang, aber niemand klopfte.

Mir war klar, dass ich mich nicht ewig vor dem Tag verstecken könnte und das Gesprächsbedarf in der Führungsriege bestand. Die Clanpolitik würde meinen ganzen Tag einnehmen und ich musste mich so verstellen, als wäre nichts gewesen. Und trotzdem ließ ich meinen Kopf auf der Brust des Mannes liegen, den ich mehr liebte als mein eigenes Leben.

Seine Atemzüge gingen regelmäßig, hoben und senkten seinen Brustkorb. Langsam und gleichmäßig schlug sein Herz und dieser Rhythmus brachte mich in einen unruhigen Halbschlaf, aus dem ich aufschreckte. Diese plötzliche Angst trieb mir die Tränen in die Augen und sie fanden ihren Weg über meine Wangen, wo sie in Joshuas Shirt versanken. Unkontrolliert schluchzte ich, als ich an die Gefahr dachte, in der er geschwebt hatte.

Warum konnte ich ihn nicht besser schützen?

Unkontrollierbar krallte sich meine Hand in sein Shirt und weitere Tränen tränkten den Stoff.

Ein Brummen entfuhr ihm und ich versuchte, mein Weinen einzustellen, aber er erfasste meine Situation direkt und setzte sich auf. »Oh, May«, flüsterte er einfühlsam und strich mir die Tränen aus dem Gesicht, die ich nicht mehr kontrollieren konnte. Dann zog er mich in eine Umarmung und schniefend entgegnete ich diese.

Es gibt einen Weg, wie ich ihn besser schützen könnte.

»Joshi?« Meine Stimme zitterte leicht.

»Ja, Dickkopf?« Sanft fuhr seine Hand meinen Rücken auf und ab, in einem stetig tröstenden Rhythmus.

»Bist du sicher, dass du bereit wärst, deiner Welt den Rücken zuzukehren, um bei mir sein zu können?« Die Worte kamen stockend aus meinem Mund und das Streicheln über meine Wirbelsäule stoppte für einen kleinen Moment, bevor es wieder einsetzte.

»Es ist nicht nur *deine* Welt«, meinte er und ließ seine Hand höher wandern. »Scheinbar war es mir vorbestimmt, dass wir zusammen in einer Welt landen.«

Pauls Worte lagen mir in den Ohren und ich konnte sie nicht mehr abstreiten. »Das stimmt«, gab ich zu, aber es widerstrebte mir nicht mehr so sehr wie vor wenigen Wochen. »Mir ist ein Weg eingefallen, wie ich dich besser schützen könnte.«

»Wovon redest du, May?« Im Halbdunkeln erkannte ich ein kurzes, unsicheres Flackern in seinen Augen und nahm sein Gesicht in meine Hände.

»Willst du mein Georgier sein? Mein Partner, mein Mitbewohner, mein Kamerad, mein Schutzengel ... willst du all das sein, was mich dazu antreibt, jeden Tag weiterzumachen und alles durchzustehen?« Meine Unterlippe zitterte kurz, als mir nichts mehr einfiel, was ich ihm sagen könnte, dabei gab es so viele mehr Rollen, die er in meinem Leben einnahm.

Mein Liebhaber, mein Freund, mein Grund, jeden Tag alles zu geben.

Joshua blinzelte irritiert mehrere Male und fast dachte ich, dass er ablehnte, aber ein Lächeln breitete sich schnell auf seinem Gesicht aus. »Natürlich May, ich will das *alles* mit dir, weil ich mir das Ganze ohne dich nicht mehr vorstellen kann!« Nochmals strich er mir eine letzte Träne weg und beugte sich zu mir, um mich zu küssen.

Regen prasselte gegen das Fenster und trommelte in einem undefinierbaren Takt. Der Morgen war vorangeschritten, aber wir hatten uns nach unserem Gespräch zurück ins Bett sinken lassen und versucht, die Realität so weit wegzuschieben, wie es ging.

Joshua gehört zu mir ... nach der Besprechung heute ist es offiziell.

Und dafür musste Joshuas Aufnahme durch die Führungsriege angenommen werden. Wenn ich es nachher vorschlug, konnte ich mir kaum vorstellen, dass es Gegenstimmen gab. Kaja, Bastian und Ian würden ohnehin auf meiner Seite stehen und die anderen würden in diesem Fall mit unserem Wunsch gehen.

Mein Magen knurrte fordernd und es war der Zeitpunkt gekommen, an dem wir uns beim Frühstück blicken lassen mussten.

»Ich will nicht«, flüsterte ich Joshua zu und er drückte mir einen Kuss auf die Stirn.

»Verständlich«, gab er zurück und strich mir mit seinem Daumen eine Strähne aus meinem Gesicht. »Aber wir schaffen das.«

Langsam nickte ich. Es war nicht ganz in meinem Unterbewusstsein angekommen, dass Joshua zugestimmt hatte, bei mir zu bleiben.

Er gehört zu mir und ich zu ihm.

»Sollen wir?«, fragte er und richtete sich langsam auf.

Widerstrebend schüttelte ich den Kopf. »Nö«, war meine einfache Antwort und er grinste belustigt.

Schritte wurde laut und es klopfte an unserer Zimmertür.

Seufzend verdrehte ich die Augen, aber Joshua hatte schon die Beine aus dem Bett geschwungen und ging zur Tür. Ich ließ mich zurück in die Kissen fallen und zog die Decke über den Kopf, während er die Tür öffnete.

»Wo ist sie?« Kajas Stimme klang besorgt, worauf ich die Decke zurückschlug und ihrem Blick begegnete. Ihre Augen waren groß und von dunklen Ringen behangen, die die Anstrengungen bei der italienischen Lucy-Mission bekundeten. »May, verdammt«, hauchte sie und fiel mir um den Hals. Sie unterdrückte ein Schniefen, aber es gelang ihr nur mäßig, und glücklich darüber, sie unverletzt wiederzusehen, tätschelte ich ihr den Rücken. »Ian hat erzählt, was passiert ist«, flüsterte sie neben meinem Ohr. Bevor sie mir weitere Zugeständnisse machen konnte, löste sie sich wieder aus der Umarmung und setzte sich auf der Bettkante auf.

»Wir haben Frühstück mitgebracht«, verkündete Bastian, der zusammen mit Ian eintrat. Dieser hielt eine große Papiertüte, zwei Thermoskannen und einen kleinen Korb hoch. »Bevor wir unter die anderen Leute zurückkehren, gibt es Gesprächsbedarf.«

Zustimmend nickte ich und Joshua schloss die Tür.

Er und Kaja hatten sich freudig begrüßt und mir wurde bewusst, dass alle Menschen versammelt waren, die mir etwas bedeuteten.

Ein Lächeln schlich sich, trotz der Schmerzen, auf meine Lippen und ich rutschte im Bett zur Seite, damit alle einen Platz finden konnten.

Familie. Für einige ist es ein Blutsband, aber für mich? Familie ist ein Gefühl. *Das Gefühl der Geborgenheit, von Glück, obwohl außerhalb dieses Zimmers das pure Chaos herrscht.*

Den Moment, in dem meine ganze Familie an einem Ort versammelt war, wollte ich so lange wie möglich vor meinen Augen behalten und in mich aufnehmen.

Egal was passiert, die Erinnerung an das gibt mir Kraft.

Ian klopfte mir auf die Schulter und kurz lehnte ich meinen Kopf an ihn, bevor ich mich aufsetzte und eines der belegten Brötchen von Bastian annahm.

»Danke«, sagte ich in die Runde und biss ab.

Für einige Zeit war die Stimmung ausgelassen, als wir das Frühstück in meinem Bett zelebrierten und jeder aß, aber nach einiger Zeit schlug Kaja einen ernsten Tonfall an.

»May, Ian hat die Nachrichtensperre verhängt. Nur wir werden über diese Thematik sprechen«, sagte sie und ich ließ meine Tasse Earl Grey langsam sinken. »Auch wenn es dir schwerfällt, aber könntest du bitte wiederholen, was passiert ist?«

Ich nahm einen Schluck Tee und stellte die Tasse zur Seite auf meinen Nachttisch.

Joshua hatte zwischenzeitlich mit Ian den Platz getauscht, legte den Arm um meine Schulter und gab mir einen Kuss auf die Schläfe.

Liebevoll sah ich ihn an und wiederholte mit seiner Hilfe die Begegnung mit Paul. Wir vergaßen kein Detail und mittlerweile war mir bewusst, dass ich ihn direkt hätte erschießen sollen.

Ist diese Information über das Gen und dass Joshua über dieses mit uns verbunden ist, wirklich so wertvoll?

Nachdem ich meine Erzählung beendet hatte, war die Stimmung gedrückt und Kaja streckte ihre behandschuhte Hand nach mir aus. Heute hatte sie sich für ein Paar schlichte schwarze Satinhandschuhe entschieden. Kurz drückte sie meine Hand und verzog ihre Augenbrauen besorgt.

»Wir werden die Person finden, die dafür verantwortlich ist, aber was viel wichtiger ist«, ihr Daumen strich bei ihren Worten aufgeregt über meinen Handrücken, »wir wurden als Kinder alle untersucht und die ganzen bulgarischen Kinder … Durch die vielen Ärzte muss sich irgendwo eine Spur zu Zero finden.«

Vielleicht hatte die Begegnung mit Paul doch einen höheren Sinn.

»Danke, Kaja«, meinte ich und sie ließ mich lächelnd los.

»Dann sind wir uns einig, dass wir außerhalb dieses Kreises die Begegnung mit Paul niemanden erzählen, oder?«, hakte Bastian nach. Seine Mimik war ernst und blanke Entschlossenheit brannte in seinen Augen. »Niemand außerhalb des Raumes wird davon erfahren, bis wir diesen Feigling geschnappt haben. Uns werden sicherlich Fragen gestellt werden, gerade weil du«, er deutete auf Joshua. »wie ein Besessener ins Haus gerannt bist, aber wir schweigen einfach.«

In einem grimmigen Einverständnis nickten wir zustimmend.

Es gibt genug Dinge, um die wir uns kümmern müssen.

Nur wenige Stunden später waren wir in der üblichen Stammbesetzung in unserem Besprechungsraum versammelt. Unsere Runde wurde erweitert und neben Alec und Noya hatte ich darauf bestanden, dass Joshua bei mir war und zwei Vertreter der ehemaligen bulgarischen Kinder. Es war wichtig, dass wir sie direkt offen miteinbezogen.

Die beiden Jugendlichen hießen Miro und Lilith und sahen sich nervös zwischen uns um. Für sie hatte sich die Situation über Nacht um 180 Grad gedreht.

Ich warf beiden ein aufmunterndes Lächeln zu, aber war mir nicht sicher, ob es meine Augen erreichte. Die Blicke, die mir auf den Gängen zugeworfen wurden, fühlten sich befremdlich an, aber ich begegnete jedem selbstbewusst. Niemand würde mich hier einschüchtern. Es war mein Clan, mein Haus und mein Leben.

Noya und Alec erklärten den Jugendlichen den Hintergrund unserer Tat und ihre Möglichkeiten. Sollten sie sich dazu entscheiden, in ihr altes Leben zurückzukehren, würden wir sie ziehen lassen.

Teilnahmslos musterte ich die anderen.

Felix, dessen rotes Mal im Kontrast zu seinen waldgrünen Augen förmlich leuchtete. Er wirkte erschöpft, aber neue Frische war in sein Gesicht getreten. Jede seiner Sprengungen war erfolgreich gewesen und sie haben einiges an Informationsmaterial in unser Haus gebracht, das die nächsten

Tage gesichtet werden muss. Soweit ich wusste, hatte er bereits Zeit mit Lucy verbracht und ihre Anwesenheit brachte ihn zum Strahlen.

Aaron, meine rechte Hand, saß neben ihm. Seine halblangen Haare hatte er ordentlich zurückgekämmt, seine braunen Augen leuchteten freundlich und er begegnete mir mit einem aufrichtigen Lächeln.

Er ist mein Stellvertreter und hat mir in meiner nicht allzu seltenen Abstinenz immer den Rücken freigehalten. Natürlich vertraue ich ihm.

Zuletzt sah ich zu June und Luiza, die ebenfalls gebannt an Noyas Lippen hingen und gleichzeitig die Reaktion der Jugendlichen abwarteten.

Keinem meiner engsten Leute traue ich den Verrat zu! Wir müssen herausfinden, wer es war ...

»Was erwartet ihr von uns?«, fragte Miro mit fester Stimme an Bastian gewandt.

Bastian hielt seinem Blickkontakt gezielt stand, bis Miro die Augen niederschlug. »In erster Linie erwarten wir nichts von euch«, antwortete mein Partner in Crime geduldig. »Wir möchten von euch beiden, dass ihr mit euren Freunden redet. Es steht jedem von euch frei, eure Zukunft selbst zu wählen, aber wer bleibt, wird sich in den Clan einfügen müssen. Wir werden Pläne erstellen, die eure Ausbildungen auf eine humane Art beenden und euch als Mitglieder in unseren Clan aufnehmen. Ihr hättet eine Familie hinter euch, die euch beschützt, aber im Gegenzug erwarten wir, dass ihr auch die Familie schützt.«

Die beiden hörten aufmerksam zu.

»Unser Clan wird in den Krieg ziehen und wir werden die Menschen zur Rechenschaft ziehen, die euch das Ganze angetan haben … Die *uns* das angetan haben«, fügte Bastian an.

Die Augen der Kinder wurden groß und sie musterten jeden einzelnen von uns.

Das war der Moment, an dem ich mich einschaltete. »Sprecht mit euren Freunden. Wir werden keinen, der nicht bleiben will, vor die Tür setzen. Jeder von euch wird eine Grundlage für ein Leben außerhalb unserer Welt erhalten.«

Beide nickten synchron.

»Habt *ihr* euch entschieden?«, fragte Kaja und verschränkte ihre Finger ineinander, als sie sich über den Tisch beugte und die beiden ins Verhör nahm.

»Ich bleibe«, sagte Lilith sofort und verzog ihre Augenbrauen voller Wut. »Mir wurde vor Jahren *alles* genommen, die Albträume meiner Familie verfolgen mich heute noch. Sie werden erst ruhen, wenn dieser *Zero* tot ist.« Seinen Namen knurrte sie verächtlich.

»So geht es mir und vielen anderen ebenfalls«, stimmte Miro seiner Freundin zu. »Wir werden bleiben, von euch lernen und an eurer Seite kämpfen. Unsere Feinde sind eure Feinde. Euer Clan, … wir würden uns freuen, wenn er zu unserem Clan wird.«

Weise und mutige Worte für so ein junges Alter.

Ich musterte die beiden genauer.

Sie dürften etwa so alt sein wie wir damals, als wir die Fabrik übernommen haben. Alter sagt nichts über die Reife einer Person aus.

Wir besprachen die möglichen Änderungen der Quartiere und beschlossen, einige der ehemaligen Klassenzimmer im ersten Stockwerk in Mehrbettzimmer umzubauen. Außerdem klärten wir, wie die weitere Ausbildung der Kinder aussehen könnte und welche Aufgaben und Erwartungen damit verbunden waren.

Bastian räusperte sich und sah in die versammelten Gesichter. »Gibt es weitere Themen, die wir besprechen sollten?«

Ich atmete tief durch. »Ich habe noch einen Punkt.« Meine Stimme klang schwach und in kleinen Wellen pulsierte der Schmerz durch meinen Körper.

Diese Verletzung fordert mehr Kraft, als ich angenommen hatte.

»Ich will, dass Joshua Winter als Mitglied der Georgier aufgenommen wird«, sagte ich. »Ich hafte persönlich für ihn und übernehme die volle Verantwortung.«

Die Reaktionen fielen so aus, wie ich es mir vorgestellt hatte.

Kaja und Ian warfen sich einen kurzen, amüsierten Blick zu und Bastian grinste.

Felix und Luiza nickten beide zustimmend und Aaron legte für wenige Sekunden nachdenklich die Stirn in Falten, während June an ihrem Fingernagel knabberte, Alec und Noya neigten ihre Köpfe.

In jedem Gesicht las ich Erschöpfung ab, aber gleichzeitig regte sich in mir der Gedanke an den Verräter.

Könnte es einer meiner engsten Freunde sein? Vor wenigen Tagen habe ich jedem von ihnen bedingungslos vertraut.

»Joshua gehört schon viel länger in unsere Reihen. Ich bin froh, dass du endlich diesen Antrag stellst und stimme selbstverständlich zu.« Bastians Worte wurden von einem warmen Lächeln begleitet.

Das Lächeln auf Kajas Lippen hielt sich klein, da sie wusste, welchen Schmerz es für mich mit sich brachte, Joshua in unsere Kreise aufzunehmen. »Da stimme ich Bastian zu«, schloss sie sich an. »Joshua, du gehörst für mich schon längst zu uns.«

Sie übergab das Wort an Ian, der Joshua durchdringend ansah.

»Auch wenn du nicht in meine Abteilung kommst, empfehle ich dir, dich unter Mayren an Befehle zu halten.« Ian zwinkerte Joshua zu. »Selbstverständlich ist meine Antwort *Ja*.«

»Natürlich«, meinte Felix. »Willkommen in unseren Reihen.«

Luiza und June stimmten mit einer knappen Antwort zu.

Aaron musterte Joshua und mich, aber ein leichtes Lächeln flackerte auf seinem Gesicht. »Ja, May«, antwortete er. »Natürlich stimme ich zu.«

Zu guter Letzt sah ich zu den ehemaligen Bulgaren. Da sie in der Führungsebene angekommen waren, mussten sie ordnungshalber auch zustimmen.

Alec wirkte überrascht, da er nicht damit gerechnet hatte, dass seine Stimme zählte. »Ähm«, stammelte er, aber nickte zustimmend. »Klar!«

Lilith, Noya und Miro hatten denselben Ausdruck auf ihren Zügen, aber nickten sofort zustimmend.

Es ist beschlossen. Joshua gehört jetzt zu uns und ihn schützt der Name des georgischen Clans. Der Schritt zurück in seine Welt ist somit wahrscheinlich verwirkt, aber was hätte ich tun sollen? Als Killer von Paul würde er als Clanloser ein Fadenkreuz auf dem Rücken tragen.

Unbewusst griff ich nach Joshuas Hand und er erwiderte meinen Blick. Ihm war die Konsequenz meiner Handlung bewusst, aber es machte ihm keine Angst.

»Dann ist es offiziell«, verkündete ich und drückte seine Hand. »Joshua Winter gehört zu dem Clan der Georgier.«

Und zu mir und meiner Welt.

Epilog

»Der Junge ist nicht tot?«, fragte ein rothaariger Mann, dessen Gesicht sich im Schatten verbarg. »Und jetzt offiziell ein Georgier?«

Ein anderer nickte und neigte nachdenklich den Kopf, bevor er antwortete. »So ist es. Das ist eine spannende Entwicklung. Wir sollten unsere Pläne überdenken.«

Ein zustimmendes Knurren war zu hören und das Rascheln von Papier. Eine Zeitung wurde auf dem Tisch zwischen den Männern ausgebreitet und glattgestrichen.

»Eigentlich dachten wir, dass er tot ist und der Auftrag beendet, … aber jetzt?« Nachdenkliches Schweigen füllte den Raum, als auf eine der Schlagzeilen und den Artikel darunter geblickt wurde:

```
        Joshua Winter ist tot.
Wie  gestern  durch  die  Polizei  bekannt  ge-
geben  wurde,  ist  der  vermisste  deutsche  Me-
dizinstudent  höchstwahrscheinlich  ermordet
worden.  In  den  Medien  tauchte  gestern  ein
Video  auf,  das  die  letzten  Momente  des  Stu-
denten  festhält.  Seine  Leiche  ist  bisher
nicht  gefunden  worden.  Durch  nicht  geklärte
Umstände  sei  er  in  einen  Konflikt  geraten  und
ist  aus  London  geflohen.  Warum  er  sich  nicht
an  die  örtlichen  Behörden  gewandt  hat,  ist
                  unklar.
```

Der restliche Artikel wurde von anderen ausgeschnittenen Zeitungsschnipseln überdeckt, die sich ebenfalls um das Verschwinden und die Ermordung von Joshua Winter drehten.

»Genau genommen ist Winter tot«, kommentierte der Rothaarige und räusperte sich fast gelangweilt. »Sein altes Leben ist vorbei und offensichtlich gehört er zu unserer Welt. Zumindest, wenn man den Einträgen im Dark Web glauben kann.«

Der andere schnaubte belustigt, aber wurde schnell wieder ernst. »Die Frage ist folgende: Welcher Seite schließen wir uns an? Zero oder Grey?«

Beide Männer sahen sich an und ließen sich die aktuelle Lage durch den Kopf gehen.

»Nur weil Zero uns beiden den Auftrag auf den Jungen gegeben hat …«, begann der Erste, »hältst du es für richtig, dass wir zu unserem Auftraggeber halten?«

Der Zweite neigte den Kopf. »Lee hat sich auf die Seite von Grey geschlagen und Zyon hat dies ebenfalls vor«, begann er. »Khione will sich mit ihrem Clan neutral halten. Irina, Silas und Timéo wurden von Grey umgebracht.«

Der erste Mann schnaubte und faltete die Hände ineinander. »Alec und der restliche Clan der Bulgaren, inklusive ihrer alten Fabrik, sind in den Clan von Greys Leuten übergegangen«, hakte er in das Gespräch ein und dachte intensiv über die Entscheidung nach.

»Die Statistik steht schlecht für uns, wenn wir uns gegen Grey wenden.« Seine Augen funkelten belustigt und sein Wettkampftrieb war geweckt. »Aber so weit ich von Zyon gehört habe, hat Zero vor vielen Jahren seinen Handlanger verloren, der sich um die georgische Fabrik gekümmert hat. Auch ein Clan wie Zeros hat also seine Fehler.«

»Verdammt, Kaito, wenn wir uns falsch entscheiden, kann das übel ausgehen«, knurrte sein Gegenüber und griff nach einem der Artikel über Joshua Winter.

»Das weiß ich selbst!«, war die genervte Antwort. »Aber es wäre dumm in der jetzigen Lage eine übereilte Entscheidung zu treffen.«

Danksagung

Rebirth – Der Titel hört sich vielleicht wahnsinnig poetisch an, aber kein anderer hätte besser zu diesem Buch gepasst als dieser. Dieses Buch war in seiner ersten Version mit fast 170.000 Wörter ein riesiges Chaos und durch die vielen Überarbeitungsgänge habe ich es schließlich völlig neu erschaffen und quasi wiedergeboren ... (Nervenzusammenbrüche inklusive).

Doch genau wie Mayren und Joshua habe ich ein paar wunderbare Menschen in meinem Leben, die mich immer daran erinnert haben, dass jede Krise auch eine Chance ist – oder eine tolle Anekdote für eine Danksagung ;)

Danke, dass ihr diesen Autorenweg zusammen mit mir geht. Über jede Hürde, die sich auf dieser Strecke befindet.

Danke, dass ich mich auf euch und eure Freundschaft grundlegend verlassen kann, egal welches abgedrehte Plotting ich euch an den Kopf werfe und hoffe, dass ich es irgendwie klar rüberbringe (an dieser Stelle würde ich gerne das Meme von dem Typ vor der Pinnwand einfügen).

Mein besonderer Dank geht an dieser Stelle an folgende Personen:

Anja – meine unangefochtene Alphaleserin, die mir immer

das beste Feedback gibt. Durch dich habe ich erst gelernt, wie schwer es andere Autoren haben, gute Testleser zu finden. Keine Sorge … Nachschub an Büchern ist bereits in der Mache *hehe* …

Franzi – My Bestie, weil ich dich ganz doll lieb habe! Weil dieses Buch auch ein stückweit dir gewidmet ist und ein Großteil unserer Freundschaft mich dazubringt immer weiter und weiter zu machen.

Denni – Was soll ich noch mehr sagen als DANKE?! Dafür, dass für dich ein romantischer Abend auch mal Bundesliga und Laptopgeklapper sein kann. Dass du die überall verstreuten Kaffeetassen akzeptierst und sie kommentarlos in die Spülmaschine räumst. Danke, dass du mein größter Fan und Supporter bist. Ich liebe dich. <3

Björn, Sarah und Lara – Danke für das Testlesen. Ihr habt es hiermit offiziell in die Danksagung von Teil 2 geschafft ;)

Und natürlich gebührt der Dank allen anderen Leuten, die mich unterstützen. An alle Blogger, Leser und Freunde. *Danke*, dass ihr mir fleißig Feedback gebt und dafür sorgt, dass das Schreiben Spaß macht.